늘 건강하세요!

중증외상센터

GOLDEN
HOUR

골든 아워

한산이가
지음

중증외상센터

GOLDEN
HOUR

골든 아워

XII

몬스터

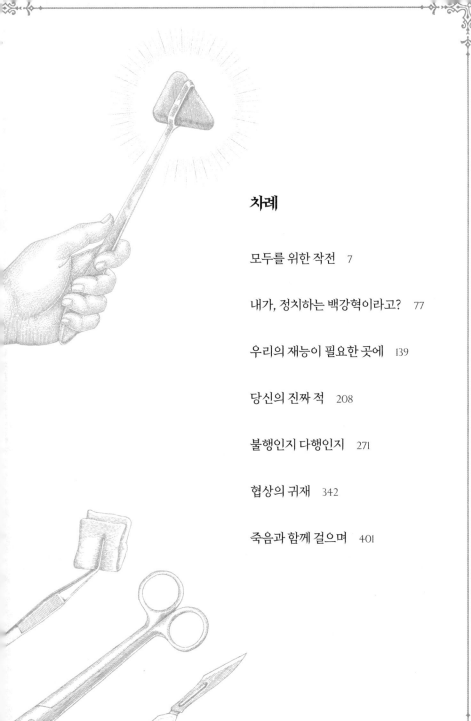

차례

모두를 위한 작전

"허……."

크리스토퍼는 돌아오는 길 내내 감탄을 내뱉었다. 그럴 수밖에 없었다. 강혁이 앰뷸런스 안에서 행했던, 30분 남짓한 시간 동안의 수술은 그저 기적이었으니까.

'환자를 그런 식으로 구조한 것도 놀라운데…….'

비탈길에서 자기 안위는 돌보지 않은 채 트럭 위로 뛰어올라 사람을 살려내다니. 만약 영국이었다면 기계의 도움을 받았어야 할 일이었다. 물론 어려운 일은 아니었을 터였다. 아무리 한때라고는 해도, 그리 짧지 않은 시간 동안 해가 지지 않는 나라라 불릴 정도로 번성했던 국가 아닌가. 인프라 하나만큼은 여전히 세계 최고 수준에 머물러 있었다.

'그걸 그렇게 구하더니……. 그 자리에서 그런 수술을 해?'

사실 환자를 들것에 싣고 올 때까지만 해도 환자 상태가 어떤지 정확히 알기는 어려웠다. 강혁의 손이 뒷덜미에 닿아 있었기에 그랬다. 덕분에 크리스토퍼가 환자의 목을 보게 된 것은, 환자가 엎드린 채 소독이 된 후였다. 한눈에 봐도 목뼈가 뒤틀려 있었다. 그걸 리처드가 잡아두고 있었는데, 문외한의 생각으로도 그리 오래 버티진 못하겠다 싶었다. 크리스토퍼는 지금도 강혁의 메스가 눈에 선했다. 그렇게 째고 들어간 목 뒤의 뼈는 조각이 나 있었다. 그중 유난히 날카로운 놈이 신경 쪽을 건드리고 있었는데, 검지만 한 굵기의 척수신경이 마치 벌벌 떠는 것처럼 느껴지기도 했다. 강혁은 그것을 즉시 제거하더니 앰뷸런스 내에 있던 플레이트로 고정을 시켜버렸다. 말로 하니 별거 아닌 것처럼 느껴지는데, 만약 그 자리에 있었다면 많이 다를 터였다. 아니, 크리스토퍼가 찍은 비디오만 봐도 그럴 것이 분명했다.

"자, 다 왔습니다."

운전대를 잡은 건 장미였다. 멀티 플레이어라는 말도 좀 부족할 정도로 다재다능한 그녀는 수술 보조가 딱 끝나자마자, 대강의 정리만 마치고는 운전석으로 향했다.

"어······. 너는 거칠게 모는 거 전문 아니냐?"

강혁의 우려가 있었으나, 장미는 닥치고 환자나 보라는 말로 강혁의 걱정을 일축해버렸다. 그리고 그녀의 말이 호언장담이 아니었음을 입증해 보였다. 차량은 마치 최고급 세단이라도 되는 듯, 무척 조용하고 또 안정적으로 병원으로 향했다. 애초에 강혁이 디젤이 아니라 가솔린 차량을 고르고 개조한 덕도 있기야 하겠지만, 아무리 도구가 좋아봐야 쓰는 이가 별로면 아무 소용없지 않겠는가.

"오······. 진짜 흔들림이 없네."

"거봐요. 내가 잘한댔죠."

"그러게. 아니, 너는 운전할 시간도 별로 없을 텐데 어떻게 이렇게 잘하냐?"

"와, 섭섭하네."

강혁의 말에 운전석에서 먼저 뛰어내려 있던 장미가 도리질을 쳤다. 정면으로 부정한다는 뜻이었고, 강혁은 그 뜻을 즉시 알아차렸다.

"아냐? 운전할 시간이 있어?"

"근무 끝나면 양평이고 어디고 쭉 밟았다 와요. 제 차 뭔지 모르죠?"

"차가 있어? 아니, 미안. 질문이 이상하네. 이렇게 운전을 잘하는데 차야 있겠지."

돈이 없을 리도 만무했다. 물론 워낙에 어려운 집안 출신이기는 하지만, 장미가 받는 급여는 결코 적은 게 아니지 않은가. 한국대학교 병원이 백강혁의 명성에 힘입어 수입이 팍 늘어난 탓도 있거니와, 애초에 중증외상센터에 대한 지원이 어마어마한 덕도 있어서 어지간한 대기업 임원 수준은 되었다.

"저 스포츠카 몰아요. 서스펜션 딱딱해가지고, 알아요?"

"오……. 그랬어? 나야 몰랐지."

"하긴 백 교수님이 유일하게 좀 달리는 게 운전이죠."

"아니, 너보다 못하는 거지……. 나도 꽤 하는데?"

"제가 나가는 동호회 오시면 중간에도 못 들 것 같은데."

"음."

동호회라. 그런 것도 있구나, 싶은 순간이었다. 생각 같아서는 더 듣고 싶기도 했지만, 현실적으로 그건 좀 어려웠다.

"일단 환자부터 내리자."

"네. 어차피 시간은 많으니까. 아……. 여기 서킷이 없는 게 한이다."

"이거라도 몰아."

"제가 병동 비워도 괜찮다, 이 말이에요?"

"아, 아니지. 그건 안 되지. 너는 병동에 있을 때가 최고지. 아니면 수술방이나. 아니면 응급실……."

"이 양반이 나를 또 얼마나 부려먹으려고."

장미는 어처구니가 없다는 얼굴로 웃었다. 마냥 기분이 나빠 보이지만은 않았다. 도리어 반가운 것 같기도 했다.

'그때 재밌긴 했지.'

지금보다 좀 더 어렸던 시절. 그러니까 강혁이 처음 중증외상 센터로 와 다 같이 개고생하던 때가 떠오른 탓이었다. 그땐 진짜 뭣도 몰랐으니까 다 했더랬다. 노동법 이런 걸 조금이라도 알았다면 바로 찔렀을 텐데, 사명감과 보람이 모든 것을 짓눌렀다. 장미는 병동에서, 중환자실에서, 응급실에서 또 수술실에서 종횡무진 대활약을 펼쳤다.

"온 김에 부려 먹어야지. 너만 한 인재가 어딨냐. 애들도 좀 잘 가르쳐봐. 특히 샘. 그 새끼 내가 볼 땐…… 재능이 괜찮거든? 근데 기본적으로 뺀질거려."

"뺀질거리는 거 제일 싫어하는데."

"그러니까 말야. 이거 확 팰 수도 없고."

"왜요?"

"약속했거든, 대사관이랑. 폭력은 안 쓰기로."

"아……. 그걸 약속해야 되는구나."

21세기 선진국에서는 당연한 일 아닌가. 직장 내 언어폭력도 지양해야 하는 시점에 진짜 물리적인 폭행이라니. 장미는 확실히 강혁은 일반적인 병원이랑은 잘 맞지 않는 인간이란 생각이 들었다. 대화를 나누는 동안에도 환자 옮기는 일은 끊기지 않았다. 모두가 합심해 2층의 중환자실에 도달했다.

"어, 왔네."

한유림이 있었다. 강혁의 예상대로 수술을 해준 모양이었다. 이 환자도 그리 만만한 수술은 아니었을 텐데, 표정이 밝았다.

"잘했어요?"

강혁은 일단 안심을 하면서 질문을 던졌다. 저도 모르게 환자를 살피면서였다. 이미 붕대를 감고 있기도 하고 또 드레싱이 되어 있기도 해서 파악이 쉽지는 않았다. 하지만 어떻게 다쳤는지, 또 한유림의 실력이 어떤지 다 알고 있기에 불가능한 것은 아니었다.

"어, 잘했지. 어깨가 좀 불안하긴 한데……. 일상생활은 가능할걸."

"그 정도면 잘한 거지."

"나도 그렇게 생각해. 워낙 박살이 나 있어서……. 근데 여기서 운전이라도 하려면 시간 좀 걸릴 거야. 괜찮은 재활 센터가 있으면 좋겠는데."

"그건 수도 쪽으로 알아봐야죠."

"콜롬보에는 있나?"

"좋은 건 없겠지. 그래도 여기서 시간 죽이는 것보다는 낫지."

"하긴…… 그야 그렇지. 알아보는 건…….."

한유림은 대화를 하다말고, 의료인도 아닌 주제에 중환자실까지 기어들어 온 한석준을 돌아보았다. 어엿한 대한민국 외교부 4급 공무원인데 이렇게 보니 노예 같았다. 옷도 어째 후줄근한 것이 안쓰럽다고 할까. 하지만 일은 시켜야 했다.

"한석준 시켜. 대사관 측에 연줄이 조금이라도 있겠지."

"응, 안 그래도 그러려고. 들었지? 이거 해."

"아……. 네."

한석준도 체념하고 있는 마당이라 순순히 고개를 끄덕였다. 그나마 다행인 것은, 한국에 있을 때부터 마당발이었단 점이었다. 타고난 낙천적인 성격에 말발까지 겸비한 그는 이곳에서도 이미 적지 않은 인맥을 구축한 참이었다.

"이 환자도 재활 필요할 거야. 아까 보니까 이미 신경이 부었더라고."

"어디가 어떻게 됐는데? 목을 쨌네?"

"경추 부러져서 고정했어."

"아, 경추 골절. 응? 경추?"

"그래."

"아니, 그럼…… 어떻게 되는 거야?"

"척수는 살렸어요. 내 실력 알잖아."

"알긴 알지."

간혹 불가해한 영역의 수술을 한다는 것도 알고 있었다. 직접 본 적도 여러 번이지 않은가. 하지만 여전히 놀라울 따름이었다. 워낙 수술 쪽으로 도가 튼 한유림이라 더 그랬다. 원래 전문가일수록 해당 영역의 상상력은 더 후져지는 법이었다.

"어떻게……."

"제가 이따가 설명해드릴게요."

"아, 리처드. 네가 보조 들어갔어?"

"네. 뭐…… 설명한다고 우리가 할 수 있는 건 아닌데, 상상은 가능해지실 거예요."

"그래, 부탁 좀 할게."

그런 의미에서 강혁을 제외한 나머지에게 강혁은 일종의 선물과도 같은 존재였다. 상상조차 못 했던 수술을 몸소 보여줌으로써 실력을 강제적으로 올려주기 때문이었다.

"오케이, 그럼 처방은 이렇게 두고……. 한 이틀 있다가 깨워보는 걸로 가자고."

"네."

강혁은 한유림과 리처드가 질투심 어린 얼굴로 대화를 나누는 사이, 중환자실 처방을 냈다. 샘은 그 처방을 확인하고는 고개를 끄덕였다. 미군 측에서 파견 온 간호장교들 또한 마찬가지였다.

"아우, 그럼 이제 좀 쉬어야지. 구조까지 하려니까…… 힘들긴 하네."

강혁은 한유림에게 보냈던 환자 처방까지 확인하고 나서야 중환자실을 나섰다. 크리스토퍼가 다시 입을 연 것도 그때쯤이었다. 그 또한 전쟁터를 뻔질나게 돌아다닌 만큼이나 강단 있는 인간임에도 불구하고 안에서는 차마 한마디도 하지 못했다. 중환자실 특유의 분위기 때문이었다.

"저, 백 교수님."

"아, 네."

강혁은 기지개를 켜다가 크리스토퍼의 질문에 응답했다. 솔직히 말하면 그의 존재를 이제야 다시 인지하기 시작한 마당이었다. 출동하면서부터였는지, 아니면 도착해서였는지는 모르겠는데 하여간 잊고 있었다.

"오늘 같은 일이 잦나요?"

"아……. 이런 사고가 많이 일어나는 건 아닙니다. 원체 통행량이 아주 많은 건 아니라, 대부분은 생활 속 부상이죠."

"아까 중환자실에서 보니까…… 환자들이 꽤 있던데, 그분들이 그런 케이스입니까?"

"네, 그렇죠. 적지 않습니다."

"음."

크리스토퍼는 고개를 끄덕이면서, 중환자실 쪽을 돌아보았다. 적지 않았을뿐더러 상태도 퍽 심각해 보였다.

'이 병원이 생기기 전에도 다치는 사람들은 있었을 텐데…….'

한 가지 의문이 떠올랐다. 대체 그 사람들은 그럼 어디서 어떤 치료를 받았던 걸까. 이 사람은 알고 있을까? 그럴 것 같았다. 그래서 온 것 같았다.

"제가 알기로 교수님이 이 병원을 세우신 지 이제 겨우 2주째라고 들었습니다. 맞나요?"

"네, 그렇습니다."

"그럼…… 이 병원이 생기기 전에는…… 그전에는 이렇게 다친 환자들은 어디서 치료를 받았습니까? 다른 병원도 있나요?"

"없습니다."

"없…… 어요?"

"호텔 단지에 있기는 하지만, 관광객들을 대상으로 하는 보건소 같은 곳입니다. 수술은 할 수 없어요."

"그럼…… 그 환자들은 어떻게 됐습니까?"

크리스토퍼는 제발 자신의 생각과는 다른 답이 나오길 바라며 물었다. 하지만 가슴 한 켠은 이미 서늘했다. 강혁은 그런 크리스토퍼를 정면으로 마주했다. 답변이 예상되어서 그런지 어쩐지 눈빛에 냉담함이 깃든 듯했다.

"다 죽었겠죠. 어디에서도 치료받지 못하고……. 대우도 받지 못하고."

"어……."

"그래서 제가 온 겁니다. 더는 그런 일이 없도록. 제가 있던 모든 곳에서 그랬던 것처럼요."

"그, 그렇군요. 음……. 알겠습니다. 교수님. 오늘 정말…… 정말 수고 많으셨습니다."

크리스토퍼가 귀국한 것은 그로부터 대략 1주일이 더 지난 다음이었다. 클레이는 휠체어 신세였는데, 처음 다쳤던 수준을 생각하면 감지덕지했다.

'재수술이 한 번쯤은 더 필요할 겁니다. 모양 때문에라도요.'

크리스토퍼는 강혁이 해준 말을 떠올리며 출근길에 나섰다. 퓰리처상을 탔을 만큼 저명한 기자인 그는, 회사에 들어서는 즉시 사람들에게 둘러싸였다. 정말이지 간만에 떠난 휴가에서 죽다 살아났다는 것을 모든 사람들이 다 전해 들어서였다. 심지어 성금까지 모금해주었었는데, 크리스토퍼는 전액을 누와라엘리야 병원에 기부한 참이었다. 액수가 적지 않아서였을까? 떠나는 크리스토퍼를 향해 손을 흔들던 강혁의 표정은 무척 밝았다.

'보도 잘 부탁합니다. 영국에도 제 친구 많으니까⋯⋯. 혹시 마음에 안 들면 그 친구들 보고 찾아가라고 할 거예요.'

표정과는 달리 마지막 말은 좀 무섭긴 했지만 의사 친구가 의사겠지, 뭐 이런 생각이 들었다.

"아, 맞다. 크리스토퍼, 누가 와 계시는데⋯⋯."

"응? 누가?"

"모르겠어요. 근데 편집장님이 직접 모셔왔더라고요. 아무래도⋯⋯."

"뭐지."

크리스토퍼는 고개를 갸웃거리며 방으로 향했다. 일개 기자이긴 하지만, 명성에 걸맞게 따로 방이 마련되어 있었다. 그것도 넓게 난 창밖으로 멀리 빅벤이 내다보이는 방이었는데, 지금은 그런 것보다 방에 앉아 있던 한 중년 신사가 더 눈에 들어왔다.

"안녕하십니까."

그는 크리스토퍼가 딱 들어오자마자 사람 좋은 미소를 지으며 손을 뻗어왔다.

'군인?'

만약 크리스토퍼가 일반적인 기자였다면 이상한 점을 전혀 눈치채지 못했을 터였다. 하지만 크리스토퍼는 종군 기자 아니던가. 내미는 손의 굳은살이 군인의 그것이라는 걸 눈치채는 건 어렵지 않았다.

"아, 네."

"반갑습니다. 죽다 살아났다고 들었는데……. 생각보다는 멀쩡하군요."

"명의를 만나서요. 다행이죠."

"네……. 백강혁…… 명의죠."

"아, 백 교수님을 아십니까?"

크리스토퍼는 자리에 앉으며 물었다. 다친 지 불과 3주도 채 지나지 않았음에도 불구하고, 이미 운신에 이상은 없었다. 귀국 후 찾아간 주치의 말이 이건 기적이라고 했다. 하지만 크리스토퍼는 기적이 아니라, 그저 백강혁 덕이라는 것을 실감하고 있었다. 귀국 전까지, 그러니까 누와라엘리야 병원에서 지내는 동안 그가 보여준 수술은 그야말로 어마어마한 것이었으니까.

"알다마다요."

상대는 크리스토퍼의 말에 미미한 미소를 지어 보였다. 아까의 마냥 사람 좋아 보이던 미소와는 조금 달랐다. 지금이 보다 자연스럽다고 해야 할까? 하여간 미소로 숨기고 있던 본성이 드러나는 듯했다.

"그렇지 않아도……. 저도 그 친구에게 신세를 진 적이 있습니다. 오래전 일이지만."

사내는 말을 이어나가면서 배 언저리를 쓰다듬었다. 지금은
정장으로 가려져 있었지만, 언젠가 크게 다친 적이 있는 모양이
었다.

"그렇군요. 근데…… 오늘은 어떤 일로 오셨죠?"

"그 친구에게 부탁을 받아서요."

"부탁……?"

"이걸 전달해달라고 하더군요."

크리스토퍼는 사내가 내민 것을 내려다보았다. 외장 하드였는
데, 네임 태그가 붙어 있었다.

[누와라엘리야 외래 진료, 일상]

지금이야 운신이 퍽 자유로워진 마당이지만 거기 있을 땐 환자
로 있던 몸 아니었는가. 그렇다 보니 아무래도 총 촬영 분량이 달
릴 수밖에 없었다. 물론 최선을 다해서, 인터뷰 영상이야 방대하
기는 했지만 지금 강혁이 보내온 영상과 같은 것들은 부족했다.

"아……. 이거 때문에 오신 겁니까?"

"그렇죠. 저로서는 백강혁의 부탁을 외면하기가 좀 그래서."

"죽다 살아나셨군요?"

"그런 셈이죠. 그 친구 아니었으면 죽었을 겁니다."

"그렇군요."

크리스토퍼는 척 보기에도 완고해 보이는 사내가 배달부 노릇
을 자처했다는 것에 놀라움을 느꼈다. 그리고 사내가 내민 명함을
보고는 더 놀랐다. 거기엔 MI6라는 글씨가 선명히 박혀 있었다.

"혹 영상 제작에 도움이 필요하면 연락주시죠. 그 친구에 대한 자료나 뭐…… 이런 것들은 제가 더 가지고 있는 게 있으니."

미국에 CIA가 있다면 영국엔 MI6이 있지 않은가. 그 위상의 차이가 이제는 꽤 나기 시작했지만 그래도 만만히 볼 것은 아니었다.

'스리랑카에 있는 사람이 말 한마디로 MI6에 속한…… 그것도 꽤 고위급으로 보이는 사람을 보내?'

크리스토퍼가 명함을 쥐고 가만히 있자, 사내가 말을 이었다.

"신분 노출은 걱정 마십쇼. 다친 후로는 화이트 요원으로 활동 중이니까."

"아……. 네."

"새 삶을 선물해준 거나 다름없다는 얘깁니다. 하하."

"아무튼, 감사합니다."

"네. 저는 잘 전달했습니다. 혹시 닥터 백에게 연락 오면 제 얘기 잘해주십쇼. 그 친구가 다 좋은데 조금 다혈질이라……."

"네."

바쁜 일이 있는지 금세 사라져 갔다. 그렇게 홀로 방에 남게 된 크리스토퍼는 잠시 외장 하드를 만지작거리다, 키보드를 두들기기 시작했다. 이미 하고자 하는 말은 머릿속에 정리해놓은 지 오래였다. 망설임 따위는 없었다.

─웃차!

그날 밤 BBC 홈페이지 및 유튜브 채널에 업로드된 영상은 강혁이 트럭 위에 올라선 채 환자를 끌어당기는 장면으로 시작되었다. 어떠한 부연 설명도 없이, 일면식도 없는 사람의 얼굴로 시작된 영상이었으나 흡입력이 있었다. 누가 봐도 급박한 상황이지 않은가. 제대로 된 카메라 워킹이 아니라 핸드 온으로 찍힌 영상이라 그런가, 생동감이 더했다.

—이 환자는 여기서 치료할 거야! 이거 놓치는 순간 사지 마비니까…… 내 손 건들지 마!

—네!

카메라는 집요하게 느껴질 만큼이나 강혁의 뒤를 쫓았다. 그 바람에 정작 환자는 잘 보이지 않았지만, 그만큼 강혁의 표정만큼은 잘 잡았다. 인종 불문하고 잘생긴 그는 줄곧 최선을 다하고 있었다. 목소리에도 얼굴에도 진심이 담겨 있었다.

—자기소개를 해주시죠.

화면은 교차 편집되어 있었다. 구조에 이어 수술로 이어지던 장면은 어느새 인터뷰로 뒤바뀌어 있었다. 그제야 시청자들은 이 영상의 주체가 크리스토퍼였다는 것을 깨달을 수 있었다.

—저는 백강혁입니다. 대한민국의 한국대학교 병원 중증외상센터 센터장으로 있다가 한구 병원을 거쳐 이곳에 왔습니다.

자료 화면이 끊임없이 나갔다. 이제는 서구 진영에도 이름과 얼굴을 알리고 있는 박성민 대통령과 나란히 선 강혁과 전직 보건복지부 장관으로 취임하던 한유림의 모습은 물론이거니와 한구 병원에서 봉사하던 강혁의 모습도 나왔다. 중간엔 커피 농장에서 찍었던 광고도 나왔는데, 편집을 희한하게 해서 그런가 고생하는 것처럼 나왔다.

—이곳에 병원이 생기기 전에는 이 환자들이 어디서 치료를
받았습니까?

—못 받았죠. 집에서 또는 거리 위에서 죽었을 겁니다.

—이 사람들은 대체 누구죠?

—인도 타밀족입니다. 강제로 이주해온 노동자들이죠.

강혁이 보내온 영상들도 중간중간 나왔다. 차밭에서 고된 노
동을 하는 이들. 가까이 가는 건 허락이 안 되어서 멀리서 찍은
것이긴 하지만 비극도 이 정도가 되면 단지 거리가 멀어지는 것
만으로 희극처럼 보이진 못하는 법이었다.

—이 사람들에게는 시민권조차 없군요.

—그렇습니다. 다국적 기업의 무차별적인 이윤 추구와 종족
갈등으로 인해……. 버림받은 사람들입니다.

누와라엘리야에 대한 현실까지 짤막하게나마 담겨 있는 영상
이었다. 노동자 또는 현지 환자들의 인터뷰까지 담겨 있었다면
더더욱 좋았을 텐데, 그건 없었다. 적어도 누와라엘리야에서 다
국적 기업이 지닌 지위는 무결하기에 그랬다. 문자 그대로, 그
누구도 대항할 수 없었다. 시장마저 입맛에 맞지 않으면 갈아치
울 수 있었다. 그런 상황에서 어찌 민초에게 얼굴을 드러낸 인
터뷰를 강요할 수 있겠는가. 그건 살인의 다른 이름일 뿐이었다.
크리스토퍼도 강혁도 절대 그럴 생각은 없었다.

—이게 사실인가?

—사실이라면 진짜 커다란 문제 아닌가?

—기업이 어디야?

—이름이 안 나와서 모르겠네.

　단지 그뿐이었음에도 반향은 일었다. 매체가 강력하기도 했거니와 크리스토퍼 개인이 갖는 이름값 덕분이기도 했다. 물론 당장 뭐가 어떻게 되지는 않았지만, 무언가 작은 변화가 일어나고 있었다. 누와라엘리야의 지배자들조차 일말의 두려움을 느끼게 되었을 지경이었다.

　"연락이 하나 왔는데."

　그 지배자들의 왕, 다니엘 러셀이 휴대폰을 두드리며 입을 열었다. 입은 웃고 있었지만, 눈은 그렇지 않았다. 안 그래도 뱀 같은 인상을 주던 사내라 그런지, 마주 선 이는 저도 모르게 몸을 움츠렸다. 아무리 생각해도 자기 잘못은 없는 듯했지만 자연스럽게 이렇게 되었다.

　"우리 고용 형태에 문제가 있나?"

　"아……. 아닙니다. 다 계약서대로 하고 있습니다."

　"현지 법을 따른 계약서인가?"

　"그렇습니다."

　현지 법이라는 게 무용하다는 것은 둘 다 알고 있었다. 노동법이라는 거 자체가 나라가 살 만해지고 나서야 의미를 갖게 되지 않던가. 자세한 규정은 어디에서도 찾아보기 어려웠다.

　"숙식도 제공하고, 따로 임금까지 주는데……. 마치 우리가 잘못하는 것처럼 보이잖아?"

　"그러게 말입니다. 강제로 끌고 오는 것도 아닙니다. 모두 자의로 서명합니다."

"그럼 문제가 없다 이 말이지?"

"네."

"근데 저기 백강혁이라는 놈이 문제가 있는 것처럼 보이게 만들었어. 어떻게 하지?"

"우선 크리스토퍼부터 어떻게 하는 게 어떨까요? 백…… 강혁인가? 그 인간은 크리스토퍼만 없으면 별다른 의견을 제시할 수도 없습니다. 환자야 안 보내면 그만이고요."

다니엘은 그제야 눈으로 웃어 보였다. 답이 마음에 들었다는 뜻일까? 여전히 속을 알 수 없는 건 마찬가지였다. 때문에 앞에 섰던 이는 계속 고개를 숙였다. 그 자세 그대로 이어지는 말을 들었다.

"크리스토퍼 쪽은 이미 말을 전했어. 일개 기자 따위야……. 손쉽지."

"그렇군요. 역시……."

"그러니까 문제는 이쪽이야. 일단 자네 말대로 환자는 보내지마. 역시 공짜에는 대가가 따르는 법이지."

"네. 그렇게 하겠습니다."

다니엘의 말은 곧 법이었다. 입에서 떨어지는 즉시 이루어졌다. 먼저 체감한 이는 크리스토퍼였다. 그는 이미 편집장에게 불려간 후였다.

"이거…… 생각보다 큰 건인 모양인데."

"그럼 더더욱 보도해야 하는 거 아닙니까? 기업 이름도 안 나갔는데 벌써 이렇게 나오는 걸 보면요."

"안 돼. 최대 주주 중 하나야. 자네나 나, 목 날아가는 건 일도 아냐. 그걸로 안 끝날 수도 있어."

"그럼 이대로 덮어요? 댓글 달리는 거 못 보셨어요?"

"다른 걸 내보내면 돼. 재료도 왔어."

크리스토퍼는 편집장이 내민 서류를 내려다보았다. 왕실의 스캔들이었다. 세상에 이런 걸 간직하고 있다가 들이밀 수 있는 집단이라니. 편집장 말마따나 생각보다 큰 건이었다. 아니, 지금까지 해왔던 그 어떤 보도보다 거대했다.

"저는…… 그렇게 못 합니다."

"이미 영상은 내렸어."

"네? 아니, 어떻게…….""

"그리고 정직이야. 미안하네."

"허……."

"조금만 쉬다 와. 어차피 다친 몸이잖아. 내가 어떻게든 무마하고 있을 테니까……."

크리스토퍼는 편집장 방에서 나와 한숨을 쉬었다. 주머니에 손을 푹 꽂아 넣으면서였는데, 따끔한 느낌이 들었다. 뭔가 하고 꺼내 보니 명함이었다. 어제 만났던 MI6 요원이 준 바로 그 명함이었다.

'도움이 필요하면 연락을 하랬지…….'

크리스토퍼는 곧 전화를 걸었다. 명함을 건네주었던 사내는 전화벨이 채 세 번도 울리기 전에 받았다.

"네, 무슨 일이시죠?"

"도움이 필요하면 전화를 달라고 하셔서요."

"그럴 것 같더군요. 백강혁…… 이 사람이 뭘 하려고 그러나 했더니만 다국적 기업을 건드릴 줄이야."

지금 다니엘 러셀이 움직인 힘은 여상한 것이 아니었다. 세계 최대 홍차 회사인 리프조차 자기업으로 두고 있을 정도로 거대한, 세계적인 생활용품 기업 '더 원'이었다. 이름에서 느껴지듯, 이 기업의 목표는 독과점에 있었는데 실제 여러 분야에서 이를 이루고 있었다.

"언론사까지 움직일 정도의 기업입니다. 솔직히…… 리암 씨가 뭘 할 수 있을지는 모르겠지만……."

"제가 할 수 있는 일은 없습니다."

크리스토퍼도 취재하면서 비참한 차밭 너머에 있는 기업이 무엇인지 알아본 바 있었더랬다. 그 실체가 더 원이라는 걸 알아냈을 땐, 차라리 속이 시원했을 정도였다. 이만한 기업이 관여한 일이라면 지금껏 어디에서도 관심을 보이지 않았을 만도 했다. 더 원은 세계 여러 NGO 단체들의 후원 기업으로서 그들의 눈동자를 다른 곳으로 돌릴 수 있는 힘이 있었으니까. 한때 해가 지지 않았던 나라 영국이 가장 강성했을 때 설립된 이 회사는, 영국이 많은 힘을 잃어가는 동안에도 움켜쥔 것을 단 하나도 놓치지 않고 있었다.

"역시 그렇군요."

때문에 MI6 요원 리암의 입에서 단호한 대답이 나왔을 때도 그리 놀라지 않았다. 그럴 수 있었다. 역사 앞에 개인은 얼마나 무력한가. 광기에 휩싸였던 20세기 동안 충분히 배운 바 있었다.

"아, 제가 말을 잘못했군요. 저는 할 수 있는 게 없습니다."

"네?"

하지만 아직 리암의 말은 끝나지 않은 상황이었다. 크리스토 퍼가 의아함에 입을 벌리고 있는 사이, 리암이 말을 이어나갔다.

"지금 크리스토퍼 씨와 같이 일하고 있는 사람이 누굽니까?"

"백 교수?"

"네. 백강혁. 그 사람은 할 수 있는 게 많죠."

"그런가요?"

"두고 보십시오. 백강혁이 움직이면…… 저도 기자님도 할 일이 생길 테니까요."

"음……."

리암은 어떤 확신에 가득 차 있었다. 전화상이라 얼굴이 보이 진 않았지만, 지금 무슨 표정을 짓고 있을지 상상이 갔다. 하지 만 공감하기는 어려웠다. 강혁은 분명 대단한 의사였다. 하지만 상대는 다국적 기업이지 않은가. 어떻게 보면, 자본주의 사회에 서는 정부보다도 위에 있는 강자였다.

"우선은 위에서 시키는 대로 하시죠. 집에 가세요."

"그리고 그냥 대기합니까?"

"아뇨. 영상은 계속 만드세요. 업로드할 곳이 생길 겁니다."

"음."

이 사람은 대체 강혁의 어떤 모습을 봤기에 이런 말을 할 수 있을까. 의문이 들었지만 달리 할 일도 없었다. 편집장의 뜻은 명백하지 않던가. 우선 짐을 싸서 집으로 가야 했다. 이럴 땐 퓰리처상이고 뭐고 다 필요 없었다. 아무리 위대한 개인도 진짜 강력한 집단 앞에선 아무것도 아닌 법이었다.

"환자를 안 보내겠다고?"

그 시각, 강혁 또한 별로 반갑지 않은 말을 전해 들었다.

"네. 아무래도 그 보도가 화근인 것 같은데……."

데니스 또한 미간에 내 천 자를 그린 채 걱정을 보냈다. 반면 강혁은 대수롭지 않다는 반응이었다. 어찌나 시큰둥한지 나와 다른 말을 들었나 싶을 지경이었다.

"뭐 이럴 줄 알았지."

"근데 어떻게 하죠? 환자를 보내지 않으면…… 저 사람들은 어떻게 해요?"

그 말에 재원이 나섰다. 누가 수제자 아니랄까봐 가장 빠르게 누와라엘리야 현지인들의 사정에 공감하고 있던 탓이었다. 녀석은 지금 개인 시간을 최대한 아끼고 아껴서 환자들에게 할애하고 있었다. 그러던 차에 이런 얘기를 들었으니, 심정이 어떻겠는가. 청천벽력과 다름이 없을 터였다.

"계속 치료해야지."

"농장주가 환자를 안 보내면…… 방법이 없을 텐데요? 농장 안으로 들어가지도 못하잖아요."

사실이었다. 농장은 철저히 사유지로서 스리랑카 공권력마저 침입이 어려웠다. 확실한 혐의가 없다면 구속 영장도 나오지 않는 까닭이었는데, 적어도 스리랑카에 있는 판사 중엔 감히 영국인 소유의 농장에 구속 영장을 낼 만큼 배짱 있는 사람이 없었다. 그 때문에 더더욱 저들이 하늘 높은 줄 모르고 까불어대고 있는지도 몰랐다.

"들어갈 방법이 있지."

강혁은 걱정이 가득한 재원을 보며 드론을 내보였다. 한구에서부터 강혁이 애지중지 갖고 놀았던 바로 그 드론이었다. 겉모양만 봐서는 딱히 다른 드론과 차이점을 찾기 어렵겠지만, 한 가지 아주 중대한 차이가 있었다. 이 드론은 군부대에서조차 날 수 있었다. 정상적으로 유통되는 모든 드론은 자체 코드 때문에 군부대에서는 자동으로 운행이 중단되는데, 이건 아니란 얘기였다.

"응⋯⋯?"

재원이야 그런 내막을 모르니 고개를 갸웃거릴 뿐이었다. 하지만 이 작전의 주요 실행인이라 할 수 있는 데니스는 그렇지 않았다.

"시기가 조금 빠르지 않을까요? 원래 계획은⋯⋯."

다만 우려를 표시하기는 했다. 작전의 내용보다는 시기에 대한 문제였다.

"와서 보니까 기다릴 수가 없겠어. 생각보다 더 개새끼들이고, 현지인들 사정이 생각보다 더 열악해."

"그건⋯⋯ 그건 그래요."

한구에서 온 몸들이다보니 다들 가슴 한 켠에는 이런 생각들을 하고 있었더랬다. 아무리 그래도 한구보다는 낫지 않을까? 거긴 아프가니스탄과 국경을 접하고 있는, 이를테면 세계에서 가장 위험한 곳 중 하나이지 않은가. 그에 비하면 누와라엘리야는 기후부터가 달랐다. 이곳은 세계적인 휴양지 중 하나이고, 특히 영국인들과 북유럽인들의 사랑을 한 몸에 받았다. 하지만 현지 인들의 사정은 더더욱 열악했다. 한구의 사람들은 최소한 노예 는 아니었는데, 이곳의 사람들은 반쯤 노예 취급을 받고 있었다.

"그러니까, 실행하자고."

"알겠습니다. 리처드 중령, 들었죠?"

강혁의 말에 데니스가 고개를 끄덕였다. 말없이 있던 리처드 를 바라보면서였는데, 평소와는 달리 직책을 제대로 불러주었다.

"들었어. 하기로 했던 작전이니…… 실행해야지. 근데…… 후 환은 없겠죠?"

"후환이 어떻게 있어. 영국군이 쳐들어오게? 식민지였던 나라 에? 미쳤다고 그런 짓을 하겠냐."

"하긴 그게…… 그건 좀 말이 안 되는 일이죠."

스리랑카가 영국의 식민지였던 탓에 영국은 스리랑카 내부에 서 활동하는 데 있어 퍽 자유로운 편이었다. 경제, 문화 쪽으로 는 더더욱 그러했다. 하지만 군사 쪽은 반대로 절대 그렇지 못했 다. 어떤 트라우마를 자극하기에 그랬다.

"그럼 하자고."

"네."

리처드는 시원스레 고개를 끄덕였다. 단지 강혁의 말이라서는 아니었다. 위에서도 승인이 떨어진 작전이었다. 동맹국인 영국에 엿 먹이는 작전이긴 하지만, 정부가 아니라 기업이 대상이라 가능한 얘기였다. 게다가 여전히 미국 내부에서는 영국의 식민지였다는 사실을 자각하는 이들이 있었다. 어떻게든 그러한 역사를 상기시키는 일만큼은 달갑지가 않았다. 박살을 내고 싶다, 이 말이었다. 위이잉. 덕분에 드론이 날았다. 원래 환자를 보내기로 되어 있던, 그러나 오늘 갑작스레 환자를 보내지 않은 농장 방향으로.

"응? 저게 뭐야?"

"몰라. 아, 무거워……."

"오늘따라 더 무겁네. 아픈 거 고쳐준다더니 대체 어떻게 된 거야."

"그러니까……."

드론은 아주 높지도 낮지도 않게 날았다. 육안으로 식별이 가능할 정도였다는 얘기다. 하지만 노동자들은 별로 신경을 쓰지 않았다. 심지어 농장 관리인들 또한 그러했다.

"아, 거……. 안에까지는 찍지 말라니까."

"내비둬. 어차피 관광객들인데……. 예쁜 풍경 담고 가겠지."

"그런 거 치고는 좀 낮은데."

"초본가보지."

"하긴."

보통 잘못된 일을 저지르고 있는 이들이라면 숨기기 급급할 텐데, 이들은 꺼림칙함조차 느끼지 못했다. 관행이었기 때문이었다. 그들의 눈에 비치는, 비현실적인 노동량에 신음하는 이들의 모습은 그저 일상일 뿐이었다. 으레 그래왔던 것처럼 풍경의 한

자락으로만 생각했다.

"좋아, 여기서 이제…… 부대로 날린다. 연락 들어갔지?"

"네. 5분 대기조가 기다리고 있습니다."

"좋아."

"석준이, 너도 준비됐어?"

강혁은 드론을 조종하다 말고 한석준을 돌아보았다. 농장 앞에 바짝 세워둔 미니버스 안에 앉아 있던 한석준은 그런 강혁을 보며 하릴없이 고개를 끄덕였다. 두 눈은 두려움으로 가득 차 있었다.

"괜찮은 거죠?"

"괜찮지, 인마."

"하……. 내가 어쩌다…… 내가 왜 중국어를 공부했을까?"

"중국어 해서 여기로 온 거야."

"그러니까요."

"이거 끝나면 3급 특진이라며. 그럼 됐지."

"하……."

한숨을 연신 쉬어댔는데, 그런다고 멈출 강혁이 아니었다. 그는 드론을 그대로 미군 레이더 기지 내로 돌입시켰다. 정말 얼마 지나지 않아, 약속된 소란이 일었다. 탕. 타다당. 산중에 익숙할 리 없는 총소리가 퍼지는 것이 시작이었다. 강혁이 운전하던 드론이 박살 난 채 바닥으로 곤두박질쳤고, 강혁은 조종기를 한석준에게 넘겨주었다. 버스 밖으로 내몰면서였다.

"저 진짜 괜찮은 거 맞죠! 총 들고나오는 것 같은데!"

"안 쐈, 안 쐈. 다 프로야."

"지금도 쐈는데……?"

"소리만 내는 거야. 아무튼, 우리는 간다. 농장 문은 아까 내가 따놨으니까 안에 있다가 발각되라고."

"하……."

"어허. 중국말로 해. 이제부터 너는 중국인이야."

"하……."

한석준은 한숨을 쉬면서도 일단 농장 안으로 들어갔다. 강혁이 농장 문을 따놨다기보다는 일격에 부숴놓은 덕에 들어가는 일 자체는 어렵지 않았다. 들키지 않을까 하는 걱정은 할 필요가 없었다. 농장 안에 있던 이들은 모두 가까운 거리에서 들려오는 총소리에 혼비백산한 지 오래였다.

"뭐, 뭐야!"

"어……. 저기 차. 차들이."

"미군? 저 사람들이 왜 여기로 와?"

"모, 몰라."

게다가 저 멀리서 미군 차량들이 줄지어 오는데, 어쩐지 농장으로 향하는 것 같았다. 모두 총으로 중무장한 상태였기에 우왕좌왕할 수밖에 없었다. 덕분에 한석준은 정말이지 아무 방해도 없이 농장 건물 안으로 들어설 수 있었다.

"후……."

잠시 숨을 고르고 있으려니, 나무로 만들어놓은 농장 담장이 허물어지는 소리가 들려왔다. 차로 냅다 밀어버린 모양이었다.

'나중에 일 잘 풀리면 이 농장 우리가 사야 되는데······. 너무 부수면 안 되는데. 아니지, 총 맞을 수도 있는데 내가 뭔 생각을 하는 거야.'

미군은 차로 민 후, 도보로 진입해 들어왔다. 여기저기서 비명 소리가 들려왔다. 노동자들의 것도 있었고, 관리인의 것도 있었다. 차이가 있다면 관리인들은 그나마 항의를 하고 있다는 점이었다.

"무, 무슨 짓입니까?"

"농장에서 우리 기지를 염탐했다는 증거가 있어."

"무슨 염탐을······."

"이 드론 너네 거지?"

"아, 이거 오햅니다! 관광객 거예요."

"웃기지 마. 무슨 관광객 드론이 해킹이 되어 있어. 방해 전파도 뚫고 들어왔는데."

"아니······."

"주로 중국 스파이들이 쓰는 모델이야. 어딨어? 말해."

"뭐, 뭘 말해요."

말하지 못하는 것이 당연했다. 적어도 이 건에 대해서는 무고했으니까.

"아, 없다고 그런 사람!"

그래서 곧 관리인은 당당하기 그지없는 얼굴로 외쳐댔다. 딱 한석준이 나타나기 전까지였다. 조종기를 든 채 모습을 드러낸 그는 어색하기 짝이 없는 얼굴로 중얼거렸다.

"워……. 워 쉬 중구어뢴……."

관리자는 잠시 머리가 하얘지는 듯한 기분이 들었다. 대체 저 새끼는 누구란 말인가. 그뿐만 아니라 여러 관리인들의 시선이 한석준을 향해 꽂혔다. 누와라엘리야에서는 보기 드문 동양인인 데다가 체격이 남다른 편이라 그렇지 않아도 딱 눈에 띄는 편이지 않은가. 근데 중국어를 하고 있으니 시선을 아니 보낼 수 없는 상황이었다.

"당신 지금 뭐라고 했지?"

미군들도 한석준을 바라보고 있었다. 그중 일부는 총구를 겨누고 있었기에 한석준의 이마에서는 아주 자연스레 땀방울이 맺혔다.

'진짜 쏘는 건 아니겠지?'

대부분 아는 얼굴들이긴 했다. 강혁과 리처드의 주선으로 벌써 몇 번이나 미팅하지 않았던가. 주스리랑카 대한민국 대사관의 누와라엘리야 영사 직원으로서 이 지역 동맹군인 미군들과의 관계는 당연히 좋아야만 했기 때문이었다. 물론 영사라 해봐야 직원이 꼴랑 한석준 하나뿐인 상황이긴 했지만 강혁과 리처드의 인맥은 모든 것을 극복하게끔 하고 있었다.

"워…… 워 쉬 중구어뢴"

"통역해봐."

"중국인이라는데요?"

"역시."

하여간 한석준은 몇 번인가 말을 맞췄던 대로만 지껄이기로 작정했다. 그 말은 곧 중국어만 중얼거리겠다, 이 뜻이었다. 그럼 저쪽에서 알아서 통역을 해줄 터였다. 엉터리 통역이란 반발은 없을 거라 확신해도 좋았다. 이곳 관리인들이 중국어를 할 수 있을 리가 만무했으니까.

"주, 중국인? 중국인이 왜 우리 농장에⋯⋯."

"넌 가만히 있어. 계속 말해봐."

미군 중위는 총구도 들이밀지 않은 채 눈빛만으로 관리인을 제압했다. 관리인이 몸을 움츠린 채 뒤로 숨어드는 사이, 한석준은 계속해서 떠들어댔다. 죄다 중국어였는데, 제대로 통역하자면 다음과 같았다.

"백강혁 이 자라 같은 놈⋯⋯. 사람을 이런 사지로 내몰고 말이야⋯⋯. 내가 대한민국 4급 공무원인데 여기 와서 이게 대체 무슨 일이냐고."

하지만 통역병을 자처하고 나선 미군은 전혀 엉뚱한 소리만 해댔다.

"우리 레이더 기지를 염탐하고 있었답니다. 그리고⋯⋯ 자금 조달 목적으로 여기서 마약 재배를 하고 있었다는데요? 뭐라고? 아, 코카인."

"코카인?"

"코카인이라고?"

중위뿐 아니라 관리인의 눈도 동그래졌다. 코카인이라니. 이게 대체 무슨 소리란 말인가. 말도 안 되는 일이라고 외치려는데, 어디선가 미군이 생전 처음 보는 나뭇가지를 들고 나타났다.

"찾았습니다. 코카인이 있습니다."

"이런 개새끼들."

"아니……. 아니, 저희는…….."

"이 새끼들 싹 다 잡아 처넣어. 국제법 위반에 마약 사범이야. 농장주는 어디 소속이지?"

"리프입니다."

"그럼 거기도 엮어."

"아…… 아니…….."

얼핏 듣기에도 심각해 보이는 사안이지 않은가. 국제법 위반에 마약 사범이라니. 대부분의 나라가 그러하듯 스리랑카도 마약에 있어서만큼은 엄중한 태도를 고수하고 있었다. 중국처럼 목을 뎅겅 자르진 않겠지만 열악하기 그지없는 감옥에 처박히게 될 것은 뻔한 일이었다. 게다가 중위가 마지막에 입에 올린 회사는 본사이지 않은가.

'어……. 거기가 엮이면…….'

관리인 입장에서는 스리랑카 정부나 미군보다 더 두려운 존재였다. 적어도 이곳 누와라엘리야에서만큼은 무소불위의 권력을 지닌 자들 아닌가. 일이 틀어졌을 경우 관리인 본인은 물론이거니와 가족들조차 생사를 장담하기 어려웠다.

"자, 잠깐만요!"

"왜 이놈이 아직도 내 앞에서 얼쩡거려?"

"죄송합니다. 연행하겠습니다."

"아니, 이거 뭔가 착오가!"

"아직도 저 소리네. 미친놈이."

"조용히 해, 이 새끼야."

하지만 해명할 기회조차 주어지지 않았다. 중위가 눈앞에서 관리인을 치워버렸기 때문이었다. 사실 시간이 있었다 해도 별반 달라지는 건 없었을 터였다. 어차피 죄다 조작이었으니까.

"저기…… 몇몇 빠져나가는 이들이 있습니다."

"냅둬. 누구한테 갈지는 뻔한 거 아냐?"

"네, 그렇습니다."

"연락이 오겠지."

중위는 이미 관리인 쪽이 아니라 농장의 뒷문 쪽을 바라보고 있었다. 병사의 보고대로 몇몇 사람들이 오토바이를 타고 빠져나가고 있었다. 일부러 경계를 하지 않았던 곳이었고, 그 말은 곧 의도한 대로 움직여주고 있다는 뜻이기도 했다. 다만 정말로 생각대로 가고 있는지에 대해서는 확인이 필요했다.

—어떻습니까? 진행 방향은?

해서 무전을 넣었다. 답변은 즉시 들을 수 있었다.

"저 길로 가면 뭐…… 딱 가버너 하우스 말고는 없지. 다니엘한테 가는 것 같은데."

—그렇군요. 잘됐습니다.

"이제부터가 중요한데……. 잘해줄 수 있겠지?"

—저희 작전 캠으로 모두 찍어놨습니다. 중간에 중국어 이상한 소리한 거 있습니까? 그러면 잘라야 합니다.

"나한테 자라 같은 새끼네 뭐네 한 게 있는데 그건 잘라줘."

―자라요?

"중국에서는 아주 심한 욕으로 통용되는 말이야. 한석준한테 전해줘. 뒤질 준비 하라고.

―아, 네. 아무튼, 그렇게 하겠습니다.

"확인."

강혁은 그렇게 들어온 무전에 친절히 답을 해준 후 창을 통해 밖을 내다보았다. 농장에서 빠져나온 일련의 오토바이 무리가 산길을 따라 가버너 하우스로 향하고 있었다. 수십 년간 이곳을 무력으로 통치했던 자들의 거처였고, 지금은 금권으로 지배하는 이의 거처였다.

"들어간다. 오케이, 일단 성공이야."

강혁은 무리가 담장 안쪽으로 들어간 것을 확인하고는 고개를 끄덕였다. 옆에 있던 리처드 또한 그런 강혁을 보면서 씨익 웃어 보였다.

"어떻게 나올까요?"

"어떻게 나오긴. 혼비백산하겠지."

"제가 겪어봐서 아는데……. 그런 캐릭터는 아니던데……."

"그래봐야 우물 안 개구리야. 고작해야 누와라엘리야에서나 왕 노릇 하던 놈이…… 미군을 어떻게 상대해. 게다가 증거도 있는데."

"우리가 조작한 증거잖아요. 제대로 파헤치면……."

"제대로 파헤칠 수 있을 것 같냐? 저 농장이 어떤 곳인데."

강혁은 이제 고개를 돌려 오토바이가 빠져나왔던 쪽을 바라보왔다.

야트막한 언덕에 위치한 농장은 언제나 그러하듯 아름다웠다. 그러나 그 이면은 어떠한가. 사람이 다른 사람을 착취하는 현장이었다. 리프가 회사 매출 규모에 비해, 게다가 제조업임에도 불구하고 순수익이 그토록 높은 이유는 바로 거기 있었다. 일개 홍차 회사를 다국적 기업의 캐시 카우로 일구어낸 것은 오로지 노동자의 피와 땀이었다.

"하긴……. 비리의 온상이죠. 저건…… 제대로 파면 난리가 나겠죠."

"그래. 유야무야 덮고 싶은 건 피차 마찬가지야."

강혁은 고개를 끄덕이며, 자신의 계획이 빈틈없이 이루어져 가고 있다는 것에 만족하며 말을 이었다.

"그럼 돌아가봐. 어떻게 되어가는지 보고하고."

"아, 네. 근데 한석준은 언제 빼죠?"

"아, 그 새끼."

원래 같으면 다니엘이 육안으로 확인하자마자 빼돌릴 생각이었다. 하지만 자라 같은 놈이라는 욕을 듣고 나서도 그럴 수는 없는 노릇이었다. 물론 미군의 작전 캠이 미니버스에 연결이 되어 있을 거라 생각하지 못해서, 그러니까 강혁이 듣지 못할 거라 생각해서 지껄인 말이긴 하겠지만, 하여간 기분이 그랬다. 강혁은 늘 자기 기분에 대해서만큼은 솔직한 편이지 않은가.

"며칠 두지 뭐."

"네? 진짜 감옥이긴 할 텐데요? 간이라 시설도 구리고."

"그래야 더 속지."

"음……. 대질 신문이야 하루면 끝날 텐데."

"아, 그냥 좀 시키는 대로 하자. 네가 갈힐래? 모르지? 누와라 엘리야 병원에도 비밀 시설 있어."

"허."

병원에 설마 그런 게 있을라고? 뭐 이런 생각이 들었지만. 상대가 백강혁이지 않은가. 이놈은 한구에서 딱 의료 봉사만 하고 온 사람이 아니었다. 지역 사회에 만연해 있던 폭력 사태를 해결하고, 심지어 탈레반을 위압하기까지 했더랬다.

"그러니까 가."

"알겠…… 알겠습니다."

해서 리처드는 고개를 숙인 후, 미리 대기 중이던 험비를 타고 기지로 복귀했다. 강혁의 예상대로 다니엘이 직접 와 있었다. 여느 때와는 달리 무척 초조해하는 얼굴이었다.

"안녕하십니까, 다니엘."

리처드는 강혁의 예상대로인 것에 감탄하며, 일부러 여유로운 표정을 지어 보였다. 다니엘은 그런 리처드를 보자마자 눈에 띄게 안심하는 듯한 얼굴이 되었다. 미군 중 그나마 아는 사람이 리처드뿐이었기에 그랬다.

"아, 중령님."

말투부터가 달라져 있었다. 공손하다고 해야 할까, 아니면 비굴하다고 해야 할까. 언제고 콧대 높은 귀족 행세를 하던 인간이 이런 작은 사건 하나에 발발 떨기 시작하다니. 그러면서도 애써 자신의 긴장을 숨기려 애쓰는 모습이 더더욱 우스웠다. 리처드는 하마터면 코앞에 대고 웃음을 터뜨릴 뻔했다.

'정말 우물 안 개구리로구나.'

리처드는 표정 관리에 자신이 없어 잠시 고개를 숙였다가 들었다. 너무 무표정한 얼굴을 하려 애써서 그런가, 도리어 조금 무서운 표정이 되어 있었다. 의도와는 관계없이 다니엘은 그런 리처드에게 압도되고 말았다.

"다니엘. 보통 일이 아닙니다. 당신 농장에서 스파이가 나왔고, 첩보 활동에 쓰일 자금을 변통하기 위해 마약을 재배했다는 증거까지 나왔어요."

"아니……. 저는 정말 몰랐습니다."

"몰랐다는 말로 해결될 일이 아닙니다."

"하지만 저는 정말로……."

"일단 조사는 받으셔야 할 겁니다."

"음."

조사란 말에 다니엘은 아랫입술을 깨물었다. 그러곤 대동하고 온 사람을 돌아보았다. 점잖은 양복을 입고 있었는데, 누가 봐도 변호사였다.

"리처드 중령, 다니엘은 민간인입니다. 이런 식으로 구속될 수는 없어요. 당신들은 미군이지, 스리랑카 사법 기관도 아니지 않습니까?"

"뭔가 착각하고 있는 모양인데……. 여기는 미국령입니다. 스리랑카 정부로부터 승인을 받았어요. 즉 불법행위는 미국 땅에서 벌어졌다는 얘기입니다. 기소권도 수사권도 우리에게 있습니다. 구속 영장도 다 받았습니다."

애초에 미리 다 준비를 하고 시작한 작전 아닌가. 워낙에 사이즈가 큰 작전에 강혁이 협조하는 조건으로 건 일이라, 미군 측에서도 빈틈이 없었다. 서류가 죄 준비되어 있었다.

"아니, 언제 여기가⋯⋯."

"그러니까 다니엘. 협조하십쇼. 저희도 설마 다니엘이 중국 스파이와 협조했을 거라고는 생각지 않아요. 부디 제가 끝까지 이 생각을 유지할 수 있도록 해주시죠. 그러지 않는다면⋯⋯."

"협박하는 겁니까?"

"설명하는 겁니다. 앞으로 여기서 무슨 일이 일어날 수도 있는지."

리처드의 말투는 담담했다. 그래서 더 무서웠다. 다니엘은 변호사를 돌아보았고, 변호사는 고개를 끄덕였다. 감내 가능한 조건이라면 협조하라는 뜻이었다. 하여간 미군이랑 법적으로 엮이게 되면 좋은 꼴을 보기 힘들지 않은가. 게다가 들어보니, 딱히 계약인 그러니까 다니엘에게 해가 될 것 같지는 않았다. 리처드 중령은 선을 지키고자 하는 듯했다.

"협조하겠습니다."

"알겠습니다. 그럼 우리가 생각하는 조건을 말하죠."

리처드는 미미한 미소를 띤 채 말을 이었다.

'이제부터 내가 하는 말은 사실 백강혁이 하는 말이지.'

다니엘과 변호사가 명백한 착오를 범하고 말았단 생각과 함께였다. 이제 이들의 운명은 정해져 있었다. 파멸까지는 시간문제일 뿐이었다.

"우선……."

리처드는 해당 농장에서 찍어 온 사진부터 보여주었다. 차나무 사이에 박혀 있는 코카나무들이 선명하게 보이는 사진들이었다. 이렇게만 보여주면 안 믿을까봐, 몇몇 가지를 꺾어 오기도 했다.

"음."

그런다고 다니엘이 이게 뭔지 알아보지는 못했다. 코카인을 단 한 번도 해보지 않아서는 아니었다. 다만 그가 이때껏 보아 왔던 것들은 완제품, 그러니까 가루뿐이었다. 코카나무 따위는 처음 보았다. 물론 이게 정말 코카인이냐, 뭐 이런 말은 하지 않았다. 감히 미군 중령 말에 토를 달 수는 없는 노릇 아니던가.

"이것도 심각하지만, 사실 이것뿐이라면 우리가 이렇게 얼굴 마주할 일은 없었을 겁니다."

리처드는 사진을 슥 하고 한 켠으로 밀어 넣었다. 급하게 옮겨 심은 나무들이라 자세히 보면 자칫 티가 날 수도 있기 때문이었다. 하지만 분위기 때문인지 다니엘과 변호사는 그저 리처드가 자신들을 배려하고 있다고만 생각했다.

'내가 이 친구에게 대접한 게 벌써 몇 번이야.'

특히 다니엘은 리처드의 호의를 믿어 의심치 않았다. 제 딴에는 리처드에게 잘해주었다고 생각했기 때문이었다. 그 과정에서 리처드가 얼마나 자주 역겨움을 느꼈는지는 전혀 알아채지 못

했다.

"이쪽으로 오시죠."

리처드는 그런 둘을 돌아보고는 몸을 일으켰다. 강혁 앞에선 다소 빛이 바랬지만, 그 또한 군인답게 충분히 단련된 몸을 가지고 있는 사람이지 않은가. 앉아 있을 때도 제법 위압적이었으나, 일어난 후에는 아무래도 더한 압력이 느껴졌다.

"어디로…… 갑니까?"

리처드가 가리킨 곳은 기지에서도 좀 더 안쪽에 위치한 건물이었다. 수는 많지 않았지만 사방에 무장한 미군들이 깔려 있었다. 왕으로 군림하기는 했지만 그래서 더 폭력과는 거리가 멀었던 것이 다니엘이지 않은가. 그가 고용한 변호사라고 해서 크게 다른 건 없었다.

"중국인 스파이가 갇혀 있는 곳으로 갑니다."

"아…….."

리처드는 둘의 떨리는 목소리에 애써 웃음을 참으며 걸음을 옮겼다. 가짜 스파이긴 하지만 대강 할 수는 없는 노릇 아닌가. 건물 앞에는 무섭게 생긴 미군 둘이 무장한 채 서 있었다.

"필승."

"응, 안에 들어가도 되겠지?"

"네, 문제없습니다."

"그래."

리처드가 다가서자 절도 있는 자세로 옆으로 딱 비켜서는데, 정말이지 훈련이 잘되어 있다는 느낌이 들었다. 누구라도 여기서만큼은 몸가짐을 주의할 수밖에 없다는 얘기였다. 백강혁 정도 되면 또 모르겠지만, 다니엘 러셀도 강혁에 비하면 일반인 수준일 뿐이었다. 녀석은 마른침을 연신 삼켜가며 리처드의 뒤를 따랐다. 안은 어두웠다. 분명 불빛이 있긴 했는데, 그래도 어두웠다. 또 일부러 비워둔 건지 뭔지 모르겠는 휑한 복도는 공명 현상을 일으키기에 충분했다. 복도는 길기도 길었다. 다니엘과 변호사가 귓가에 울리는 군화 소리를 견뎌야 하는 시간 또한 길었단 뜻이었다. 마침내 리처드가 멈춰 선 곳은 복도 끝에 있는 철문 앞이었다. 애초에 잘못한 병사를 잠시 가두어두기 위해 만든 곳이니만큼 딱히 내부가 삭막하거나 하지는 않았다. 나름대로 침대도 푹신했고 또 에어컨을 비롯한 공조 시설도 완비되어 있었다. 한 가지 문제가 있다면 바로 한석준이었다.

'시발……'

다 합을 맞춘 대로 진행되어가고 있다고는 하지만 뭐가 어찌 되었건 간에 자신은 갇혀 있는 몸 아닌가. 그럴 필요 없다는 생각도 있긴 했으나, 어쩔 수 없는 두려움이 스멀스멀 피어오르던 와중이었다.

"어?"

그때 리처드가 찾아온 것이다. 숨길 수 없는 반가움이 얼굴에 번졌고, 리처드는 당황했다.

'이러면 나가린데.'

옆을 돌아보니 다니엘과 변호사는 아직 다가오지 않은 상황이었다. 아니, 감히 옆으로 오지 못하는 듯했다. 그럴 수밖에 없었다. 세상에 자기 농장에 중국인 스파이가 있었다니. 그걸 두 눈으로 확인할 수 있겠는가.

"뒤로 물러나! 벽 보고 서 있어!"

해서 리처드는 안도의 한숨과 함께 한석준에게 소리쳤다. 꺼내주러 온 줄 알고 반가워했던 한석준은 매우 놀랐다. 하지만 여기서 또 말 안 들었다가는 정말 험한 꼴을 당할 수도 있겠다 싶어서 시키는 대로 움직였다. 즉시 문에서 떨어져 벽을 바라보았다.

'이런 망할. 망할 백강혁. 망할 한유림.'

이제는 강혁에 대한 원망과 함께 한유림도 원망스러워지고 있었다. 친척끼리 서로 도와야 한다느니, 이번 일 잘하면 승진할 거라느니 하더니만 감옥에 가둬? 심지어 한국 감옥도 아니고 미군 감옥에? 이놈들이 미쳤나 싶었다.

"보시죠."

그사이 리처드는 다니엘과 변호사를 불렀다. 혹 가까이 가서 살피다 들키기라도 할까봐 여러 부연 설명을 덧붙였다.

"아주 험한 놈이에요. 체포 과정에서 우리 측 인원 몇이 상했습니다."

"아."

"지금 누와라엘리야 병원으로 이송해서 치료받는 인원도 있을 지경입니다."

"아……."

말이 길어질수록 문과 둘 사이의 거리가 조금씩 멀어졌다. 겁날 수밖에 없지 않겠는가. 스파이라는 말만 해도 그런데, 미군이 다쳤다니. 심지어 아주 거짓말도 아니었다. 아침에 부대 잡초 자르다 팔뚝을 베인 병사가 병원으로 실려 가긴 했으니까. 리처드는 그렇게 자기 합리화를 시전하며 말을 이었다.

"일단 입수한 드론을 보니⋯⋯ 우리 부대 전경이 담겨 있어요. 얼마나 파악을 한 건지는 차차 조사해볼 예정입니다. 혹시 다니엘은 저자를 본 적이 있습니까?"

"아, 아뇨."

다니엘은 별로 생각도 해보지 않고 고개를 저었다. 그가 여기 온 이래 본 동양인이라고는 백강혁과 한유림 그리고 스쳐 지나가듯 본 한석준이 다였다. 그나마 그때는 머리를 뒤로 넘기고 있었는데, 지금 한석준은 가발을 쓰고 있어서 전혀 알아볼 수가 없었다.

"그렇군요. 그럼 관리인들과 얘기를 해보죠. 저놈은 절대 입을 열지 않을 테니까."

"그⋯⋯."

"왜 그러시죠?"

"저자는 그럼 어떻게 됩니까? 우리 관리인들은 어떻게 되고."

"저자는 일단 관타나모로 가게 됩니다."

"아. 중국에서는⋯⋯."

"연관성을 부정하겠죠. 원래 블랙 요원은 그런 걸 감수해야 하는 법이죠. 모든 건 거기서 밝혀질 겁니다."

현시점에 관타나모보다 악명 높은 교도소가 또 있을까? 다니엘은 저도 모르게 몸을 떨었다. 여기에 연루된다면, 자신도 비슷한 꼴이 될 것 같아서였다.

"관리인들은…… 연루 정도에 따라 다르겠죠."

"그럼 이 농장은……."

"설마 아직도 그 농장에 미련이 남습니까?"

"아니……. 그건…… 그건 아닙니다."

리처드가 워낙에 너 정신 나갔냐는 눈으로 바라보았기에 다니엘은 바로 눈을 깔았다. 농장의 규모가 그가 소유한 농장들 중에서도 손에 꼽을 만큼 거대했기에 아깝긴 했지만, 여기서 욕심을 부리는 건 미친 짓이었다.

"그 농장은 저희가 매수하겠습니다. 지대를 살펴보니…… 딱 그 농장이 우리 부대에 접근하기 좋게 생겼더군요. 너무 늦지 않게 알아차려서 다행이라 여기고 있었습니다."

"아……."

"가격은 저희가 측정해서 보내죠. 이 주변 토지 거래가 있으면 좋을 텐데. 아무튼……."

리처드는 가격을 후려치겠다는 말을 돌려 말하며 다시 발걸음을 입구 쪽으로 옮겼다. 그렇지 않아도 여기서 나가고 싶었던 다니엘은 급히 리처드를 따랐다. 변호사도 마찬가지였다. 말하는 게 직업인 사람치고는 지나치게 조용해져 있었는데, 무리는 아니었다. 일반적으로 드나들 법한 교도소와는 분위기가 너무 다르지 않은가. 어쩐지 법보다는 총부리가 더 가까이 있는 듯했다.

"음."

다시 첫 장소로 돌아온 리처드는 테이블을 두드렸다. 정확히 말하면 테이블 위에 올려둔 지도였는데, 당연하게도 누와라엘리야의 지도가 놓여 있었다.

"일단 지금 문제가 된 농장은 여기뿐입니다. 실제로 직선거리가 가장 가까운 곳이죠."

백강혁이 일부러 이쪽에 요청을 했으니, 그렇게 되었을 따름이었다. 하지만 다니엘이 듣기엔 과연 그래서 이곳에 중국 스파이가 왔구나 싶었다.

"그런데 다른 농장이라고 해서 접근이 아예 없을 거라 확신할 수는 없는 상황입니다."

리처드의 말에 다니엘은 침음을 삼켰다.

'설마 이 근방 농장을 다 사려는 건가?'

그건 안 될 일이었다. 이 땅들은 황금알을 낳는 거위와 비견될 만큼이나 비옥한 곳이 아닌가. 제아무리 홍차가 커피에 밀리고 있다고 해도, 여전히 기호 식품 시장에서 강자의 위치를 점하고 있었다. 심지어 이곳의 생산성은 잔인할 정도였다. 노동자들을 착취하고 있기 때문이었다.

'새끼, 쫄았네.'

리처드는 진땀을 흘려대고 있는 다니엘을 바라보았다.

'뭐, 할 수 있으면 다 사겠지만.'

지금은 너무 비싸게 부를 터였다. 아니, 사는 게 불가할 터였다. 농장 하나는 이렇게 대강 사들일 수 있겠지만 그게 열 몇 개가 되면 본사 측에서도 주의를 기울일 테고, 결국 리처드 쪽의 부담으로 작용하게 될 터였다. 해서 아주 합리적인 제안을 할 참이었다.

'백강혁 교수님…… 진짜 천재라니까.'

결코 거절할 수 없을 터였다. 이 상황에서는 더더욱.

"감시를 하려고 합니다."

"네?"

"이제부터 이 근방의 농장은 우리 부대의 드론 정찰 대상이
될 겁니다. 24시간 쉬지 않을 겁니다."

"아…….'

정찰이라는 말은 결국, 감시라는 말과 같았다. 언제 들어도 달
갑지 않은 말이지 않은가. 하지만 중국인 스파이가 발견된 마당
이었다. 설마하니 미군이 사기를 치고 있을 거란 생각은 들지 않
았기에, 의심의 여지는 없었다.

'이걸 거부한다는 건…….'

말도 안 되는 것 같았다. 게다가 리처드 중령이 아까 그렇게
말하지 않았나. 내가 계속 널 믿을 수 있게 해달라고.

'중국과 한통속으로 묶이는 건 안 돼.'

적어도 이 자리에서는 안 될 일이었다. 해서 다니엘은 고개를
끄덕이고 말았다.

"네. 알겠습니다. 그…… 감시 대상은 스파이뿐이겠죠?"

"네? 당연하죠. 농장에서 일어나는 일은 우리 소관이 아닙니다.
부대에 위협이 있는 경우에만 상부에 보고하도록 하겠습니다."

"알겠습니다."

"시원해서 좋군요."

"아뇨, 이런 불미스러운 일을 겪게 해드려서 죄송할 뿐입니다. 이제는 저희도 각 농장을 더 열심히 감시하도록 하겠습니다."

"그렇게 해주시면 저희야 감사하죠."

리처드는 껄껄 웃었다. 모두 강혁의 말대로 되어가는 것이 신기하다고 생각하면서였다.

'드론은 이제부터 비인간적인 노동 현장을 실시간으로 녹화하게 될 거야. 전 세계에 그 영상들이 퍼지게 되면, 이 새끼들이 더 원이고 나발이고 간에 박살 날걸.'

그렇게 말하며 비열한 미소를 짓던 강혁을 리처드는 도무지 잊을 수가 없었다.

'매수 가격은 어떻게 하죠?'

농장 가격을 묻자, 거기에 대고서도 비열한 미소를 지었더랬다.

'이 동네 유일한 토지 거래 계약이 언제 있었는지 아냐? 식민지 때야. 그때 물가 적용해서 사. 어차피 뭐…… 강탈만 아니면 되지.'

그 말은 곧 만여 평에 달하는 농장을 고작해야 몇백 달러로 꿀꺽하겠단 뜻이었다. 하루 생산되는 찻값만 해도 그 금액보다 훨씬 많을 텐데. 리처드는 그게 되나 싶으면서도 어느새 입에 올리고 있었다.

"네?"

당연하게도 다니엘은 울상이 되고야 말았다. 다니엘은 울상을 짓다가 이내 어처구니가 없다는 표정을 지어 보였다. 처음엔 이 가격이 평당 가격인가 했다.

'이 자식이…… 이거 설마…….'

하지만 리처드가 들이민 서류, 정확히는 아주 오래된 서류를 찍은 사진을 들여다보자마자 그게 아니란 것을 알아차릴 수 있었다. 영국이 스리랑카를 지배하고 있던 시절, 이 지방 토지를 헐값에 사들인 바 있었는데 그 서류를 근거로 쓰고 있었기 때문이었다. 과거 그의 조상들이 그러했던 것처럼 리처드 또한 자신을 등쳐먹으려 한다는 얘기였다.

'어쩐지 말도 안 된다 싶었는데……. 사긴가?'

등쳐먹는단 생각이 들자, 공포에 짓눌려 도무지 고개를 쳐들지 못했던 의심이 이제야 슬금슬금 기어 올라오기 시작했다. 생각해보면 너무도 이상한 일이지 않은가. 이 자리에 미군이 들어온 것부터가 수상한 일인데, 거기에 갑자기 중국인 스파이? 경황이 없어 마구 따라오긴 했지만, 이제 보니 하나부터 열까지 도무지 이해가 가는 일이 없었다.

"왜 그런 눈으로 저를 보십니까?"

예전의 리처드였다면 다니엘의 얼굴이 이처럼 변할 때, 당황했을 터였다. 하지만 리처드는 다른 누구도 아닌 강혁의 가르침을 받고 있었다. 의술만 배웠다면야 백면서생에 불과했겠지만 강혁은 세계 최고의 협잡꾼으로서의 면모 또한 가지고 있었다. 근묵자흑이라고, 그 옆에 있다 보면 싫어도 변할 수밖에 없었다.

"이 가격은 너무 쌉니다. 말도 안 돼요. 게다가 아직 우리 혐의가 확실해진 것도 아니고……."

해서 일부러 도발적인 표정을 지으며 물었더니, 역시나 다니엘이 발뺌하기 시작했다. 아무리 여유로운 척을 해봐도 장사꾼 아닌가. 그것도 남들의 고통을 기반으로 돈을 버는 천박한 놈이 었다. 돈보다 우위에 선 가치가 단 하나도 없다는 얘기였다. 자연히 돈 얘기가 나오자마자 안면몰수하고 나서는데, 정확히 강혁의 말대로였다.

"하⋯⋯. 이거, 좋게 넘어가려고 했더니. 안 되겠군요, 다니엘."

이미 예상한 대로 움직인다는 건, 벌써 다 대비가 되어 있다는 얘기이기도 했다. 자연히 리처드는 다니엘이 원하는 대로 움직이지 않았다.

"안 되겠다고 하면 어쩌겠다는 거죠?"

"어쩌긴."

리처드가 손짓하자 그때까지만 해도 환하게 열려 있던 건물 문이 닫혔다. 병사들이 일부러 큰 소리를 내었기 때문에 다니엘은 깜짝 놀랐다. 변호인 주제에 담이 작은지, 옆에 있던 사내는 아예 딸꾹질마저 시작했다. 다니엘 입장에서는 여러모로 모양이 안 나는 상황에서, 리처드가 말을 이었다. 품 안에 있던 신분증 하나를 꺼내 들면서였다.

"다니엘. 이 건은 이제 미 사법부가 붙어서 처리할 거야."

"미 사법부라 해도 이만한 권한은⋯⋯ 그리고 난 아무 관계가 없지 않소? 그런데 이런 식으로 겁박을⋯⋯."

"그리고 넌 CIA의 추적 대상이 될 거야."

"CIA?"

미군 하나만도 버거운 상댄데 여기서 갑자기 CIA가 튀어나온다고? 다니엘은 그야말로 눈이 튀어나올 지경이었다. 자세히 보니, 과연 리처드가 내민 신분증에 CIA가 적혀 있었기 때문이었다. 다니엘이 아예 아무것도 모르는 사람이라면 CIA 같은 놈들이 왜 신분을 노출할까 싶겠지만, 모든 CIA 요원들이 블랙 요원인 것은 아니지 않은가. 오히려 대외적으로 활동하는 이들 중 대부분은 화이트였다. 합법적인 일을 하는 외교관 신분을 획득하고 있다는 것인데, 문제는 표면적으로만 화이트지 실제로 하는 짓은 블랙이나 다름없는 놈들도 많다는 것에 있었다.

"다니엘. 이미 호텔 단지 쪽에서 마약 파티 한 증거가 나오고 있어."

"그건……."

공공연한 비밀이었다. 마약 청정 지대라 할 수 있는 동북아시아 국가들과는 달리, 미국이나 유럽의 마약 사용 비율은 어마어마하게 높지 않은가. 딱히 하류층과 상류층을 가리지도 않았다. 차이가 있다면 상류층들에게는 마약 외에도 다른 즐거움이 많아 절대적인 중독자 비율이 낮다는 거였다. 그런 이들이 휴양이랍시고 수개월씩 죽치고 앉아 있는데 어찌 마약이 없을 수 있을까. 비단 누와라엘리야뿐만 아니라 유명 휴양지는 다 그랬다.

"그 마약을 댄 것은 당연히 이 농장이겠지?"

그러니 이는 억측이었다. 하지만 다니엘은 리처드가 계속해서 내려놓는 사진들에서 눈을 떼지 못하고 있었다. 그것 말고는 할 수 있는 게 없었다. 사진에 자신도 있었기에 그랬다. 나름 누와라엘리야의 실질적 왕으로서 큰 파티가 열리면 참석을 해야 하지 않은가. 심지어 몇 번은 호스트로서 주관한 적도 있었다. 다니엘 개인적으로는 마약을 혐오했으나, 다들 찾으니 대마나 아주 소량의 코카인은 구비를 해놓기도 했다.

"그 말은 곧 이 농장이 첩보 활동 기지로 쓰였을 뿐만 아니라, 그 첩보 활동에 필요한 자금을 확보하는 데에도 쓰였단 얘기가 되지. 중심에는 당신이 있고."

리처드는 말을 이어가면서 방금 자신이 내려놓았던 사진을 두드렸다. 보다 정확히 말하자면 파티 가운데 서 있는 다니엘의 얼굴이었다. 이렇게 듣고 보니 과연 흑막은 다니엘 같았다.

"아니, 아니!"

"생각해보니 이상한 얘기야. 이미 스리랑카 정부가 영국보다는 중국과 미국 사이에서 갈팡질팡하게 된 지 오랜데……. 왜 스리랑카 전역에서 가장 많은 현금이 나오는 이곳은 너와 같은 영국 놈이 차지하고 있을까?"

그야 당연한 얘기였다. 이미 이 토지의 주인이 영국인이기에 그랬다. 같은 이유로 누와라엘리야의 인프라는 형편없었다. 영국이야 기껏해야 기업 활동을 하고 있을 뿐이니 내깔겨두고 있었고, 스리랑카 입장에서도 굳이 영국 기업을 위해 도로를 갈고 닦을 이유가 없었다.

"그건 너 같은 놈들이 발 빠르게 중국 편을 들어서겠지. 일대일로의 일환으로……. 중국 자본을 이용해 해군 기지와 항구가 들어섰는데, 거길 통해서 리프의 차들이 수출되기 시작한 게 우연일까?"

우연이 아니라 필연이었다. 딱히 리프와 중국이 연관이 있어서가 아니라, 그저 제일 좋은 항구였기에 그랬다. 아직까지도 스리랑카의 다른 항구는 원재료 항이 많아 제품을 싣고 나르는 데 분실이나 파손의 위험이 있었다. 그에 반해 새로 지은 항구는 컨테이너 항구이니만큼, 그런 일이 현격히 적었다.

"그건……."

"유착 관계가 아주 강력히 의심돼. 네 말대로 증거는 안 나올 수 있어. 하지만 밝혀내는 과정이 네 놈에게 아주 괴로울 거라는 건 내가 보증하지."

"이건…… 이건 명백한 협……."

"그래, 협박이지. 하지만 국가 안보와 연관된 일이야. 네놈 땅에서 날아온 드론이 우리 기지를 침범했어. 떨어뜨려보니, 아주 구석구석 찍었더군. 과연 우리가 이걸 보고도 가만히 있어야 할까? 자네 생각은 어때."

국가 안보라는 말이 나오자 다니엘의 눈동자가 사정없이 떨리기 시작했다. 9.11 테러 이후 미국의 정책 기조가 180도 변했다는 걸 아주 잘 알고 있었기에 그랬다. 옛날 같으면 아무리 그래도 이렇게까지 해야 되나 하는 여론이 조금이나마 있었지만, 이젠 아니었다. 국가 안보를 위해서라면 뭐든지 할 수 있었다. 그 대상이 다니엘과 같은 21세기 노예 상인이라면 어떻게 될까? 아무리 잔인하게 죽인다 해도 여론은 지지할 것이 뻔했다.

"아니……. 나는 정말…… 아무것도……."

"그런데 왜 이 농장을 그렇게 지키려 하는 거지? 안에 뭐가 있길래?"

"그게 아니라 너무 싸다는…… 싸다는 얘기입니다."

천박한 장사꾼 기질에 힘입어 끓어 올랐던 용기는 갑작스럽게
식어버렸다. 아무리 돈이 최고라 생각하는 인간이라 해도, 목숨
귀한 줄은 알았기에 그랬다. 다니엘이 꿈꾸는 죽음은 안온한 것
이지, 미군 손에 쫓기다 죽는 그런 비참한 것은 결코 아니었다.

"싸다? 우리 산정 기준에 불만이 있다는 거요?"

"아니……. 그…… 이건……."

"당신네가 스리랑카 정부에 땅값으로 준 돈이야. 거기에 이자
를 쳐주겠다는 얘기잖아. 그렇게 되면 불과 300불짜리가 3200불
이 된다고."

"아."

이자를 쳐주는 거구나. 다행인가 싶었지만, 애초에 책정되었던
금액이 너무 적었기에 별 의미 없는 얘기였다. 그래봐야 400만
원도 안 되는 돈 아닌가. 5만 평을 훌쩍 넘는, 그것도 매일 어마
어마한 양의 찻잎을 생산하는 차밭이라는 걸 감안하면 말도 안
되는 얘기였다. 이곳의 차나무들은 비옥한 땅과 함께 더없이 우
호적인 기후 덕에 정말이지, 엄청난 생산성을 자랑하고 있었기
에 그랬다. 게다가 인건비는 거의 공짜였다.

'매년 이 밭에서 나는 차 가격만…… 수십억이 넘는데 그
걸…… 단돈 몇백에?'

속이 쓰릴 수밖에 없었다. 하지만 목숨값이라고 생각하면 푼
돈이었다. 거기까지 생각이 미친 다니엘은 억지웃음을 지어 보

였다.

"아뇨……. 괜찮은 가격이라 생각합니다. 방금은 제가 죄송했습니다. 그…… 이 건은……."

"이걸로 덮어달라 이거겠지?"

"네, 네."

"그래. 내가 너그럽게 넘어가주지. 대신 관리인들은 다시 볼 생각하지 말고."

"아, 네."

"이곳에서 일하던 사람들도 마찬가지야. 아는 게 얼마나 있을진 모르겠지만, 하여간…… 신문하는 데 얼마나 걸릴지 몰라."

"네."

관리인이나 노동자들이나 어찌 되든 솔직히 알 바 아니지 않은가. 다니엘에게 그들은 도구에 지나지 않는 사람들이었다. 그 것도 언제나 바꿀 수 있는 싼 도구. 농장이 없어지는 판에 노동자들을 인계받는다면, 그게 더 큰 일이었다. 차라리 잘 됐다 싶었다.

'이거면 된 거겠지?'

리처드는 안도의 한숨을 쉬고 있는 다니엘을 보며 강혁을 떠올렸다. 그가 말한 대로 일이 착착 진행되었기에 그랬다. 물론 그렇다고 끝은 아니었다. 오히려 이제 시작이라고 할 수 있었다. 해서 리처드는 다니엘을 돌려보낸 후, 즉각 강혁에게로 갔다.

"샀어?"

"네. 3200불에 샀어요."

"잘했어. 개꿀이네?"

"그렇긴 하죠. 지금 거기 순이익이 장난 아니니까요."

물경 500명가량의 노동자가 하루 임금 1000원, 월급 3만 원에 일하고 있는 곳이지 않은가. 스리랑카 평균 임금도 낮은데, 거의 10분의 1도 안 되는 돈이었다. 나머지 돈은 모조리 회사 주머니 행이었다.

"정상화시켜도 돈이 꽤 남지 않나?"

"정상화라는 게…… 일당 10불 정도로 하라는 거죠?"

"응. 아무래도 뭐, 우리나라랑은 다르지."

"그렇게만 해도……. 음. 저는 계산이 잘."

리처드가 머리를 긁적이고 있으려니, 한구에서 사업을 하면서 빠꼼이가 된 데니스가 나섰다.

"그렇게 하면 비용이 거의 22억이 늘어요."

"와, 크긴 크다."

"그래도 남는 돈이 10억은 넘습니다."

"그건 죄다 여기 농장 사는 데 써야 해, 일단은."

돈 쓸 곳이야 쌔고 쌘 마당이었다. 학교와 제대로 된 집 그리고 인프라 등을 닦기 위해서는 대체 얼마가 있어야 할까? 강혁조차도 지금 당장은 그 끝이 보이지 않을 지경이었다. 하지만 상관은 없었다. 첫발을 떼지 않았던가. 다른 사람이 아닌, 강혁의 첫발은 인류의 도약과도 같은 아우라가 있었다.

"이제 이곳은 변할 거야."

해서 강혁은 웃을 수 있었다. 아주 진한 미소였다.

리처드는 개인 명의로 산 농장을 다시 강혁에게 넘겼다. 강혁은 그 농장의 소유권은 갖되 운영권은 모조리 데니스에게 넘겼다. 파키스탄에서 손가락 안에 꼽히던 커피 회사 사장에서 누와라엘리야 병원 잡부로 전락했던 데니스가 마침내 다시 사장이 된 셈이었다.

"와······. 진짜 열악하구나."

"다 찍고 있어?"

"네? 아, 네."

물론 그렇다고 해서 당장 하는 일이 막 달라지지는 않았다. 사장으로서 데니스가 제일 처음 한 일은 노동자들이 쓰고 있는 숙소를 찍는 일이었다. 열악하다는 말을 연신 내뱉으면서였는데, 사실 열악이라는 단어조차 부족해 보였다.

"이런 데서······ 몇 명이 잔다고?"

"50명 정도? 롱하우스라고 해봐야····· 이렇지."

"아니, 이게 말이 되나?"

리프라면 리처드도 알고 있던 기업 아닌가. 즐겨 마셨다고 하기엔 좀 그렇지만, 하여간 이름이 알려진 기업이었다. 서구 세계에서 먹히는 기업치고 이렇게까지 노동자들의 여건에 신경 쓰지 않는 곳이 또 있을까? 20세기 초반이라면 또 모르겠지만 21세기에 들어선 지금은 말도 안 되는 일이었다. 커피조차 공정 무역 마크가 달려 있으면 아무래도 더 선호를 받는 세상이지 않은가.

"그만큼 숨겨져 있던 거야. 야, 우리만 해도 그렇지. 지금 코앞에 한 달 가까이 있었는데, 이런 거 알았냐?"

"몰랐죠. 거참⋯⋯."

드론이라도 날릴라치면 지랄을 해대는 통에 염탐은 불가했다. 물론 한두 번 정도야 관광객이 실수로 날리나보다 하겠지만. 여러 번 반복되면 반드시라고 해도 좋을 정도로 경찰이 출동했다. 이쪽에서 신고하면 코빼기도 안 비추던 것들이 리프 농장주들의 말은 기가 막히게 들었다. 공권력이 농장주들의 개가 된 지 오래란 얘기였다.

"이제라도 알게 됐으니 다행이지. 구석구석 찍어."

"네. 아유, 이거. 어두워서⋯⋯ 불도 잘 안 들어오네. 근데, 화장실은 어딨죠?"

"그걸 나한테 물으면 내가 아냐?"

"아니, 교수님 이제 여기 말 좀 할 줄 알잖아요. 물어봐달라는 얘기죠. 왜 화부터 내요. 내가 이렇게 만든 것도 아닌데."

"네가 사장이잖아."

"와, 방금 말은 진짜 억울했다."

"그래, 나도 인정. 미안."

들어오기 전부터 어느 정도는 예상하고 있었다. 소위 롱하우스라는 낭만적인 이름의 숙소가 얼마나 열악할지. 그 안에서 살아가는 노동자들의 삶은 또 얼마나 비참할지. 하지만 막상 들어와서 보니, 예상했던 것과는 또 차원이 달랐다. 대한민국 군대가 열악하다 열악하다 하는데, 여기다 대면 럭셔리하다는 얘기가 나올 지경이었다. 물론 미필인 강혁에게는 감히 군대라는 단어를 입에 올릴 자격이 없긴 했지만, 말이 그렇단 얘기였다.

"아, 화장실은 안쪽에 더 가야 있대."

"있긴 있구나. 다행이라고 해야 할지……."

그 꼴을 계속 보다보니 화가 치밀어 올랐다. 해서 어떻게든 풀어보려 데니스를 갈궜는데, 생각해보니 그건 좀 심했다 싶었다. 데니스는 해방군이지, 침략자는 아니지 않은가. 때문에 그로서는 실로 드물게 사과를 하고는, 안내차 따라 들어온 노동자에게 물었다. 데니스의 말마따나 강혁은 이미 어느 정도 말이 입에 익은 상황이었다.

"저거…… 저거 맞아요?"

그렇게 좀 더 안쪽으로 들어가자, 낡고 삭은 문 두 개가 모습을 드러냈다. 뽁뽁이인지 뭔지로 가려져 있지 않았다면 안쪽이 훤히 들여다보였을 정도로 엉망이었다.

"어, 맞대."

강혁은 물어오는 데니스에게 고개를 끄덕였다. 유창하진 않아도 제법 뜻은 통할 정도가 된 타밀어를 이용해 노동자에게 물은 다음이었다.

"허."

"이게 화장실이라니. 이 개새끼들."

"푸세식인데……. 이걸 어떻게 처리하고 있지?"

"물어볼게."

그나마도 남녀 공용이었다. 문짝이 두 개라 화장실도 두 갠 줄 알았더니, 하나는 수도 시설이 들어가 있었다. 요컨대 씻는 곳도 공용, 싸는 곳도 공용이란 얘기였다. 하긴 사람으로 존중하는 마음이 있었다면 애초에 이따위 숙소를 생각하진 못했을 터였다.

"음. 종종 차가 와서 치운다는데."

"그건 다행이네요. 저는 또 삽으로 푸는 줄……. 우. 나가죠. 더 못 있겠는데."

"넌 이런 거 처음 보지?"

"교수님은 본 적 있어요? 누가 보면 북한에서 온 줄 알겠네."

"인마. 나 어렸을 땐 대한민국에서도 이런 거 종종 있었어."

"구라 치지 마세요……. 얼굴 하얗게 떴어, 지금."

"그건 내가 냄새에 워낙 민감해서 그런 거고. 어후."

데니스와 강혁은 누가 먼저랄 것도 없이 화장실에서 뛰쳐나왔다. 더 있었다간 없던 질환도 생길 것 같았다. 아니, 당장 이 숙소부터 어떻게 해야겠다는 생각이 들었다.

"보니까 이 근처에서도 자는 것 같은데. 이거……."

"네, 이부자리가 있어요. 하……. 시발 진짜 이게……."

"우선 다른 것보다 숙소부터 어떻게 해보자고."

"임금 올리면 매일 남는 돈이 그렇게 크지 않을 텐데요?"

"그건 걱정 말고. 나 돈 많아. 차입해줄게."

"아……. 병원 지으면서 홀랑 날라갔다고 하지 않았어요?"

"뭐 또 좀 불렸어."

"한 달 사이에? 아니 뭔 종목을 샀길래. 같이 좀 사요. 혼자 처먹지…… 아, 목. 목. 이건 제가 선 넘었어…… 휴."

데니스는 강혁에게 붙잡혔던 목을 토닥거렸다. 그사이 강혁은 한국에 남은 자산 관리사에게 전화를 걸어 돈 얼마를 부치라고 일렀다. 워낙에 시드 머니가 크다보니 한번 구를 때마다 붙는 돈이 장난이 아니었다. 그만큼 실패도 치명적이란 얘기가 됐지만 강혁은 미군, 특히 CIA 자문이라는 위치를 아주 적절히 사용해 돈을 벌고 있었다.

"한 5억 부쳐준대. 자재 올라오고 지랄하고 하려면 시간 걸릴 거야. 여기 지반이 층 올려도 되는 수준인지도 봐야 하고."

"아……. 그럼 이거 어쩌죠?"

"어쩌긴. 마음 아파도 몇 달은 이대로 둬야지. 먹을 거나 신경 써. 임금이랑. 진료는 우리가 봐주면 되니까."

"아, 그렇네. 먹을 거랑 진료만 돼도 어떻게 되긴 하겠네요. 임금이야 바로 올려주면 되고요."

"응, 그건 간단하지?"

"네."

둘은 롱하우스를 빠져나오면서 시원스레 고개를 끄덕였다. 잠깐이었지만 워낙에 비참한 숙소에 있다 나와서 그런가, 바깥 풍경이 더더욱 아름답게 느껴졌다.

"후."

"음."

공기도 맑았다. 누와라엘리야는 완전 청정 지대였기에 그랬다. 거기에 더해 거의 매일 조금씩 비까지 오는 곳이라 공기의 질이 세계 어디에 내놔도 뒤지지 않을 지경이었다. 냄새를 잊기 위해서라도 있는 힘껏 숨을 내쉬고 있으려니, 마찬가지로 심호흡을 하고 있던 리처드가 머리를 갸웃거리며 입을 열었다. 뭔가 잊고 있던 것이 생각났다는 얼굴을 하고서였다.

"아, 맞다. 임금 올리고 뭐 이런 건…… 한석준이 하기로 하지 않았어요? 데니스가 다 할 수는 없으니까요."

"그렇지. 그 새끼한테 다 시켜. 근데 어디 갔어?"

"어딨긴요. 지금 감옥 갔죠."

리처드는 아시죠? 하는 얼굴로 물었다. 그런데 강혁은 전혀 모르겠다는 표정이었다.

"감옥? 뭔 사고를 쳤어. 빼내 올 수 있어?"

"아니……. 교수님이 가두라고 했잖아요."

"응? 아, 아……. 아직 안 빼줬구나."

"네, 벌써 3일 됐어요."

3일. 그냥 격리만 당해도 괴로울 만큼 긴 시간이었다. 인간이 달리 인간이란 말인가. 사회적 소통이 단절되는 건 견딜 수 없을 만큼의 고통이었다. 한데 다른 곳도 아니고 감옥에 처박아두고 잊을 줄이야.

"이 개새끼야!"

마침내 풀려난 한석준은 아주 당연하게도 욕설과 함께 강혁에게 달려들었다. 지금, 이 순간만큼은 강혁도 달리 뭐라 할 수 있는 말이 없었다. 농담처럼 더 가둬둘까 하기는 했으나 진짜 그렇게까지 할 생각은 없어서였다. 게다가 한석준의 활약 덕에 이 농장을 매수하게 되지 않았던가. 심지어 드론 또한 날리고 있었다. 그 드론에 찍힌, 다니엘 일당의 비인간적인 행태 또한 이 지역을 완벽히 뒤바꾸는 데 큰 힘이 되어줄 터였다.

"그래도 폭력은 안 되고."

"읍."

그렇다고 순순히 맞아줄 생각은 없었다. 해서 강혁은 달려오던 한석준의 이마를 손바닥으로 밀어내고는 순식간에 뒤로 돌아가 사지를 제압했다.

"이, 이. 한 대는 맞아줘야지!"

"이런 걸로 맞아주면 한유림이나 리처드는 칼빵 정도는 놔야 해. 공평하게 가야지. 욕 한마디 정도만 더 해. 그건 허용 가능."

"이 미친 인간이!"

"생각보다 점잖네. 이 정도 욕으로 퉁치다니."

강혁은 마음에 든다는 듯 껄껄 웃으며 한석준을 놔주었다. 그런다고 화가 풀릴 리가 있겠는가. 해서 눈이 반쯤 돌아간 채로 달려들려고 했는데, 발이 멈칫거렸다. 강혁이 눈으로 거기서 더 움직이면 죽는다고 얘기하고 있어서만은 아니었다. 이놈 한 놈만 이러고 있었다면 참지 않았을 터였다. 하지만 리처드도, 데니스도 동일한 얼굴로 고개를 가로젓고 있었다.

"후."

"그래, 잘했어."

"후우."

"잘 참았어. 근데 진짜 너가 당연한 걸로 때리잖아? 나는 칼빵 놔야 해."

둘은 아까 강혁의 말이 인상 깊었는지, 몇 번인가 쑤시는 흉내를 내었다. 하지만 아무리 생각해도 강혁의 복부를 뚫을 자신은 없는 모양이었다. 둘 다 동시에 고개를 가로젓더니만 그저 한석준의 어깨를 두드려주었다. 어차피 안 될 일이니 포기하라, 뭐 이런 뜻이었다.

"음. 시간이 벌써 이렇게 됐나. 한석준, 너 때문에 동선 꼬였잖아, 새꺄."

방금 전에는 미안하네 어쩌니 하더니만 어째 바로 욕이었다. 왜 그러나 하고 고개를 들었더니 강혁은 손목시계를 내려다보고 있었다. 연신 고개를 내저어 가면서였다.

"의사한테 병원 비우는 게 얼마나 불안한 일인지 알아, 몰라."

"아니……. 그렇다고 사람이 감옥에 갇혀 있는데 그걸 안 풀어주려고요?"

"주변머리 없는 놈. 꼭 내가 와야 나와? 너 진짜 스파이야? 아니잖아. 말로 하면 되지."

"누가…… 누가 제 말을 들어준다고……."

"노력이 부족해서 그래. 날 봐라. 노력의 화신이잖아."

"뭔……."

한석준은 개소리냐고 하려다가, 이제부터는 욕도 안 봐준다는 것을 깨닫고 필사적으로 집어삼켰다. 그사이 강혁은 아주 자연스럽게 험비에 올라타고는 차밭 정경을 내려다보았다. 미군 기지가 레이더 기지이니만큼, 누와라엘리야에서도 지대가 높은 곳에 위치했기에 시야가 탁 트여 있었다.

"여기 처음 왔을 때, 우리한테 주어진 땅이, 저기 저거 보이냐? 병원?"

"아, 네."

"저거 말고 더 있었어? 농장은 한 평도 없었지. 근데 지금 봐라. 얼마나 있지?"

"5만 평……?"

"그래, 거기 속한 500명도 들어왔고. 이게 다 노력 덕분이야. 노력."

"어……."

그건 아닌 것 같은데. 노오력 한다고 될 일은 아니지 않은가. 이건 정말이지 온 세상에서 백강혁만이 가능한 일이었다. 능력만의 문제도 아니었다. 어떤 미친놈이 스파이 짓에 마약 혐의까지 뒤집어씌워서 농장을 산단 말인가. 그것도 진짜 마약 키울 것도 아니고 봉사를 목적으로.

"하여간 가자고. 환자들 올라."

화까지 내면서 서두른 것치고는 병원은 꽤 한산했다. 여전히 다니엘 러셀의 명으로 각 농장에서 환자들을 보내지 않은 탓이었다. 그나마 강혁이 사들인 농장에 있던 500여 명의 노동자, 그리고 200여 명의 가족들 정도가 병원을 채우고 있었다.

"시골 보건소 내려온 기분이네."

물론 이미 진료를 본 지 며칠이 지났기에, 정말 심각했던 사람들은 해결이 다 된 상황이었다. 오늘 외래를 본 사람들은 그저 대한민국의 환절기를 방불케 할 정도로 변화무쌍한 누와라엘리야의 기온 탓에 알레르기가 있거나 가벼운 감기가 있는 이들뿐이었다. 그러다 보니 오전 내내 진료실에 있었던 한유림마저도 비교적 여유로워 보였다.

"좋아요?"

강혁의 말에 한유림은 어깨를 으쓱해 보였다. 커피 대신 녹차를 마시고 있었는데, 워낙에 품질이 좋아서 그런가, 차 맛을 잘 알지도 못하는 데도 만족스러운 얼굴을 하고 있었다.

"좋지, 그럼. 생각해보니까 백 교수 따라다니면서 이렇게 여유로웠던 적이 없었던 것 같아."

아니, 이제 보니 차가 아니라 그저 할 일이 없는 게 좋은 모양이었다. 병원 옥상에 마련된 테라스에 앉아 밖을 내다보는 폼이 제법 태가 났다. 뭐라고 해야 할까. 나는 오늘 이 여유를 한껏 즐기고야 말겠다, 뭐 이런 각오가 느껴진다고 해야 할까? 강혁이 보기엔 같잖을 뿐이었지만, 생각해보니 이것도 나쁘지만은 않은 일이었다.

'하긴 이제 슬슬 군의관들도 올 거고……'

미군 군의관들이 오게 되면 보다 적극적인 출동에 임하게 될 터였다. 지금이야 강혁과 리처드가 다 도맡아 하고 있지만, 그때가 되면 한유림도 재원도 비행기를 타야 했다. 아직 얘기는 하지 않았지만.

'그때 가서 얘기하면 되지.'

강혁은 속 편한 생각과 함께 한유림 옆에 가 앉았다. 정확히 말하자면 한유림과 재원 사이였다.

"아, 교수님. 뭐 하러 여길 비집고 들어와요. 억."

재원은 그런 강혁에게 뭐라고 하다 머리통을 한 대 얻어맞았다. 그리 세게 친 것도 아니었거니와, 말을 꺼낼 때부터 이미 재원도 맞을 각오를 했던 탓에 차를 엎지른다거나 하는 불상사는 없었다.

"새끼, 아주 불손해?"

"불손하긴요. 불손은 교수님이 한유림 교수님한테 하는 게 불손…… 억."

"아주 오늘 작정을 했구나. 운동 좀 할까?"

"약간 심심해서 그래요."

"심심?"

마지막에 되물어온 것은 강혁이 아니라 한유림이었다. 아주 어이가 없다는 얼굴을 하고 있었는데, 당연한 일이었다. 바로 어제까지 개고생을 해놓고서는 딱 하루 쉬는데 심심이라는 말을 써?

"미쳤어?"

"아니, 그런 게 아니라요."

힐난하는 한유림과는 달리, 재원의 얼굴은 진지하기 이를 데 없었다. 마침 일찍 지는 누와라엘리야의 해가 재원의 뒤편으로 넘어가기 시작해서 그런가, 얼핏 보면 성스러운 느낌마저 주었다. 어떻게 봐도 호구스러운 인상 때문에 멋은 좀 안 났지만, 하여간 평소와는 좀 달랐다. 그렇다보니 한유림도 강혁도 일단은 말을 들어주기로 했다. 달리 할 것도 없지 않은가.

"저 사실 여기 와서 진짜 느낀 게 많긴 하거든요."

"뭘 그렇게 느껴."

"제가 한국대학교 병원 중증외상센터 센터장이잖아요."

"나는 기조실장이었고, 백 교수는 초대 센터장인데. 여기서 부심 부리려고?"

물론 그렇게 협조적이진 않았다. 딱 어조만 봐도 뭔 얘기할지 뻔했기 때문이었다.

'한 교수님은 나는 이제 이 사람들을 두고 떠날 수 없다고 했었지. 지금 생각해도……. 와, 닭살이 또 돋네.'

한유림이나 강혁이나 마찬가지였다. 원래 초보 봉사자는 자신이 하는 일이 너무도 거룩하게 느껴진 나머지, 거기에 경도되는 경우가 많다는 것을 이제는 잘 알게 되어서였다.

"아니, 그런 게 아니라요. 와, 말을 못 하게 하시네."

"미안 미안. 계속해봐. 이래 봬도 진지하게 듣고 있어."

"네. 토는 좀 그만 다셨으면 좋겠어요."

"백 교수한테 많이 맞았다고 나한테 맞으면 안 아플 것 같아서 이러나."

"아니, 제발……."

"알았어, 알았어."

하지만 도가 지나치다 싶을 만큼 시비를 털지는 않았다. 뭐가 되었건 간에 긍정적인 감정이라는 것 또한 아주 잘 알고 있어서였다.

"한국에 있을 땐 제가 진짜 헌신하고 있다고 생각했어요. 아니지. 그게 맞긴 하죠. 남들이 안 하는 일을 하고 있는 거잖아요."

덕분에 재원은 다시 진지한 얼굴로 말을 이을 수 있었다. 무려 강혁을 바라보면서였는데, 강혁은 그런 재원을 향해 고개를 끄덕여주었다. 강제로 이 길에 끌어들인 장본인으로서 이 정도는 해줘야 되지 않나 싶었다.

'인생 꼬인 건 맞잖아?'

보람된 삶이긴 했다. 말 그대로 아무도 걷지 않는 길에 선 채, 그 누구도 신경 쓰지 않던 죽음을 되살리는 인생이니까. 하지만 그만큼 외롭고 고통스러운 길이기도 했다. 특히 재원 같은 놈은 연애도 못 해볼 것이 뻔했다. 강혁에 비하면 이건 얼굴도 뭣도 아니지 않은가. 성실하고 착한 걸 어필해야 할 텐데, 중증외상센터에서 일해가지고서는 그게 안 되었다.

"근데 여기는…… 여기는 느낌이 또 달라요. 지역 전체가 버림받았는데……. 그걸 이용하고 있는 놈들이나 있고……. 이 사람들이야말로 정말 이렇게 봉사 온 사람이 없으면 아무도, 정말 아무도 찾지 않는 거잖아요."

"그렇지."

"그래서 힘들어도 즐거웠어요. 진짜 봉사하는 것 같아서. 근데 이렇게 뚝 끊기니까 좀 그렇네요."

재원은 거기까지 말하고서는 밖을 내다보았다. 레이더 기지만큼은 아니지만, 병원도 꽤 고지대에 위치한 데다가 건물도 누와라엘리야에서는 실로 드물게 저층이 아니어서 상당히 많은 차 농장이 눈에 들어왔다. 몇몇은 이미 환자를 보내온 바 있긴 하지만 안 보낸 곳들이 훨씬 많았다. 재원의 눈에는 그게 다 빚으로만 보였다.

"어떡해요, 저기 있는 사람들."

초조한 얼굴이 되어 중얼거리는 폼이, 정말 어엿한 봉사자 같았다. 심지어 강혁은 아주 잠시 한구 병원의 팀장 제인을 떠올렸을 지경이었다.

'너무 빠지면 안 되는데?'

어찌나 숭고해 보였는지, 평생 이렇게 떠돌 것만 같았다. 그건 안 될 일이었다. 강혁처럼 어딜 가도 사이즈를 키워서 누군가를 길러낼 수 있다면 얘기가 달라지겠지만, 각자 맡은 바 일이 다르지 않은가. 아직 재원은 시스템이 완전히 갖추어진 곳에서 제자를 길러내고, 또 대한민국의 환자를 살려야만 했다.

'뭐, 여기서 1년 있다 보면 지치겠지.'

하지만 굳이 꿈에서 깨울 생각이 들지는 않았다. 1년이 얼마나 긴 시간인지 그 누구보다 잘 알아서였다.

"어쩌긴, 다 봐줘야지."

"어떻게요?"

"어떻게? 야, 벌써 농장 하나 샀잖아. 또 하나 사면 돼. 또 하나 사고."

"그야…… 그렇게 될 것 같긴 해요."

다름 아닌 강혁의 말 아닌가. 비록 재원은 한구에서 강혁이 행했던 그야말로 말도 안 되는 활약을 직접 본 건 아니었지만, 그럼에도 강혁의 말이라면 철석같이 믿었다. 외상 외과의 불모지나 다름없던 대한민국을 동북아 최고의 시스템을 갖춘 나라로 만든 사람이지 않은가. 불과 몇 해 전까지만 해도 외국에 나가 배울 생각은커녕 그저 부러워만 하고 있던 나라가 이제는 가르치는 입장이 된 마당이었다.

"근데 시간이 오래 걸리지 않을까요? 그 기자분도 거의 가택 연금 신세라던데."

하지만 시간이 문제였다. 재원은 자신의 안식년이 1년밖에 안 된다는 사실이 원망스러웠다. 혹 정상화가 1년이 지나서 이루어지게 되면 어쩐단 말인가. 평생 이곳의 사람들이 생각나서 잠을 이루지 못할 것 같았다.

"크리스토퍼?"

반면 강혁의 얼굴은 평안했다. 되묻는 모습이 어찌나 여상한지, 일말의 동요조차 찾을 수 없었다.

"네, 그분. 교수님도 기대 좀 하지 않았어요?"

"뭐⋯⋯. 기대하긴 했지. 근데 원래 계획에 있던 사람은 아니잖아."

"설마 유튜브에 걸고 있는 거예요? 셀럽이시긴 한데⋯⋯. 그래도 확확 뜨진 않던데. 조회 수도 점점 줄고요."

재원의 생각보다 훨씬 잘 나오는 건 맞았다. 하지만 확실히 유튜브는 어떤 유익함도 좋지만, 일단 재미가 있어야 했다. 맨날 비슷한 놈들 나와서 비슷한 일 하는 영상이 계속 매력적일 수는 없다는 뜻이었다. 방금 재원이 말했던 것처럼 점점 조회 수가 떨어져가고 있었다.

"아니, 거기만 걸고 있는 건 아니지. 기자도 활용할 거야."

"그래요? 어떻게요?"

"다 방법이 있어. 그리고⋯⋯."

강혁은 불안해하는, 어이없게도 더 일할 수 없을까봐 초조해하는 재원을 보며 손을 내저었다. 재원의 걱정이 못마땅해서는 아니었다. 봉사 온 몸으로서, 그것도 단기 봉사자인데 현장을 걱정하는 건 당연히 좋은 일이지 않은가. 하지만 언제나 그러하듯 진짜 중요한 건 눈앞에 둔 환자였다. 의사라면 모름지기 그래야 했다.

"웃차."

강혁은 몸을 일으켰다. 시선을 지금껏 일행이 두고 있던 곳이 아니라, 정반대 쪽으로 돌리면서였다. 그제야 나머지 일행도 뭔 일인가 하고 고개를 돌릴 수 있었다. 슈우웅. 멀리서, 아주 멀리서 공기가 찢겨 나가는 소리가 들려왔다. 비행기였다. 매우 빠른.

"연락도 없이 오는 걸 보니까, 급한 모양인데."

에어 앰뷸런스는 고가의 물건이지 않은가. 제아무리 미국이 국방비에 1000조라는 막대한 예산을 쓰고 있다고 해도, 부담이 있었다. 망가지기라도 하면 큰일이라는 건데, 아무래도 이 산골짜기에서는 관리가 어려웠다. 해서 콜롬보 공항 격납고에 두고 일 터지면 이쪽이나 현장으로 가곤 했다.

"이제야 오네."

강혁은 계단을 통해 아래로 내려가면서 전화를 받았다. 모르는 번호였지만 패턴을 보면 대강 파악은 가능했다. 그런데 이건 아니었다.

"뭐지? 미군이 아닌데?"

대사관 측 번호였다.

"교, 교수님!"

고개를 돌려 보니, 한석준이 뛰어오고 있었다. 삐져가지고 평생 다시는 말도 안 걸 것 같더니만 지금은 애절한 눈이 되어서 뛰어오고 있었다.

"잠깐, 전화 왔어."

"아니, 이거 진짜."

"발신인이 네가 받은 전화랑 같을걸."

"아."

내가, 정치하는 백강혁이라고?

강혁은 숨을 씨근덕거리고 있는 한석준을 두고, 전화를 받았다. 예상했던 대로 영어가 아니라 한국어가 흘러나왔다.

"백 교수님! 지, 지금 환자 하나 갑니다."

"거의 다 온 것 같던데."

"아……. 죄송합니다. 이게 일단 에어 앰뷸런스 사용 인가 때문에도 그렇고……. 저희 비상 연락망이 혼선이 있어서 교수님 전화번호……."

"사과는 됐고. 무슨 환자입니까?"

절차를 중요시하는 사람도 있을 터였다. 아마도 공무원들 사이엔 좀 더 많겠지. 하지만 생명을 다루는 사람들은 다를 수밖에 없었다. 비단 의사뿐 아니라, 출동을 앞둔 경찰이나 소방관도 그러할 터였다.

"그…… 건설 현장에서 발생한 사고입니다."

"건설 현장? 노동자예요?"

"아, 아뇨. 오늘 감독차……. 외교부 차관께서 오셨는데 바람에…… 크레인이…… 넘어져……."

"깔렸어?"

"네."

"음."

크레인이라니.

이미 죽어서 오는 거 아닌가, 뭐 이런 생각이 들었다. 하지만 이왕 에어 앰뷸런스까지 타고 온 마당 아닌가. 최선을 다하는 것이 옳았다. 게다가 강혁은 한석준에게, 정확히 말하면 대한민국 외교부에 빚이 있었다.

"알았어, 지금 즉시 착륙장으로 가지. 둘 다 준비해. 아무래도 만만치 않을 것 같은데."

강혁과 함께 한유림과 재원 모두 앰뷸런스에 올랐다. 방금 전까지 심심하네 아쉽네 어쩌네 했던 참이라 핑곗거리도 없었다. 오히려 환자 온 것을 반가워해야 할 판이었다. 운전석에 앉은 것은 의외로 데니스였다. 다른 사람들에게뿐만 아니라 데니스에게도 그런 듯했다.

"제가 해요?"

"그럼 어떡해. 눈에 띄는 놈이 너밖에 없는데."

"한석준은요?"

"그 자식은 운전 못 하더라. 오토바이 잘 탄다고 하길래 기대했는데, 어디서 스쿠터나 몰았나봐. 비탈길 가니까…… 자전거가 빠르겠더라고. 너는 인마 그에 비하면 미하엘 슈마허야. 빨랑 밟아."

미하엘 슈마허라. 전설적인 레이싱 선수에 비견되다니. 데니스는 부려먹히는 와중에도 기분이 좋아졌다. 예전 같았으면 어림도 없을 일이었지만, 이젠 아니었다. 너무 오랜 시간 강혁과 같이 있다 보니 스톡홀름 증후군처럼 사고 체계가 뒤바뀌었다.

"하긴 외교부 직원인데⋯⋯. 저처럼 할 수 있을 리가 없죠."

"그래, 밟아 인마."

"네."

해서 데니스는 뜬금없이 발탁되었음에도 불구하고 최선을 다해 밟았다. 강혁의 말마따나 따로 훈련을 받은 몸이라 그런지 속도가 썩 괜찮았다. 도로 사정을 감안하면 거의 완벽하다고 해도좋을 지경이었다. 부우웅. 애초에 사륜구동이기도 한 차량인지라밟는 대로 쑥쑥 잘도 나갔다. 가다보니 아까보다 훨씬 더 가까이에서 비행기 소리가 들려왔다. 창밖으로 기체가 온전히 보일 지경이었으니 어찌 보면 당연한 소리였다.

"온다."

"근데 왜 콜롬보로 안 가고 여기로 왔을까요?"

"의료 체계 발전은 경제 사정이랑 비슷하게 가는 수밖에 없어. 왜 미국이 세계 최고겠냐."

"그래도 여기 영국식⋯⋯."

"그 영국도 외상 시스템 말고는 개판이잖아. 하다못해 여기는⋯⋯."

수도에 제대로 된 병원이 있다면 정말 좋은 일일 터였다. 하지만 그건 불가능했다. 말마따나 의료 시스템은 경제를 따라갈 수밖에 없어서였다. 모든 국가 운영 정책에 생명이 우선시돼야 할것 같지만, 실제로도 어디 그렇던가. 아니, 오히려 경제를 살리는방향으로 트는 것이 개발도상국에서 선진국으로 진입하기 전에는 더 많은 생명을 살릴 수 있었다.

"아무튼, 헛소리는 그만두고 환자에 집중해."

"아, 네."

사실 스리랑카도 도약할 기회가 아주 없던 것은 아니었다. 근접한 인도에 비하면 인구 구조나 사회 시스템까지 해서 여러 가지로 조건이 좋았기 때문이었다. 하지만 종족 간 내전과 쓰나미가 모든 것을 물거품으로 만들어버렸다. 안타까운 일이었지만 지나간 일이었으니 더 마음 쓸 필요는 없었다. 강혁이 우선 신경써야 할 문제는 눈앞에 있었으니까.

비행기는 어렵게 마련해둔 비행장에 내려앉았다. 보통 여객기보다는 거리가 훨씬 짧아도 내려설 수 있게 만들어진 기체이긴했지만, 그럼에도 꽤 긴 거리를 달려야만 멈출 수 있었다. 산지에 이만한 비행장을 만들기 위해 미군은 대체 얼마만큼의 돈을 부었을까?

'이걸 단지 사람 살리는 용도로만 쓸 리는 없겠지.'

전투기도 드나들 수 있을 터였다. 항공 모함을 운용하기 위해미군 전투기는 최대한 이착륙에 필요한 거리를 줄여왔으니까. 실제 전쟁에서 얼마나 보탬이 될지는 모르겠으나, 압박에는 엄청난 이점을 보일 터였다.

"저쪽으로 바짝 대. 최대한 환자 이동 거리를 줄여야 해."

"네, 바짝 붙일게요."

"응."

강혁의 말에 데니스가 차량을 다시 몰았다. 들었던 대로 비행기에 바짝 붙이기 위함이었다. 덜컥. 그사이 문이 열리고, 안에서

의료진이 환자를 데리고 나왔다. 일반적인 여객기와는 달리, 수송기처럼 꼬리 부분이 열리는 구조였기에 즉시 이송 침대를 통한 이동이 가능했다.

"어떻게 된…… 음."

강혁도 앰뷸런스 뒷문을 통해 뛰쳐나갔다. 의료진에게 자초지종을 더 묻기 위함이었는데, 환자를 보니 딱히 그럴 필요는 없어 보였다. 어지간히 다친 상황이라면야 당연히 어떻게 다쳤는지가 중요하겠지만 이렇게 다친 마당에는 별 소용이 없었다.

"일단 중심정맥관 잡고 피 달고 있습니다. 근데 출혈이……."

"중간에 심장 멈춘 적은 없나?"

"한 번 있었습니다. 다행히 금방 돌아왔습니다."

"금방이라는 게 얼마나?"

"2분?"

"2분. 그나마 다행이네. 바이털은…… 아이고."

피를 달고 있다는 말이 무색해 보일 만큼 혈압이 낮았다. 고작해야 60에 40. 언제고 뚝 떨어져서 아예 맥이 잡히지 않을 수 있는 상황이라는 얘기였다. 박경원에게 데리고 가면 어떻게든 유지는 해줄 수 있겠지만, 그보다 중요한 것은 역시나 빨리 째고 출혈원을 잡는 것이었다.

"그, 부탁드립니다. 이분……."

"이분이 뭐."

"차관이십니다."

"그게 중요한가."

강혁은 그저 환자가 여기까지 왔고, 그를 살려야 한다는 생각뿐이었다. 하지만 다들 그렇게 생각하는 건 아니었다. 누군가에게는 아니, 대다수 사람들에게는 차관이라는 간판이 무엇보다 중요했다. 아마 비행기까지 띄운 것도 그 때문이지 않았을까. 그저 현장에 있던 노동자가 다쳤어도 이렇게까지 했을까.

'아니겠지.'

강혁은 그런 눈으로 다시금 의료진을 바라보았다. 물론 의료진은 진의를 전혀 파악하지 못했다. 환자 상태와 환자의 신분에 너무 놀란 탓이었다.

"주, 중요하죠."

"뭐, 모든 환자는 중요하지. 아무튼, 출발해."

강혁은 대화를 나누는 사이에도 쉬지 않았다. 환자를 이미 앰뷸런스에 태우는 것도 모자라, 환자 상태에 맞춰 적절한 약까지 주고 있었다. 효과가 조금은 있었는지 혈압이 뜨기 시작했다. 그래봐야 수축기 70에 불과했지만. 하여간 전보단 나아졌다는 얘기였다. 당연히 여유로울 수는 없었다. 데니스마저 그랬다. 좋든 싫든 워낙 오랜 기간 병원 주변인으로 또 병원 내부인으로 살아온 까닭이었다.

'이러다 죽어.'

딱 보기만 해도 느낌이 왔다. 아니, 혈압의 의미도 알 것 같았다.

'시발, 내가 얼마나 부림을 당했으면 이런 걸 아냐고.'

어이가 없었다. 하지만 어이가 없다고 해서 게으름을 피울 수는 없었다. 환자의 무게가, 생명의 무게가 운전대에 달려 있는 듯했다.

"옳지, 저기. 저기서 서."

"네."

데니스는 다시 차량을 병원에 바짝 댔다. 장미와 샘 등이 기다리고 있는 바로 그곳이었다. 경원은 보이지 않았는데 아마도 수술실에 있을 터였다. 이런 상황에서 이 병원 유일한 마취과 의사가 농땡이를 피울 수 있을 거란 생각은 들지 않았다.

"환자 상…… 아이고."

문이 열리자마자 후다닥 달려온 장미는 아까 강혁이 그랬던 것처럼 고개를 가로저었다. 상태가 안 좋다를 넘어서 거의 죽기 직전이었다. 아니, 벌써 죽었다고 해도 이상할 게 없었다. 일단 얼굴 절반이 뭉개져 있었다.

"어, 죽을 것 같아."

"죽어요?"

"나도 몰라."

심지어 강혁조차 확답을 하지 못하는 상황이었다. 다른 곳도 엉망이었지만, 역시나 얼굴이 문제였다. 우리가 무슨 일이 터질 때 얼굴을 감싸 쥐는 게 우연이겠는가. 너무 중요해서 DNA가 그리 시키는 것이었다. 보고, 듣고, 냄새 맡고, 맛보는 것뿐만이 아니라 숨 쉬고, 머리에 혈액을 공급하는 등 생존에 필수적인 역할도 도맡고 있으니까.

"1번 방?"

"아, 아뇨. 2번이요. 1번은 아직 소독 중."

"네가 들어올 거지? 그래야 해."

"아, 네. 당연하죠."

"응. 너 아니면 죽어. 사실 네가 들어와도……."

강혁은 환자를 다시 한번 내려다보았다가 고개를 가로저었다. 그나마 현장에 있던 의료진, 아마도 대사관에 파견되어 있었을 의사가 제대로 처치를 하긴 한 모양이었다. 목에는 기관 삽관이 되어 있었고, 그 삽관된 플라스틱 관 안으로 석션을 해봤는데 딱히 피가 묻어 나오진 않았다. 얼굴에서 발생한 이 막대한 출혈이 목으로 넘어가기 전에 절개술을 했거나, 하는 도중에 넘어갔던 걸 다 제거했다는 얘기였다. 하지만 환자의 상태는 그런 걸로 살릴 수 있는 수준을 아득히 넘어가 있었다.

'음. 이상하네.'

장미는 그런 강혁을 이해가 안 간다는 얼굴로 바라보았다.

"그렇게 심각해요?"

"보면 몰라?"

"제가 볼 때 죽을 것 같았던 환자 살렸던 게 한두 번이 아니니까요."

"아."

강혁은 장미가 이해가 안 갔는데, 듣고 보니까 이해가 갈 것도 같았다.

'하긴 얘들은 차이가 안 보이겠지.'

어느 수준을 넘어간 사람만이 감별 가능할 텐데, 강혁 생각에 그 수준을 넘은 사람은 아직 없었다. 강혁이 수제자로 인정하고 있는 재원조차 그랬다.

"그거랑 좀 달라. 말로는 설명이 어려워."

"그 말은 진짜 심각하다는 거네요?"

"그래."

"알겠어요. 일단 최선을 다해보죠."

"포기한다는 말은 안 하네."

"교수님도 말만 그렇게 하고 포기 안 하고 있잖아요?"

장미는 강혁의 손을 가리키고 있었다. 뭘 가리키나 하고 고개를 숙여보니, 강혁은 저도 모르게 환자의 상태에 딱 맞춰서 앰부를 짜고 있었다. 그게 벌써 앰뷸런스로 옮긴 다음부터 쭉 이어져온 터라 팔뚝에는 힘줄이 돋아 있었다. 머리와는 달리, 강혁의 본능은 환자를 살리기 위해 애를 쓰고 있는 모양이었다.

"그렇네."

"교수님, 수술대로."

"아, 그래."

고개를 돌려 보니 경원이 대기 중이었다. 평소와 똑같은 모습을 하고 있었다. 그 말은 이 녀석도 역시 환자를 포기하지 않았단 뜻이었다. 외상 외과 의사가 아니더라도 보아온 환자가 적지 않을 텐데, 그저 힐끔 보는 것만으로도 딱 견적이 나올 텐데도 그랬다.

"백 교수. 혼자 얼굴 할 수 있겠어? 배가 엉망이야. 이거 재원이랑 둘이 하고……. 둘 중 하나는 다리, 하나는 얼굴 보조 가야 될 것 같은데."

"네. 배도 이거……."

그뿐만 아니라 재원과 한유림도 그랬다. 그제야 강혁은 한 가지 깨달음을 얻었다. 비록 강혁이 다다른 경지에 오를 수 있는 의료진은 다시 없을지라도, 이 투철한 의지만큼은 계속 이어질 거라는 사실을.

'이렇게 나오면 혹시 또 모르지.'

어쩌면 강혁만큼 이 녀석들의 실력도 올라오지 않을까? 스스로 생각하기에도 망상에 가깝게 느껴지긴 했다. 이건 노력이 아니라 재능의 영역이니까.

'기적이라는 말이 괜히 있는 건 아니지.'

모를 일이었다. 하지만 지금 당장 기적이 필요한 것은 팀원들의 실력이 아니라 이 환자였다. 지금도 터져버린 안구에서 핏물이 흘러나오고 있었다.

'다시는 기능하지 못하겠지.'

하지만 그럼에도 살아난다면 기뻐할 터였다. 똥밭에 굴러도 이승이 좋다는 말이 괜히 있는 건 아니니까. 강혁은 주먹을 불끈 쥐고는 고개를 들었다. 실로 오랜만에 보는, 죽음이 가까이 드리운 케이스이지 않은가. 도전해봄 직했다.

"마취, 됐어?"

"네. 이제…… 시작하셔도 됩니다."

"좋아. 한 교수님 말대로 나 혼자 얼굴, 나머지 둘이 배. 이렇게 가자, 우선…… 소독부터."

"네!"

갈색 베타딘 액에 잔뜩 적셔진 거즈가 환자의 얼굴을 오르내렸다. 원래 얼굴은 착색의 위험이 있는 베타딘보다는 색이 엷은 히비탄으로 하는 것이 보통이었으나, 그건 얼굴이 온전할 때의 일이었다.

'지금은……'

강혁은 무너진 얼굴을 내려다보았다. 원래 어떻게 생겼었는지 감히 상상하기도 어려웠다. 상상을 초월할 만큼 우수한 시력과 그 눈으로 획득한 정보를 귀신같이 조합할 수 있는 두뇌를 가지고 있는 그임에도 불구하고 그랬다. 해서 강혁은 우선 닦았다. 철과 파편에 다친 얼굴을. 대강 된 것 같아 고개를 돌려 보니 한유림과 양재원 또한 최선을 다해 배와 다리를 닦고 있었다.

듣자니 크레인이 곧장 사람을 덮친 건 아닌 모양이었다. 당연한 일이었다. 높이 10미터에 달하는 크레인에 깔리게 되면, 사람은 결코 살 수 없을 테니까.

"빨리, 빨리하자. 혈압이 간당간당해."

"네."

강혁은 크레인이 우선 간이 컨테이너 사무실을 덮치고, 미끄러져 내려와 옆에서 시찰 중이었던 차관 일행을 덮쳤다는 사고 경위를 떠올리며 손을 닦았다. 중간중간 한유림과 재원을 재촉하기도 했는데, 별 소용없는 일이라는 것 정도는 그 또한 아주 잘 알고 있었다. 둘의 역량이 부족해서라거나 덜 열심히 해서는 결코 아니었다. 이미 더 서두를 수 없을 정도로 빨리 움직이고 있어서였다. 둘뿐만 아니라, 나머지 의료진들 또한 마찬가지였다.

"승압제 들어갑니다."

"교수님, 우선 절개는 7번 메스로 하실 건가요?"

"양 선생님, 배 쪽은 혹시 어떻게……."

경원도 장미도, 따라 들어온 간호장교들 또한 각자 맡은 자리에서 최선을 다하고 있었다.

"수건 줘."

"네."

강혁은 안정감 있게 흘러가는 수술실 분위기를 느끼며 손을 내밀었다. 장미는 그런 강혁의 손에 종이 타월을 올려주었고, 가우닝 준비를 마쳤다. 곧 강혁은 아까 장미가 말했던 7번 메스를 든 채 환자 앞에 다시 설 수 있었다. 소독을 하고, 물에 적신 거즈 하나를 뭉개진 얼굴 부위에 쑤셔 넣어놨었는데 이미 붉게 변해 있었다. 출혈량이 적지 않았다. 혈압이 뚝뚝 떨어지고 있는 와중에도 다친 동맥에서는 피가 끊임없이 흘러나왔다.

'이런 제길.'

여기만 문제면 차라리 나을 텐데, 배 또한 비슷한 수준이었다. 아니, 어쩌면 위험한 걸로만 치면 거기가 더 위험할 수도 있었다. 몸이 두 개였다면……. 강혁은 외상 외과를 시작한 이래 가장 많이 떠올렸던 생각을 되새김질하며 한유림과 재원을 눈에 담았다.

'집도는 재원인가.'

한유림 또한 실력이 엄청나게 향상된 상황이긴 했지만, 아무래도 재원보다는 한 수 처지지 않던가. 다행히 둘 다 각기 실력을 아주 잘 파악하고 있는 모양이었다. 한유림의 장점이라고도 할 수 있었다. 그는 실력 앞에 나이를 내세우지 않았다.

'그래, 저놈이라면⋯⋯.'

강혁을 완전히 대체할 수는 없을 터였다. 하지만 강혁의 70퍼센트 정도라면 어떻게 가능하지 않을까? 그간 보아온 재원의 실력과 한국에서 들려온 성과를 돌이켜보면 그럴 것 같았다. 혹 그렇지 않더라도 지금 할 수 있는 건 맡기는 것뿐이었다. 억지로라도 믿어야 했다. 그래야 강혁이 맡은 부분에 흔들림 없이 임할 수 있을 테니.

"야."

"네?"

"잘해."

"네."

물론 강혁은 그저 아무 말 없이 믿고 맡기진 않았다. 노파심을 어떻게든 표현하기는 했다, 이 말이었다. 재원은 딱히 섭섭해하거나 실망하지 않았다. 그만큼 이 케이스가 어렵다는 뜻이었으니.

'내가 봐도 그래. 교수님도 같은 생각이라면⋯⋯. 적어도 보는 눈은 비슷해지고 있다는 뜻이겠지.'

오히려 만족스러웠다. 내게 어려운 케이스가 강혁에게도 어렵게 느껴지는 것이.

'좋아.'

강혁은 재원의 손놀림이 경쾌하다는 것을 확인하고 나서야 고개를 끄덕였다. 그러곤 장미에게 받았던 칼을 슥 하고 그었다. 이미 상처가 커다란데 또 상처를 낸다는 게 마뜩잖은 상황이었지만 지금은 어쩔 수 없었다. 우선 출혈부터 잡아야 하는데, 그 출혈 부위에 가닿고 또 어떻게든 수복하려면 이대로는 안 되었다.

"거즈 다시."

"네."

"아니, 너무 커. 2×2 거즈로…… 물에 적셔서 줘."

"아, 네."

당연하게도 칼만 휘두르고 있지는 않았다. 강혁은 물에 젖은 거즈를 이용해 상처를 헤집어나갔다. 눌러서 피를 막을 수 있는 부위는 눌렀고.

"바이폴라."

"네."

그렇지 않은 부위는 닦아낸 후, 출혈 부위를 정확히 집어내어 지졌다. 본래 피가 많이 나는 부위를 지질 땐 오히려 그 지지는 행위가 손상을 입혀서 피가 더 많이 나기도 하는데, 강혁의 손끝에서는 전혀 그런 일이 없었다. 짤막한 소리, 살 타는 냄새와 함께 착착 피가 멎어갔다.

"모스키토."

"네."

"아니, 샤프."

"아……. 네."

그렇게 표면부터 깊은 곳까지 출혈들이 하나하나 멎어가자, 비로소 안쪽의 출혈을 온전히 바라볼 수 있게 되었다. 지금까지 잡아온 출혈들도 결코 적지만은 않았다. 뭉개진 부위가 얼굴이지 않은가. 흔히들 간과하기 쉬운데, 사실 몸통을 제외하면 심장에서 가장 가까운 부위가 얼굴이다.

심지어 그 끝에는 머리, 즉 뇌가 있다. 혈류가 엄청나게 좋다는 얘기였다. 자칫 잘못하면 다 와놓고 일을 그르칠 수 있었다. 당연히 위에서 흘러내리는 피가 줄었으니 시야가 아까보단 나았지만, 그렇다고 해서 출혈이 있는 부위가 한눈에 보이는 건 아니었다. 제아무리 강혁이라도 그건 마찬가지였다. 그런데 샤프 모스키토로 피가 솟아오르는 붉은 웅덩이를 몇 번 헤집나 싶더니만 결국 그 끝에 무언가 걸려 올라왔다. 위가 죄 찢어진 흰 관이었다. 더 정확히 말하자면 동맥이었다.

"상악 동맥…… 음."

강혁은 손목을 휘릭 돌려 혈관을 들어 올렸던 모스키토로 찢긴 혈관을 물었다. 그러자 흘러나오는 피의 양이 현저히 줄어들었는데, 그럼에도 불구하고 완전히 멎진 않았다. 그제야 장미는 왜 짧은 시간 내에 잡아낸 혈관을 보면서도 강혁이 불만 어린 얼굴을 하고 있었는지 알 수 있었다.

'다른 곳에 더 다친 곳이 있구나……. 근데 어떻게 안 거지? 대체 어떻게…….'

숙련된 스크럽 간호사(수술실 간호사)들은 수술을 읽어내는 능력을 갖추고 있었다. 물론 외상 외과의 수술은 임기응변이 너무도 많이 뒤섞여 있다 보니 아무리 뛰어난 간호사들조차 놓치는 부분들이 좀 있기는 했다. 강혁의 경우는 더 했는데, 외상 외과의 범위를 아득히 넘어선 수술을 했기에 그랬다. 그런 강혁의 밑에서 첫 스크럽 간호사 일을 시작한 장미는 남들보다 훨씬 더 뛰어난 편이었으나, 지금은 전혀 수술을 읽어낼 수가 없었다. 보면서도 당최 강혁의 손이 어디로 향할지 알 수가 없었다.

"일단 타이."

"아, 네."

그렇다고 해야 할 일을 놓치거나 하지는 않았다. 장미는 강혁이 다른 손을 내밀기 전에 이미 실크 타이를 건네고 있었다. 심지어 강혁이 물어둔 모스키토를 받아 들고는 강혁이 타이하기 딱 좋은 각도로 기울이기까지 했다. 동시에 애써 문 혈관이 찢기지 않도록 장력을 조절하는 묘기도 부렸다.

"좋아."

강혁은 역시 장미를 보조로 부르길 잘했단 생각과 함께 타이를 마무리해나갔다. 정방향으로 시작해 역방향으로, 그리고 다시 정방향으로 매듭을 지었다. 이렇게 하면 생각 없이 타이하는 것보다 훨씬 단단했다.

'흠.'

그러면서도 강혁은 안쪽을 살폈다. 미세하지만 아직도 피가 나오고 있는 부위를 모스키토로 다시 헤집었다. 집도의가 강혁이 아니라 다른 의사였다면 꽤 오래 걸렸거나 불가능할 수도 있었겠지만, 강혁은 정말 얼마 지나지 않아 방금까지 들이파고 있던 부위가 아니라 전혀 다른 부위에서 혈관 하나를 집어 올렸다. 그러니까 무너진 광대 안쪽이 아니라 뺨 쪽에서였다.

"잉."

너무나 예상외의 일이었기에 장미는 저도 모르게 바람 빠지는 소리를 내었다. 그와 함께 실크 타이를 건넸다는 게 놀라울 따름이었다.

"부칼 동맥도 찢겼어. 이 안쪽은 괜찮은 것 같네. 어차피 다 같은 뿌리라는 건 알지?"

"아……. 네. 알기는 알죠."

"그래. 그럼 됐어. 일단 타이는 됐고."

곧 출혈은 완전히 멎었다. 보통의 외상 수술에서는 이렇게 되면 거의 마무리 단계에 접어들었다 해도 좋았다. 외상에서 가장 커다란 문제가 되는 건 출혈이었으니까. 이게 잡히면 끝이 가까워져온다는 건 너무 자연스러운 흐름이지 않은가. 하지만 얼굴은 얘기가 달랐다. 너무 많은 기능이 있었다.

'눈…… 좌측 눈은 포기해야 해. 뽑자.'

우선 시각이 있었다. 다행인지 불행인지 우측은 괜찮아 보였지만, 좌측은 안 되었다. 이미 안구가 터져버렸고, 안쪽을 채우고 있던 유리체가 흘러나온 후였다. 거기에 더해 수정체의 위치마저 틀어져 있었고 결정적으로 황반에 손상이 있었다. 이걸 복구한다는 건 망상에 불과했다.

'그럼 인공 눈을 넣어줄 수 있을까? 아래…… 지지할 수 있는 뼈가 죄 으스러졌는데.'

얼굴은 감각뿐만 아니라 심미적 기능도 가지고 있지 않은가. 외모 지상주의는 반드시 지양해야 할 일이지만, 우리가 누군가를 인식하고 구분하는 데 가장 강력한 정보가 바로 얼굴이라는 것을 잊어선 안 되었다. 특히 칼을 쥐고 있는 의사라면 더더욱 그래야 했다. 앞으로 남은 환자 인생에 지대한 영향을 미칠 수 있을 테니.

'차관이라고 했지.'

지위 고하는 별 상관없었다. 하지만 사람들 앞에 서야 하는 직업이라는 점이 걸렸다. 눈 대신 살점으로 메운다면 수술은 훨씬 간편해질 터였다. 어차피 코도 광대도 뺨도 박살 난 참이니까. 하지만 그렇게 되면 외모가 망가질 터였다.

'입천장도…… 복구할 수 있으면 복구하는 게 좋지.'

한쪽에 살만 있게 되면 어떻게 될까. 쉽게 생각하면 반대편으로 씹어 먹으면 되지 않나 싶을 수도 있겠지만, 우리 몸의 균형은 매우 중요했다. 균형이 깨지게 되면 놀랍도록 반대편도 빠르게 망가진다. 게다가 치악근, 즉 씹는 근육은 우리 몸의 근육 중 가장 발달한 부위 중 하나이기에 이것의 불균형은 연결된 모든 부위를 망가뜨릴 수 있었다. 다시 말해 경추, 흉추, 요추를 무너뜨리기도 했다.

"거긴 어떻게 되고 있지?"

하지만 이걸 제대로 하자면 시간이 걸렸다. 다른 쪽이 잘 되어 가고 있지 않다면, 포기해야 했다. 삶의 질이라는 것은 결국, 사람이 살아야 의미가 있는 법이었으니.

"아……. 양 선생 실력이 진짜 많이 늘었네. 간이 절반가량 뭉개져 있었는데 벌써 절제했어. 출혈 다 잡았고……. 다행히 비장은 괜찮은데…… 우측 신장이 간당간당해 보여. 이건 떼야 할 것 같아. 접근 중이야."

"웅? 벌써 그걸 다 했다고?"

"뭘 그리 놀라? 백 교수는 훨씬 빨리했을 텐데."

"호."

70퍼센트가 아니라 80이었나. 강혁은 재원에 대한 평가를 상향 조정했다. 미안하지만 60퍼센트 수준에 머무르고 있는 한유림이나 리처드와는 확연한 차이를 보이고 있었다.

'한국에 보내지 말까.'

강혁은 저도 모르게 섬뜩한 생각을 하다가, 이내 장미를 돌아보았다. 아까보다 훨씬 홀가분해진 얼굴을 하고 있었다.

"티타늄 메시. 아예 복구할 거야."

"아, 네. 여기 있습니다."

티타늄 메시. 그물망처럼 생긴 물건인데, 소재가 티타늄인만큼 어딘가에 잘 걸쳐놓기만 하면 변형되는 일은 없었다. 대신 더럽게 비싸다는 단점이 있었으나 여기선 별로 상관없는 얘기였다. 아직까지 제대로 된 후원이 들어오진 않았지만, 애초에 후원으로 돌릴 병원도 아니었기에 그랬다.

'여기…… 옳지. 그나마 걸칠 곳은 남아 있어 다행이네.'

차밭 사들이기가 요원한 상황이었다면 느긋하기 어려웠을 수도 있었을 텐데 이미 사들이지 않았던가. 게다가 그건 시작일 뿐이었다. 이제 차례로 불법행위를 적발해가면서 압박을 하고, 계속해서 차밭을 사들일 참이었다. 언젠간 차밭에서 나오는 수익

금으로 병원, 학교는 물론이거니와 도로나 집 등의 인프라 개선
또한 가능해지리라.

"근데 광대 아래 거기는 그냥 비워둘 거예요?"

"응? 여기?"

"네. 티타늄 메시면…… 견디긴 할 텐데……. 고정해준 곳도
티타늄인 건 아니잖아요. 내려앉을…… 것 같은데."

"오, 역시 조폭. 실력 좋아."

"칭찬하고 욕 좀 섞어 쓰지 마요."

"욕은 없었는데."

강혁은 고개를 갸웃거렸다. 내 말 어디에 욕이 있었냐, 뭐 이
런 표정을 하고서였다. 일견 순진무구하게까지 보여서 장미는
말을 더 이어나가길 멈추었다.

'아, 자꾸 까먹네.'

강혁과는 말을 오래 섞으면 안 된단 생각을 되새기면서였다.
한국대학교 병원에 붙박이로 있을 땐 칼같이 지키던 원칙이었는
데 한동안 떨어져 있었다고 해이해진 모양이었다.

"하여간 어떻게 하실 거예요? 복부 지방?"

"아, 아니. 입천장이 괜찮으면 그걸로도 괜찮아."

눈 아래를 지지해주는 바닥 뼈만 사라진 상황이라면 사실 티
타늄 메시만 걸어놔도 되었다. 조금 불안하면 아래 공간에 지방
을 채워놔도 좋았고. 원래 비어 있던 공간에 지방을 넣게 되면
목소리가 살짝 변하긴 하겠지만, 이만큼 다친 상황에서 목소리
변하는 게 뭐 대수란 말인가. 하지만 입천장뼈까지 박살이 난 상

황이기에 얘기가 많이 달라졌다.

"그럼……?"

"한 교수님."

강혁은 답을 하는 대신 한유림을 돌아보았다. 여전히 재원을
보조하는 중이었다.

"응?"

급한 건 넘어간 지 오래라 딱히 강혁의 말을 못 듣거나 하진
않았다. 아니, 아마 급한 상황이었다 해도 강혁의 말에는 집중했
을 터였다. 뭐라도 조언을 해주길 바랐을 테니까.

"거기 꼭 둘이 해야 하나?"

"어……."

하지만 지금 돌아온 건 조언이 아니라 조금 황당한 질문이었
다. 애초에 복부는 우리 신체 부위 중 가장 넓은 부위이지 않은
가. 수술을 둘이 진행하는 경우도 잘 없을 지경이었다. 근데 혼
자 하라고? 맹장 같은 것도 아니고 외상인데?

"둘이 해야 하냐고."

한유림의 황당함과는 상관없이 강혁은 진지했다. 한유림은 흔
들림 하나 느껴지지 않는 강혁의 얼굴을 보고 나서야 이게 진심
이라는 걸 깨달았다.

'하긴 한두 바퀴 미친놈도 아니고…… 이렇게 미쳐버린 지 하
루 이틀 된 것도 아니지.'

상대가 백강혁인만큼 이해가 아주 안 가는 건 아니었다. 게다
가 한유림이나, 재원, 장미 또한 완전히 제정신을 유지하고 있다

고는 할 수 없었다. 본인들이야 전혀 인지하고 있지 못했지만, 오랜 기간 강혁 곁에 있었던 만큼 물이 들고야 말았다는 얘기였다.

"어때?"

"네? 혼자 할 수 있냐고요?"

"응."

"뭐……. 시간이야 더 걸리겠지만. 가능은 하죠. 근데 여기 지연시켜야 될 만큼 중요한 일이 있어요?"

해서 복부 수술을 혼자 할 수 있다는 말을 마치 일상 속 대화처럼 하고 있었다. 강혁은 마음에 든다는 얼굴로 그런 재원과 한유림을 향해 대꾸했다.

"어. 얼굴 무너져. 앞에 지지하던 광대뼈도 망가졌고…… 바닥뼈도 없고. 입천장도 없어."

다시 말하면 얼굴 반쪽이 날아갔다, 이 말이었다. 곰곰이 생각해보지 않더라도 끔찍하기 그지없는 말이었는데, 다행히 이 안에 있는 이들은 적어도 수술실 안에서는 인간이 아니라 단지 의료인으로서만 존재하는 이들이었다.

"피부는요?"

"있겠냐?"

"아, 그럼 허벅지…… 떼라는 거죠?"

"어."

"떼야겠네. 근데 한 교수님 그런 것도 할 수 있어요?"

재원의 말에 한유림은 눈을 부라렸다. 내 제자였던 놈이 이런 시건방진 투로 대꾸해올 줄이야.

'한주먹 거리도 아닌 놈이……. 아니지. 내가 왜 화를 이런 식으로 내지.'

한유림은 저도 모르게 두툼한 팔뚝에 힘을 주다가 돌연 이건 너무 백강혁 같은 반응이었단 생각에 고개를 가로저었다. 그래도 한국대학교 병원 외과 의국의 인격자란 소리를 듣던 그 아니던가. 심지어 보건복지부 장관 자리를 해먹을 때도 관련 부처는 물론, 심지어 보건복지부 내에서도 칭찬을 들었다.

'그래……. 나는 이러면 안 되지.'

한유림은 과거 자신의 훌륭했던 모습을 애써 떠올리면서 재원을 다시금 바라보았다. 그제야 재원의 표정 속에 드러난 감정이 무시가 아니라 순수한 호기심이라는 걸 깨달았다.

'아, 하긴 이 자식도 묘하게 싸한 부분이 있었지.'

절대 나쁜 놈은 아니었다. 평소엔 예의가 바르지 않은가. 하지만 강혁에게 감히 개기는 걸 보면 역시나 보통 놈은 아니었다. 단지 용기가 있다는 말로는 표현이 좀 어려웠다. 만약 그런 걸로 강혁에 대한 두려움을 잠시나마 떨쳐낼 수 있었다면, 미군들이 왜 그 앞에 굴복했겠는가. 그냥 좀 이상한 놈이어야만 했다.

"해봤어, 나도."

"아, 그래요? 한구에서…… 플랩을 돌렸어요?"

"심장에 덧대준 적도 있어. 내가 한 건 아니지만."

"그거야 당연하죠. 심장 플랩은 진짜 어려운 거니까요."

"음."

거듭되는 말대꾸에 '이상한 게 아니라 싸가지가 없는 건가?'

하고 헷갈릴 때쯤 강혁이 나섰다. 전체 수술 시간에 비하면야 찰나라 해도 좋을 시간이었으나, 그래도 더 지체하는 건 안 되었다. 뭐가 되었건 간에 수술 시간은 짧으면 짧을수록 좋았다.

"대화는 그만. 둘 실력은 내가 제일 잘 알아."

"아."

"네."

"재원인 혼자 하고 있어. 한유림 교수님은 일단 허벅지로 가요. 어차피 다친 다리니까……. 대강 떨어져 나와도 되겠다 싶은 부위를 잘라요."

"네."

"알았어."

강혁의 주문은 얼핏 들으면 간단해 보였지만 실상은 전혀 그렇지가 못했다. 재원이야 하던 것을 계속하면 되었다. 물론 이것도 워낙 어려운 수술이라 그냥 막 하라고 하면 안 되는 종류지만, 강혁과 재원 사이에선 가능한 대화였다. 하지만 한유림은 황당했다.

'대강 떨어져 나와도 되겠다 싶은 부위를 자르라고?'

그는 차마 답도 하지 못한 채 환자의 허벅지를 내려다보았다. 크레인이 옆으로 굴러 내려가면서 찢은 건지 뭔지는 몰라도 살가죽이 찢겨 있었고, 그 사이로 부어오른 근육이 보였다. 안에 남겨둔다고 해봐야 별 소용은 없을 터였다. 이미 망가져버린 근섬유는 제대로 된 기능을 할 수 없을 테니.

"아니 왜 말이 없어요? 거기 대강 잘라서 달라고. 여기 들어가게끔."

한유림이 어버버 하고 있으려니 강혁이 다시 말을 걸어왔다. 지저분하게 너덜거리고 있던 살점과 뼈를 모두 잘라내어 이제는 텅 빈 구멍처럼 보이는 얼굴을 가리키면서였다. 아까보다는 주문이 구체화된 셈인데 어찌 된 일인지 기분은 더 아연했다.

"거기 들어가게끔…… 맞춰서 달라고?"

"어, 내 말이 어렵나? 나 혹시 타밀어 해? 요새 하도 연습해서 그런가."

"아니. 그건 아닌데."

말을 알아듣는 건 어렵지 않았다. 그 안에 담긴 요구가 어려워서 그렇지.

"그럼 해봐요. 할 수 있어."

"너무 그렇게 말하지 말고. 다시 한번 생각해봐."

"플랩 한두 번 하나."

"안 다친 쪽에서 해봤지!"

"그럼 이제 다친 쪽에서 해봐요. 양다리 다치게 만들 생각이에요? 미쳤어?"

"그……."

할 수 있다고 하니까 어디선가 용기가 조금 샘솟았다. 하지만 허벅지를 보자마자 그 용기는 슝 하고 사라졌다. 그저 상처를 정리하는 것이라면 자신 있었다. 그거야 맨날 하는 일이니까. 하지만 저렇게 다친 부위에서 쓸 만한 부위를 골라내어 강혁에게 건네주는 건 아예 다른 일이었다. 어디 내다 버릴 것도 아니고 광대 안에 채운다지 않는가. 혹 잘못된 조직을 건네주게 되면 거대한 사고를 치는 셈이었다.

"할 수 있다니까. 자꾸 멜로 드라마에서 나올 법한 표정 짓지 말라고."

"그게 무슨 표정인데."

"음. 내가 누나 사랑해도 돼요, 뭐 이런 표정. 누나는 감히 넘보기 어려울 정도로 위?"

"나한테 그 정도로 누나면 거의 죽었어!"

"그러니까 그런 표정 짓지 말라고."

"하."

한유림은 한숨을 푹 하고 쉬었다. 할 수만 있다면 이 자리를 피하고 싶었다.

'강혁에게 살짝 맡기면 안 될까?'

이런 생각까지 들었다. 하지만 결과적으로는 마음을 고쳐먹고 허벅지 앞에 섰다. 재원이 자꾸 호기심 어린 표정에 다른 표정을 섞어서 바라보기 시작한 탓이었다. 더불어 강혁이 마지막으로 한 말 또한 결정적이었다.

"할 수 있어."

"얼마나 확신하는데."

"실패하면 내가 한유림을 팰 거라고 확신할 수 있지."

"질문하고 대답이 영 동떨어져 있는 것 같은데."

"아냐."

"하."

좀 이상한 대화긴 했지만, 하여간 강혁은 한유림이 할 수 있다고 철석같이 믿는 것 같았다. 그렇다면 할 수 있지 않을까? 도저히 할 엄두가 나진 않지만, 강혁의 말은 적어도 수술실 안에서만큼은 틀린 적이 단 한 번도 없지 않은가.

"칼."

"네."

해서 한유림은 강혁이 허벅지 살을 집어넣기 위해 얼굴 부위 정리에 들어간 사이, 손을 내밀었다. 같이 들어와 있던 미군 장교가 메스를 건네주었다. 평소보다 좀 무겁게 느껴졌다. 다 똑같은 물건을 쓰고 있으니 착각일 터였다. 그리고 한유림은 그 착각이 어디서 왔는지 알 것 같았다.

'아무리 봐도 어려운데…….'

아무것도 들지 않아도 어깨가 무거웠다. 하지만 일단 하기로 한 이상 해내야만 했다. 실수나 모자람을 애교로 받아주기엔 한 사람의 목숨과 삶이 걸려 있지 않은가. 다시 말해 의료진들은 일을 하면 할수록 부담감에 익숙해질 수밖에 없었다.

'일단 시작은 찢어진 부위…… 크기는…….'

해서 한유림은 아까의 두려움 따위는 다 잊은 채 환자의 얼굴과 다리를 번갈아 보았다.

'3cm…… 이상은 확보해야 하는데. 그렇게 하려면 여기서는 1mm도 로스가 있으면 안 돼. 음……. 안 좋은데. 혈관이…… 이게…….'

피부가 멀쩡해 보이는 부위는 있었다. 하지만 하필 혈관이 하나가 아니었다. 두 개를 추적해서 떼어내야 한다는 건데, 그렇다고 여기서만 된다고 막 진행해도 되는 게 아니었다. 더 중요한 건 이 플랩을 받아들일 위쪽 상황이었다.

"저기 백 교수?"

"어, 왜요."

"혈관 다발이 두 개 올라가야 될 것 같은데……. 거기 될까?"

"어, 돼요. 내가 지금 뭐 한다고 생각하는 거야."

"어……. 왜? 지금 혈관 이어줄 부위를 두 개 찾고 있어?"

"그렇죠."

"어, 어떻게 알았는데?"

"보면 알지. 그러니까 맡겼고. 할 수 있다니까? 빨리하기나 해요."

잠시 많은 말이 오갔으나 그 후로는 침묵이 찾아왔다. 수술실 내에 있던 의료진들은 모두 언제 그렇게 떠든 적이 있었느냐는 듯 묵묵히 자기 할 일에만 집중했다. 사실 온 힘을 다한다 해도 부족할 수 있는 상황이었다. 이건 비단 재원이나 한유림에게만 해당되는 일은 아니었다.

'좋아……. 혈관 후보 두 개 찾았어.'

한정된 공간에서 유리피판술, 그러니까 신체의 한 부분을 떼어내 다른 부위에 이어 붙여주는 것 자체가 더럽게 어려운 일이었다. 이름부터가 좀 그렇지 않은가. 유리피판술이라니. 그런데 강혁이 이제부터 해야 할 것은 단순 유리피판술이 아니었다. 단지 하나의 혈관 다발만 이어주는 게 아니라, 두 개의 혈관 다발을 이어줘야만 했다. 주변 다른 조직에 상처 주지 않고 허벅지 부근의 살아 있는 조직을 떼어다 붙이기 위해서였다. 하필 살아남은 조직의 특성이 그러하니 어쩔 수 없었다.

'하나는 상악 혈관으로 가고…… 다른 하나는 까다롭긴 하겠지만 안면 동맥으로 가야겠지.'

이렇게 되면 다친 쪽 얼굴로 가는 혈액량이 확 줄어들게 될 터였다. 하지만 어차피 해당 부위는 거의 사라진 상황이지 않은가. 반대편에서도 혈액이 넘어오긴 할 테니 큰 문제는 없을 터였다. 결심이 선 강혁은 순식간에 안면 동맥을 찾아내 이따 연결할 수 있도록 결찰까지 해두었다.

"후. 되긴 된 것 같은데."

그사이 한유림도 맡은 바 임무를 끝낸 모양이었다. 그는 안도의 한숨을 깊이 내쉬며 강혁을 돌아보았다. 손에는 방금 허벅지에서 떼어낸 조직이 들려 있었다. 조직에는 역시나 두 개의 혈관 다발이 주렁주렁 달려 있었는데 나름 길이가 적절했다. 너무 짧으면 아예 연결이 불가능하고, 너무 길면 수술 후 혈액 순환에 문제가 생길 수 있는데, 방금 한유림이 떼어낸 것은 괜찮다는 얘기였다.

"줘봐요. 이제 나머지 상처 정리하고."

"어…… 정리는 정린데."

"왜, 또. 이제 거긴 어려운 거 없을 텐데."

강혁은 한유림을 약간 귀찮다는 눈으로 바라보았다. 한유림으로서는 억울한 일이었다. 이번만큼은 도와달라는 뜻이 아니었기에 그랬다.

"아니, 거긴 혼자 할 수 있는 거 맞아?"

한유림은 손가락으로 환자의 얼굴을 가리켰다. 방금 전까지 강혁이 후벼 파던 광대 부근이었다. 무너져 내렸던 것을 플레이트를 덧대는 방식으로 어느 정도 회복시키긴 했지만, 그 밑의 볼과 앞 얼굴 쪽은 흉하게 텅 비어 있었다. 살가죽까지 온통 터져나간 통에 도저히 살릴 수 없었기에 그랬다.

'저것만 하면 뭐 좀 낫겠지.'

끔찍한 몰골이지만 강혁의 실력이면 그나마 어떻게든 해볼 수 있겠단 생각이 들기는 했다. 하지만 그 위에도 문제가 있지 않은가. 이제 한유림의 손가락은 환자의 눈을 향하고 있었다. 함부로 터져서 유리체가 질질 새어 나오고 있는 눈을. 뒤의 혈관도 터졌는지, 이제는 붉게 물든 눈을.

"이건 뽑고 일단 이대로 둘 거야. 눈꺼풀은 대강 남아 있으니 닫아두지, 뭐."

"뽑아? 많이 뽑아본 것처럼 말하는데?"

"많이 뽑았지."

"허."

눈을 뽑았었구나. 한유림은 팔뚝에 소름이 오소소 돋아나는 것을 느꼈다. 아무리 숙련된 외과 의사라 해도 어찌할 수 없는 반응이었다. 그도 그럴 것이 우리는 우리에게 익숙한 부위를 볼 때 더욱 징그러움을 느끼게끔 되어 있다. 가령 손이나 발, 또는 얼굴. 그중에서도 우리가 대화 나눌 때 가장 많이 들여다보는 눈.

"뭘 그렇게 놀라. 외상 외과가."

"아니, 그래도 눈은 좀. 아무튼, 많이 뽑았다니…… 그래, 음."

강혁은 눈에 띄게 당황한 채 허둥대기 시작한 한유림을 잠시 한심하다는 눈으로 바라보았다. 물론 한심스럽게 생각할 일이 아니란 것은 강혁이 더 잘 알았다. 그가 눈과 관련한 부상을 많이 보게 된 것은 아주 특수한 상황에 처해 있었기 때문이지 않은가.

'뭐……. 일반적인 외상 외과에서는 눈 뽑을 일이 적긴 하지.'

사람은 본능적으로 얼굴을 보호하게끔 되어 있었다. 가능하다면 그중에서도 눈에 집중했다. 시각은 그만큼 생존에 중요하니까. 하지만 그게 어려운 상황이 있었는데, 그게 바로 전투 상황이었다. 이른바 콤뱃 운드라 불리는 전투 외상에서는 눈이야말로 가장 흔히 다치는 기관 중 하나였다. 싸우려면 뭘 봐야 싸우지 않겠는가. 그렇다보니 일반적인 외상이라면 고개를 돌려야 할 상황에서 오히려 눈을 더 부릅떠야 했다.

'그래도 최근엔 많이 줄었다던데.'

강혁은 씁쓸한 미소와 함께, 클램프를 집어 들었다. 원치 않았지만 어느새 익숙해져버린 눈 뽑는 술기를 시행하기 위해서였다. 젊디젊은 병사들 그리고 퇴역한 용병들이 이 술기 이후 얼마나 좌절했던가. 아직도 비명이 귓가에 선연히 남아 있을 지경이었다. 눈을 살릴 수 있었더라면 얼마든지 평범하게 살아갈 수 있을 만한 부상자들이 그놈의 눈 때문에 사회에 적응하지 못한다는 얘기도 심심치 않게 들렸다.

'외상에서 제일 중요한 건 역시 예방이라는 걸 그때 뼈저리게

느꼈지.'

강혁은 클램프를 시신경과 동맥이 연결된 부위 뒤에 위치시킨 다음, 그것을 살짝 물어 밖으로 당겼다. 애초에 부상이 원체 심했기 때문에 이 과정이 그리 어렵진 않았다. 이미 주변 결체 조직을 비롯해 안구를 잡아주던 조직들이 많이 파훼된 상태였기에 그랬다.

'콤뱃 안경을 끼라고! 이걸 끼면 눈 부상을 20퍼센트 미만으로 줄일 수 있다는 보고가 있는데 대체 왜 안 끼는 거야!'

사실 눈 부상에 대한 경각심만큼은 강혁보다도 미군 군의관들이 더더욱 높았다. 강혁은 오로지 현장에서만 환자를 볼 뿐, 이후에는 만날 일이 없었다. 그저 건너건너 어떻게 되었다더라는 얘기만 들을 뿐이었다. 하지만 군의관은 순환 근무를 하기에 현장에서 보았던 환자가 본토에서 어떻게 살아가는지 봐야 할 때가 있었다. 눈이 보이는 사람과 그렇지 않은 사람 사이의 차이는 명확했다.

'그게 디자인이 좀······.'

'뭐?'

'구리잖아요. 못 끼고 다니겠대요.'

'뭐?!'

힘들게 콤뱃 안경을 만들어줬는데 정작 장병들의 반응은 시큰둥했다. 못생겨 보인다는 다소 황당한 의견이었다. 이에 여러 군의관들이 다시 머리를 모아 어떻게 하면 그래도 이 안경을 끼게 만들까에 대한 회의를 거듭했다. 경각심을 불러일으키기도 했고,

또 불이익을 주기도 했으나 좀처럼 사용률은 오르지 않았다.

'붕신들.'

강혁은 멧잼으로 딸려 나온 신경 다발과 혈관 다발을 자르면서 생각을 이어나갔다. 회의를 거듭하면서 군의관들은 결국, 주변 의사들에게도 도움을 요청했고 당시 시리아에서 명성을 떨치고 있던 강혁에게까지 연락이 닿았다. 강혁은 그 얘기를 듣자마자 '붕신들'이라고 욕하면서 대번에 해결책을 제시해주었다.

'붕신들아, 그럼 멋있게 만들면 되잖아. 알아서 끼겠구만.'

안전에 대해 못 믿어서 안 끼는 게 아니라 멋없어서 안 끼는 거라면, 멋있게 만들면 될 일 아닌가? 아주 간단한 생각에서 해준 조언이었는데, 물어왔던 군의관들은 망치로 뒤통수를 얻어맞은 듯한 얼굴로 돌아갔더랬다. 그리고 얼마 후 새 디자인의 안경이 나왔는데 그건 없어서 못 끼는 수준이었다. 동시에 미군의 안구 외상이 크게 줄었다.

"자, 이제 이을 거니까……. 마이크로 세트 줘."

강혁은 오래전 추억이 된 기억을 방금 떼어낸 안구와 함께 내려놓고는 혈관을 이어주기 시작했다. 혼자 혈관문합술을 현미경도 없이 한다는 게 쉬운 일은 아니지 않은가. 아니, 대부분의 사람들은 불가능하다 여길 만한 일이기도 했다. 하지만 장미를 비롯한 어느 누구도 이를 이상하게 생각지 않았다. 그저 순순히 요청한 것을 내어줄 뿐이었다. 그리고 강혁은 그들의 기대를 결코 외면하지 않았다. 놀랍도록 빠르고 정확한 솜씨로 혈관을 이어나갔다. 어쩌나 귀신 같은지, 피부색이 다른 것만 아니었다면 이

전에 어떤 상태였는지 잘 모르겠을 지경이었다. 심지어 안구가 빠져나간 빈자리 또한 눈꺼풀을 기가 막히게 꿰매준 덕에 그저 눈을 감고 있는 것처럼 보였다. 곧 두 개의 혈관 다발이 완전히 이어지고, 피까지 통하기 시작했다. 여기까지만 해도 완벽하다 할 수 있는데 강혁은 아직 만족스럽지 않았다.

"입 좀 벌려봐."

"아, 네."

그사이 배 쪽 정리를 마치고 올라온 재원이 강혁의 말에 따라 환자의 입을 벌렸다. 박살 나버린 좌측 입천장뼈 대신 방금 덧대 준 허벅지 근육이 보였다. 처음부터 계산을 하고 집어넣어서 그런가, 모양이 그리 어색하지는 않았다. 우측에 비하면 당연히 축 처져 있어 흉해 보였지만, 이것조차 의도된 것이라 별 상관은 없었다.

'시간이 지나면 근육은 위축돼.'

이에 대해서는 여러 가지 설이 있었다. 근섬유가 파괴되어서 그렇다, 연결되어 있던 신경이 사라져서 그렇다, 기존에 하던 운동을 하지 못해서 그렇다. 셋 중 뭐가 맞고 틀린 건지는 알 수 없었다. 하지만 한 가지 확실한 것은 대략 20퍼센트 정도 위축된다는 것이었다.

"와……. 귀신 같네. 완벽한데요?"

그걸 감안하고 보면 강혁의 플랩은 정말이지 완벽 그 자체였다. 재원이 보기에도 그랬다.

"응, 나야 뭐. 배는 좀 어때."

"이제 닫기만 하면 돼요."

"어디 볼까."

"네."

예전의 재원이었다면 강혁의 점검이 그리 달갑지만은 않았을 터였다. 강혁이 어디까지 원하는지 알 수가 없었기에 그랬다. 하지만 이젠 아니었다. 그 또한 어엿한 외상센터장이었다.

"오……."

그래서일까? 강혁은 재원이 해낸 수술을 보며 감탄을 연발했다.

'마무리도 좋지만……. 무엇보다 선택이 좋았어.'

강혁이 지금도 존경하는 그의 스승이 해준 말이 절로 떠오르는 순간이었다.

'강혁아, 네가 손이 좋고 눈이 좋다는 건 알겠다. 하지만 결국, 제일 중요한 것은…… 어떻게 할 건지가 아니라 무엇을 할 것인지야.'

처음엔 알아먹지 못했더랬다. 그저 존경하는 사람의 말이니 마음에 새겼을 뿐. 하지만 필드에 나와 점점 더 성장하다 보니 무슨 말인지 뼈저리게 느낄 수 있었다. 결국, 수술을 '어떻게' 할지 보다 '어떤' 술기를 '언제' 시행할 것인지 결정하는 게 훨씬 중요함을 알게 되었단 얘기였다.

"왜 이렇게 했지?"

"출혈부터 잡아야 하니까요. 우징으로 줄줄 새는데……. 이건 그냥 간 절제하는 게 낫겠더라고요. 어차피 반도 안 떼는 거라……. 추후 처치만 잘하면 될 것 같았고요."

"그래, 그 덕에 출혈이 잡히고 나니까 바이털도 잡혔지. 시야도 좋아졌고."

"네, 그래서 이렇게 할 수 있었어요."

"좋아. 좋아……. 이 환자는 최소한 죽을 일은 없을 거야."

"중환자 관리가 중요할 텐데……. 여기서 될까요?"

"되지. 경원이도 있고…… 간호장교들도 그냥 아무나 오는 게 아냐."

*

환자는 수술이 끝나자마자 곧장 중환자실로 이송되었다. 한구 병원과는 달리 누와라엘리야 병원은 시설이 퍽 좋은 축에 속했는데, 무려 중환자 간호실 내부에 텔레비전이 설치되어 있을 지경이었다. 환자가 끊이지 않았으나 그렇다고 또 정신없이 바쁠 정도는 아니라 짬짬이 오가면서 시청하는 용도로 아주 잘 써먹고 있었다.

"아, 어떤……."

심지어 인터넷까지 연결이 되어 있기에 넷플릭스도 볼 수 있었다. 이건 미군 측 부대에서도 해주지 않는, 그야말로 복지 중의 상복지라 할 수 있었다. 그렇다보니 강혁의 배려로 숙소에서도 각종 OTT를 볼 수 있는 누와라엘리야 병원 소속 인원들보다는 미군 간호장교들이 특히 애용했다. 그중 하나가 최근 핫하디 핫한 한드 「달콤한 집」을 보고 있다가 갑자기 채널이 돌아가자

획 하고 뒤를 돌아보았다. 나름 간호장교 중 짬밥이 있는지 제법 기세가 사나웠다.

"뭐."

"아. 원장님이셨구나."

마주한 것은 다른 사람이 아니라 백강혁이었다. 간호장교는 순간 리처드, 샘 등을 통해 들었던 말을 떠올리고는 슥 하고 휴게실을 빠져나갔다.

'하여간에 깊숙이 엮여서 당장 좋을 건 없어……. 아주 멀리 보면 모르겠는데, 아니다. 멀리 봐도 그냥 안 엮이는 게 나아.'

둘 다 어디 멀리 있는 상태에서 이런 말을 했다면야 실감이 덜 났을 텐데, 리처드나 샘 모두 이미 강혁에게 붙잡힌 몸 아닌가. 파견 신분인 다른 장교들과는 달리, 둘은 격무에 시달리고 있었다. 리처드는 심심하면 현지인들 진료하다가 비행기를 탔고, 샘은 응급실과 외래, 그리고 수술실까지 전천후로 뺑뺑이를 돌고 있었다. 그 대가로 둘 다 빠른 승진 가도를 달리고 있긴 하지만……. 글쎄, 굳이 그렇게 살아야 할까?

'그래. 나가자!'

결심이 선 간호장교는 아예 문밖에서도 자취를 감추었다. 다행히 강혁은 부리나케 사라지는 간호장교에게는 별 관심이 없었다. 그저 뉴스만 바라보고 있을 뿐이었다.

금일 오전 스리랑카 콜롬보 인근 태화물산 건설 현장에서 발생한 사고로 김장업 외교부 차관 등 7명이 중경상을 입었습니다. 그중 김장업 차관은 누와라엘리야 병원에 이송되어 치료 중인 것으로 알려졌으며, 나머지 환자들은 콜롬보 대학 병원 등으로 이송되었습니다.

대서특필이 되거나 하지는 않았다. 아니, 그 정도가 아니라 아주 짧막한 멘트를 끝으로 더 이상 언급이 없을 지경이었다. 어찌 보면 당연한 일이었다. 사실 해외에서 사람 하나 크게 다친 것이 무엇이 중하겠는가. 게다가 현재 대한민국은 격변의 시간을 보내고 있었다.

'동남아, 중앙아시아 쪽으로 완전히 시선을 틀더니……. 꽤 잘 나가고 있지.'

기업들이야 애초부터 관심이 있었는데, 그걸 정부에서 주도적으로 도와주니 일사천리인 모양이었다. 특히 캄보디아나 태국과 같이 민주정이 아닌 국가에서 더욱 그랬다. 캄보디아야 이제 막 개발되는 수준의 국가라 당장 돈이 되지는 않았으나, 태국은 사정이 다르지 않은가. 나름 인도차이나반도에서는 베트남과 더불어 양강 구도를 지키는 국가였고, 동시에 1인당 국민 소득 8000불이 넘어가는 꽤 괜찮은 소비 수준을 보이는 국가이기도 했다. 스리랑카에서도 엄청난 대공사가 이루어지고 있지만, 태국에 비하면 애교였다.

한편 박성민 대통령의 태국 방문이 기대 이상의 성과를 거두고 있다는 소식입니다. 태국 국왕 푸미폰 아둔야뎃 왕이 직접 공항으로 마중을 나왔을 뿐 아니라, 어깨를 나란히 하고 방콕의 여러 관광 명소

를 안내하는 등 전대미문의 예우를 갖추고 있습니다. 이는 최근 방
콕 남부 신도시 프롬풍 인근으로 태화전자 및 칠성전자 공장 이전
등에 따른 양국의 경제 협력 기조의 영향으로 추정됩니다.

　지금도 태국에 대한 뉴스가 쉴 새 없이 나오고 있었다. 이미
동남아 등지에서 한국 기업의 이미지는 과거 우리나라에서 소니
나 도요타 등이 가졌던 이미지를 넘어선 지 오래인데, 이렇게 해
당 국가에 도움을 주고 있다는 인식까지 번지고 있으니 장사가
안 될 턱이 없었다. 게다가 박성민 대통령이 태국의 그 위세 높
은 왕가 전체에 칠성전자 휴대폰과 태화전자 가전 등을 선물하
고, 그중 제일 인기 많은 공주가 인스타그램에 해당 사진을 올림
으로써 쐐기를 박았다 할 수 있었다.
　'주가 오르는 소리 들린다.'
　두 회사 주식을 모두 들고 있는 강혁으로서는 환영할 만한 일
이었다. 이럴 줄 알았냐고 누군가 묻는다면, 그저 웃어야만 했다.
박성민에게 이런저런 선물할 것을 조언한 인물 중 하나가 바로
강혁이었으니까. 그걸 진짜로 실행할 줄은 꿈에도 몰랐지만.
　"아직 한국에서는 그렇게까지 관심이 없네요?"
　강혁의 옆에서 묵묵히 뉴스를 보고 있던 재원이 입을 열었다.
이해가 안 간다는 얼굴이었다. 그래도 나랏일 하러 왔다가 다친
건데 이렇게까지 무관심해도 되나, 뭐 이런 표정이라고 할까? 과
연 병원 안에서만 평생 있어온 사람답게 순진한 반응이었다.
　"양 선생. 양 선생은 수술 말고는 아는 게 없구나."

그에 반해 한유림은 생각이 전혀 달랐다. 나름 공직에서 물 좀 먹은 사람이지 않은가. 게다가 오늘 두 눈으로 재원의 실력을 확인한 참이었다. 뭐라도 하나쯤 옛 제자보다 낫다는 인상을 심어주고 싶었다. 치졸하단 생각도 들었지만 그게 뭐 어떻단 말인가.

'나이 먹어서 좋은 것 중 하나가 뻔뻔해질 수 있다는 거지.'

오죽하면 이런 말도 있을까. 러닝셔츠 바람으로 집 앞 슈퍼에 갈 수 있으면 아저씨라고. 그런 식으로 치면 한유림은 아저씨가 아니라 할아버지 수준도 넘어선 사람이었다. 날씨만 허락하면 호텔 단지도 러닝셔츠 바람으로 갈 수 있었다.

"네? 무슨 소리세요?"

"방금 태국 관련 뉴스 봐. 정부에서 어떻게든 한국 기업들 띄워주려고 난리잖아. 근데 우리나라 공사 현장에서 난 사고를 어떻게 대대적으로 보도하겠어. 제 살 깎아 먹기지."

"아⋯⋯."

"언론이야 스리랑카에 제대로 된 지사도 없을 테니, 정부나 회사에서 흘리는 정보 없이는 아는 것도 없을걸. 그나마 현지 언론들이 앞다투어 보도하면 모르겠는데⋯⋯. 여기도 눈치 보이지."

"눈치요?"

"그렇지. 지금 스리랑카 정부가 제일 신경 쓰이는 게 중국 해군인데, 여기는 예전에 식민지 경험도 있고 내전 경험도 있어서 쏠리는 걸 안 좋아해요. 균형 맞추려면 이쪽 진영하고도 친하게 지내야지."

"아."

재원은 입을 벌린 채 고개를 끄덕였다. 행동과는 달리 별로 알아먹은 건 없었으나, 여기서 알아들은 척을 하지 않으면 무시 받을 것 같아서였다.

"내 폰 어디 갔지?"

그사이 강혁은 몸을 이리저리 뒤적거리더니 휴대폰을 집어 들었다. 거의 수신용으로만 쓰는 휴대폰이었기에 재원과 한유림 모두 의문이 떠올랐다. 특히 한국에 있으면서 강혁이 어떤 식으로 돈을 벌어 왔는지 알고 있는 재원은 눈까지 반짝였다.

"어? 뭐 작전 들어가는 거 있어요?"

"뭔 개소리야."

"맨날 폰으로 지시하잖아요. 직접 하셔도 되는데."

"아……. 그런 거 아냐."

"그럼?"

"아……. 박 대통령?"

"헐."

예상과는 달리 강혁의 전화를 받은 사람은 박성민이었다. 그냥 뉴스보다가 아무렇지도 않게 대통령에게 전화를 거는 놈이나 그걸 또 받는 놈이나 황당하기는 매한가지였다. 물론 두 사람 다 나름 깊숙이 겪어본 한유림은 이해할 수 있었다. 박성민은 지독하게 정치적이면서도 동시에 어느 정도 순수한 면도 가지고 있는 사람이지 않은가. 어떤 말인고 하면, 어떤 사람을 판단할 때 무조건 그 사람의 실력과 잠재력만 가지고 판단하지만, 뭐가 어찌 되었건 나라에 보탬이 되는 방향으로 용인술을 발휘한다는 얘기였다. 약간 인간미가 없어 보이긴 하지만 뭐가 되었건 현재 대한민국 행정부는 역대 최고로 유능한 이들로 이루어져 있었다. 강혁이야 자기 원하는 거 있으면 앞뒤 분간 없이 들이받는 인간이니 딱히 할 말이 없었고.

"지금 태국이에요?"

"아, 네. 어떻게…… 아, 뉴스 보셨구나."

강혁은 남들이 놀라거나 말거나 대화를 이어나갔다. 아마 박성민 주변에서도 비슷한 반응이 있었을 텐데, 박성민도 개의치 않는 모양이었다. 맨날 전화하는 사람처럼 자연스럽기 그지없었다.

"덕분에 파키스탄 한구는 완전히 자리 잡았어요."

"아……. 그거요. 뭐 그 덕에 여러 청년 사업가들도 자리 잡았으니 잘된 일이죠."

"그 비슷한 일 하고 있는 거 알죠?"

"스리랑카요? 알죠. 제가 요새 그쪽으로도 관심이 많습니다. 워낙 비슷한 역사를 지닌 터라 그쪽 정부에서도 동질감을 느끼는지 열심이고요."

"그래서 말인데……. 한번 오실래요?"

"응?"

이렇게 갑자기 초대를 한다고? 강혁의 됨됨이를 잘 알고 있는 박성민도 조금은 놀랐다. 옆에서 듣고 있던 한유림은 그보다 더 놀랐고, 양재원은 아예 소리를 질렀다.

"보고가 안 들어갔나? 외교부 김장업 차관이라고 알아요?"

"이름은 들어본 적 있습니다. 나름 유능한 사람이라고 들었어요."

"그 사람 여기 건설 현장 나갔다가 크게 다쳐서 지금 병원이
에요."

"어? 얼마나요?"

"눈 뽑고, 얼굴 무너져서 재건하고."

"어어, 백 교수."

자초지종 설명도 없이 갑자기 눈을 뽑았다고 하면 대체 어떻
게 받아들이겠는가. 더욱이 상대는 정치인이지, 의사도 아니었
다. 해서 한유림이 말려보았지만 이미 엎질러진 물이었다.

"뭐라고요? 살아 있어요?"

당연하게도 수화기 너머 목소리가 격해졌다.

"살아는 있죠. 앞으로 어떻게 살지가 문제긴 한데."

"아니, 그런 일이 있었는데 왜……."

"여러 가지 이유가 있었겠지만……. 하여간. 박 대통령도 이제
곧 레임덕 올 시점이잖아요."

"어어, 백 교수. 적당히 해. 레임덕이라니."

아까는 눈 뽑았다고 하더니 이번엔 레임덕 운운이었다. 한유
림은 자기가 한 말도 아닌데 손발이 간질거렸다.

"뭐, 그럴 때가 됐죠."

하지만 정작 당사자인 박성민은 담담한 반응이었다. 객관적으
로 상황을 바라볼 수 있는 능력이 있을 뿐만 아니라, 여전히 지
지율이 70퍼센트를 웃돌고 있기 때문이기도 했다. 정치권에서는
일언반구도 없었으나 지지자층 사이에서 반농담조로 연임 얘기

까지 돌고 있지 않은가. 그렇기에 이럴 수 있었다.

"여기 와서 병문안 한번 해주면 어떨까요? 그래도 나랏일 하다 다친 사람이고……. 적게 다친 것도 아니고."

"아……. 음. 스케줄이 될까요?"

"그걸 저한테 물어보면 안 되죠. 아, 스케줄을 만들 수 있는지 묻는 건가?"

"미안합니다. 의뭉스럽게 얘기하는 게 습관이 되어놔서. 네, 그거 맞아요."

아마 다른 사람의 말이었다면 바로 씹었을 터였다. 하지만 강혁에게는 빚이 있을 뿐 아니라, 몇 번 안 되었던 조언이 모두 큰 도움이 되었던 바 있었다. 일개 의사라고 하기엔 시야가 넓다고 해야 할까? 하여간 재능이 있는 사람이었다. 박성민이 그렇게 인내를 발휘하는 사이, 강혁 또한 목소리를 가다듬었다. 대통령과 보좌진을 설득하기 위해 공을 들인다는 얘기였다.

'거절하기 어려운 얘기일 거다, 아마.'

물론 자신은 있었다. 늘 그랬듯.

얼마 지나지 않아 박성민 대통령은 강혁의 말에 고개를 끄덕였다. 원래도 어지간하면 들어줄 생각이었으나, 듣다 보니 과연 그럴싸해서였다.

"확실히 제 이미지가 일 잘하는 쪽으로만 굳어져가고 있기는 하죠."

"네, 뭐……. 그게 나쁘다는 건 아닙니다. 저도 그렇잖아요?"

"음."

"근데 저랑 똑같은 이미지로 가고 싶습니까?"

"음."

강혁과의 대화를 요약하면 너랑 내 이미지가 비슷해지고 있는 것 같다 정도였다. 임기 초기라면 뛸 듯이 기뻐했을 터였다. 강혁이라고 하면 세간에 자신의 삶을 온전히 환자를 위해 바치고 있는, 그야말로 헌신하는 의사로 알려져 있지 않던가. 거기에 더해 실력까지 세계 최고였으니 금상첨화였다. 하지만 제아무리 지인들이 조심하고 있다고 해도 흘러나가는 말을 온전히 틀어막을 수는 없는 법이었다.

'너무 일에만 몰두한 나머지 인간미가 좀 없다더라.'

'인간미가 없는 정도가 아니라 싸가지도 없다더라.'

'사람 살리는 깡패라더라.'

뭐 이런 종류의 말들이 여기저기 새어 나가고 있다는 뜻이었다.

'내가…… 정치하는 백강혁이라고?'

강혁에 대해 미묘하게 바뀌기 시작한 평가는 박성민 귀에도 들릴 정도였다. 그럴 수밖에 없었다. 강혁이 박성민에게 관심을 두는 것보다도 박성민이 강혁에게 더 신경 쓰고 있었으니까. 십분 이해할 수 있는 말이기도 해서 그냥 두고 있었다. 확실히 백강혁이라는 사람이 딱히 성격이 좋다고 보기는 좀 어렵지 않은가. 근데 그게 나랑 같다고?

'안 되지, 안 돼.'

박성민은 비교적 젊은 나이에 정치에 입문했고 또 젊은 나이에 대통령이 된 몸 아닌가. 퇴임이 인생의 끝이 아니라 2막이 되어야만 했다. 대통령으로서의 박성민이 나라를 위해 커다란 봉사를 했다면, 2막은 이제 더 작은 일을 위해 직접 두 발로 뛰고 싶다는 소망이 있었다. 한데 백강혁 같은 이미지로 그게 될까? 실제로 강혁이야 그런 이미지로 잘만 하고 있긴 하지만, 그건 백강혁이어서 가능한 일이었다.

"그러니까······. 이럴 때 인간적인 모습을 좀 보여라 이겁니다. 연기라도 하세요. 저처럼 진짜 막무가내로 일 처리할 거 아니면."

"연기라뇨······. 저는 정말 정이 많은 사람이에요."

"그런 사람이 죽다 살아난 사람 면회도 안······ 와요?"

"시간이······."

"시간이 일하느라 없는 거잖아요. 그게 백강혁이지 뭐."

"허."

세상에 어떤 미친놈이 남 욕을 자기에 빗대어 할까? 설령 있다 하더라도 듣는 사람 입장에서는 그리 기분이 나쁘지 않아야 정상일 터였다. 누구라도 자기 자신에 관한 얘기를 할 때는 조금이라도 더 관대해지니까.

'근데 기분이 되게 나쁘네.'

하지만 강혁은 역시나 난놈이었다. 이럴 때조차 뭔가 달랐다.

"그리고 일 얘기도 좀 하죠."

"아니, 저는 일만 얘기하는 게······."

"아뇨. 대통령은 저랑 비슷한 사람이에요. 애초에 그래서 잘 맞았던 거고."

"아니라니까 그러네, 이 사람이?"

생전 화를 내지 않아 비서진들 사이에서 별명이 돌부처일 지경인 박성민이었다.

"무, 무슨 일 있으십니까?"

"괜찮습니까?"

한데 어디선가 걸려온 전화를 받느라고 방에 들어가더니만 갑자기 소리를 지르기 시작했다. 자연히 비서들이나 경호원들의 걱정이 시작되었다.

"아니, 아닐세."

그제야 평정을 되찾은 박성민은 문틈을 통해 자신의 안전을 전했다. 그 틈을 파고들어 강혁은 계속 말을 이었다.

"앞으로 스리랑카의 중요성은 점점 더 커질 거예요. 알죠? 지중해에서 수에즈 운하를 통과하고 나면 그나마 기항할 만한 항이 인도 아니면 스리랑카에나 있는 거."

"그…… 그렇죠. 근데 나는 정말 백……."

물론 박성민의 저항이 끝난 건 아니었다. 하지만 강혁의 이어지는 말이 꽤 흥미롭기도 하거니와 날카로운 구석이 있어 잠자코 귀를 열어두는 수밖에 없었다.

"이상하게 그 주변으로는 예멘, 오만, 소말리아, 이란처럼 빡센 국가들밖에 없어요. 불안해서 케이프타운 돌아가는 배도 요새 엄청 늘었고."

"그건…… 그렇습니다."

확실히 일개 의사의, 그것도 오지에 나가 있는 의사의 시야는 벗어나 있었다. 꾸준히 세계정세를 살피고 있는 모양이었다.

'투자의 귀재라고 하더니.'

이렇게 끊임없이 세상 돌아가는 일에 신경을 쓰고 있어 그럴까? 약간은 부럽다는 생각도 들었다. 누구는 최고 권력자 자리에 있으면서도 재산이 줄줄 줄어만 가는데 누구는 오지에 나가 있으면서도 재산이 팍팍 늘고 있었으니까.

"그런데 인도 측 항에 기항하게 되면……. 사실 돌아가는 거거든요. 인도랑 무역할 게 아니면 별로야, 그게. 그래서 스리랑카가 주목받는 거죠. 중국이 이쪽 항구에 욕심내는 것도 그거 때문이고요."

"맞습니다."

"다행히 지금 우리나라랑 스리랑카는 분위기가 좋잖아요. 이때 기습 순방하시죠. 면회라는 명분이 생겼으니……. 여기서는 좋아할걸요."

"그럴까요? 분위기가 좋은 건 사실이지만……. 애초에 순방 명단에서 빠지긴 했어서요."

"그거야 지금 순방이 인도차이나반도 쪽이니까 그렇죠. 여기는 엄밀히 말하면 남아시아니까 동남아랑은 거리가 있죠."

"음."

박성민은 지금 자신이 백강혁이랑 대화하는 건지, 아니면 참모진이랑 대화하는 건지 헷갈릴 지경이었다. 그만큼 강혁의 말에는 흡입력이 있었다.

"여기가 우리나라랑 역사도 비슷하잖아요. 그런 거 얘기하면서 우리나라만큼 잘살게 될 수 있다는 걸 기분 나쁘지 않게 말해봐요. 뒤집어질걸. 그럼 여기를 필두로 해서 인도 시장도 뚫을 수 있고. 가뜩이나 요새 파키스탄이랑 경협 추진하면서 인도랑은 약간…… 응? 그렇잖아요."

"맞는 말입니다. 생각보다 감정이 더 안 좋더군요."

그뿐만 아니라 현황을 아주 정확하게 짚어내고 있었다. 실제로 인도와 파키스탄 간의 사이는 우리가 으레 생각하는 이웃 나라끼리의 반목 수준이 아니었다. 어느 정도인가 하면 인도와의 분쟁 때문에 파키스탄이 종종 비행기 길을 닫아버릴 지경 아닌가. 그나마 현 총리가 집권하고부터는 어느 정도 유화 정책을 펴고 있다지만 그것도 이전과 비교해서 그렇다는 말일 뿐 절대적으로 보면 여전히 날카롭기 그지없었다.

"스리랑카도 인도랑 아주 사이가 좋진 않지만……. 이건 뭐라고 해야 되나. 사이 나쁜 형제격이지, 절대 원수는 아니에요."

"그렇게 말하면 화낼 정도의 사이 아닐까요?"

"말이 그렇다 이 말이죠. 왜 갑자기 멍청한 척을 하실까?"

"음."

"게다가 여기다 중국에서 해군 기지 짓는 거…… 그거 우리가 반대하는 거 뻔히 알 거 아닙니까? 중국이랑 인도 사이하면 또 말 다 한 셈이죠."

"그렇죠."

원래 인접한 국가끼리 사이가 좋기는 상당히 어려운 일이긴 했다. 하지만 중국처럼 죄다 사이가 나쁜 나라는 드물지 않을까? 인도라고 예외는 아니어서 아주 극심한 갈등을 겪고 있었다. 국경 지대에서 군인들끼리 싸움이 붙어 죽고 죽이기까지 했을 지경이었다. 괜히 중국이 전 군의 70퍼센트 이상을 서쪽에 보내놓은 것이 아니란 얘기였다.

"여러모로 이득이 될 겁니다, 대통령 각하."

"안 어울리게 각하라고 하지 마세요. 이름이나 턱턱 부르면서."

"친구끼리 그러면 안 됩니까?"

"그건 아니죠. 음……. 아무튼, 잘 알겠습니다. 어떻게든 시간을 내서 가보도록 하죠. 간만에 한 장관님 얼굴도 좀 보고요."

"네, 그럼 기다리고 있겠습니다."

강혁이 말한 것처럼 레임덕이 왔었다면야 당연히 해외 순방 스케줄 변경이 쉬운 일이 아니었을 터였다. 하지만 박성민 대통령은 전례 없는 지지도와 성과를 내고 있는 사람이었다. 레임덕은커녕 여전히 그의 말은 청와대 내에서뿐 아니라 초당적인 힘을 가지고 있었다. 게다가 개인적인 욕심 때문이 아니라, 일하다 다친 공무원을 위로하러 가는 길 아닌가. 거기에 더해 치밀한 정치적 계산까지 있었으니 그 누구도 반대할 수 없었다.

속보입니다. 스리랑카 수도인 콜롬보 인근 칠성물산 공사 현장에서 사고를 당한 김장업 외교부 차관이 입원한 누와라엘리야 병원 담당 의사가 백강혁 교수인 것으로 밝혀져 화제입니다.

박성민 대통령의 태국 순방이 당초 예정되었던 것보다 훨씬 더 큰 성과를 냈습니다. 그럼에도 일정이 하루 일찍 끝나게 되었는데요, 청

와대에서는 이를 현재 스리랑카 누와라엘리야에 입원 중인 김장업 외교부 차관의 면회를 위한 것이라 밝혔습니다. 이와 함께 박성민 대통령은 공무를 위하다 다친 사람을 위로하는 것이야말로 대통령의 소임 중 하나라고 말했습니다.

그렇다 보니 면회는 일사천리로 진행이 되었고 이와 동시에 김장업 차관과 더불어 그가 입원해 있는 누와라엘리야 병원까지 주목받기 시작했다. 역사상 가장 인기 많은 대통령이 간다지 않는가. 지지자들의 관심이 몰리는 것도 당연한 일이었다.

"와……. 교수님. 미쳤어요. 하루 만에 구독자 30만 늘었어요."

"그래? 잘됐네."

"아뇨, 아뇨. 이럴 때가 아니죠."

"뭔……. 왜 그래."

유튜브 구독자 및 조회 수도 폭발하고 있었다. 애초에 백강혁이라는 사람은 단 한 번도 변한 적이 없지 않던가. 여러 동영상이 이를 입증하고 있었고, 장미의 편집에 힘입어 한층 더 빛나게 됐다. 그렇다 보니 다소 약해져 있었던 강혁에 대한 팬심과 관심이 다시 돌아오고 있었다.

"왜긴요. 물 들어올 때 노 저어야지."

"아니……. 카메라는 좀 두고 말해."

"유튜브 해야 되는데 카메라를 어떻게 돼요."

"환자도 없는데 뭘 찍으려고."

"브이로그 갑시다."

"뭔 브이로그……."

그렇다고 모든 게 다 좋지만은 못했다. 강혁은 장미에게 쫓기고 있었다. 정확히 말하면 장미와 카메라를 든 데니스에게였다. 둘 다 묘하게 신나 있었는데, 장미는 취미 생활을 하게 되어서였고 데니스는 그저 강혁이 괴로워하는 모습이 보기 좋아서였다.

"이거 어때요?"

"뭐가 어때!"

"대통령 오시면 여기 음식을 교수님이 요리직접 해주시는 거예요."

"뭔 미친 소리야……. 나 음식 잘 못해."

"안 하시는 거지 못하진 않죠. 아예 모르잖아요, 어떤지."

"아니……. 내가 왜…… 내가 왜 음식을 해……."

강혁은 그렇지 않냐는 얼굴로 사방을 둘러보았다. 대통령이 올 거라는 소식에 모든 인원이 다 모여 있는 상황이었다.

"괜찮은 생각 같은데요?"

그때 누군가 이렇게 말했다. 강혁은 마치 최후의 만찬에서의 예수님이 된 심정이었다.

'유다는 누구냐?'

물론 예수님처럼 평화롭게 해결할 생각은 전혀 없었다. 해서 희번덕거리는 눈으로 발언자를 찾았는데, 의외로 박경원이었다.

"미친놈이, 뭐가 괜찮아?"

"우리 영상들 보면 맨날 진료하는 건데 새로운 거 보여줄 때 됐죠."

"야…….. 나 유튜브 하러 온 게 아니라 봉사하러 온 거야. 봉사하는…….."

"근데 유튜브 커지면 도움이 될 거라면서요. 그래서 대통령도 부르고 어그로 끄신 거 아니에요?"

"뭔그로 인마?"

"하여간 괜찮을 것 같아요. 하죠."

박경원을 필두로 모든 인원이 장미를 거들었다. 그중에서는 딱히 장미에게 동의하지 않는 사람들도 있었다. 대표적인 예를 들자면 한유림이 그랬다.

'저거 괜히 시켰다가…… 음식도 잘하면 어쩌냐고.'

지금껏 강혁과 지내면서 저 인간이 못 하는 걸 본 적이 있었다면 그나마 조금쯤은 자신이 있을 텐데, 정말이지 단 한 번도 보지 못한 상황이었다.

'근데 괴로워하니까 좋긴 좋다.'

아마 요리도 안 해서 그렇지 연습 좀만 하면 곧잘 하지 않을까? 어쩌면 어지간한 셰프 뺨치도록 잘하는 거 아닐까? 그렇게 되면 더 잘난 척하지 않을까? 등등 많은 걱정이 부유했으나 지금 당장은 저 멀리 밀어두기로 했다. 하여간 고통스러워하는 모습을 보고 있으려니 기분이 좋아져서였다. 강혁이 미워서가 아니라, 이런 모습을 보는 것이 워낙에 희귀한 일이어서 그랬다.

"아니……. 이게 뭐라고?"

"어그로요."

"어그로…….. 그게 끌린다고?"

"그렇다니까요. 아니, 친구한테 못 들었어요? 유튜브 오래 하신 분 있잖아요."

하여간 강혁은 부엌으로 이동한 참이었다. 앞치마까지 두르고 있었는데, 장미는 그 모습을 전부 카메라에 담으면서 대화를 나눴다. 어차피 스케치 따는 거라 음성은 안 쓸 테니 별 부담은 없었다.

"걔야 뭐 오래 하기만 했지, 조회 수는 우리보다 안 나오잖아. 구독자도 적고."

"와……. 시작하기 전에는 그렇게 물어보더니, 은혜를 바로 원수로 갚아버리는구나."

그리고 곧 음성 안 쓰기로 하길 천만다행이라는 생각을 했다.

'라이브는 절대 하면 안 되겠다.'

저놈의 주둥아리가 문제이지 않은가. 앞뒤 사정을 다 아는 사람이라면야 이해를 할 수 있을 터였다. 뭐가 되었건 간에 그 친구라는 사람은 진심으로 강혁을 좋아하고 또 존경하는 데다가 심지어는 미안해하기까지 하고 있었다. 자기 손끝에 사람 생명이 걸린 수술을 도저히 할 수 없어 다른 길을 선택한 것에 대한 부채의식이라나 뭐라나. 이해가 가지 않는 일은 아니었다. 이 일은 결코 아무나 할 수 있는 일이 아니니까.

"야, 된 거야? 나 그럼 해?"

"네. 근데 뭘 요리 하려고요?"

"박성민 대통령이 좋아하는 요리로 해야지."

"뭐 좋아하는데요? 그걸 알아요?"

"나 친해. 선거 운동할 때도 몇 번을 갔는데. 그 후로도 뭐 꾸준히 보긴 봤지."

강혁의 기준에서 박성민은 어찌 되었건 친구라는 범주 안에 들어가 있는 사람이었다. 인맥은 무척 화려하지만 대부분 실용적인 관계로 이루어져 있는 것을 감안할 때, 박성민에게 강혁이 느끼는 친밀감은 보통을 넘고도 남았다. 그리고 그런 경우 강혁은 자신의 예민함을 십분 발휘해 상대를 파악하곤 했다. 박성민에 대해서도 예외는 아니었다.

"같이 밥 몇 번 먹어보면 다 보여. 아, 이 사람은 이런 맛을 좋아하는구나. 이런 음식을 좋아하는구나."

"오……. 그럼 우리도 알아요?"

장미는 녹음이 잘 되고 있는지 확인하면서 질문을 던졌다. 이건 잘하면 써먹을 수도 있겠다 싶어서였다.

"알지. 조폭은 일단 술안주 감은 다 좋아하지. 그중에서도 맵고 기름진 것들."

"그…… 아니, 그게."

바로 후회가 되었다. 녹음기를 틀자마자 이딴 말을 해? 부모님도 다 구독하고 있는 채널에?

'편집하면 되긴 하지.'

라이브가 아니라 다행이란 생각을 하고 있을 때쯤 강혁이 계속 말을 이었다.

"그러고 보니까 중증외상센터에서 일하느라 술도 거의 못 먹는데 어떻게 버티고 있냐? 학생 때는 장난 아니었다며. 별명이 조폭이 아니라 술고래…….”

이쯤 되면 이제 라이브가 문제가 아니라 병원 내 이미지가 문제였다.

“허, 술고래.”

“장군감이시긴 하지.”

아니나 다를까, 여기저기서 탄식인지 감탄인지 모를 말들이 튀어나오고 있었다.

“아, 조용!”

“왜 화를 내. 물어봐서 답해주는데.”

“아니, 아니. 왜 음식 얘기하다 말고 주제가 튀어요?”

“그런가? 아무튼 넌 그렇고. 1호는…….”

언제나 그렇듯 강혁은 딱히 장미를 열 받게 하려는 의도는 없었기에 대체 왜 그러는지 모르겠다는 얼굴을 한 채 재원을 돌아보았다. 은근슬쩍 호칭이 점점 재원에서 1호로 변하고 있는 것만으로도 불안해진 재원은 마른침을 꿀떡 삼켰다.

“1호는 단 거 좋아하지. 고기도 양념갈비 좋아하잖아. 그러고 보면 저놈 저거 당뇨 위험군이야. 나 없으면 운동도 안 하고.”

“그…… 뭐, 그렇죠. 양념갈비가 맛있죠.”

다행히 무난한 말이지 않은가. 사실이기도 하고. 해서 재원은 묵묵히 고개를 끄덕였다. 강혁은 이제 감자튀김 좋아하는 리처드와 폭립 좋아하는 데니스를 넘어 한유림을 바라보고 있었다. 앞치마 두른 백강혁을 내내 고소하다는 얼굴로만 바라보고 있던 한유림이었기에 조금은 당황스러웠는데, 역시나 듣기 싫은 소리가 튀어나왔다.

"한유림 교수님은 옛날에는 고기 좋아하더니 지금은 나물 좋아하고. 아마 노화에 의한 소화 기능 부전으로 그런 것 같은데……."

"아니, 왜 갑자기 뼈를 때려. 나도 알아, 나 나이 든 거."

"내가 언제 때렸어요. 내가 때렸으면 죽었지."

"말 못 알아들은 척하지 말고. 백 교수가 의외로 의뭉스러운 구석이……."

"하여간 두부 좀 챙겨 먹어요. 노인네 다리 가늘어진다니까?"

"나처럼 굵은 사람이 어딨다고."

"체형이 안 예쁘긴 하지. 드워프 체형이잖아."

"아니, 거기서 또……."

하여간 얘기를 이어나가면 이어나갈수록 기분 나빠지는, 참으로 놀라운 재주를 가진 놈이었다. 늘 그렇지는 않은 걸 보면 이럴 때만 딱 의도했다는 건데, 표정만 보면 순진무구하니 더 화가 났다.

"하여간 우리 박성민 대통령이 제일 좋아하는 건 제육이거든. 불맛 느껴지는."

"오……. 그래요? 의외다. 생긴 것도 그렇고 되게 고급져보이는데."

"제육이 맛있으려고 하면 또 끝이 없지. 고급이고 나발이고 상관은 없지 않나?"

"뭐…… 그렇긴 하죠. 근데 교수님 그럼 제육 할 줄 알아요?"

한바탕 갈굼이 끝나고 나서야 본격적인 요리가 시작되었다. 장미는 강혁의 부엌칼 쥐는 폼이 제법 태가 난다는 사실에 긴장을 느끼며 물었다. 무릇 어그로를 끌려면 다른 분야의 대가인 사람이 전혀 관계없는 분야에서는 허당으로 보이는 것이 중요한데. 여기서 눈치 없이 잘해버리면 재미없지 않은가.

'응?'

하지만 자세히 보니 그게 아니었다. 태가 난 것은 강혁이 온전히 수술실에서 취하는 자세를 하고 있어서였다. 특히 손이 그랬다.

'교수님……. 대체 누가 부엌칼을 연필 쥐듯이 잡나요…….'

능숙해 보이면서도 어색하길래 왜 그러나 했더니만 수술 기구 잡는 식으로 모든 도구를 다루고 있었다. 부엌칼은 크기부터가 그럴 수 없게 만들어져 있는데 연필처럼 쥐어버린 게 놀라울 따름이었다. 하여간 그 상황에서 강혁은 양파부터 썰었다. 그리고 파, 고추 등을 썰더니 고추장에 설탕, 다진 마늘을 풀어 양념장을 만들고 고기를 확 볶아대기 시작했다.

"이렇게 해야 불맛이 살지 않을까."

"의문문으로 대화를 끝내시네요? 보통 안 그러잖아요."

"어, 자동으로 그렇게 되네."

"어……. 지금 그렇게만 하시면 불맛이 아니라 그냥 불이 될 것 같은데."

"뭔 소리야? 아, 탄다. 오. 타는구나."

"뭘 한가롭게 타는구나예요! 빨리 프라이팬 떼! 몇 개 있지도 않은 걸 홀랑 태우려고!"

강혁의 첫 번째 요리 시도 영상은 반응이 꽤나 뜨거웠다. 그렇지 않아도 대통령을 지지하는 사람들과 과거 강혁을 좋아했다가 활동이 없자 멀어졌던 사람들이 대거 몰린 상황 아닌가. 한데 제목이 〈박성민 대통령이 먹을 음식은 직접 해야지 1탄〉 이런 식으로 올라오고 있으니 어찌 안 누르고 배길까.

— 미친 암살 시도 아님?
— 어디 사주받았냐 ㄷㄷㄷ
— 불맛은 고기가 다 본 듯. 새카맣게 탔네.
— 백강혁도 못 하는 게 있기는 있구나.

댓글 반응은 대부분 즐거웠다. 간혹 악플도 있긴 했으나, 그건 그렇게까지 신경 쓸 일은 아니었다. 어디에나 이상한 사람들은 있기 마련 아니던가. 게다가 강혁은 애초에 그런 걸 신경 쓰는 사람도 아니었다.

— 의사가 진료나 하지, 연예인 병 걸렸나.

이런 댓글을 봐도 타격이 전혀 없었다.
"교수님, 괜찮아요?"
오히려 옆에 있던 재원이 걱정을 했는데, 강혁은 뭔 소리냐는 얼굴로 그를 돌아보았다.
"뭐가?"

"이런 댓글 봐도 괜찮아요?"

"뭐?"

"그……."

재원은 자신과 강혁이 정말 같은 걸 보고 있는 게 맞나 싶었다.

'저 눈……. 일반인하고는 다르긴 한데……. 설마 필터가 달려서 안 보이나?'

이런 생각까지 들었다. 그때 강혁이 입을 열었다.

"얼마나 인생이 힘들면 여기까지 와서 이런 글을 달겠냐. 나처럼 완벽한 사람을 보면 화가 나는 거지."

"아, 네……."

이제 보니 안 보이는 건 아닌 모양이었다. 그냥 자기애가 너무 강해서 흠집조차 가지 않는 것일 뿐. 어떻게 보면 부러운 일이었다. 멘탈이 강하다는 건 비단 일상생활에서만 도움이 되는 건 아니지 않은가. 수술할 때도 마찬가지였다.

"그리고 나 이제 요리 잘해."

"네? 아니, 몇 번이나 했다고."

"세 번 했지. 이제 감 딱 잡았어."

"오늘 촬영 있는 거 알아요? 어차피 만천하에……."

"수술하는 틈틈이 연습했어. 이따 봐라. 불맛 보여줄게."

"전 타기 싫은데요."

재원은 지옥 황천의 제육볶음이라는 별명을 지니게 된 저번 촬영의 결과물을 떠올렸다. 여기가 그렇게 화력이 좋지도 않은데 어떻게 그렇게 새카맣게 싹 태울 수 있었을까. 그걸 본 상황에서 불맛이라는 말을 들으니 자연히 지옥만 떠올랐다.

"새끼."

강혁은 그런 재원의 뒤통수를 한 대 후려갈기곤 앞치마를 입었다. 처음엔 하기 싫어서 죽겠단 얼굴이더니 어느새 승부욕을 보이고 있었다. 그렇다보니 찍는 장미도 신이 났는데, 딱 화면을 보자마자 무언가 달라졌다는 느낌이 들었다.

'제대로 쥐고 있네?'

일부러 알려주지 않았는데 어떻게 알았을까. 비밀을 캐고 들 새도 없이 빠르게 야채가 잘려나갔다. 다소 거친 듯하지만 실로 정확한 절개, 아니 베기였다.

'뭐야? 왜 이래?'

그때도 칼 쓰는 것 하나만큼은 썩 괜찮다 여길 수준이었는데 지금은 거기 비할 바가 아니었다. 어마어마한 대가가 눈앞에 있는 느낌이라고 해야 할까?

"좋아, 이제 볶는다."

고기까지 무슨 기계로 썬 것처럼 슥삭 하더니만 볶기 시작했다. 이것도 완전히 달라져 있었다. 전에는 프라이팬을 불에 대고 젓가락만 뒤적거린 수준이었다면 지금은 제대로 된 웍질을 하고 있었다.

'뭐야.'

장미도, 촬영장에 있던 다른 이들도 다 놀랐다. 하지만 누구보다 가장 놀란 사람은 그 음식을 대접받은 박성민이었다.

"오?"

"맛있죠?"

유튜브에 올라온 것도 봤지만, 지금도 직접 강혁이 요리하는 걸 목도한 참이었다. 그러니까 이 음식을 만든 게 강혁이라는 것에 대해 이견이 없는 상황인데 이렇게 맛있을 일이란 말인가.

"불맛이…… 와, 이건 진짜 취향 저격인데요?"

"이게 박성민 대통령을 위한 음식이니까 그럴 수밖에 없죠."

"아니, 아니. 그런 말이 아니라……."

"아무튼, 드시죠. 드시고 나서 병원도 한 바퀴 돌고, 여기 상황에 대해서도 말씀드리고 할게요."

"알겠습니다. 와, 이거 정말."

우리의 재능이 필요한 곳에

박성민 대통령은 그야말로 흡족한 식사를 마치고 곧장 병실로 향했다. 어떻게 아픈 사람을 두고 밥부터 먹을 수 있느냔 말도 나올 수 있겠으나, 환자가 일반 병실에 있지 않고 중환자실에 있다는 점이 중요했다. 의료진을 제외한 모두는 정해진 면회 시간에만 들어갈 수 있었다.

"네? 아유, 당연히 그렇게 해야죠."

박성민 또한 있는 규칙을 망가뜨리면서까지 의전을 받아야 하는 종류의 인간이 아니었기에 일이 이렇게 진행되었다.

"자, 이쪽으로요."

강혁은 2층 중환자실로 박성민 대통령을 안내했다.

'허.'

숙소동을 지나 병원 1층에 들어섰을 때부터 오묘해졌던 박성민 대통령의 얼굴에 감탄이 서렸다. 이 병원이 어떤 식으로 지어졌는지 자초지종을 다 알고 있어서였다. 특히 강혁이 사비를 털어 이 병원을 지었다는 게 인상적이었다. 그렇긴 해도 자기 돈 들여 짓는 것이니 최대한 아끼지 않았을까 했다. 기껏해야 한구에서 봤던 그 병원 수준 정도를 예상하고 있었다. 하지만 직접 본 병원은 으리으리하진 않아도 있을 건 다 갖춘 내실 있는 병원이었다.

"왜 그러세요?"

"아니, 시설이 되게 좋네요? 돈 많이 들었을 것 같은데요?"

"많이 들었죠. 그러니까 많이 살려야 해."

"하."

이럴 때 다른 사람들 같으면 많이 벌어야 된다고 하지 않았을까? 확실히 백강혁은 삶의 초점이 엇나가 있었다. 좋은 일이었다. 이렇게 뛰어난 사람이 엄한 데 꽂혀 있었다면 세상에 누를 끼쳤을 수도 있었을 테니.

"그냥 들어가면 됩니까?"

"마스크랑 모자면 충분해요. 여기 뭐 격리 환자 같은 건 없으니까."

"그렇군요. 음."

박성민 대통령은 경호원도 없이 촬영 감독만 대동한 채 강혁과 장미를 따라 중환자실로 향했다. 격리 환자가 없다고는 하지만 뭐가 되었건 중환자실에 여러 사람이 들어가서 좋을 게 없다는 판단 때문이었다. 여기서 뭔 일 날 리도 없지 않은가.

'여차하면 백 교수가 어떻게 해주겠지.'

게다가 박성민은 한유림을 통해 강혁에 대한 무용담을 여럿 전해 들은 참이었다. 그중 몇몇은, 그러니까 파키스탄 정보국 사람들을 맨손으로 마구 제압했다거나 하는 것들은 믿기 어려웠지만. 하여간 리처드를 비롯한 미군 장교들과 자웅을 겨뤄도 밀리지 않는다는 것 정도는 충분히 믿어줄 만했다. 유튜브에도 운동

하는 장면이 나오지 않던가. 물어보니 경호원들 중에서도 저만큼 들 수 있는 사람은 없다 했다.

"여기 계십니다."

"아."

잠시 딴생각을 하다보니 어느새 환자 앞이었다.

"아……."

많이 다쳤다고는 들었는데, 직접 보니 참혹하기 그지없었다. 무엇보다 끔찍한 것은 역시 얼굴이었다. 붙어 있는 거즈를 차마 떼어보기 무섭다고나 할까. 지금도 보기에 그런데 그 밑에는 과연 어떤 모습이 숨겨져 있을지 두려웠다. 촬영 감독 또한 비슷한 생각이었기에 카메라로 어중간한 곳을 비추고 있었다.

"눈이 없어요."

"아."

물론 그건 박성민이나 촬영 감독 같은 지극히 정상적인 감성을 가지고 있는 사람들의 생각일 뿐이었다. 강혁은 도리어 상태를 정확히 알아야 제대로 된 위문이 될 거라 생각하는 위인이었다. 해서 딱 보자마자 우선 거즈부터 뗐다. 다행히 동공이 비어 있다거나 하는 몰골을 보게 되지는 않았다. 강혁이 감염 방지를 위해 그리고 환자가 깼을 때 환자에게 주어질 충격을 완화하기 위해 눈꺼풀을 꿰매놓았기에 그랬다.

"아."

그럼에도 박성민은 말을 제대로 잇지 못했다. 이 정도만 해도 일반인이 보기엔 충분히 끔찍한 탓이었다.

"그리고 광대가 무너져서 재건해줬고……. 여기 피부는 좀 다르죠? 허벅지 살을 붙인 겁니다."

"아."

설명이 이어질수록 박성민도 촬영 감독도 표정이 어두워졌다. 특히 훈훈한 장면을 연출할 생각이었던 촬영 감독의 얼굴은 자못 심각하기까지 했다.

'통으로 날려야 될 수도……?'

그 와중에도 강혁은 입을 쉬지 않고 놀렸다.

"그리고 여기. 간이 찢어졌었어요. 허벅지도 터졌고. 다행히 지금은 다 제대로 회복 중입니다."

"아……. 근데 의식은, 의식은 없는 건가요?"

"아뇨. 약 쓰고 있으니 벤틸레이터 써야죠."

"벤, 뭐요?"

"공부 안 하시네."

"저는 대통령이지, 의사는 아니니까요."

강혁은 박성민의 대꾸에 잠시 멈추어 섰다가, 다행히 답변이 그럴싸하다고 여겼는지 고개를 끄덕였다.

"하긴 그렇지. 하여간 깼어요. 지금은 너무 힘들어서 주무시는 거지, 깨울까요?"

"아니, 굳이 그럴 필요는 없어요. 내가 뭐라고. 아무튼, 괜찮은 거죠?"

"네. 회복 중입니다. 후유증이 있긴 하겠…… 어, 깼다."

"우리가 너무 시끄럽게 했나."

"낮이니까 깰 때 됐죠. 너무 자면 오히려 회복에 방해돼요. 말이라도 해야 좋지."

"아, 그렇군요. 그렇다면 다행입니다."

백강혁이 아니라 다른 의료진이었다면 대통령 앞이라고 입에 발린 소리 한다는 생각도 들었을 테지만, 강혁은 누구 앞에서도 그러지 못하는 위인이지 않은가. 해서 오히려 안심할 수 있었다.

"어……."

환자는 한쪽만 남은 눈을 연신 끔뻑거렸다. 강혁이나 장미야 노상 보던 얼굴이니 놀랄 일이 없는데, 뭔가 낯설면서도 낯익은 사람이 하나 껴 있어서였다. 내가 이 사람을 언제 봤더라. 차관은 고개를 갸웃거리며 박성민을 뚫어져라 바라보았다.

'음, 너무 놀라면 안 되는 거 아닌가?'

박성민 또한 차관을 마주 본 채 고민에 빠졌다. 여기서 대뜸 '대통령입니다' 하는 게 우습기도 하고, 그렇다고 모른 척하고 있자니 무슨 몰래카메라 같기도 하고.

"환자분, 좀 어떠세요?"

"아……. 괜찮습니다. 깜빡 잤네요. 계속 졸려서요."

"이거 들어가는 덴 괜찮고요?"

"아, 네. 괜찮습니다. 조금 성가시긴 한데……."

다행히 강혁이 아주 자연스럽게 진료를 시작했다. 매일 하던 일이니만큼 비몽사몽 간인 환자 또한 자연스레 답변하기 시작했다. 강혁은 방금 가리켰던, 환자의 중심정맥관으로 들어가는 비경구영양액을 매만지며 말을 이어갔다. 시선은 환자의 얼굴, 더 정확히 말하면 환자의 상처 부위를 향한 채였다.

"아, 해보세요."

"네."

"음. 자리는 잘 잡고 있는데……. 숨쉬기 불편하지는 않아요?"

"네, 괜찮습니다. 부은 느낌만 있어요. 마취된 느낌도 있고."

"새로 이식해준 부위가 감각이 없어서 그래요. 감각 신경은 재생이 되는 편이라 지금보단 나아질 겁니다."

"감사합니다."

"아, 그리고."

강혁은 그렇게 환자의 상처를 살피다 비로소 박성민을 가리켰다.

"여기 면회객이 오셨어요."

"네? 여기가…… 여기 스리랑칸데. 대체 누가."

"자세히 보세요. 아시는 분일 텐데."

"어……. 어?"

차관은 강혁의 말에 다시 한번 박성민을 유심히 들여다보았다. 그리고 자신이 언제 박성민을 보았는지 알아차렸다. 스리랑카 개발 관련 회의에 들어갔을 때였다.

"대, 대통령님?"

"어휴, 몸 일으키지 마시고요. 너무 많이 다치셨어요."

"여, 여길 대체 어떻게……."

"공무 보시다가 너무 크게 다치셨다고 해서 왔습니다. 괜찮으세요?"

"괘, 괜찮습니다. 이까짓 상처 아무것도 아닙니다."

나랏일 하는 사람으로서 대통령과 마주하는 건 대체 어떤 기분일까? 권력과는 전혀 상관없는 삶을 살고 있는 강혁으로선 이해하기 어려웠으나, 한쪽 눈이 사라지고 간이 찢기고 허벅지가 다 쳤음에도 이까짓 상처라 할 수 있을 정도라는 것을 방금 배웠다.

"아뇨, 아뇨. 몸조리 잘하시고……. 업무 복귀 차질 없도록 제가 잘 준비해두겠습니다. 완전히 나을 때까지는 푹 쉬세요. 걱정 놓으시고."

"거동 가능해지면 일해야죠……. 스리랑카 개발 건이 중요합니다."

"개발 건도 중요하지만, 건강이 더 중요합니다. 정 마음이 그러시면 전화로 하세요. 다른 분 보내시고."

박성민 대통령은 꽤 강경해 보였다. 실제로도 강경한 편이었다. 그저 부드럽기만 해서는 국정을 운영할 수 없었을 테니. 차관 또한 눈치가 보통은 넘는 사람이라 이 사람의 뜻을 굽히는 건 어렵겠단 생각이 들었다. 해서 고개를 끄덕였다.

"아……. 네, 그렇게 하겠습니다."

"네, 부디 푹 쉬세요. 수술비나 치료비는 물론이고 앞으로 재활에 필요한 비용도 다 돕겠습니다."

"아유……. 이거…… 폐가 되는 건 아닌지."

"아닙니다. 폐라니요. 나랏일 하다 다친 분인데 나라에서 책임져야죠."

박성민은 마지막 말에 힘을 주었다. 그간의 행보가 없었다면 단순한 쇼잉으로 보일 수 있었겠으나, 적어도 박성민은 그런 말을 입에 담을 자격이 있었다. 그가 대통령이 되고 가장 먼저 한 일 중 하나가 군 복무를 비롯해 소방, 경찰 업무 도중 상해 입은 이들의 복지 증진이었기에 그랬다. 도저히 이해하기 어려운 기준들로 채워져 있던 보훈처 또한 싹 갈아엎었다.

'확실히 훌륭한 양반이야.'

강혁은 흐뭇하게 웃다가, 이내 장미와 눈을 마주쳤다. 이만하면 훈훈한 장면은 차고 넘치게 연출한 셈이지 않은가. 어제 있었던 스리랑카 대사 앞에서의 연설은 힘이 넘치면서 동시에 공감을 이끌어낸 바 있었으니, 박성민 대통령의 스리랑카 방문은 모든 목표를 달성했다고 할 수 있었다.

'이제 시작해요?'

강혁의 그런 뜻을 읽어낸 장미가 눈으로 신호를 보냈고, 강혁은 고개를 끄덕였다. 그와 동시에 중환자실 구석에서 알람이 울렸다. 귀에 가장 거슬리는 소리 중 하나였기에 모든 이의 눈이 그쪽으로 향했다. 비의료인이라 해도 예외는 아니었다.

"응?"

"아, 그제 수술한 환자분인 모양입니다."

"그 탈장 부위 썩은 사람?"

"네."

강혁은 미리 합을 맞춰두었던 대로 대사를 치고는 환자에게 달려갔다. 누가 봐도 많이 아파 보이는 사람이었다. 리프 계통이 아닌 다른 농장에서 온 환자였는데, 어디가 됐든 상황은 비슷했기에 조금만 더 늦었으면 생명이 위험할 뻔했다.

"음……."

물론 이제는 아니었다. 그럼에도 강혁은 심각한 얼굴로 환자의 상처를 살폈다. 박성민과 촬영 감독 또한 뭐에 홀린 듯 가까이 왔다. 차마 상처를 제대로 볼 용기는 없었기에 강혁을 응시한 채였다.

"무슨 환자입니까?"

그나마 아까 차관에 비하면 나아 보이긴 했으나, 시커멓게 변색된 배 주변은 누가 봐도 심각해 보였다.

"아, 탈장입니다."

"탈장이요? 그건…… 별거 아닌 거 아닙니까?"

"원래는 그렇죠. 근데 제대로 치료 못 받고 방치되면 이렇게 됩니다."

"왜…… 병원이 생겼잖아요."

"노동자들이 전혀 인권을 보장받지 못하는 곳이거든요."

"그렇…… 습니까? 좀 더 자세히 듣고 싶은데요?"

박성민 대통령의 눈이 빛났다. 언제고 사회적 약자 편에 섰던 사람다운 반응이었다. 정확히 강혁이 노린 반응이기도 했다.

강혁과 장미는 박성민 대통령을 중환자실 한쪽에 마련된 휴게실 안으로 데리고 갔다. 자연히 카메라는 꺼졌다. 무언가 심각한 얘기를 나누게 된 것이라 짐작한 촬영 감독은 아예 뒤로 빠졌다. 워낙에 박성민 대통령을 오래 따라다니다 보니 감이 생긴 덕이었다. 대한민국에서 가장 중요한 결정을 많이 내리는 사람이니만큼 비밀도 많을 수밖에 없지 않겠는가. 됨됨이가 훌륭하고 말고를 떠나서 하는 일의 크기와 성격상 피할 수 없는 일이었다.

"아, 한 장관님 이쪽에 계셨어요?"

"네. 아무래도 많은 사람들 앞에서 공개적으로 말씀드리기는 좀 어려운 얘기라."

"그래 보이네요. 음."

박성민은 뒤편을 돌아보았다. 커튼에 가려져 자세히 보이진 않았지만, 여전히 아까 보았던 상처가 눈에 선했다. 어디 크게 다쳤거나 한 줄 알았는데 고작 탈장 때문에 그렇게 됐다는 얘기를 들어서 그런가, 앞으로도 쉬이 잊힐 것 같지 않았다. 심지어 강혁이 오기 전에는 저만한 질환으로 많이들 죽었다지 않는가. 21세기에 이런 일이 일어날 수 있는 건가 싶었다.

"아, 여기 제 조칸데, 외교부 측에서 파견해주어서 같이 일하고 있습니다."

착잡한 얼굴의 박성민에게 한유림이 한석준을 소개시켜주었다. 일개 4급 공무원이 대통령과 마주할 기회가 얼마나 있겠는가. 한석준은 어버버거리고만 있었다.

"반갑습니다. 나랏일 하시는 분이 또 계시네."

"네, 네. 감사합니다."

박성민이 넉살 좋게 인사를 했음에도 불구하고 이름조차 내뱉지 못할 지경이었다. 덩달아 부끄러워진 한유림이 이마를 짚으며 고개를 가로저었다.

"한석준입니다. 허우대는 큰데 겁이 많아요. 얼마 전에도 같이 일을 하나 했는데 어찌나 소리를 지르던지. 그래도 어떻게 잘 해 낸 게 다행입니다."

"다, 당숙. 그건 그럴 만한 일……."

"자세한 소리는 하지 말고. 대통령이 그렇게 한가한 자린 줄 알아?"

"아, 네. 죄송…… 죄송합니다."

한유림이 부탁받은 대로 한석준 어필을 하고 나자, 강혁이 입을 열었다. 나름 보은은 하고 부려먹는단 철칙을 지키기 위해서였다. 물론 4급 공무원의 앞길과 대통령과의 연관성이 크면 얼마나 크겠냔 생각이 들기도 했지만, 하여간 할 일 했다는 생각 정도는 들었다.

"스리랑카랑 경협도 추진 중이시니까, 대강은 알고 계시죠? 이곳이 어떤 곳인지는."

"아……. 네. 시기리야 쪽하고 더불어 대표적인 관광단지라고 들었습니다. 원래 여기도 태화물산에서 개발 입찰 넣으려고 했다가……. 보니까 이게 정부에서 뭘 해볼 만한 땅이 없더라고요? 죄 사유지라고 들었어요."

"정확히 말하면 외국인들이 소유한 땅이죠. 차밭도 그렇고 호텔도 그렇고."

"금싸라기 땅인데……. 아무래도 영국이 패전국이 아니었어서 청산이 더 안 된 모양입니다."

스리랑카와 대한민국의 역사는 고대부터 비슷한 부분이 있었다. 대한민국이 바로 옆에 중국이라는 대국을 끼고 있었던 것처럼 스리랑카는 인도를 끼고 있지 않던가. 인도가 통일만 되면 어찌나 스리랑카에 쳐들어오는지 숱한 전쟁을 겪어야만 했다. 그 후로는 중세 열강의 식민지를 거쳐 독립 이후로는 내전까지 겪은 바 있었다. 차이가 있다면 마지막으로 스리랑카를 식민지화 했던 영국이 패하지 않고 승전국으로서 '스스로' 물러났다는 데 있었다. 그렇지 않은 나라에서도 청산이 제대로 안 되는데, 이런 경우에는 어떻겠는가. 아무래도 곳곳에 잔재가 남아 있을 수밖에 없었다.

"네, 뭐……. 돈은 그대로 들고 있는 셈이죠."

"그런데 여기 끌려온 타밀족에 대해서는 시민권조차 주어지지 않았다는 것이죠?"

"네. 이건…… 사실 우리들만 있어서 될 게 아닙니다."

"그렇겠네요."

시민권 부여라는 게 쉬운 일이 아니지 않은가. 제아무리 강혁이 날고 기는 재주가 있다고 해도 이건 안 될 터였다.

"지금 한석준이 외교부 통해서 이런저런 민원을 넣고는 있어요. 실제로 스리랑카 정부에서도 문제점을 인식해서 원하는 사람에 한해서는 시민권을 부여하겠다는 의견도 전해 왔고요."

"아, 그래요? 그럼 된 거 아닙니까?"

"근데 그게 홍보가 전혀 안 됩니다. 차밭 소유자들이야 당연히 협조가 안 되고요. 일일이 찾아가서 알려야 되는데……. 외국인인 저희가 하는 건 이상한 일이잖아요? 저희가 소유하게 된 차밭의 노동자들이야 뭐 등록 절차를 밟고 있지만……. 이건 그야말로 전체 인구에 비하면 조족지혈이라."

"아하."

박성민은 알아들었다는 얼굴로 고개를 끄덕였다. 시늉은 아닐 터였다. 이 양반은 머리 회전이 아주 빠른 데다가, 힘 있는 사람으로서는 드물게 남의 말에 귀를 기울일 줄도 아는 사람이니까.

"홍보와 가가호호 방문 정도는 제가 이끌어낼 수 있을 것 같습니다."

"아이고, 감사합니다."

"근데…… 아무래도 그냥 요청하는 건 좀 문제가 있어요. 최근 스리랑카와 돈독해지고 있는 건 사실이지만 일방적으로 요구를 할 수 있는 사이는 아닙니다."

"그렇죠, 그렇죠. 이런 걸 내걸면 어떨까요?"

"어떤……?"

박성민은 강혁의 눈이 빛나는 것을 보고는 귀를 기울였다. 얼굴만 봐서는 무슨 역적모의라도 하는 것 같았지만, 강혁이 이런 표정을 지을 땐 뭔가 유용한 것이 나오기 마련이었기에 그랬다.

"이제 차차 우리가 소유하는 차밭이 늘어날 겁니다."

"음. 그 계획은 들었습니다. 참 치밀하시던데."

"근데 제가 보니까 생산성이 떨어지는데 억지로 낮춘 인건비 덕에 돌아가는 차밭도 많거든요."

"아……. 그럴 수 있겠네요."

인건비라는 게 거의 숙식 제공비 정도로 해결되는 곳이 바로 누와라엘리야 아니던가. 소유주들로서는 차가 좀 덜 나는 밭이라고 해도 유지할 만한 이유가 충분하다는 뜻이었다. 하지만 제대로 돈을 주기 시작하면 삐걱댈 곳이 한두 군데가 아니었다.

"그런 곳은 태화물산이나 뭐 칠성물산 같은 곳에 개발을 시키는 거죠. 원래 호텔 단지가 있다고 해봐야……. 아까 가보셔서 알겠지만 진짜 낙후됐거든요. 독점이나 다름없어서 그냥 두고 있어요. 그래도 와서 돈을 쓰니까."

"아, 새 호텔이 생기면 아무래도 경쟁력이 생길 거다?"

"네. 거기에 의무적으로 현지인들 고용하게 하면 경제도 살고 우리 기업도 돈 벌고, 세금이 늘어나니 정부도 좋고. 원래 주인들 말고는 다 좋아지죠. 어차피 땅은 헐값에 살 거라."

"허허."

손해 볼 사람이 들으면야 눈이 뒤집어지겠지만, 강혁의 말대로 그 외의 사람들에게는 좋기만 할 일이었다. 그렇다고 손해 볼 놈들에게 미안해지냐? 그것도 아니었다. 그들은 이미 충분히 오랜 시간, 너무 많은 고혈을 빨아먹은 것들이었다. 솔직히 생각 같아서는 박성민이 직접 전면에 나서서 후려치고 싶었다. 그랬다가는 영국과 껄끄러워질 테니 불가능한 일이긴 하지만.

"어떻게……, 도와주시겠습니까?"

"그렇게 하죠. 혹시 인력 충원 필요하시면 말씀해주세요."

뒤에서 돕는 거라면 얼마든지 가능하겠단 생각도 들었다. 해서 한석준으로서는 눈이 돌아갈 만한 제안을 했는데, 야속하게도 강혁이 고개를 저었다.

"에이, 세금으로 일하는 사람은 나랏일 하게 돼야죠. 한 명이면 됩니다."

'누구 마음대로!' 라는 말이 입 안에서 맴돌았다. 하지만 이 자리에 있는 사람 중 누구 하나 한석준 입장에서는 만만한 사람이 없지 않은가. 한유림은 전 장관에 집안 어른이었고, 강혁은 아무것도 없다고 해도 무서운 인간이었다. 마지막으로 박성민은 대통령이니 이 자리에서 감히 소리 지른다는 건 일을 그만두겠다는 의지 표명을 넘어 이제 그만 살고 싶다고 복창하는 것과 거의 유사한 일이었다.

"거참, 이렇게 나라 생각을 하시는 분이 왜 같이 일하자는 요청은 거부하실까."

"제가 하는 게 결국, 나라를 위한 일 아니겠어요? 스리랑카도 어차피 대한민국 고객이 될 텐데 제가 이렇게 하면 대한민국 제품 사지, 어디 다른 나라 제품 사고 싶겠습니까."

"하긴 뭐……. 그거야 그렇죠."

박성민은 파키스탄 내에서 치솟아 오른 대한민국의 위상을 생각했다. 한류로 마음을 녹여낸 찰나, 강혁의 봉사가 알려지면서 대한민국은 세련되면서 동시에 도움을 주는 나라로 인식되었다. 지갑을 열 때 기왕이면 대한민국 제품으로 고르게 되는 건 인지상정이었다. 아직 파키스탄의 경제 사정이 그리 좋지 않음에도 불구하고 중앙아시아 쪽에서의 기업 실적이 눈에 띄게 좋아지고 있다는 것 또한 얼마 전 보고 받은 바 있었다. 경제 발전을 입에 담았던 대통령으로서는 면이 사는 일이었다.

"음."

박성민은 그렇게 흡족한 미소를 짓다가 시계를 내려다보았다. 초 단위 스케줄까지는 아니지만 분 단위는 되는 그였다. 애초에 세계 10위권 경제 대국의 대통령이라는 자리가 바쁘기도 하거니와, 박성민은 특히 더 바쁜 사람이라 그랬다. 원체 하는 일이 많으니 어쩔 수가 없었다.

"이거 아쉬워서 어쩌지. 이제 곧 가야 할 시간입니다."

그리고 여기 모인 전부가 그 사실을 아주 잘 알고 있었다. 정말이지 몸이 열 개라도 부족할 만큼 바삐 일을 해왔으니 지금의 성과가 있는 거 아니겠는가. 해서 모두는 아쉬워하거나 섭섭해하는 대신 시원하게 보내주었다.

"네, 그럼 또 보는 그날까지 건강하십쇼."

"지금은 어떤가요?"

"아무 문제 없어 보입니다."

"그거 다행입니다."

강혁은 거기에 더해 지금까지 박성민을 관찰한 결과도 알려주었다. 박성민이야 강혁의 능력을 반도 모르고 있어 그저 기분이 좋아졌을 뿐이지만, 그것과는 별개로 강혁은 적잖이 안심한 얼굴이었다.

'전에 봤을 때랑 비교해도……. 별 차이가 없어. 관리는 꾸준히 하는 모양이군.'

이렇게 훌륭한 인간이 일하다 쓰러져 잘못되면 어쩐단 말인가.

"그럼 나중에 또 인사드리겠습니다."

"가, 감사합니다."

"안녕히 가세요."

강혁 외에도 모여 있던 모두가 인사를 건넸다. 박성민은 소탈한 사람인 만큼 손을 몇 번 휘적대고는 휙 사라져갔다.

"자, 그럼 숙소동으로 가자."

그는 갔지만, 아직 작당은 끝나지 않은 상황이었다. 원래 일이라는 건 몰아쳐야 하는 법이지 않은가. 한꺼번에 정신없이 팰 생각이었다.

"드론으로 수집한 영상들 좀 틀어봐."

"아, 네."

강혁의 말에 숙소동에서 대기하고 있던 리처드와 데니스가 움직였다. 원래 같았으면 절대 운용할 수 없었던 드론으로 찍은 영상을 틀었다는 말이었다. 명목이야 미군 부대의 안전을 위해서였지만 실제로는 근처 농장들의 비인간적인 경영 실태를 파악하기 위해서인 만큼 차밭뿐 아니라 노동자들의 숙소도 아주 자세히 담겨 있었다.

"이거 뭐…… 편집이 필요 없을 정도네?"

"그러니까요. 원본 그대로…… 영국 기자한테 전달할까요?"

"그렇게 해. 우리 채널에 올릴 영상도 준비하고. 제목은……
'박성민 대통령이 놀란 이유?' 뭐 이런 식으로 가자."

— 훈훈하다……. 백강혁 교수님은 못하는 게 대체 뭐지?

— 진짜 취향 저격인 듯? 박성민 대통령이 저렇게 정신 못 차리고
   밥 먹는 거 첨 보는 듯.

— 먹방 찍으셔도 될 듯. 12시 넘었는데 밥 비비고 있네.

먼저 올라간 영상은 박성민 대통령의 면회 영상이었다. 청와대에서 먼저 공개가 되기는 했지만, 병원 입장에서 찍은 건 그것대로 신선한 맛이 있었다. 프로의 냄새 대신 날것 그대로의 맛이 있다고 해야 할까? 유튜브에서는 오히려 이런 게 더 먹힐 때가 있는 법이었다. 지금이 그랬다.

"와……. 조회 수 터진다."

"인기 영상 1위예요. 어제 올렸는데 100만 넘었어요."

"와……. 한국 대통령은 인기가 많구나. 우리 대통령은……."

재원과 장미 그리고 그들과 어느새 친해진 리처드가 모여 대화 중이었다. 봉사 팀이 친해지는 게 당연해 보일 수도 있겠으나, 실은 그렇게 쉽지만은 않은 일이었다. 현장이 워낙에 힘들다 보니 다들 지쳐 있지 않은가. 몸이 지치면 마음에도 여유가 없어지고 그러다 보면 싸움도 일어났다. 좋은 뜻을 가지고 모인 사람들이 생각보다 더 자주 싸운다는 걸 강혁은 아주 잘 알고 있었다.

'뭐……. 쟤들이야 여기나 거기나 늘 힘들지.'

하지만 중증외상센터에서 온 이들은 얘기가 달랐다. 어지간한 현장보다도 더 힘든 곳에서 일하는 사람들이라서 그랬다. 오히려 여기가 더 낫다는 평이 지배적일 지경이었다. 아직 본격적으로 돌아가지 않는 탓도 있었으나, 원체 비인간적인 일터에서 일했던 것이 더 컸다.

"아, 어. 우리 대통령은 인기 많아. 실제로 잘하셔. 우리 센터도 엄청 좋아졌고……. 전국 생환율도 좋아졌지."

"그러니까요."

"부럽네. 근데 진짜 조회 수 잘 나온다. 댓글이 만 개가 넘었네."

게다가 셋에게는 공통의 적도 있었다. 바로 백강혁이었다.

"드론 영상은 편집 안 하냐?"

그는 언제나 그렇듯 노는 꼴을 못 보겠다는 얼굴로 다가왔다.

시계를 보니 밤 11시가 넘어가고 있었다.

"지금 하라고요? 언제는 할 필요 없을 것 같다더니?"

"말이 그렇다는 거지. 편집은 해야지."

"와……. 수당도 안 주면서?"

"여기 사정 뻔히 알면서 그러네. 그리고 네가 그랬잖아. 몰아
치라며. 물 들어올 때 노 저으라며."

"그……."

장미는 부당함에 울부짖다가, 지시의 근간이 자신의 말이었다
는 것을 깨닫고는 입을 다물었다. 재원과 리처드는 언제 같이 있
었냐는 얼굴로 슬금슬금 멀어져 갔다. 의리 없는 새끼들이란 말
이 절로 나왔다.

"나도 도와줄게."

"뭘 도와줘요. 편집할 줄도 모르면서."

"아냐, 나 이제 영상 자르고 붙이는 건 해. 자막이나 이런 건
몰라도."

"정말요? 언제 배웠대요?"

"나 원래 다 빨리 배우잖아."

"음."

어쩜 대화 중간중간 잘난 척을 이렇게 끊임없이 넣을까. 장미는 황당하단 얼굴로 강혁을 응시하다가 이내 방으로 향했다. 그녀가 생각하기에도 지금 후딱 해치우는 것이 좋아 보였다. 인기영상이 어디 흔하게 오는 기회란 말인가. 주변에 유튜브 좀 했다고 하는 친구들도 채널 운영하면서 한 번, 두 번 갈까 말까 한 것이 바로 인기 영상이었다.

"알겠어요. 후딱 해서 내일 올릴까요?"

"그래. 지금 트래픽 몰리잖아. 채널 간판에 이거 넣어버리자고. 왜 여기 봉사 왔는지, 그리고 대통령이 왜 놀랐는지 뭐 이런 식으로 해가지고."

"네. 근데 그게 효과가 있을까요? 들어보니까 여기 지배한 지가 벌써 거의 100년이던데."

"뭐……."

100년이라는 시간은 긴 시간이었다. 세대에서 세대로 이어지는, 그래서 속한 사람 전부를 절망케 할 수 있는 시간이었다. 그걸 유튜브 영상 하나로 단번에 무너뜨릴 수 있을까? 강혁도 그렇게까지 순진한 사람은 아니었다. 하지만 흔들 수는 있을 터였다.

"어느 정도는 있을 거야. 당장 변하는 건 없어도."

"그러길 바라야죠. 영상 보니까 저도 화가 나더라고요."

"그렇지? 우리만 그런 게 아닐걸. 다들 그럴 거야."

"네, 알겠어요. 어차피…… 내일부터 주말이니까……."

"주말 아니더라도 요새는 환자 그렇게 많지 않잖아."

"진짜 개새끼들이라니까."

강혁은 장미의 입에서 갑자기 욕설이 튀어나오는 바람에 움찔했다.

'욕을 진짜 찰지게 하네.'

조폭, 조폭 했더니 진짜 조폭이 됐나 싶을 지경이었다. 어디 영화 촬영할 때 욕 잘하는 간호사 역 필요하면 바로 장미를 추천하면 되겠다 싶었다. 하지만 마냥 놀랍지만은 않았다. 어떤 맥락에서 이런 욕이 튀어나왔는지 알아서였다.

'진짜 하나도 안 보내고 있지?'

강혁이 진료 자료를 토대로 언론에 제보한 이후, 그러니까 크리스토퍼 기자가 영상을 올린 이래 각 농장들은 아예 환자를 단한 명도 보내지 않고 있었다. 그렇다고 다른 루트로 환자를 치료하고 있을 리는 없으니 그저 수수방관하고 있다는 얘기가 되었다. 이거야 강혁이 오기 전에도 그랬으니 어쩔 수 없다는 말이 나올 수도 있겠지만, 거의 대부분의 급성 질환 치료가 가능할 정도의 설비를 갖춘 누와라엘리야 병원을 만들어낸 강혁 입장에서는 분통이 터질 수밖에 없었다. 살릴 수 있는 환자가 순전히 누군가의 이득 때문에 죽어가고 있지 않은가.

"에이, 개새끼들."

이미 병원 구성원 전체가 다 알고 있는 사실이기도 했다. 그렇기에 강혁은 연신 욕설을 내뱉고 있는 장미를 섣불리 말리거나 하지는 않았다. 대신 화제를 돌렸다.

"그래서 어떤 장면 넣을 거야? 알려주면 잘라서 줄게."

"아, 지금 드론 영상이 농장마다 있는데……. 1번부터 1200번 대까지 있거든요? 각 영상 용량이 대략 100기가 정도씩은 돼요."

"어, 그래? 그렇게 많아?"

강혁은 닫힌 문을 돌아보았다. 다른 놈들을 좀 불러와야 되지 않나 싶어서였다. 물론 장미는 강혁을 그렇게 두지 않았다.

"벌써 어느 정도 리뷰 했어요. 한 사람이 거의 50개씩? 미군 간호장교들도 도와주고 여기 대학생들도 도왔어요. 대학생 애들이 그거 보고 농장 찾아가겠다고 해서 얼마나 곤란했는데."

"어……. 언제?"

"교수님이랑 리처드랑 출동 나갔을 때요. 그때 뭐길래 사흘이나 비운 거예요? 설마 놀러 간 건 아니죠?"

"아……. 그때."

강혁은 잠시 눈을 감았다. 무역선들이 케이프타운을 돌아가지 않아도 되게 만들어준, 세기의 발명인 수에즈 운하였으나 이제는 각 열강들에 의해 무법지대가 되어버린 소말리아 때문에 세상에서 가장 위험한 항로 중 하나가 되었다. 그와 동시에 해적들 입장에서는 가장 커다란 이득이 되는 항로이기도 했다. 동아시아와 지중해를 잇는 항로이지 않은가. 실로 어마어마한 물류가 이를 지나고 있었다.

'교수님, 민간 화물선이 나포됐습니다!'

'구출 작전 도중 선장을 비롯해 민간인 선원 6명이 피격되었습니다. 미군도 하나 피격되었습니다. 우선 미군부터 치료해주시고……. 나머지 치료도 같이 부탁드립니다!'

걸핏하면 사고였다. 그나마 나라에 정식으로 신고한 배들은 좀 나았다. 이들은 애초에 어디를 언제 지날 거라는 걸 실시간으로 보고하게끔 되어 있었기에 그랬다. 호위가 가능하다, 이 말이었다. 하지만 밀수가 목적이거나 너무 작은 규모의 상선들은 얘기가 달랐다. 그들은 경험에 따라 움직였고, 예측이 빗나갈 경우 해적들의 밥이 되었다. 연합군 입장에서는 범법자라 해도 우선 법의 심판을 받게 해야지, 해적들에게 죽임을 당하게 할 수는 없기에 고속 기동을 감행해야 했다.

"뭐 환자가 좀 많았어. 연합군 측에서도 일부 해주긴 했는데……. 뻔히 내가 하면 더 나을 걸 아는데, 가만히 있기도 뭐 해서."

"오죽하겠어요. 그날 돌아왔을 때 교수님 몰골이……. 진짜 장난 아니었어요."

"그랬나?"

장미는 자기는 잘 모르겠다는 얼굴로 고개를 갸웃거리고 있는 강혁을 바라보았다. 언제나 그렇듯 참 잘생긴 얼굴이었다. 어찌된 게 피부에 잡티도 하나 없었다.

'관리 비결? 알고 싶냐?'

'네.'

'타고나면 돼.'

'와, 시발.'

딱히 관리를 하지도 않는 것 같았다. 기껏해야 밖에 나갈 때 선크림이나 바르는 정도? 근데 그건 현장에 나온 이들이라면 다

하는 일이었다. 고산 지대이면서 비까지 자주 오는 주제에 햇볕은 또 따가운 게 누와라엘리야다 보니 어쩔 수가 없었다. 해서다른 비결이 있냐고 물었더니 저딴 대답이 돌아왔다.

'근데 그날은 진짜…… 눈 밑이 시커멨지.'

중증외상센터에 있을 때도 그런 얼굴은 몇 번 본 적이 없었다. 천하의 백강혁이 그렇게 되었을 지경이었으니, 같이 갔던 리처드는 어떻게 됐겠는가. 솔직히 말하면 아직도 사람 꼴로 덜 돌아왔다. 그 와중에 혼자 방에 틀어박혔을 땐 이상한 짓을 해서 더그럴 터였다. 아마 방음이 그렇게까지 훌륭한 건물은 아니라는걸 그만 모르지 않을까?

'병신 같지만 좋은 사람이지.'

장미는 잠시 모자란 리처드를 떠올리다가 한숨을 쉬었다. 훌륭한 사람들 좀 모인다고 해서 기대를 했는데, 막상 모인 사람들을 보자 훌륭하기는 한데 어딘가 좀 모자란 인간들이 많았다. 그저 일만 하고 돌아가야 할 것 같다, 이 말이었다.

"그때 힘들었지."

"하여간, 그동안 우리도 좀 고생을 했거든요. 그래서 인상적인구간들을 골라놨어요. 그래도 너무 길긴 할 텐데……. 일단 여기표시해둔 거. 이거 다 잘라요."

"어. 어? 너무 많은데?"

"그럼 어째요. 여기가 그만큼 개판인데. 제일 자극적인 걸로……. 그러면서 스토리가 있게 짜볼 테니까 잘라서 주기나 해봐요."

"아."

강혁은 잠시 후회했다. 내가 왜 이걸 할 수 있다고 했을까. 어
차피 세계 최고의 의산데 편집 좀 못 한다고 해봐야 무슨 흠이
된다고 그새를 못 참고 또 잘난 척을 했을까.

"안 할 거예요?"

"아니, 할게."

하지만 이미 엎질러진 물이었다. 게다가 남에게 맡기자니 어
딘가 좀 찜찜하기도 했다. 최소한 저 견고한 다국적 차 기업들을
흔들거나 타격을 주기 위한 영상이지 않은가. 그만큼 중요한 영
상이라는 얘긴데, 반드시 최고로 만들고 싶었다. 해서 최선을 다
했다. 장미도 그랬다. 그 새끼들한테 한 방 먹이기 위해서라면
몸이 축나거나 말거나 별 상관이 없었다.

― 오……. 이거 영환가?

― 실화임? 리얼? 너무 혹독한데?

― 지금 비닐하우스 쪽 보고 있는데……. 여기 몇 명이 사는 거야.
가족이고 나발이고 없어?

― 시발……. 화나는 거 정상이지?

그렇게 탄생한 결과물은 걸작이라고까지는 못해도 자극적이
었다. 타이밍도 좋았다. 채널에 한껏 몰려 있던 트래픽을 아주
자연스럽게 받아내고 있었다. 덕분에 대통령과의 만남을 통해
훈훈함을 느끼던 시청자들이 고스란히 분노를 느끼고 있었다.

이뿐만이 아니었다. 편집된 영상은 크리스토퍼에게도 전달되었다. MI6 요원의 손을 통해서였다.

"내가 말했죠? 가만히 있지만은 않을 거라고."

"이게…… 이런 자료를 어떻게?"

"그게 중요할까요? 이런 자료가 들어왔다는 게 중요하지. 잘 가공해보세요."

"아……. 알겠습니다."

크리스토퍼는 강혁이 존재하지도 않는 스파이 작전을 꾸미고, 심지어 한석준이라고 하는 무고한 공무원 하나를 미군 감옥에 보내면서까지 구해낸 자료를 검토했다. 드론으로 찍은 것 같은데 화질은 무척 좋았다. 몇몇 영상은 각도 같은 게 노골적이었는데, 일반적인 업장이었다면 항의라도 했을 것 같았다.

'이걸 대체 어떻게 찍은 거지? 협박이라도 했나?'

자세한 사정은 잘 모르는 크리스토퍼로서는 그저 신기할 따름이었다. 무려 퓰리처상을 받은, 영국 최고 기자 중 하나인 크리스토퍼조차 겁박할 정도로 강력한 집단이지 않은가. 그들이 과연 눈앞에서 왱왱대는 드론을 그저 지켜보고만 있었을까?

'거기 분위기가…… 그렇지가 않던데.'

이른바 올드 패션이 매력인 관광지이지 않던가. 사람들의 복색도 그러했으며 호텔들 또한 콜로니얼 양식을 그대로 따르고 있었다. 뿐만 아니라 사람들의 인식도 마찬가지였다. 일하는 사람들은 죄 현지인이었고 유럽인들은 그저 군림하고 있을 뿐이었다. 비단 차밭에서만의 얘기가 아니라 그 지역 전체가 그랬다.

'총이라도 쏘지 않았을까?'

크리스토퍼는 나름 귀빈이랍시고 로컬에 있는 영국인 집에 초청받았던 일을 떠올렸다. 누가 봐도 새로 만든 박제가 있었고 또 거기에 쓰였을 것이 분명해 보이는 총기가 여럿 놓여 있었다.

'백강혁……'

자신을 살려준, 그리고 지역 전체를 살리고자 하는 그 사람이 뭔가 수작을 부린 게 틀림없었다. 참으로 신기한 일이기도 했고 또 궁금한 일이기도 했다. 이럴 거면 거기 계속 있을 걸 그랬나 하는 생각도 들었다. 하지만 기자인 그는 지금 중요한 건 이게 아님을 떠올렸다. 그러곤 자료의 출처보다는 자료 그 자체에 집중하기 시작했다.

    — 이 차밭에서 만들어지는 차는 불매해야 되는 거 아님?

    — 와, 존나 다행이다. 나 맨날 오살녹 마시는데 이건 우리나라에서
      만 나네.

    — 기업 이름 좀 알려주세요!

일반인들, 그것도 스리랑카와는 아무 관계도 없는 한국인들조차 분노하고 있는 실정이었다. 애초에 부채 의식을 가지고 있던 크리스토퍼로서는 영상을 끝까지 보기도 어려울 지경이었다.

'하……. 조상님들만 이런 줄 알았더니.'

해가 지지 않는 나라. 한때는 크리스토퍼도 자랑스러워만 했다. 하지만 영국의 해를 떠받들기 위해 죽어가야만 했던 이들을

알게 된 이후로는 도저히 그럴 수가 없었다.

'이건 시리즈로 가야겠어.'

숙소의 열악함, 노동 환경의 열악함, 비인간적인 대우, 특히 의료 서비스의 완전한 부재. 무엇 하나 소홀히 다룰 만한 것이 없었다. 이 끔찍한 대우를 견뎌봐야 하루에 쥘 수 있는 금액이 불과 1000원 단위라는 것은 충격을 넘어 경악이었다.

"여보, 뭐 해?"

"응? 아. 이거⋯⋯."

"아⋯⋯. 왔어? 못할 것 같다더니, 그 사람도 대단하네."

한참 동안 입을 다물지 못하고 있으려니 아내가 다가왔다. 머리가 부스스한 것을 보니 아이를 재우고 온 모양이었다. 원래 같으면 같이 재웠을 텐데, 오늘은 영상에 빠져 정신을 차리지 못했다.

'내가 이 영상을 만들어 올리면⋯⋯.'

거대 기업과의 싸움은 고단한 일이었다. 어찌 보면 종군 기자보다도 더 피곤할 수 있었다. 전쟁터에서의 싸움은 그곳을 떠나면 그만이었으나 그들과의 싸움은 일상에서조차 계속될 테니까. 21세기는 총보다 돈이 더 무서운 시대이지 않은가. 여러 동료들이 어떻게 수난받았는지 똑똑히 보아온 크리스토퍼는 그러한 사실을 누구보다 잘 알았다.

"근데 괜찮을까?"

자신은 준비가 되어 있었다. 문제는 가족이었다.

"안 괜찮을 게 뭐 있어? 옳은 일 하는 건데."

"그래? 그럴까? 힘든 싸움이 될 텐데."

"상관없어. 게다가……."

아내는 누와라엘리야에서 있었던 일을 떠올렸다. 퓰리처상을 받은 기자가 왔다는 말에 거의 매 저녁마다 현지에 있던 영국인들 또는 다른 유럽인들에게 초청을 받았더랬다. 옛 궁정 파티가 이랬을까 싶을 정도로 화려한 파티도 있었다. 오케스트라까지는 아니더라도 상당히 규모 있는 연주도 들을 수 있었다. 모두 현지인들의 값싼 노동력 덕에 가능한 일이었지만, 하여간 고마웠던 것도 사실이었다.

'하지만 우리가 사고를 당했을 때…… 진심을 다해 구해준 건 백강혁 교수였어.'

그나마 호텔 직원들이 구조를 도왔다고 들었는데 그들 또한 현지인들이었다. 화려함에 취해 있던 이들은 손에 피 한 방울 묻힐 용기조차 없었다. 그 악다구니 속에서 가족을 구원한 것은 강혁이었다. 그 은혜 또한 갚아야 했다.

"우리는 빚이 있잖아."

"그렇지. 맞아. 빚이 있지."

아내와는 달리 크리스토퍼는 현지인들에게도 빚이 있다 여겼다. 조상들이 지은 죄이니 나와는 별개라고 생각할 수도 있겠지만, 그때 벌어졌던 일들이 지금까지도 수많은 사람들에게 영향을 미치고 있다는 걸 생각해보면 도저히 속 편히 있을 수만은 없었다.

"그럼 오늘은 밤을 새워야겠는데."

"아……. 그래. 나는 먼저 잘게."

"응."

크리스토퍼는 아내를 먼저 재운 후, 영상을 편집했다. 우선은 극악의 노동 환경을 조명하기로 했다. 원래 하던 일이 아니기는 했다. 그는 주로 전쟁터에 있었으니. 하지만 언론사에서 반강제적으로 휴가를 받은 후로 정말로 휴가를 즐기고만 있었던 것은 아니었기에 그리 어렵지 않게 원래 목적에 맞는 영상을 만들어낼 수 있었다.

"좋아……."

해가 떠오를 무렵 크리스토퍼는 미리 만들어두기만 하고 아무 활동도 하지 않던 유튜브 계정에 영상 하나를 올렸다. 구독자도 거의 없다시피 한 계정이었다. 따라서 그 누구도 신경 쓰지 않고 있었다. 아마 거기 뭐 올려봐야 대체 누가 볼까 이런 생각을 하지 않았을까. 하지만 크리스토퍼는 기자였고, 그중에서도 아주 유명한 사람이었다.

"어, 새벽부터 미안."

"아니, 나 어차피 아침 뉴스라. 근데 왜?"

"네 SNS 계정에 영상 하나만 링크 걸어줄 수 있어?"

"무슨 영상?"

"그 알잖아. 나 얼마 전에 거의 잘린 거."

"아……. 리프…… 아니지, 더 원하고 엮였던 거?"

"응."

아는 사람이 아주 많았다. 크리스토퍼는 그들 중에서 팔로워

수가 많고 다국적 기업과 싸우는 데 있어 별로 두려움이 없을 만한 이들에게 전화를 걸었다.

"그건 좀 어렵겠는데."

물론 모두가 선뜻 하겠다 나서는 건 아니었다. 거절하는 이들도 있었다. 그렇다고 실망할 필요는 없었다. 크리스토퍼도 이게 얼마나 어려운 제안인지 잘 알고 있었다.

"당연히 해야지. 어떤 영상이야?"

때문에 수락하는 이들에게는 이루 말할 수 없는 감사를 느꼈다. 동시에 그러한 이들이 적지 않다는 사실에도 감사했다.

"시리즈물로 갈 건데…… 현지에서 노동자들이 다국적 기업에 의해 얼마나 착취당하고 있는지 보여주려고."

"애들도…… 있어?"

"응, 있어."

"그걸 찍었어? 어떻게?"

켕기는 게 많은 놈들일수록 숨기는 것도 많은 법이었다. 아무리 국제법으로 아동 노동을 금하고 있다고 하지만 여전히 수많은 곳에서 자행되고 있지 않은가. 기자들이나 유니세프를 비롯한 NGO 단체에서 애를 써도 증거를 잡지 못하거나 증거가 있어도 강제력이 없어 개선이 이루어지지 못하고 있었다. 방금 전화를 받았던 이도 이쪽에 몸을 담고 있는 이인지라 비상한 관심을 보였다.

"종군 기자 하더니 잠입이라도 했나?"

"아니, 내가 찍은 게 아냐."

"잉? 그럼 제보야?"

"제보…… 제보지."

"현지 노동자?"

"아니, 현지에 나가 있는 자원봉사자."

"오……. 누구지?"

"너는 모르는 사람이야."

하지만 이제 전 세계가 알게 될 이름이지. 크리스토퍼는 애써 뒷말을 삼켰다.

'백 교수님의 의중을 모르니…….'

별 상관 안 할 것 같긴 하지만, 그래도 혹시 모르는 일 아닌가. 은인에게, 동시에 너무도 훌륭한 일을 하고 있는 이에게 누가 될 일은 피하고 싶었다.

'그 사람은 21세기 성인이야……. 슈바이처보다도 더 훌륭할 걸.'

아마 크리스토퍼가 강혁과 좀 더 오래 있었다면 강혁에 대한 평가가 조금 달라졌겠지만……. 강혁이 자신의 이미지를 포장하기로 마음먹은 이상 어쩔 수 없었던 일이기도 했다. 덕분에 크리스토퍼는 재원이나 리처드, 한유림 등이 들으면 기함할 만한 생각을 하며 말을 이었다.

"있어, 훌륭한 사람."

"그래, 정보원인가? 아무튼, 알았어. 올릴게."

"고마워."

"고맙긴. 나도 거기 상황 대충만 전해 들었는데 황당하더라."

하여간 통화가 끝나자, 여러 개의 링크가 만들어졌다. 아무나 올린 것이 아니라 팔로워가 최소 만 명에서 많게는 수십만 명 있는 사람들이 올린 데다가 제목이나 섬네일도 자극적이어서 인터넷은 금세 달아올랐다.

— 이 미친 이거 어디야?

— 누와라엘리야? 휴양지 아닌가? 나 저기 두 달인가 있었는데. 거기 있던 사람들이 이런 식으로 일을 했다고?

— 나도 가봤어. 영상 중간에……. 내가 가본 농장이 있는 것 같은데. 거기 리프 직영 농장인데?

— 아 마지막에 글로 뜨네. 리프, 레드원, 저스트……. 유명한 홍차 기업은 저기 다 있네?

— 어떻게 이럴 수가 있지? 외국이라고 법을 무시해도 되는 건가?

공유에 공유를 거듭한 영상은 금세 수백만 조회를 기록했다. 영상에 언급된 기업은 많았지만, 가장 큰 타격을 받은 것은 역시나 리프였다. 애초에 제일 큰 기업이니만큼 그럴 수밖에 없었다.

"또 시끄러워졌네? 다니엘 그놈은 가서 뭐 하고 있는 거야? 왜 상황이 정리가 안 돼?"

보고를 받은 더 원 그룹의 리프 사장은 역정을 냈다. 우리가 잘못했으니 벌을 받는 거다, 뭐 이런 생각은 들지 않았다. 그가 시작한 일이 아니었기에 그랬다. 그에게 있어 누와라엘리야의 노동자들은 상속받은 일종의 재산일 뿐이었다. 같은 인간이라는 생각은 단 한 번도 해본 적이 없었다. 오히려 자기들이 없으면 그 척박한 땅에서 뭘 먹고 살았을까, 뭐 이딴 생각만 들었다.

"잘 해결됐다고 보고가 왔었는데……. 그게 아닌 모양입니다."

"태평하게 답하고 있을 때가 아냐. 이건 개인 계정이라 우리가 닫기도 어려워."

"유튜브 쪽에 압력을 넣을 수는 없을까요?"

"압력이야 넣어야지. 하지만 이미 너무 많이 번졌어. 지금 갑자기 영상 내려가면 오히려 역효과야."

다국적 대기업쯤 되면 언론뿐 아니라 동영상 플랫폼들 또한 어느 정도는 좌지우지할 수 있었다.

광고주, 즉 물주이기 때문이었다. 하지만 아무래도 플랫폼 또한 글로벌 기업이다 보니 영국 내 회사들과 같은 즉각적인 반응을 기대하기는 어려웠다. 특히 실리콘 태생의 기업들은 더더욱 그랬다. 상속으로 부를 쌓은 것이 아니라 어쩌다 운이 좋아 졸부가 된 이들이라 그럴까? 이쪽 입장에서는 말이 통하지 않는 느낌이었다.

"그럼 어쩌죠?"

"어쩌긴……. 일단 크리스토퍼 압박하고, 누와라엘리야로 사람 좀 보내."

"아……. 네."

"보내서 대체 어떤 새끼가 이런 사달을 일으키고 있는지 알아내고 정리해. 다니엘도 정신 차리라고 하고. 가서 왕 놀이 하고 있으니까 진짜 왕인 줄 알지. 러셀 집안의 수치 같으니라고."

더 원의 리프 담당자 에우리드 러셀은 대수롭지 않다는 듯, 국내외 여론은 크리스토퍼 정도만 조지면 된다고 했으나 생각보다 반응은 더 격렬했다. 바야흐로 공정 무역이 대세로 떠오르는 시대 아닌가. 특히 요즘 세대는 자신이 옳다고 생각하는 곳에 돈 쓰는 일에 더없이 익숙했다. 반대로 그렇지 않다고 생각하는 곳에 대해서는 망설임 없이 비판과 비난을 날릴 준비가 되어 있었다.

"이러다 홈페이지 마비되겠습니다……."

"이미 고객센터는 다운이에요. 전화 상담은 없고 죄다……."

"인도도 그래?"

"인도뿐 아니라 다들 그렇습니다."

더 원까지는 몰라도 리프의 업무는 무척 어려워질 지경이었다. 얄궂게도 직접적인 비난의 화살은 책임자가 아닌, 인도에 있는 저임금 노동자들에게 쏟아지고 있는 상황이긴 하지만, 뭐가 되었건 화살의 끝이 향하고 있는 건 리프였다.

"매출은 어떻지?"

"일단 오늘은…… 거의 나간 게 없고요……. 반품 요청이 쇄도합니다."

물론 기업이니만큼 이미지도 이미지이지만 돈이 더 중요했다. 욕을 먹더라도 팔리고 있다면 얼마든지 견뎌볼 수 있는 상황이라는 얘기였다. 사실 억울하다는 생각만 들고 있던 참이기도 했다. 질 좋은 차를 이렇게 싼값에 먹을 수 있는 게 다 누구 덕인데

이 난리란 말인가. 이게 다 산지에서 최대한 '효율적'으로 차를 생산하는 리프를 위시한 차 농장 덕인데. 혀를 쯧쯧 차던 에우리드는, 그러나 매출이 줄어든다는 말에는 긴장했다.

"마케팅팀에서는 뭐래? 단기 악재로 치부할 수 있나?"

"아……. 아뇨. 전략기획실장 측과 마케팅팀 모두 같은 의견인데 이거 치명적일 수 있을 거랍니다."

"음……. 대응 방법은?"

"일단…… 지금 댓글이나 전화 내용을 보면 아픈데도 일하는 장면에 대한 비판이 제일 많습니다. 우선 이걸 좀 해결하는 게 어떨까요?"

"본사 직원들이라고 감기에 일 안 나오고 그러진 않잖아?"

"그렇긴…… 하죠."

에우리드 러셀의 반응에 방금 말을 꺼냈던 부장급 인사가 뒷머리를 긁적였다. 그 또한 영상을 봤기에 그랬다. 그저 싼값에 실론에서 난 질 좋은 차를 구해 오고 있다는 것만 알았을 뿐, 실제로 어떻게 구해 오는지는 몰랐다.

'이럴 줄은 몰랐지. 이건…….'

영국 법에 따르면 불법이었다. 단순한 감기가 아니지 않던가. 누가 봐도 곧 죽을 것 같은 사람이 등 떠밀려 산을 깎아 만든 차밭을 오르고 있었다. 맨몸도 아니고 머리에 거대한 광주리를 둘러멘 채였다. 범죄에 가담하고 있었단 생각에 입맛이 썼다.

"하여간 요즘 애들 얄팍해. 시야가 좁아서 그런가…….."

망설이고 있으려니, 에우리드가 입을 열었다. 말이 담당자지,

사장이라고 보면 되었다. 동시에 더 원 최대 주주의 혈원이었다. 그의 입에서 나오는 말의 무게는 다른 어떤 이보다 힘이 있다고 보면 되었다. 그는 몇 번인가 더 불평불만을 터뜨리고는 말을 이었다.

"아무튼, 무마는 해야지. 그럼 공지에 올려. 진료 관련 시정하겠다고. 증거 자료 첨부할 수 있으면 첨부하고. 요즘 것들은 내가 본 것만 믿는다, 뭐 이런 애들이잖아."

"아……. 네. 근데 그럼 거기로 의료진 파견할까요?"

"파견이라."

에우리드는 턱을 쓸었다. 의료진 파견은 다른 어떤 것보다 추가 비용이 드는 일이었다. 어지간한 인력보다 인건비가 비싸지 않던가. 영국식 의료가 무상 진료를 원칙으로 하고 있음에도 그랬다.

'외국으로 나가라고 하려면 돈이 정말 엄청 들겠지?'

아까웠다. 게다가 그럴싸한 그림이 나오려면 설비도 어느 정도 갖춰야 할 텐데, 그건 아까울 만한 돈이 아니라 천문학적인 돈이 될 터였다.

"저……."

에우리드의 표정에서 근심과 고민을 읽어낸 부장이 조심스레 입을 열었다. 에우리드는 대꾸하는 대신 물끄러미 그를 바라보았다. 계속 입을 털어보라는 의미였다. 더럽고 치사했지만, 어쩌겠는가. 자본주의 사회에서 돈 주는 사람이 갑인데.

"파견이 곤란할 것 같으면 아예…… 거기 있는 백강혁에게 보내는 건 어떨까요?"

"응? 지금 이 사달이 난 게 다 누구 때문인데?"

"그 인간 알아보라고 해서 뒷조사를 좀 해보지 않았습니까?"

"아, 그래. 보고했었지."

그땐 별거 아니라 생각해서 무시했지만, 이제 와서 보니 꽤 매운 인간이었다. 아무것도 아닌 놈에서 성가실 수 있는 놈 정도로 상향 평가가 필요한 시점이었다. 그것도 지나친 과소평가란 사실은 모른 채, 에우리드는 턱을 치켜들었다. 그것을 신호로 부장이 말을 이었다.

"그 사람 뭐 다른 뜻이 있는 것 같아 보이진 않았습니다. 진료에 미친 인간이라고 해야 할까요? 병원도 사비를 털어서 지었고……. 한구라고 파키스탄에 있는 지역에 있을 때도 지역 봉사 정도만 했던 것 같습니다."

"음……. 진료만 보게 해주면 쓸데없는 짓은 안 할 거다?"

"네. 어차피 그럴 능력도 없을 거고요. 드론 영상 유출 건에 대해서는 미군 측에 강력히 항의했고, 두 번 다시 그럴 일은 없을 거라는 확답을 받았습니다. 그럼 진료에 대해서만 우리 돈 안 들이고 진료 보게 한 후 증거 자료 첨부하면 생색을 낼 수 있죠."

"노동 환경이야 어차피 더 나갈 거 없으니……. 몇 군데 손봐서 언론 자료 배포하면 되고?"

"네, 그렇습니다."

부장도 에우리드도 강혁이 감히 미군 측을 조종하고 있을 거란 생각은 꿈에도 못 하고 있었다. 당연한 일이었다. 상식이 있는 인간이라면 거기까지 생각할 수는 없을 거 아닌가. 해서 둘의 대응은 딱 거기서 끝이었다.

"좋아. 그렇게 하지. 다니엘한테 말해서……. 호텔 단지에서 가까운 지역 숙소 좀 손봐두라고 하고 사진 찍어서 자료 보내라고 해."

"네."

"진료는 뭐……. 어차피 공짜지?"

"네. 그렇게 알고 있습니다."

"병신이네."

도대체 왜 자기 돈 들여서 사서 고생을 할까. 보고서에 찍힌 병원 사진을 보니까, 고산지대에 그만한 건물을 증축하려면 꽤 많은 돈이 들었을 터였다. 그 돈을 에우리드에게 주면 몇 곱절은 더 값지게 쓸 자신이 있었다. 하여간 그런 놈이 있어 다행이었다. 한 번뿐인 생을 희생해 남들을 위해 쓰는 것들. 얼마든지 이용해줄 용의가 있었다.

"그래, 그럼…… 안 할 이유가 없잖아. 그렇게 진행해."

"네. 전달하겠습니다."

"내 지시라는 거 명확히 해. 다니엘 그 새끼 자존심 부린답시고 이상한 짓 못 하게 하라고."

"아마…… 본사에서 파견 나가는 인원이 있으니 이제는 더 그러지 못할 겁니다."

"아, 그래. 다행이네."

둘의 결정은 곧 스리랑카, 누와라엘리야에 영향을 미쳤다.

"뭐래?"

강혁은 방금 걸려 온 전화를 받고 웃는 낯이 된 장미에게 물었다. 장미는 질문을 듣고서도 한참 웃고 나서야 답했다.

"환자 보낸대요."

"아, 리프?"

"거기뿐만 아니라 그냥 다 보내겠대요."

"거봐. 내가 이렇게 될 거라고 했지?"

"욕먹으니까 무섭긴 한가봐요."

"욕먹은 게 무서운 게 아닐걸."

강혁은 주식 창에 뜬 리프 주가를 바라보았다. 전 세계 생활건강 제품을 과점하고 있는 더 원의 힘을 업고 나름 고배당 주식으로 자리하고 있던 것이 무색하게 느껴질 만큼이나 곤두박질치고 있었다. 예전과 달리 이젠 기업의 도덕적 흠결이 치명적으로 작용하게 되었기 때문이었다.

"아무튼, 잘됐지."

어차피 진심으로 하는 반성은 기대도 안 했던 참이었다.

'눈 가리고 아웅 식으로 뭉개고 넘어갈 생각일 거야.'

공시를 보니 더더욱 확신이 들었다. 현지 병원에서 진료 볼 수 있도록 지원을 아끼지 않겠단 말과 함께 숙소동을 개선하겠단 내용이 쓰여 있었다. 진료가 공짠데 무슨 놈의 지원을 아끼지 않겠다는 걸까. 그저 허락만해주면 픽업도 다 알아서 하는데.

'뭐, 이러면 내가 더 고맙지.'

그들은 이걸로 끝이라 여기고 있을 터였다. 하지만 강혁 입장에서는 아직 시작도 안 한 상황이었다. 뻔뻔하게 나오면 나올수록 더 처절하게 밟을 수 있을 터였다. 그 생각을 하고 있으려니 저도 모르게 웃음이 비어져 나왔다. 아까 장미가 짓고 있던 웃음과는 달리 약간은 무섭게 느껴지는 종류의 미소였다.

"뭐예요. 소름 끼치게."

"그러니까. 봉사 와서 이런다니까."

"냅둬. 한구에서도 저랬⋯⋯ 아니, 잠깐만. 그때 그러고 탈레반 조졌는데?"

장미와 재원은 몸서리를 쳤다. 한유림은 그런 둘을 달래다 더 심하게 몸을 떨었다. 갑자기 한구에서 겪었던, 의료 봉사 간다고 했을 땐 감히 상상도 못 했던 일들이 생각나서였다.

"어⋯⋯. 그럴 거야? 여기 또 뭐 있어?"

"아니, 그런 건 없지. 뭔 소리야. 와서 총소리 들은 적 있어요?"

"없⋯⋯ 있잖아. 미군에서 쐈잖아!"

"그건 드론 쏜 거고. 쇼하느라 쏜 거잖아. 그런 거 없어요. 걱정 마요."

"근데 왜 그렇게 웃지?"

"탈레반 아니라고 조질 놈들이 아닌 건 아니지."

강혁은 탈레반보다 이런 놈들이 더 위험한 놈이라 여겼다. 총을 든 놈들은 총으로 물리칠 수 있겠으나, 자본주의 사회에서 금권은 쉬이 상대할 수 있는 게 아니지 않은가. 괜히 그들이 세대를 거듭해 지배권을 공고히 해올 수 있던 게 아니었다.

'하지만 이제 그것도 끝이야.'

서서히 흔들리고 있지 않은가. 그들은 그저 지나가는 바람이라고 여기고 있을지 모르겠지만, 강혁은 바람이 아니라 지진이었다.

"아무튼, 몇 명이나 온대?"

"단지 쪽 농장이라 규모가 있어요. 한 500명?"

"적지 않네. 간만에 고생 좀 하겠는데?"

"그래도 좋네요. 봉사 와서 며칠 노는 것 같아서 마음이 좀 그랬는데."

현실을 모르는 상황이었다면 불편하고 자시고 할 것도 없었을 터였다. 하지만 장미도 재원도 아니, 이곳에 온 모든 이들은 다 유명 휴양지라는 이름에 가려져 있던 진짜 모습을 본 참이었다. 빛의 도시라는 뜻의 누와라엘리야라는 이름이 무색할 만큼 어둡고 잔혹하기까지 한 현실. 그걸 알고 있는데 하릴없이 보내는 시간은 불편하다 못해 괴로울 지경이었다. 다들 그랬는지, 장미뿐 아니라 병원 전체에 활력이 돌았다. 고생을 눈앞에 둔 것 치고는 정말 이상한 일이었다. 아마 에우리드 같은 인간은 평생토록 이해할 수 없는 광경이리라.

"자, 그럼 외래는 일단 이렇게 돌리고……. 수술 들어가게 되거나 처치 시작하면 장미한테 알리고. 장미는 전체적으로 상황 봐서 환자 돌려."

"네."

"학생들은 통역 좀 열심히 해주고. 난 필요 없는데, 다른 사람들은 아직이야."

"네."

강혁도 예외는 아니었다. 일이 이렇게 되리라 예상했던 것과 실제로 벌어지는 일을 겪는 건 차원이 다르기 때문이었다. 스스로도 놀랄 만큼 신이 나 있었다.

'내가 생각해도 난 좀 이상한 인간이야.'

강혁은 잠시 고개를 가로젓다가, 이내 진료실 안으로 들어갔다. 한동안 스케줄에 여유가 있기도 했거니와 강혁은 리처드와 간간이 출동을 나가야 해서 꽤 오랜만에 들어오는 느낌이었다. 강혁은 숨을 들이켜는 동시에 진료실 냄새를 한번 진하게 맡고는 외쳤다.

"1번 방 준비됐어요. 바로 보내줘."

*

차밭마다 높낮이에는 차이가 있을지언정 노동 환경은 비슷했다. 그 말은 곧 환자군 또한 비슷하다는 얘기였다. 나이가 마흔이 넘어갔다 싶으면 기본적으로 백내장을 탑재하고 있었다.

'이걸 괜히 배워가지고 보이네.'

제아무리 강혁이라고 해서 모든 의학 관련한 지식을 쌓고 있던 건 아니었다. 특히 시리아나 한국대학교 병원에 있을 땐 뭐가 되었건 백업 시스템이 있지 않았나. 쌓을 필요도 없었고, 오히려 남들에게 맡기는 것이 더 나았다. 특히 마이너 과일수록 더했다.

안과니 이비인후과니 하는 과들은 정말 그 과를 수련받기 전에
는 해당 지식을 배울 수가 없어서였다. 하지만 지금의 강혁은 한
구 병원을 다녀온 마당이었다. 거기서 최지예라는 걸출한 안과
의사를 만나 현장에서 한 번, 한국에 갔을 때 한 번, 도합 두 번
이나 수련을 받았다는 말이었다.

"일단 체크해줘요."

"아, 네."

강혁은 그때 배운 지식을 활용해 환자의 눈을 들여다본 후, 보
조차 들어와 있는 현지인에게 말했다. 미군과 한석준을 이용해
강제로 사들인 농장에 있던 이였다. 강혁은 잠시 고개를 끄덕이
는, 똘망한 눈을 가진 청년을 바라보았다. 환경과 관계없이 지성
을 타고나는 사람이 있는 법이었다. 대개의 경우엔 축복이지만,
극단적인 곳에서는 오히려 비극이었다.

'눈이 시커멓게 죽어 있더니……. 이제는 좀 낫네.'

관리직들이 농장 주인이나 본사 측 사람과 대화하는 것만 듣
고 영어를 익힌 사람이었다. 들은 게 제한적이라 할 수 있는 말
도 제한적이긴 했지만, 이게 가능하다는 건 그야말로 어마어마
한 일이었다.

"왜 그렇게 보세요?"

"아니, 처음 봤을 때가 생각나서. 영어로 답해서 내가 진짜 놀
랐거든."

"별거 아니에요. 맨날 듣다 보니 익숙해져서 그렇죠."

"벌써 그렇게 말할 수 있다는 게 이상하다는 생각은 안 들

고?"

"농장에서 제가 제일 젊잖아요. 그래서 그런 거 아닐까요?"

"뭐, 그래. 그렇게 생각하든지."

이제 농장 주인이 바뀌었고, 우선 아픈 사람들 나오라는 말에 그게 무슨 말이냐고 영어로 되물어서 어찌나 놀랐던지. 특히 재원이나 장미 같은 이들은 그저 황당하다는 반응만 보였다. 주변 노동자들의 반응 또한 별반 다르지 않았다. 몇몇은 만류하기도 했다. 혹 튀는 모습이 전에 그랬던 것처럼 누군가의 기분을 상하게 할까봐서였다.

'잠깐 나랑 따로 볼까요?'

하지만 강혁은 한눈에 청년, 바루간의 비범함을 알아보았다. 그 또한 비범한 탓에 종종 오해를 샀던 기억이 있지 않던가. 혹 그런 거 아닌가 해서 잠시 대화를 나누었고, 그 결과 확신할 수 있었다. 이 녀석은 천재라고.

'정확하지는 않아도 열일곱 살 정도라 했지. 2년 안에 고등학교까지 떼고, 대학 보내줘야지.'

그 후에 누와라엘리야를 위해 봉사한다면 좋겠지만, 그저 자기 꿈을 위해 훨훨 날아가도 좋을 일이었다. 뭐가 되었건 흙 속에 파묻혀 있던 재능을 발굴한 것만으로도 충분히 만족스러웠다. 이 녀석을 시작으로 해서 어린아이들은 제대로 교육을 받게 해줄 심산이었다. 누와라엘리야의 노동 환경도 물론 개선할 생각이었지만, 원한다면 밖으로 나갈 수 있는 기반은 마련해줘야 했다. 그런 생각과 함께 훈훈한 미소를 짓고 있으려니, 바루간이 말을 걸어왔다. 처음보단 많이 나아졌지만, 여전히 경계심을 띠고 있는 모습이 엿보였다.

"근데 백내장? 이거 계속 표시만 하시는 거예요? 오늘만 벌써 28명 넘게 표시했어요."

"그건 아니지. 수술해줘야 해. 네 어머니도 앞이 잘 안 보이잖아."

"나이 들면 다 그런 거 아닌가요?"

"내가 너네 엄마보다 나이가 위인데 잘 보잖아."

"거짓말이죠, 그건?"

바루간은 아무리 봐도 스무 살 언저리로밖에 보이지 않는 강혁을 보며 고개를 저었다.

'내가 동안인 것도 있는데……. 네 엄마가 너무 노안이기도 해.'

강혁은 그런 바루간을 마주한 채 차마 속에 있던 말을 꺼내지 못했다. 아무 보호 장치 없이 하루 종일 직사광선에 노출되는 이곳 노동자들은 한국인들에 비하면 거의 20년은 겉늙어 보였다. 그중에서도 바루간의 엄마는 더했다. 강혁은 처음 나이를 전해 들었을 때를 떠올렸다.

'아찔했지.'

해서 강혁은 화제를 돌렸다.

"일단 기다리는 중이야. 더 쌓이면 한국에서 안과의사들을 부를 거야."

"비싸지 않나요? 대한민국은 엄청 잘사는 나라라고 들었는데."

"그건 또 어디서 들었어?"

"관리자들 꿈이 한국 가는 거예요. 거기서 5년만 고생하면 여기 와서 왕처럼 살 수 있다고 했어요. 들어보니까……. 돈을 상상도 못 할 만큼 주던데."

무슨 금액을 들었는지는 몰라도, 알아들었다면 충격적이긴 했을 터였다. 하루 1달러 남짓한 돈을 받고 있지 않은가. 한국에서는 백배가 넘는 돈을 벌 수도 있었다.

"걱정 안 해도 돼. 나처럼 공짜로 올 거니까."

"음."

바루간은 이해가 안 간다는 얼굴이었다. 어른들은 그저 노동 환경이 나아지고, 아플 때마다 진료가 가능해 좋아하는 모양이지만, 지난 17년간 혹독한 인생을 견뎌오면서 대가 없는 호의는 단 한 번도 받아본 적이 없지 않던가. 뭔가 이유가 있을 터였다.

'새끼, 의심하네.'

강혁은 제 딴에는 몰래 눈을 굴리고 있는 바루간을 바라보았다. 완전 헛짓이라고 보면 되었다. 예민한 그의 눈을 피하는 건 불가능한 데다가, 애초에 그럴 거라 생각하고 있어서였다. 한 사람의 성격이 형성되는 데 있어 타고나는 것도 중요하긴 하지만, 환경도 못지않게 중요하기 때문이었다. 무엇보다 어떤 경험을 쌓아왔냐에 따라 앞으로의 행동이 결정된다는 이론도 있었다. 지금 무턱대고 믿는 게 더 이상한 일이었다.

'우리 가지고 실험하는 건 아니겠지…….'

바루간은 별반 반응을 보이는 대신 밥 먹기 위해 밖으로 향하고 있는 강혁의 뒷모습을 바라보았다. 이거까지 눈치챘으면 조금 위험했을 터였다. 바루간 아니, 노동자들 앞에선 아직 본모습을 보이지 않았지만, 강혁이야말로 화나면 제일 무서운 인간 아닌가.

"어땠어?"

아무것도 모르는 바루간을 향해 콜롬보 대학교에서 온 타밀족 학생 하나가 말을 걸어왔다. 강혁과의 계약에 의해 거의 매주 파견 오다시피 하고 있었다. 숙식만 제공받고 돈 한 푼 못 받고 있다는 걸 감안하면 거의 불공정 계약으로 고발당해도 할 말이 없는 상황이었지만, 그 누구도 이를 언급하지 않았다. 올 때마다 조금씩 상황이 개선되고 있음을 눈으로 확인할 수 있어서였다.

"아, 뭐……. 보조라고 해봐야 할 것도 없어요. 표시하라는 거 표시하고……."

"그래, 배우는 셈 쳐. 백강혁 교수님도 그렇게 말씀하셨어."

"네, 그, 네."

바루간은 학생의 말에 고개를 끄덕였다. 처음엔 같은 민족이라 마음이 확 열릴 뻔했더랬다. 하지만 자세한 연유를 듣고 보니 이쪽은 스리랑카 타밀이고, 자신은 인도 타밀이었다. 여기까지 와서 봉사하는 이들이야 당연히 이 둘의 구분을 무의미하다고 보고 있기는 했다. 어차피 스리랑카 타밀이라고 해봐야 시점의 차이일 뿐, 인도에서 넘어온 것은 매한가지였기에 그랬다. 하지만 어른들은 달랐다. 만약 그랬다면 타밀 타이거가 이쪽을 그냥 됐을 리 없지 않겠는가.

'게다가 이 사람들은 백강혁…… 저 사람한테 홀랑 넘어간 사람들이야. 자세한 얘기는 안 하는 게 좋겠어.'

강혁의 말을 빌리면, 바루간이 있던 차밭이 해방된 지 이제 겨우 2주 남짓 지났을 뿐이었다. 하지만 바루간을 비롯한 아이들은 그 짧은 시간 동안 꽤 많은 것을 보고 배울 수 있었다. 그중에서 강혁이 제일 신경 쓴 것은 역사였다. 이들이 왜 여기까지 와서 이 고생을 하고 있는지에 대해 가르쳤다. 바루간은 그 덕에 이런 생각을 할 수 있게 된 주제에, 여전히 강혁에게 아니, 농장외 다른 사람들에게 반감을 갖고 있었다.

'새끼, 또 보고 있네.'

물론 강혁이 이를 모르는 바 아니었다. 특히 한국대학교 병원팀에게는 눈치 없다는 평을 듣는 그지만, 그건 그가 눈치 없으려고 작정한 상황에서만 통용되는 일 아닌가. 원할 땐 언제고 주변 상황을 아주 정확하게 파악할 수 있었다. 바루간뿐 아니라 노동자들 중 많은 이들이 의심하거나 적개심을 품고 있다는 것쯤은 쉽게 알아차렸다, 이 말이었다.

'뭐, 보고 있으라지.'

그렇다고 강혁이 그것 때문에 불안한가. 당연히 아니었다. 다니엘은 고사하고 탈레반과 같은 무장단체조차 위협이 되지 못했는데 아무 힘 없는 이들이 왜 무섭겠는가. 그저 안타까울 뿐이었다.

'나도 그랬어, 옛날엔.'

다른 이유가 아니라 자신의 불우했던 어린 시절이 떠올라서였다. 아버지는 좋은 사람이었지만, 혼자서 가정을 건사하기란 여간 어려운 일이 아니었다. 최선을 다한다 해도 구멍이 나기 마련인데 안타깝게도 그땐 지금보다도 더 사회 그물망이 헐거웠다. 그걸 메워준 것이 이웃집 아주머니였다. 처음엔 이유 없이 그게 싫었으나, 시간이 지날수록 이 사람이 정말 순수한 이유로 돕는다는 걸 알게 되었다.

'뭘 해주려고 해도 다 거부하시니…….'

장성한 뒤로 은혜를 갚으려 했으나, 아주머니는 내가 아니라 진짜 필요한 사람들을 위해 네 재능을 쓰라는 말만 했다. 아닌 게 아니라 잘 사시긴 했다. 복 받을 일을 한 것에 대한 보답을 받았는지, 어쨌는지. 그래서 강혁은 아주머니의 말대로 하고 있었다.

"아, 교수님."

잠시 상념에 빠져 있으려니, 재원이 말을 걸어왔다. 고개를 돌려 보니 퍽 심각한 얼굴이었다. 좋지 못한 환자가 있는 모양이었다. 해서 강혁은 각오를 하고 고개를 끄덕였다.

"왜?"

"이거 사진인데."

"갑자기?"

재원은 그런 강혁을 향해 휴대폰을 건네주었다. 말했던 대로 사진이 떠 있었다. 환자 사진이었다.

"아……. 야, 이거."

"목 아프다고 해서 봤는데, 안이 이래요. 어쩌죠?"

정확히 말하면 환자의 입안 사진이었다. 어금니 끝 삼각형 모양의 잇몸이 있어야 할 부위에 무언가 커다랗게 자라 있었다. 조직검사를 해보지 않아도 암이라 확신할 수 있을 지경이었다.

"어쩌긴…… 수술해야지."

"여기서요?"

"그럼 어디서 해. 받아주는 데가 있을 것 같냐?"

"근데 이거……. 이 정도라면 항암 방사선 치료도 병행해야…….";

"그거야 모를 일이지. 일단 CT랑 MRI 찍자. 얼마나 파고들었는지 봐야지."

"음."

재원도 사실 여기서 해야 될 거란 생각은 하고 있었다. 다만 확인이 필요했을 뿐이었다. 때문에 재원은 더 이상 군말을 늘어놓는 대신 고개를 끄덕였다. 그러곤 아까 자신이 세웠던 수술 계획을 입에 올렸다.

"그럼 일단…… 절제 범위는 이쪽하고, 같은 쪽 목. 그리고…… 상황 봐서 턱뼈도 일부 절제해야겠죠? 대강 설명하긴 했는데 잘 못 알아들은 것 같더라고요."

"뭐야, 벌써 설명도 했어?"

"그렇죠, 뭐. 어디 가서 받겠어요."

"그럼 왜 물어봤어."

"교수님은 혹시 모르잖아요. 또 뭘 준비했는지 알 수가 없으니."

"아직 그런 거 없어. 아무튼, 네가 말한 대로 갈 것 같아. 질질

끌어서 좋을 거 없으니까 검사 결과 나오는 대로 들어가자. 내일모레…… 아직 진료 잡힌 농장 없다며. 그날로 집어넣어."

한구 병원이었다면 강혁은 그저 환자를 관찰한 것만으로 수술에 돌입해야 했을 터였다. 워낙 자주 있는 일이기에 주변에서도 그렇고 심지어 강혁 자신도 그런가보다 하게 되기는 했지만, 사실 현대를 살아가면서 문명의 이기를 사용하지 못한다는 건 엄청난 불이익이었다. 강혁에게도 예외는 아니었다.

'있는데 안 쓰는 건 멍청한 일이지.'

해서 강혁은 환자를 문진하자마자 CT와 MRI실로 보냈다. 웡웡 돌아가는 기계 소리를 듣고 있자니 감개무량한 마음이 복받쳐 올랐다. 작전 중 알아낸 정보를 이용해 벌어들인 소득을 아낌없이 부은 보람이 있다고 해야 할까?

"오……. 진짜 제대로 나오네."

옆에 있던 재원 또한 놀란 얼굴이었다. 사실 대한민국에서, 그것도 강남 토박이로 살아온 재원에게 누와라엘리야는 깡촌 그 이상도 이하도 아니었다. 심지어 조부모까지도 압구정에 살고 계시는 바람에 한국에서도 시골 갈 일이 거의 없던 그 아닌가. 한구에서의 경험도 있어서 누와라엘리야로 온다고 했을 땐 청진기 하나 달랑 쥐고 있는 자신의 모습을 상상하기도 했다. 한데 MRI라니.

'교수님……. 진짜 대단하시다…….'

재원은 영상에서 잠시 눈을 뗀 채 실제 촬영이 이루어지고 있는 방을 돌아보았다. 거대하고도 육중한 기기가 쉴 새 없이 돌아가고 있었다.

'저거, 저게 그냥 올 수가 없는데.'

MRI 같은 기기는 당연한 말이지만 택배로는 배달이 안 되는 물건이었다. 제조사에서 직접 트럭에 싣고 와서 설치하고 시범 운행까지 해보여야 하는, 그야말로 고가이면서도 까다로운 물건이었다. 돈이 있다고 해서 살 수 있는 게 아니란 얘기였다. 대한민국처럼 도로망이 쫙쫙 잘 뻗어 있고 동시에 제조사에서 신경을 쓸 수밖에 없을 만큼 구매가 이루어지고 있는 곳이라면 모르겠지만, 누와라엘리야에선 불가능하다고 단언해도 좋을 지경이었다. 하지만 눈앞에서 돌아가고 있는 기기는 틀림없는 MRI였다.

'CIA도 턱으로 부린다더니……. 진짜 미친 사람이야.'

재원은 역시 어지간하면 개기지 말아야겠다 다짐하면서 재차 영상으로 고개를 돌렸다. 흐뭇한 표정을 지은 채였다. 비단 재원이나 강혁뿐 아니라, 다른 이들 또한 비슷한 얼굴이었다. 특히 한구에 있다 온 한유림이나 데니스, 샘 등은 얼굴이 붉게 상기되었을 지경이었다. 세상에 X-ray도 없는 곳에서 일하다 무려 MRI가 있는 곳에 오게 되다니. 한구나 누와라엘리야나 세계적으로 볼 때 비슷한 수준의 오지란 걸 떠올려보면 정말이지 놀라운 일이었다.

'시발…….'

그러나 뜻밖에 욕설을 중얼거리는 이도 하나 있었다. 안에 들어가 있는 리처드였다.

'아니, 양재원 환자 아닌가? 그럼 양 선생이 해야지?'

환자가 MRI 찍을 때 폐소 공포증을 일으킨 까닭에 재워서 찍고 있는 상황이었다. 보통 이럴 땐 검사를 생략할 수 있다면 생략하겠지만, 두경부암 수술에서 MRI는 필수적이었다. 게다가 강혁은 사비를 들여 산 MRI를 가동하는 데 있어서 망설이고 싶어하지 않았다. 기회가 된다면 어떻게든 돌린다, 이 말이었다.

'네가 들어가. 재원이는 밖에서 사진 봐야지.'

거기까지는 이해가 되는데 왜 나보고 들어가라 한단 말인가. 되지도 않은 이유였다. 사진이 어디 날아가는 것도 아닌데, 찍고 나서 보면 어디가 덧나나? 리처드는 계속 구시렁대다가 문득 어제 있었던 일을 떠올렸다. 그걸 생각하니 팔뚝에 소름이 오소소 돋았다.

'이거 설마…… 미군에 대한 불만을 나한테?'

미군 측과 강혁이 맺은 계약은 거의 일방적으로 강혁에게 유리한 조건이었다. 정확히 말하면 강혁이라기보다는 강혁이 도우려는 누와라엘리야가 수혜를 받기는 했지만, 원래 강혁은 이상한 인간이니만큼 그저 강혁의 이익이라 봐도 무방했다. 하지만 어제는 좀 짜증이 났을 것 같았다. 미군 측에서 멋대로 수련받을 군의관 일정을 앞당겼을뿐더러, 간호장교 파견을 조금 줄였기 때문이었다. 물론 다 그들이 해주던 것이고, 그걸 조금 거두어갔을 뿐이지만 원래 줬다 뺏는 게 제일 기분 나쁜 일 아닌가.

'그럼 나 좆된 것 같은데.'

문제는 이게 해결될 것 같지 않다는 얘기였다. 호르무즈 해역 봉쇄 및 석유 파동 그리고 이란과의 긴장 고조로 재선의 승기를 잡았던 현 대통령의 상황이 엉망이었다. 동시에 미 패권주의보다는 보호 무역에 가치를 두고 있는 야당 대권 후보가 떠오르고 있었다. 무엇이 옳다 판단할 자격이나 지식은 부족했으니 왈가왈부할 일은 아니었다. 다만 그 때문에 해외 인력에 대한 관심도가 뚝 떨어지고 있었다. 미 정국은 소용돌이에 휘말리고 있었다.

리처드가 고민하고 있는 와중에도 기기는 계속 돌아갔다. MRI 특유의 시끄러운 굉음을 내면서였다. 귀를 막고 있음에도 정신이 나갈 것 같았다. 그에게는 다행스럽게도 강혁은 MRI가 보여주는 선명한 영상에 어제 있었던 일을 거의 다 잊어가고 있었다. 확실히 눈으로만 보고 유추하는 데에는 한계가 있었다. 아무리 강혁의 눈이라고 해도 그랬다.

"좋아. 잘 보이네."

"네, 그렇네요."

강혁은 별생각 없이 고개를 끄덕이고 있는 것으로 보이는 재원을 돌아보았다. 예전 같았으면 의심했을 테지만 이젠 아니었다.

'뭘 알고 저러는 거겠지?'

약간은 아쉬웠다. 확실히 실력이 좋아지면서 갈굴 일이 적어지고 있었다. 하지만 확인은 필요하지 않은가. 해서 물었다.

"어떤데?"

그러자 재원은 기다렸다는 듯 입을 열었다.

"우선 우측 어금니 뒤 삼각에…… 1.8cm가량의 종양이 있고……. 뼈를…… 침범했네요, 역시."

"그래, 얼마나?"

"절제가 필요할 정도네요. 아예 안으로 파고들었어요. 옆으로도 번졌고. 다행히 암 있는 곳 외에는 골막을 뚫은 곳은 없고요. 피부까지 잘라낼 필요는 없겠어요."

"음."

'자식, 많이 늘었네. 자기 분야도 아닌데 영상만 보고 여기까지 파악할 줄이야.'

역시 막 굴려댄 보람이 있었다.

'내 수련법이 최고 같아.'

강혁의 영향이라기보다는 재원의 우수성과 그가 처한 환경 같은 것들이 더 중요했겠지만, 강혁은 멋대로 위험한 단정을 지었다. 아직 재원 정도의 실력을 갖추지 못한 한유림은 이유 없는 한기에 몸을 떨었다.

'뭐지, 갑자기?'

한유림이 팔뚝을 털어내는 동안에도 재원의 말은 계속되었다.

"그거랑은 별개로 경부 전이가 좀 있네요. 측면 경부 임파선 절제술 정도는 해야 되겠어요. 음."

"왜?"

"목은 아무래도 자신이 좀……. 많이 해본 곳은 아니라서요."

"아, 이제 한국대학교 병원 외상 센터는 협진 수술이 좀 활성화됐나?"

"네, 법적으로 그렇게 되어가지고요. 할 때마다 협진 수가 쳐주니까 안 올 이유도 없고요. 복부야 우리가 보지만 머리나 가슴, 팔다리, 목은 각 과에서도 와요."

"그래, 그게 맞지."

강혁과 같은 괴물이 있다면 각 과 전문의에게 맡기는 것보다도 홀로 다 해버리는 것이 더 나을 터였다. 하지만 세상에 이와 같은 사람이 과연 몇이나 될까? 강혁은 나름 임상 의학의 최전선에 있는 사람임에도 아직 단 한 명도 보지 못했다. 세계 최고라 하는 사람도 강혁이 보기엔 그저 쓸 만한 수준에 머무를 뿐이었다. 그가 존경해 마지않는 스승마저도 그랬다.

"근데 여긴 그게 안 되니까. 상황에 맞춰야지."

"네. 하려면 해야죠."

다행한 일은 재원도 강혁 밑에서 배운 만큼 여전히 각 과의 술기도 제법 하는 편이었다. 때문에 고개를 끄덕이는 데 있어 별 망설임이 없었다.

"후."

겨우 촬영을 마친 리처드가 안으로 들어왔다. 재웠다 해도 아직 입안의 암이 덜컥 기도를 막을 만한 사이즈는 아니었기에, 딱히 한 일은 없었다. 단지 무슨 일이 일어날까봐 대기하고 있었을 뿐이었다. 기도는 폐하고는 또 달라서 순식간에 악화되고 또 환자를 죽음에 이르게 하기에 예민하게 다룰 수밖에 없었다. 여차하면 기도 삽관이나 기관절개술까지 해야 했다.

"뭘 했다고 한숨까지 쉬어?"

긴장은 하고 있었다는 얘기다. 그러나 들려온 말은 퉁명스럽기 짝이 없었다.

"아니……. 시끄럽잖아요."

"내가 시끄러워?"

"아니, 아니. 그런 게 아니라……."

"눈치 없는 놈은 아니라 생각해."

강혁은 당황스러워하는 리처드의 어깨를 툭툭 두드려주고는 밖으로 향했다. 사실 때리려는 줄 알고 쫄았던 리처드는, 맞지 않았음에도 안도의 한숨을 내쉬지 못했다.

'속을 들여다보나?'

정곡을 찔린 기분 때문이었다. 강혁은 이제 문밖에 선 채, 아무것도 못하고 있는 리처드를 향해 말했다. 딱히 리처드 이름을 부르진 않았지만, 시선이 묘하게 리처드를 향하고 있었다. 게다가 방금 어깨를 두드리면서 의미심장한 말까지 들은 참이었기에 리처드는 저도 모르게 강혁에게 집중할 수밖에 없었다.

"요새 백내장 엄청 쌓이더라. 근데 한국 팀은 한구 가느라 여긴 어렵대. 미국에는 팀이 없나, 하하."

요약하자면 미국에서 팀 꾸려다 불러오라는 얘기였다. 몸이 여기 있는데 어떻게 가능하냐고 묻는다면 무슨 말을 듣게 될까?

'그런 상상하지 말자.'

잠깐 생각만 해봤는데도 고통이 몸을 엄습해왔다. 강혁을 하도 오래 겪었더니 이제는 이렇게나 생생한 상상이 가능해졌다.

'와, 벌써 얼마를 견딘 거냐.'

대견하다는 생각이 잠시 들었으나, 그럴 만한 일이 아니란 생각에 고개를 털었다. 그사이 이미 강혁은 다시 환자에게 집중했다. 아무래도 이 지역 전체를 품고 있는 사람인 만큼 시야가 넓어져야만 했고, 동시에 이런저런 생각이 많아진 것도 사실이지만 강혁은 태생이 의사였다. 환자가 있으면 그 환자만 바라보는데 익숙했다.

"수술하면 한동안 입으로는 아무것도 못 먹을 거야. 오늘 미리 L-tube(비위관: '콧줄'이라고도 부르는, 물과 영양소를 제공하는 관) 넣자, 환자분?"

"아, 제가 설명할게요."

순식간에 계획을 세우며 환자에게 보다 바짝 가까이 가는 강혁을 재원이 불러 세웠다. 예전 같았으면, 그러니까 한국대학교 병원 시절이었으면 이놈이 미쳤나 하면서 화가 터져 나왔을 테지만. 지금의 강혁은 그때와는 달랐다. 많이 유해진 것은 물론이거니와 자기 자신에 대해서도 잘 알게 되었다. 특히 환자에게 '친절하게' 설명하는 데 약하다는 것 정도는 거의 마스터한 수준이었다.

"그럴래? 근데 너 타밀어 잘 못 하잖아."

"바루간이 있잖아요. 영어 엄청 늘었던데…… 이제 통역 가능할걸요."

"음."

아무리 그래도 내가 직접 말하는 게 저렇게 건너건너 말하는 것보다 못하단 말인가. 강혁은 그런 생각과 함께 주변을 돌아보았다. 뭐라 말하기 곤란한 상황이었다. 해서 다들 눈을 슬금슬금 피했다.

"이런 개놈들."

"그러지 마시고요. 원하시면 해도 돼요. 근데 아시죠? 어차피 제가 또 설명해야 할 가능성이 크다는 거."

"나를 뭘로 보는 거야. 많이 늘었다고."

"뭐라고 할 건데요?"

재원의 말을 듣자, 마음과는 달리 말문이 잠시 턱 하고 막혔다. 하지만 강혁은 애써 입을 열었다. 고작해야 재원에게 말문이 막힌다니? 이게 말이나 되는 상황이란 말인가. 안 될 일이었다.

"뭐라고 하긴. 이제부터 환자분 입안에…… 어금니 뒤 삼각 자르고 뼈도 자르고 정강이뼈 이식해줄 텐데 그럼 입으로 숨 쉬거나 먹는 게 불안하니까 목에 구멍 내고 코로 밥 먹을 거다, 라고 할 거지."

"말하면서도 이런 말을 그렇게 환자한테 바로 하면 안 될 것 같다는 생각……. 음. 안 들죠?"

"어."

"그러니까 제가 할게요."

재원의 간곡한 청에 강혁은 환자에게 가는 대신 전화기를 집어 들었다. 재원이 말했던 환자를 보낸 농장에 전화하기 위함이었다.

"네, 블루 리프 농장입니다."

각 농장마다 나름 고유의 이름들이 있었다.

"누와라엘리야 병원 백강혁입니다."

"아, 네."

강혁의 단호한 말투에 관리자가 긴장했다. 이미 누와라엘리야 전역에서 강혁은 상당한 유명인사였다. 우선 호텔 단지 쪽의 저명인사를 살려줬다는 것부터 범상치 않았다. 이에 더해 감히 다니엘 러셀에게 시비를 걸어서 비웃음을 샀다가, 오히려 상황이 이상하게 돌아가고 있지 않은가. 아직 미군이 다니엘에게 강탈한 차밭의 주인이 강혁이 되었다는 건 모르고 있지만, 그럼에도 뭔가 꺼림칙했다. 긴장이 안 되면 그게 더 이상한 일이었다.

"오늘 보내준 환자 중에…… 이름이 아툴이라는 사람이 있어요."

"아툴…… 잠시만요."

수화기 너머에서 무언가 뒤적거리는 소리가 들려왔다. 아마도 명단을 보는 중인 모양이었다. 숙소를 비롯한 여러 노동자들이 처한 환경들을 보면 이렇게까지 관리하는 게 이상해 보일 수도 있겠지만, 농장 입장에서 노동자들은 자산이었다. 자산 관리의 일환이라고 보면 이해가 훨씬 쉬웠다. 명석한 두뇌에 힘입어 순식간에 거기까지 생각이 미친 강혁은 간신히 치밀어 오르는 화를 억눌러야만 했다.

"아, 네. 목 아프다고 했었네요."

"거의 몇 달은 됐을 텐데, 누가 깔아뭉갰지?"

물론 억누른다고 해서 막 억눌러지지는 않았다. 강혁은 상대가 나쁘면 나쁠수록 안심하는 타입 아닌가. 두려움 대신 다행이란 생각이 드는 인간이었다. 마음껏 괴롭힐 수 있으니까.

"네? 그…… 목 아픈 건…… 저희 매뉴얼상 경증……."

"지랄. 니들이 의사야? 목 아픈 게 이유가 한두 가지냐?"

"제, 제가 결정하는……."

"닥쳐."

"네. 죄송합니다."

강혁은 기어코 사과를 듣고 나서야 씨근덕거리는 숨을 조금이나마 가라앉힐 수 있었다. 그러곤 진짜 화를 내야 할 대상은 이까짓 관리자 따위가 아니란 생각을 했다. 물론 나쁜 놈이긴 했다. 사람이 아프다고 하면 매뉴얼이고 나발이고 돌볼 생각을 해야지. 그걸 핑계로 내깔겨두는 게 말이나 된단 말인가.

'뭐 그런 건 좀 나중에 생각해야지.'

하지만 강혁은 나름 일의 순서를 따질 수 있는 사람이었다. 해서 물색없이, 아무 소득 없는 화만 내는 대신 원래 했어야 하는 말을 꺼냈다.

"아무튼, 그 아툴. 목 안에 암이 있어."

"네? 암이요? 그럼 죽는 겁니까? 이것 참⋯⋯."

"미쳤어? 사람이 아프다고 하면 치료할 생각부터 해야지, 대뜸 죽는단 소리가 나와?"

"아⋯⋯. 아, 죄송합니다."

관리자는 별생각 없이 죽음을 떠올린 참이었다. 다른 세계는 어떤지 모르겠지만, 적어도 이곳 노동자들에게 죽음은 참으로 가까이 다가와 있는 존재였다. 병원 가서 치료받고 다시 일터에 복귀하는 것보다 그냥 죽고 다른 이로 대체하는 것이 훨씬 싸게 먹힌다는 지극히 중세적인 기업 마인드 때문이었다. 하지만 강혁의 눈에 비친 그들은 노예가 아니라 그저 인간이었다. 피할 수 없는 죽음도 있는 법이지만, 최소한의 노력은 기울여야만 했다.

"수술할 거야. 수술 중 조직검사 결과 봐서⋯⋯. 방사선 치료 정도는 해야 할 수도 있어."

"음⋯⋯."

"일터 복귀하는 데 시간이 걸린다고. 그동안 이 사람 일자리 보전해놔."

"아, 그게⋯⋯ 저희 매뉴얼⋯⋯."

"한 번만 더 매뉴얼 얘기해봐. 나 블루 리프 어딨는지 알어."

"어⋯⋯."

상대가 내가 있는 장소를 안다는 게 이렇게까지 무서울 수 있는 일이구나. 관리자는 자신도 모르게 흐르는 땀을 닦아냈다. 한참 그렇게 우물쭈물하고 있으려니, 옆에 있던 본사 직원이 물었다.

"뭐야?"

마침 이 전화를 끊든가 누구에게라도 맡기고 싶었던 관리자는 서둘러 답했다.

"아, 네. 누와라엘리야 병원의 백강혁입니다. 일꾼 하나 수술하려는 모양인데⋯⋯."

"수술? 음."

본사 직원은 아까 아침에 전해 들었던 말을 떠올렸다.

'지금 상황이 좋지가 않아. 매출이 떨어지고 있다고. 그렇게 되면 알지? 우리 같은 현장직들부터 날아가는 거야.'

말이 현장직이지, 사실상 일 하나 안 하는 꿀보직이었다. 본사에 있는 사람들이야 오지에 오기 싫어 어떻게든 미루지만, 그들보다 못한 스펙 탓에 떠밀려 온 사람들은 생각보다 훨씬 훌륭한 노동 환경에 만족하고 있었다. 기후도 시원한 휴양지 날씨인 데다가 음식도 썩 나쁘지 않고, 무엇보다 일이 없었다. 이곳에서 영국인은 마치 식민지 시절의 지배층과 같은 권력을 누릴 수 있었다.

'분명 치료하는 거 생색낼 거라고 했지?'

그러면서 동시에 의료진 파견 따위는 없을 거라는 말도 있었다. 처음 들을 땐 이게 말인가 방귄가 싶었으나, 생각해보니 여기엔 백강혁이란 이상한 사람이 있었다. 아무 대가 없이 다른 사람 돕는 데 환장한 사람. 다큐멘터리나 영화 속에서나 볼 수 있는 사람이라 생각했는데 지척에 있었다. 그렇다면 상대적으로 평범한 사람으로서 어떻게 해야 할까.

'이용해야지.'

직원은 스스로 기가 막힌 생각이라 여기면서 전화를 넘겨달라고 손짓했다. 그동안에도 계속 시달리고 있던 관리자는 서둘러 전화를 넘겼다.

"안녕하세요, 닥터 백."

"응? 이건 또 뭐야."

"저는 리프 사의 존입니다. 블루 리프 농장을 비롯해 다섯 개 농장의 관리를 맡고 있습니다."

뭐가 되었건 더 높은 놈이 받았단 생각이 들었다. 그럼 말이 더 통하지 않을까?

"어, 처음부터 말해야 하나?"

"누가 아프다고요?"

"그래, 아툴. 암이고 수술해야 해. 방사선 치료도 받아야 할 수 있어. 그럼 수도 가야 하는데……. 그사이에 자르지 말라고."

"아, 물론입니다."

"응?"

얘기를 해보니 말이 통하는 수준이 아니라 너무 시원하게 받아들였다. 아마 강혁이 조금이라도 더 순진했던 때라면 무턱대고 좋게만 생각했을 터였다. 가령 아, 이 사람은 좀 다르구나. 뭐 이렇게? 하지만 아쉽게도 강혁은 한국대학교 병원의 외상센터를 정상화시키는 과정에서부터 이상한 놈들을 너무 많은 겪어온 바 있었다.

'새끼, 이걸로 분위기 반전시키려고 하는구나.'

게다가 강혁은 원래도 나쁜 놈이라 나쁜 놈들의 생각을 아주 잘 알았다.

"오, 감사합니다. 그럼 바로……."

"아, 네네. 근데 한 가지 청이 있습니다."

"어떤 청이죠?"

"수술 과정…… 이나 치료 과정 같은 거 좀 저희가 영상이나 사진으로 담을 수 있을까요? 자세하지는 않을 겁니다."

직원은 강혁이 눈치챘다는 건 추호도 모른 채 입을 털었다. 머릿속엔 강혁을 이용해먹어야겠다는 생각뿐이었다.

'꽃밭에서 사는 인간이잖아. 봉사라니, 세상에.'

순진한 봉사자 하나 벗겨먹는 건 우스운 일 아니겠는가. 그가 조금이라도 더 관리자들의 말에 귀를 기울였다면 주의를 했겠지만, 아쉽게도 누와라엘리야는 인종차별주의자가 아니던 사람조차도 물들게 하는 분위기 속에 잠겨 있었다. 이미 넘어간 지 오래였다.

"좋죠."

"알겠습니다. 그럼 수술 날짜 알려주시죠."

"네. 내일모레 할 겁니다."

"알겠습니다."

해서 강혁의 승낙을 문자 그대로 받아들이고야 말았다. 칭찬받을 생각에 희희낙락하면서였다. 그와 마찬가지로 강혁도 웃고 있었다. 마냥 밝아 보이는 미소는 아니었다. 보고 있자면 소름이 끼치는 그런 종류의 웃음이었다.

"뭐, 뭐예요."

데니스가 물었다. 오소소 소름이 돋은 팔뚝을 문지르면서였다. 강혁은 그런 데니스를 방금 지었던 표정을 유지하면서 바라보았다.

"그래, 너 마침 잘됐다."

"네? 저 잘못한 거 없는데요?"

"누가 잘못했대? 찔리는 거 있냐?"

"아, 아뇨."

데니스는 혹 며칠 전에 강혁이 맛있다고 했던, 이곳에서는 구하기 힘든 소갈비를 먹었던 게 걸렸나 해서 떨다가 고개를 황급히 저었다. 강혁은 미심쩍다는 얼굴로 그를 바라보다가, 이내 팔뚝을 잡아끌었다. 어차피 어디 도망갈 수 있는 환경도 아니지 않은가. 잘못한 게 있다면 곧 걸릴 터였다. 찰나의 순간이라면 몰라도 영원히 강혁을 속이는 건 불가능할 테니까.

"어…… 수술방에 왜 왔어요?"

강혁의 손에 이끌려 온 곳은 불 꺼진 수술실이었다. 원래 불 꺼진 곳은 을씨년스러운 느낌을 자아내기 마련 아닌가. 그중에서도 병원은 좀 심한 편이었다. 학교보다도 더했다. 특히 수술실은 조금 무섭기까지 했다. 요원 훈련을 받았고, 나름 현역 요원이기까지 한 데니스조차 뒷걸음질 쳐질 지경이었다.

"너 몰카 잘 설치하지?"

"네? 아니, 뭔…… 갑자기 몰카 얘기가 왜 나와요."

"음……."

강혁은 어리둥절해하는 데니스를 두고 수술대를 잠깐 바라보다가 어느 한 지점을 짚었다. 수술 장면을 너무 노골적이지 않게, 하지만 어느 정도 담아내려면 딱 그 위치가 좋을 것 같았다. 그 말은 곧 리프에서 보낼 촬영팀이 여기 어딘가에 올 거란 얘기였다.

"여기 사람들 서 있으면…… 이놈들 하는 얘기랑 표정 같은 거 잘 잡을 수 있어?"

"카메라로요?"

"어, 이놈들은 모르게."

분명 아무도 없는 상황임에도 강혁은 마치 사람들이 서 있는 것처럼 말하고 있었다. 어찌나 실감이 나는지, 데니스는 이 양반이 뭐가 보이나 싶을 지경이었다. 그렇지 않아도 한구에서 한번 강혁 때문에 귀신 체험 비슷한 것을 해본 적이 있지 않은가.

"지금은 없는 거죠?"

"뭔 미친 소리야. 여기 뭐가 있어? 이 자리엔 없어."

"이 자리에는 없다는 게……."

"자세히 듣고 싶냐?"

"아뇨, 아뇨. 아닙니다. 제발 하지 마세요."

확실하게 하려다 된통 당할 뻔한 데니스는 손을 황급히 내저었다. 강혁은 미묘한 표정을 짓다가 재차 물었다.

"여기 사람이 있다고 가정하고……. 찍을 수 있어, 없어."

"그거야 뭐…… 어렵지 않죠. 원래 맨날 하던 일인데."

"좋아. 그럼 설치해놔. 음성도 하나도 놓치지 말고."

"그걸 어디다 쓰려고요?"

"카운터로 쓸 거야."

"네?"

"지금 말해도 못 알아먹을걸. 하여간 할 수 있지? 해봐."

"아, 알겠습니다."

원래 자신이 뭐 하는 건지도 모르면서 하는 일만큼 짜증 나는 일도 드물 터였다. 하지만 데니스는 요원이었다. 그것도 CIA. 하급 요원일 때는 정말이지, 내가 하는 일이 뭔지 모를 때가 많았다. 정보 요원의 일이라는 게 원래 그랬다. 덕분에 이런 얼토당토않은 요구에도 나름 익숙했다.

당신의 진짜 적

데니스가 열과 성을 다해 카메라를 설치하고 나니, 딱 이틀 뒤 리프에서 사람이 왔다. 휘황한 장비를 가지고서였다.

"음, 이쪽에서 촬영하는 게 좋을 겁니다. 제일 잘 나올 거예요."

강혁은 그들을 예정된 자리로 안내했다. 순진무구한 표정을 지어가면서였다.

"아, 네."

강혁의 말에 따라 본사 직원 셋이 이동했다. 하나는 나름 커다란 카메라를 들고 있었다. 보아하니 전문으로 찍는 사람 같지는 않았다. 데니스보다도 폼이 엉성했다. 무엇보다 분위기가 영 꽝이었다.

'보통은 군인 같지?'

영상 만드는 사람이라고 하면 예술가를 떠올리기에 십상일 터였다. 실제로 내면은 예술가 그 자체인 사람들이 대부분이기도 했고. 하지만 새카맣고 무거운 촬영 장비를 아무렇지도 않게 짊어지고, 원하는 장면을 잡아내기 위해 몇 번이고 자리나 자세를 바꾸는 그들을 보고 있노라면 어딘지 예술가보다는 군인 같은 느낌이 들 때가 훨씬 많았다.

'얘는 일단 어깨에 카메라를 올리는 것조차 잘 못하네.'

애초에 피지컬이 강혁 같다면 별문제는 없을 것이었다. 어떤 식으로 든다 해도 5kg, 7kg짜리 카메라 몇 시간 들고 있는 건 쉬운 일이니까. 하지만 눈앞에 서 있는 영국인은 그저 보통 체격일 뿐이었다. 강혁은 곧 저 카메라를 내려놓고 휴대폰으로 촬영할 거라 확신했다. 어차피 별 상관은 없었다. 애들 영상 퀄리티가 중요한 건 아니니까.

'완벽합니다.'

그런 강혁을 보며 데니스가 눈으로 신호를 보냈다. 딱 설치한 범위 내에 애들이 들어와 있다는 뜻이었다. 그렇다면 이제 더 망설일 건 없었다. 강혁은 저벅저벅 걸어 수술실 문을 열었다. 한구에서는 어깨로 밀어 열어야 했으나, 여긴 제대로 된 설비를 갖추고 있었다. 그저 개폐 장치에 발만 갖다대면 될 일이었다. 그러자 눈앞에 대기 중이던 환자가 보였다. 강혁이 지시한 대로 잘 처치가 되어 있었다. 코에는 콧줄이 들어가 있었고, 라인도 제대로 잡혀 있었다. 무엇보다 환자 얼굴이 퍽 담담해 보였다. 꽤 큰 수술이라는 설명을 들었을 텐데, 어떻게 저럴까.

'음……'

강혁은 불만 어린 얼굴로 재원을 바라보았다. 재원은 그거 보라는 표정을 짓고 있었다.

'이상하네. 보통 내가 설명하면 울던데.'

한국대학교 병원에서는 그나마 재원이나 장미가 있어 좀 나았지만, 한구에서는 정말 여럿 울렸다. 나중엔 환자가 수술실에 들어가기 전에 한바탕 울지 않으면 좀 어색하다는 말까지 들려왔을 지경이었다.

"자, 들어가시죠."

"응, 그래."

딱 보니까 화낼 타이밍 같았다. 하루 이틀 보는 사이가 아니지 않은가. 해서 재원은 선수 치듯 수술실 쪽을 가리켰다. 예상대로 강혁은 잠시 멍한 얼굴이 되는가 싶더니, 뭔가에 홀린 듯 안으로 향했다. 하여간 단순한 양반이었다.

'환자만 앞에 있다 하면 정신 못 차리지.'

수술실 안에 뭔가 흉계를 꾸며놓은 것 같은데, 아마 지금쯤이면 그런 것도 다 까먹었을 터였다. 어떻게 보면 재원이 아는 사람 중 가장 흉악하면서 동시에 순수한 인간이기에 그랬다.

"마취는 일단 삽관으로 하자. 그리고 바로 교체할 거니까…….
알지?"

"그럼요."

재원의 생각대로 강혁은 환자를 수술대에 옮기곤 경원과 이런 저런 토의를 시작했다. 벌써 옆에 세워 둔 리프 직원들은 완전히 잊은 듯했다. 약간은 걸리적거린다는 표정까지 짓고 있었다.

"고정은 안 할게요. 그냥 바로 할 거죠?"

"어, 그렇지."

"네. 그럼 잡고 있을게요. 금방하죠?"

"당연하지."

일반적인 수술이라면 그냥 기관 삽관한 채로 진행해도 무방할 터였다. 아니, 사실 강혁은 어지간한 구강 내 수술도 삽관한 채로 할 수 있었다. 놀랍도록 정교한 손 기술과 정확한 말로는 표현이 불가한 눈이 있어서였다. 하지만 이 환자의 경우엔 어차피 수술 후에 숨을 쉬기 위해서라도 기관 절개가 필요했다.

'할 거면 그냥 쉽게 하는 게 낫지.'

해서 강혁은 손을 내밀었다. 장미는 그 손에 착 소리가 나게 메스를 건네주었다.

"살짝만 당겨줘."

"네."

재원은 절개가 쉽도록 환자의 목을 위아래로 당겼다. 이미 어깨 밑으로는 천을 돌돌 말아 집어넣어 준 후였다. 덕분에 환자의 목은 쫙 펴져서 절개하기에 딱 좋은 모양새가 되었다. 지익, 절개가 그어지는가 싶더니 어느새 세로로 놓여 있던 피부 아래 근육들이 좌우로 갈라졌다.

"좋아. 새로 삽관할 거 줘봐."

"네."

강혁은 근육 아래 숨겨져 있던 기도를 확인하고는 손을 내밀었다. 경원은 그 손에 즉시 튜브를 건네주었다. 바람이 잘 들어가는지 확인한 후였다. 강혁은 그걸 다시 재원에게 건네준 후, 기도에 가로로 절개를 넣었다. 연골과 연골 사이 막에 정확히 들어갔는데, 위치는 물론이거니와 길이도 적합했다. 보기에도 그랬으나 넣고 보니까 진짜 그랬다.

'미친. 이런 술기도 아직 차이가 나나.'

재원은 튜브를 꽂고는 정말이지 1mm의 틈도 잘 보이지 않는

기도를 바라보았다. 어떻게 눈대중만으로 이런 시술을 할 수 있을까. 이건 노력이 아니라 재능의 영역에 있는 것 같았다.

'어떤 연수보다 여기가 더 도움이 될 거라고 하더니만…….'

허언은 아니었다. 여전히 강혁의 수술은 재원에게 영감은 물론 충격을 주고 있었다. 매번 이러기도 참 쉽지 않은데, 놀랍게도 그랬다. 무엇보다 놀라운 건 강혁은 시큰둥하다는 것이었다. 그에게 이런 건 그저 일상일 뿐이었다.

"음, 경원아. 이거 고정할 수 있지?"

"아, 네. 안 빠지면 되는 거잖아요?"

"뭐……. 사실 이렇게 해두면 빠져도 다시 넣으면 되기는 한데……. 마취 가스 새면 짜증 나지. 난 그 냄새가 싫어."

"네. 조치할게요."

마취 가스 냄새를 맡아본 사람은 아마 퍽 드물 터였다. 수술실에 매일같이 들어가는 사람이라고 해도 그랬다. 주로 기도 수술을 하는 사람만이 딸기향 섞인, 그럼에도 역한 냄새를 맡을 수 있었다. 외상 환자들을 수술해온 강혁에게도 퍽 익숙한 편이었다.

"그래, 1호. 너는 나랑 소독 다시 하고 드랩 치자."

"네."

물론 경원이 조치하겠다고 하면 믿을 수 있었다. 일상생활에선 어딘지 나사 빠진 모습이지만 수술실에서는 더없이 믿음직스러웠다.

'미스터리란 말이야.'

한국대학교 병원 있을 땐 왜 몰랐을까. 아마도 마음에 여유가 더 없어서였을 터였다. 그땐 한유림도 재원도 장미도 그 누구도 강혁에게 힘이 되지 못했으니까. 그러기는커녕 짐덩이로만 느껴질 때가 훨씬 더 많았다. 미안한 얘기지만 그게 사실이었다.

"다리는 왼쪽에서 뗄 거죠? CT 보니까 혈관은 두 다리 다 좋던데."

"어, 어 그렇지. 왼쪽이 낫지."

하지만 이제는 그것도 다 옛날얘기가 된 지 오래였다. 지금의 재원은 수제자를 넘어 동료로서의 힘을 보여주고 있었다. 한유림이나 장미도 그렇고, 심지어 리처드도 발군의 활약 중이지 않은가. 강혁이 감히 누와라엘리야라는 지역을 통째로 바꾸겠다는 생각을 품게 된 데에는 다 이런 배경이 있는 법이었다.

"좋아. 벌릴 거."

"네."

소독 및 드랩은 순식간이었다. 강혁이나 재원이나 이런 거 하기엔 차고 넘치는 실력이기에 그랬다. 아마 인턴이나 레지던트라도 있으면 더 나았을 텐데, 아쉽게도 아직 그건 안 되었다.

'군의관 빨리 와라.'

미군 측에서 원하는 것도 수련이지 않은가. 리처드에게는 갑자기 둘씩 보내기로 한 것에 대해 화내는 척했지만, 사실은 개꿀이라 여기고 있었다. 어차피 강혁의 교습법은 굴리는 거 이상도 이하도 아니었으니까. 그러면서도 효과가 있는 건, 워낙에 보여주는 술기가 압도적이어서였다.

"보비."

강혁은 환자의 입을 크게 벌리곤 우측의 어금니 뒤 삼각의 암을 도려내기 시작했다. 원래 같으면 이게 이렇게 되는 게 아니었다. 어둡고, 좁은 곳이지 않은가. 제아무리 삽관을 빼서 그만큼의 공간을 벌어놨어도 마찬가지였다. 하지만 강혁은 손이 작지도 않은 양반이 기구를 잘 써서 그런가 엄청 수월하게만 느껴졌다.

'미친 사람이네. 미쳤네, 진짜.'

재원 또한 더 이상 풋내기 의사가 아니므로, 강혁이 얼마나 대단한지 바로 알 수 있었다.

"역시 이는 뽑아야겠다."

그사이 강혁은 점막에서 튀어나와 있던 암덩어리는 모조리 도려내버렸다. 그러곤 그 밑에 드러난 뼈와 주변부를 살피고 있었다.

"아······. 안 될까요?"

"응. 이거 이 상태에서 방사선 들어가면 이 때문에 난리 나."

"음. 저도 좀 볼게요."

"어? 아, 너는 잘 안 보이겠네. 봐봐."

워낙에 좁은 부위다보니, 집도의가 집중하고 있으면 뒤통수에 가려서 뭐가 뭔지 알 수가 없었다. 그렇다고 이런 요청을 하는 게 일반적인 건 아니었다. 수술실에서 집도의 심기를 거스르는 건 환자를 위해서나 본인을 위해서나 해서는 안 될 일이었으니까. 하지만 재원은 강혁을 아주 잘 파악하고 있었다. 이 사람은 성질이 더럽긴 하지만, 오히려 수술실에서 깔끔한 편이었다. 실력이 워낙 좋기에 얼토당토않은 일로 화를 내지 않았다. 게다가 어떻게든 제자를 키워내고 싶어하는 인간이었다.

"아······. 뼈는······ MRI에서 보던 것보다 더하네요."

"응. 예정보다 절제 범위가 늘겠어."

"엣지는 살릴 수 있겠죠?"

"그래야지. 거기까지 자르면 사실상 턱이 없는 거나 마찬가지야."

턱뼈가 아래로 내려오다가 수직으로 꺾이는 부위까지 잘라내게 되면 턱에는 아예 힘이 실릴 수가 없었다. 거기를 살릴 수 있냐 없냐가 이 수술의 핵심이 된다는 얘기였다. 다행히 강혁이 보기에 거기까지 자를 필요는 없을 것 같았다. 애초에 그래서 집도를 결정한 것이기도 했다.

"하여간······ 펜치 줘봐라."

"네. 몇 개 나와요?"

"두 개? 뽑아봐야 알 것 같은데?"

"네."

강혁은 암덩어리에 바로 면하고 있던 이부터 뽑았다. 너무 흔들지는 않았다. 어차피 이쪽 턱뼈는 잘라내긴 할 테지만, 어쨌든 쓸데없는 손상은 피하는 게 습관이 된 탓이었다. 게다가 워낙에 완력이 좋아서 그럴 필요가 없기도 했다.

"오케이, 하나 나왔고."

두 개를 연달아 뽑는 데 시간도 거의 안 걸릴 지경이었다. 강혁은 그렇게 뽑아놓고 다시 관찰을 시작했다. 평소보다 좀 더 심력을 소모하면서였다.

'이런, 충치가 있네.'

암 때문이 아니라 충치 때문에 뽑아야 할 지경이었다. 하긴, 제대로 양치는 할 수 있었겠는가. 충치가 심할 거라는 것 정도는 예상했어야 했다. 시간을 두고 치료하면 발치 없이 어떻게 될 것 같기도 했지만, 방사선 치료를 견딜 수는 없었다.

"하나 더 나간다."

"네."

"그리고 턱 자를게. 톱 준비해줘."

"네.

턱뼈를 잘라내는 일은 아무래도 이 뽑는 것과는 차원이 다른 일이었다. 턱뼈는 사람 뼈 중에서도 강하고 단단하기에 그랬다. 인간의 치악력이라고 하는 게 짐승에 비하면 사실 별것도 아니지만, 그럼에도 아주 단단했다.

"음."

"으음."

하지만 이 환자의 턱뼈는 그렇게 단단하지 못했다. 중노동을 예상했던 강혁은 줄톱을 조금 당기다 말고 재원을 바라보았다. 마침 재원도 강혁을 마주 바라보던 와중이었다.

"이상하죠?"

"응. 약하네."

"왜…… 냐고 물을 필요는 없겠죠?"

"그렇지."

이곳의 노동자들은 몸집부터가 작았다. 타밀족은 원래 작은

거 아닙니까, 라는 말이 나올 수도 있겠지만 결코 그런 족속이
아니었다. 강혁은 예전 시리아에서 보았던 인도 타밀계 용병을
떠올렸다. 보디빌더급이 아니라면 체격에 밀리지 않는 강혁조차
녀석과 비교했을 때 턱없이 작은 게 한 가지 있었다. 발이었다.

'320도 넘었는데, 이 사람은…… 너무 작아. 뼈도 치밀하지가
못해.'

영양소 부족이 원인일 터였다. 성장기부터 다 커서 죽을 때까
지 단 한 번이라도 제대로 된 영양소를 공급받아본 적이 있을
까? 강혁은 저도 모르게 본사에서 온 직원을 돌아보았다.

"뭐 저렇게까지 애를 쓰나……."

"그러니까요. 어차피 살면 얼마나 산다고."

"그나저나 저렇게 하면 일을 시킬 수가 있나?"

"아뇨. 그럴 수는 없을 것 같습니다."

"슬쩍 잘라야겠네."

"네. 어차피 여기 사람들 다 비슷하게 생겨서 절대 모를걸요."

카메라를 들고 있느라 정신이 나가버린 직원 하나를 제외하고
는 이러쿵저러쿵 떠들어대느라 여념이 없었다. 아마 카메라는 음
소거로 걸어놨을 터였다. 어지간히 귀가 좋은 사람이 아니라면
절대 들을 수 없을 만한 음량으로 얘기를 나누고 있기도 했고.

'새끼들.'

하지만 강혁의 예민하기 이를 데 없는 귀는 토씨 하나 흘리지
않았다. 아마 데니스가 걸어둔 녹음기 또한 그럴 터였다. 나름
최신 장비라, 심지어 진동파와 같은 방해도 이겨낼 수 있는 장

비웠다. 강혁이 하도 구박을 해대서 그렇지, 알고 보면 데니스도 꽤나 능력 있는 요원이었다.

"주의해야겠어."

강혁은 그들에게서 시선을 거둔 채 다시 환자의 턱을 내려다보았다. 왜 이렇게 빨리 뼈가 뚫려서 암이 번졌나 했더니 애초에 뼈가 너무 약했다. 아주 강한 턱뼈를 자르는 것도 힘든 일이지만, 그건 적어도 위험하진 않았다. 하지만 이렇게 무른 경우엔 얘기가 좀 달랐다.

"네. 이거 여차하면 쪼개지겠어요."

치밀하지 못한 뼈는 마구 박살 나기 마련이었다. 지금도 강혁이었으니 망정이지, 그렇지 않았다면 아마 몇 개 조각 정도는 튀어 나갔을 터였다. 적어도 재원은 그렇게 생각했다.

'나였으면 아까 바로 멈추진 못했을 거야.'

귀신같이 딱 약해지던 부위쯤에서 멈춰버린 강혁을 보고 있자니 더더욱 그런 생각이 들었다. 확실히 이 인간은 대단한 인간이었다.

"아, 1호."

강혁은 여전히 손가락에 줄톱 손잡이를 건 채 입을 열었다. 재원은 워낙 집중하고 있던 탓에 강혁이 1호라 부르고 있다는 것조차 여전히 인지하지 못했다.

"네."

"딱 턱뼈만 자르고 종아리로 가. 거기 뼈는 괜찮은지 좀 봐."

"아……. 네. 아, 이거 괜찮을까요?"

"그래도 종아리 쪽은 워낙 중량이 가해지는 곳이라 단단할 거야. 이 사람들은 매일같이 차 나르는 사람들이니까 더 그렇겠지."

"아, 그렇겠네요. 알겠습니다."

재원은 맡은 바 임무를 다시금 되새겼다. 여전히 환자의 턱뼈는 딱 고정시킨 채였다. 덕분에 강혁은 지체 없이 턱뼈를 절제해 나갈 수 있었다. 문자 그대로 슥삭슥삭 하는 소리가 울려 퍼졌다. 톱이 들어갈 때는 슥, 나올 때는 삭. 자세히 상상하다 보면 소름이 돋을 만한 소리이기도 했다. 특히 비의료인이면서 동시에 이런 일에 익숙하지 않은 사람이라면 더더욱 그러했다.

"아우……."

"뼈를 다 자르네."

"수술 잘못되는 거 아냐?"

"뭐…… 그럴 수도 있지."

이 방 안에서는 리프 본사 직원들만 그랬다. 데니스도 장비 점검차 들어와 있었지만 무감한 얼굴이었다. 녀석은 워낙에 익숙해져버린 탓이었다. 사실 직원들이 반응을 보이기 전까지만 해도 뭐가 이상한지도 몰랐다.

'아……. 그래, 저게 정상적인 반응이긴 하겠다……. 난 왜 이렇게 됐을까.'

데니스는 후 하고 한숨을 쉬고는 소리에 집중했다. 카메라야 누가 일부러 렌즈를 치지 않는 이상 잘 잡고 있을 터였다. 하지만 소리는 예민한 문제였다. 더욱이 지금처럼 톱질 소리와 같은 소음이 있는 환경에서는 자칫 놈들의 대화를 놓칠 가능성도 있었다.

"근데 뭐 상관없지. 저 양반이 여기서 연습하고 있는 거라도 상관은 없어. 오히려 더 좋아."

"네? 좋아요? 노동력 상실할 텐데요?"

"그 과정이 어쩔 수 없었다면 온전히 우리 손실인데……. 사고가 있었으면 금전 보상받을 수 있잖아."

"아."

다행히 대화는 그대로 들어오고 있었다. 역시 키까지 고려한 설치가 빛을 발하고 있는 모양이었다.

'이런 시발놈들.'

데니스는 강혁에게 혼나지 않아도 된다는 생각에 다행이라고 여기면서도 화가 났다. 물론 그도 요원이니만큼 그가 속한 집단에 이익이 된다면 개인은 얼마든지 희생시킬 준비가 되어 있었다. 대를 위한 소의 희생이라는 말이 그만큼 익숙한 사람도 드물 테니까. 하지만 적어도 아무 죄 없는 사람을 그저 부속품처럼 여기는 일은 없었다. 아니, 없어야만 했다. 오히려 익숙해질 수 있는 직업이기에 더더욱 그래야만 한다고 배웠다.

"좋아, 됐어. 단면은…… 괜찮아. 장미, 이거 검체에 포함시켜 줘. 단면 조직검사 의뢰한다고 하고."

"아, 네."

그사이 강혁은 턱뼈를 잘라낸 조각을 장미에게 건네주었다. 단면에 소독이 된 마커펜으로 톡톡 점을 찍고서였다. 거기서 암이 나오지 않는다면 별 걱정할 필요는 없을 터였다. 그런다고 방사선 치료를 생략해도 좋을 만한 사이즈는 아니긴 했지만. 하여간 강혁은 최대한 눈에 보이는 암덩어리는 제거해나가고 있는 와중이었다.

"넌 이제 내려가서 다리 준비해. 경부절제술은 혼자서도 돼."

"아, 네."

다른 이가 이런 말을 했다면 이놈이 과연 경부절제술이 뭔지 아는 건가 했을 터였다. 하지만 상대는 백강혁이었다.

'뭐 어떻게든 하겠지.'

해서 재원은 속 편한 생각을 하며 다리로 내려갔다. 사실 다른 생각을 할 만한 여유가 있는 것도 아니었다. 종아리뼈를 채취해서 턱뼈 대신 이식하는 게 쉬울 리가 없지 않은가. 그저 살과 근육만 떼다 붙이는 유리피판술도 최고난도 수술로 여겨지는데, 뼈는 그것보다도 몇 계단은 더 위의 술기였다. 제아무리 재원이라해도 긴장해야 했다.

"자, 이거 부속 신경."

그사이 강혁은 벌써 어깨를 들어 올리는 데 쓰이는 부속 신경을 찾아내 고무줄을 걸어놓았다.

"네."

장미야 지겹게 보아온 방법이었기에 강혁이 넘겨준 고무줄을 클램프로 잡다다 신경이 너무 당겨지지 않을 만한 부위에 내려놓았다.

"이거 하나하나 그냥 다 캐서 뺄 수 있으면 훨씬 쉬울 텐데."

강혁은 이제 경부 임파선을 다른 목의 구조물과 분리해 나가는 과정 중에 있었다. 방금 강혁이 말한 것처럼 임파선을 하나하나, 그게 아니더라도 각 레벨마다라도 제거할 수 있다면 수술 난도가 팍 떨어질 터였다. 하지만 그래선 안 되었다.

"이거 다 전이되었다고 생각하고 제거하는 거 아니에요?"

"그렇지. 그냥 하는 말이야. 한 번에 싹 훑어서 떼야지."

"네. 그……."

암덩어리를 수술 부위에서 건드리는 건 금기였기에 그랬다. 물론 일부 암종에 대해, 일부 기구로 건드리는 건 괜찮다는 보고도 있지만 임파선은 해당 사항이 없었다. 이걸 여기서 잘랐다가는 안에서 암세포가 떨어져 나와 전이를 일으킬 수 있었다. 다른 조직보다 임파선은 그럴 공산이 더 컸다. 어떻게 보면 암세포가 가장 전이가 잘 되는 부위이기도 했지만, 반대로 생각하면 면역 조직이기에 암세포와 싸움이 가장 활발한 곳이라 그랬다.

'왜 이런 말을 하시지?'

아주 당연한 얘기란 건데, 그래서 장미는 왜 강혁이 이런 얘기를 하는지 궁금했다. 이 양반이 쓸데없는 소리를 안 하는 사람은 아니지만, 적어도 수술하는 중간엔 교육 목적이 아니고서는 입을 놀리지 않기에 그랬다.

'이렇게 말하면 어렵다고 알아먹나?'

당연히 다른 목적이 있었다. 강혁은 슥 하고 직원 쪽을 바라보았다. 아쉽게도 이놈들은 수술 자체에는 별 관심이 없었다.

"아, 근데 오래하네."

"저 팔 떨어집니다……."

"못 들겠어?"

"네."

"대강 그림은 나와가긴 하는데……. 그럼 내려놔. 이따가 끝나갈 때 다시 찍어."

"아, 네."

"아니다. 폰으로라도 찍어."

"아, 네……."

그저 지들 홍보 영상에만 관심이 있을 따름이었다. 이럴 줄 몰랐던 건 아니지만, 아무리 그래도 그렇지. 사람이 생사의 기로에 선 수술을 받고 있는데 이렇게까지 딴 얘기만 하다니.

'뭐……. 잘됐지. 그래야 내가 더 자근자근 밟을 수 있어.'

강혁은 고개를 가로젓고는 임파선을 슥슥 제거해 나갔다. 아까 어렵다고 한 것치고는 물 흐르듯 자연스러워 보였다.

"좋아. 나왔고."

불과 10분 정도 지나자 임파선 사슬이 덜커덕 나왔을 정도였다. 강혁의 수술에 익숙해질 만큼 익숙해진 장미도 그걸 받아 검체 통에 넣으면서 어리둥절할 지경이었다. 그냥 말없이 뗐다면 그런가보다 했을 텐데 괜히 입을 털어놔서 그랬다.

"거기 어떠냐?"

아직 종아리뼈 달고 이어줄 혈관을 찾아야 했지만, 일단 강혁은 재원에게 물었다. 재원은 확인만 하는 게 아니라, 한창 다리를 들이파고 있었다. 뭐가 되었건 수술 시간을 줄이는 게 유리하기 때문이었다.

"음, 단단해 보여요. 다행히."

"그래? 혼자 뗄 수 있어?"

"네. 톱 있죠? 줄톱으로는 안 될 것 같은데."

"있지. 우리 개흉도 돼."

"좋구만. 길이는…… 어떻게 할까요?"

"6cm 뗴. 그럼 한 2mm 남을 거야."

"아, 네……."

mm 단위로 수술을 할 수 있다니. 재원은 자부심에 젖어 얘기하다가 어깨를 조금 접었다. 그러곤 방금 들은 대로 6cm가 되게끔 종아리뼈에 마킹을 남겼다. 이제 곧 이어붙여줄 수 있을 터였다.

재원은 종아리뼈가 딱 6cm가 되게끔 톱으로 잘라내었다. 아무 데서나 막 뗴어내서는 안 될 일이었기에, 애초에 골라내는 것부터 심혈을 기울였다. 사실 뼈도 피가 통해야 먹고 살 수 있고, 또 동시에 우리 몸을 지탱하는 것 외에도 여러 역할을 하는 장기였기에 그랬다.

"잘 돼가냐?"

강혁은 은근슬쩍 재원이 하는 것을 들여다보았다. 아무 의미 없는 질문을 던지면서였는데, 다행히 아주 잘하고 있었다.

'확실히 늘었네.'

늘었다는 말도 좀 실례가 될 수 있을 정도였다. 숙련된 외과 의사 수준은 예전에 넘었고, 이젠 최고를 향해 달리고 있으니 당연한 일이었다. 적어도 남들이 볼 때 재원은 최고라는 평이 과하지 않았다. 문제가 하나 있다면 지금 재원을 평가하고 있는 게 강혁이라는 점이었다. 강혁은 인간의 범주를 넘어선 지 오래지 않은가.

'그래도 거길…… 조금 더 예쁘게 잘라주면 좋지.'

여전히 단점이 보였다. 강혁도 알기는 알았다. 단점이라 하기엔 너무 미미한 문제라는 것 정도는. 하지만 여기 오기 전에 재원에게 한 말이 있었다.

'세계 어디로 연수 가는 것보다 나한테 오는 게 훨씬 배우는 게 많을걸?'

입을 털어놨으면 책임을 져야 하지 않겠는가. 강혁이 제일 싫어하는 게 말 따로 행동 따로 노는 것이었다.

'그래, 내가 한 말은 지켜야지.'

이미 저 말이 어떤 맥락에서 나왔었는지 따위는 잊은 지 오래였다. 짧게 보면 재원의 말대꾸, 그러니까 '연수는 배울 수 있는 곳으로 가야 한다'는 말 때문이기는 했지만, 실은 그냥 재원이 여기 오기 싫어서 아무렇게나 둘러댄 말이지 않은가. 딱히 가르침에 중점을 두지 않아도 된다는 뜻이었으나, 강혁은 원래 자기 좋을 대로 생각하는 사람이었다. 재원에게는 안타깝게도 그랬다.

"야, 거기를 인마 약간 비스듬히 잘라줘야지. 그렇게 자르면 너무 근육 결을 방해하잖아."

"네? 어디를 어떻게 비스듬히 잘라요?"

"그 남은 뼈 모양 봐. 모서리 보라고."

"모서리……. 아, 여기 각진…… 이거요?"

애기를 듣기 전까지는 전혀 보이지 않던 결점이었다. 그도 그럴 수밖에 없는 것이, 이건 교과서에도 책에도 나오지 않는 얘기였다. 게다가 재원은 이 유리피판술을 중점적으로 하는 집도의도 아니지 않은가. 그저 한국대학교 병원 이비인후과 소속 두경부외과 수술이나 성형외과 재건술 할 때 들어가서 보고 배운 게 다였다. 그럼에도 불구하고 재원은 나름 자부심이 있었다. 한국대학교 병원의 두경부외과라고 하면 월드 스타급 집도의임에도 불구하고, 재원의 수술이 딱히 밀리지 않아서였다. 다른 부위의 수술보다 협진이 어려워 직접 해야 하는 경우가 많아서이기도 했다. 외상 수술의 특성상 하다보면 계획이 바뀌는 경우가 잦은데, 유리피판술은 될 수 있는 한 빨리하는 게 좋아 다른 과를 기다리기보다 직접 할 수 있으면 그냥 하는 게 나았다.

'와……. 자르라는 대로 자르니까 확실히 좀 다르다.'

워낙에 많이 한 탓에 사실 이 술기 정도는 강혁과 비슷하지 않나 생각하고 있었더랬다. 통계를 봐도 세계 어느 센터에 비해 꿀리지 않을 정도로 잘하고 있어서이기도 했다. 하지만 역시나 아니었다. 강혁은 괴물이었다.

"개눈깔이 아니면 이제 근육 결을 그렇게까지 방해하지 않는다는 걸 알겠지?"

"네……. 오……. 이게."

"어차피 달리긴 어렵겠지만……. 지탱하는 걸 좀 더 단단하게 해주는 것만으로도 기대 여명이 늘어. 이걸 내가 따로 설명해줄 필요는 없을 거라 믿는다."

"네, 알죠. 저도 이제 교수예요."

강혁은 시원스레 고개를 끄덕이는 재원을 미심쩍다는 얼굴로 바라보다가 그 안에 담긴 확신을 읽어내고 나서야 만족했다는 듯 웃었다. 실제로 재원은 딱 강혁이 하려다 만 문구를 떠올리고 있었다.

'노인에게 하체의 중요성은 강조할 필요가 없지.'

넘어져서 뼈가 부러진 경우, 사망할 확률이 크게 증가한다는 보고는 이제 정설이 된 지 오래였다. 골 감소증은 나이가 듦에 따라 피하기 어렵기에 근육으로라도 버티게 해주어야만 했다.

"그리고 혈관은 이렇게 감춰서 근막 사이에 봉합을 해줘. 왜 그런지 모르겠는데, 유리피판술 관련 영상이나 논문 보면 다들 여기만 신경 쓰거든?"

여기까지만 해도 대단한 가르침이었는데, 놀랍게도 아직 끝나지 않은 상황이었다. 재원은 자기 술기에 더 지적할 게 남았단 사실에 멍한 표정이 되어 강혁의 말에 귀를 기울였다. 뭔가에 홀린 듯한 표정이었다. 강혁은 그런 재원은 물론이거니와 장미, 경원 그리고 리프 직원들까지 둘러보며 말을 이었다.

'여유 있어.'

아까 시계를 본 덕이었다. 수술이야 늘 그렇듯 빨리 끝내면 끝낼수록 좋지만, 지금은 재원과 함께 들어온 덕에 지나치게 빠른 감이 있었다. 입을 좀 털어도 된다는 얘기였다.

"당연히 새로 재건해주는 부분이 중요하긴 해. 혈관이 새로 들어가니까 잘 죽기도 하고. 하지만 그만큼 중요한 게 바로 공여부…… 그러니까 이 뼈나 살을 떼어오는 곳이야. 그……. 왜 간

이식도 그렇잖아. 생체 간 이식할 때 제일 중요한 게 뭐지?"

"기증자의 안전이죠."

"그래. 이것도 똑같아. 원래 멀쩡하던 부위에 우리가 인위적으로 상처를 내고 있다는 걸 절대 잊으면 안 돼. 의사의 제1원칙이 뭐지? 이거 내가 맨날 떠드는 건데."

"해를 끼치지 말아라."

일명 'Do no harm.' 의사가 돼서 환자에게 해를 끼치면 안 된다는 원칙이 있었다. 얼핏 보면 당연한 말 같아 보이겠지만, 역사를 살펴보면 치료하겠다고 행했던 많은 술기가 도리어 환자를 죽게 만든 사례도 많았다. 지금이야 많이 줄었다고 하지만, 그럼에도 경계는 해야 했다. 특히 손끝에 누군가의 생명이 걸려 있는 바이털과의 의사라면 더더욱 그래야 했다.

"그래. 같은 논리로 여기도 신경 써야 해. 자 봐. 내가 하라는 대로 하니까 어떠냐?"

"아……. 훨씬 안정적이네요."

"그래. 당장 수술 후에만 괜찮아 보인다고 다가 아냐. 최대한 떼기 전과 비슷하게끔 만들어줘야 한다고. 음."

강혁은 뭔가 더 얘기하려다 시계를 다시 바라보았다. 여전히 일반적인 유리피판술에 비하면 말도 안 되게 빠른 시간이기는 했다. 하지만 강혁은 이만하기로 마음먹었다.

"나머지는 나중에 하지. 그거 줘봐."

"네. 혈관은……. 아, 찾으셨구나."

"당연하지. 내가 이것도 안 하고 떠들고 있었을까봐?"

"올라가요?"

"아니, 닫고 있어. 뼈 잇는 건 보조 필요 없어."

"아, 네."

뭔 술기가 되었건 간에 보조가 있고 없고는 차이가 있는 법이었다. 심지어 아주 작은 수술인 절개배농술조차 그랬다. 하물며 뼈 이어주는 건 어떨까. 말할 필요도 없었다.

'어떻게든 하겠지.'

하지만 재원은 그저 고개를 끄덕이고는 다시 다리 닫는 데 집중했다. 상대가 강혁이지 않은가. 저 인간은 적어도 수술에 있어서만큼은 완벽하다 할 수 있었다.

'아니지, 요새 보면……'

그뿐만 아니라 여러 흉계를 꾸미는 데에도 재능이 차고 넘쳤다. 여기 와 있는 저 인간들도 아마 오늘 이 순간을 후회할 날이 올 터였다. 절대 강혁이 아무 생각 없이 여기까지 불렀을 리가 없지 않은가.

'믿어야지, 뭐.'

재원은 저도 모르게 '강멘'이라고 중얼거리곤 봉합을 이어나갔다.

"드릴."

"네."

그사이 강혁은 장미에게 드릴을 건네받았다. 수술 전반을 읽어내는 솜씨가 뛰어난 장미는 이미 딱 나사 들어갈 만한 크기의 팁으로 교체해놓은 후였다. 강혁은 드릴이 잘 돌아가는지 확인

한 후, 뼈에 구멍을 내기 시작했다. 이미 머릿속에서 다 계산이
된 터라 따로 마킹하는 등의 준비 작업은 필요치 않았다.

"플레이트."

"네."

"오케이, 좋아."

그러곤 장미에게 플레이트를 건네받고는 바로 방금 낸 구멍에
맞추어보았다. 마치 자로 재고 구멍을 낸 것처럼 정확했다. 놀랄
일이었지만 직원들은 놀라지 않았다. 그들은 이미 환자의 수술
또는 안위에 관심이 없었다. 비의료인에다가 보호자도 아닌 그
들에게 지금 이 수술은 너무 길고 지루할 뿐이었다. 강혁은 이놈
들이 그러면 그럴수록 기꺼웠기에 별말 없이 나사를 플레이트에
돌려 끼웠다. 안쪽의 뼈에 난 구멍이 나사보다 아주 약간 작았기
때문에 박아 넣는 과정에서 더없이 단단하게 고정이 되었다. 어
지간한 일로는 부러질 일이 없을 터였다. 심지어 방사선 치료를
받아도 그럴 것 같았다.

"좋아. 야, 이제 올라와."

"아, 네. 마침 다 닫았어요."

"그래? 벌써?"

"네."

"좋네."

그렇게 술기를 마치고 재원을 불렀더니, 재원도 다리를 다 닫
은 참이었다. 허벅지와는 달리 종아리에는 피부의 여유분이 적
어 봉합하기가 쉽지 않았을 텐데, 확실히 재원은 실력이 썩 좋았

다. 슬쩍 보니 딱히 압력이 과하게 걸린 것 같지도 않았다. 아마 피부와 그 바로 아래층을 살짝 분리해서 당기는 방식으로 봉합했을 터였다.

"혈관 잇자. 물 뿌려주고……. 봉합하기 좋게 살짝 당겨놔."

"네. 그냥 따로 할까요? 동맥, 정맥."

"음……. 아니. 이 환자 고혈압이랑 당뇨 있는데 아예 관리가 안 돼서 혈관이 별로야. 봐, 단면."

"아……. 아이고."

"응, 서두를 필요도 없는데 괜히 위험 감수할 필요는 없지."

강혁은 일부러 관리가 안 되었다는 부분에 힘주어 말했다. 영어였기에 직원들도 알아들었고, 인상을 썼다. 뭔가 자기 잘못을 나무라는 듯한 느낌이 들어서였다. 하지만 이내 원래의 표정으로 돌아갔다. 그사이 강혁은 서두르지 않겠다고 한 게 무색할 만큼이나 빠른 속도로 혈관을 이어주었다. 재원이 기가 막히게 방향을 이리저리 돌려가며 보조를 해준 덕도 있었다. 하려고 하면 충분히 재원 혼자서도 할 수 있는 술기이기에 가능했다.

"좋아. 잘 덮였고……. 이만하면 뭐 괜찮지."

"네, 완벽하죠."

"그렇진 않지만, 뭐…… 그래. 됐어. 슬슬 끝내자."

강혁의 말에 경원은 재빨리 중환자실로 옮길 준비를 하기 시작했다. 강혁은 평소와는 달리 수술실에서만큼은 빠릿빠릿하게 움직여주는 경원을 보다가, 이내 직원들을 돌아보았다. 직원들은 멋대로 나가려 하고 있었다.

"이봐들."

"네?"

아무 의사가 불렀다면 무시하고 나갔을 터였다. 하지만 강혁에게서는 묘한 압박감이 느껴졌다. 그에 더해 들고 있는 메스 또한 심상치가 않았다. 수틀리면 던질 수도 있겠다는 느낌, 그러니까 살기가 있었다. 해서 모두들 멈춘 채 강혁을 돌아보았다. 강혁은 그런 직원들을 보며 함박웃음을 지어 보였다.

"수술은 잘 끝났어요."

"아, 네. 저희도 봤습니다."

"그냥 노동자분만 계시면 저희가 돈을 안 받는데……. 회사에서 오셨으니까 돈을 받을 수도 있겠단 생각이 드네요. 준비가 되어 있나요?"

"아? 아뇨. 그건…… 미처."

"아, 공짜로 받을 생각이셨구나."

"그……."

"괜찮습니다. 저희가 봉사하러 온 몸인데 돈 얘기한 게 잘못이죠. 공짜로 해드리죠. 리프에는 아무 부담도 가지 않게 하겠습니다."

"네, 네. 감사합니다."

직원들은 휴 하고는 밖으로 향했다. 그 누구도 강혁이 방 안에 설치된 카메라를 보며 브이 자를 그리고 있다는 건 눈치채지 못했다.

누와라엘리야 현지 리프 직원들은 녹화된 영상을 확인하는 즉
시 본사로 전송했다.

"잘 찍었지?"

"어, 다시 봐도 뭐……. 그림을 어떻게 만들어줄지는 모르겠는
데……."

"본사 애들 능력 좋잖아. 전에 봤지? 여기 차밭이 무슨 지상
낙원처럼 나왔잖아."

"그렇긴 해. 말도 안 되지."

"풍경은 좋아. 맨날 봐서 지겨워져서 그렇지."

"하긴 나도 처음 왔을 땐……."

누와라엘리야는 명실공히 휴양지다운 면모를 자랑하는 곳이
었다. 실제 현지에 나와 있는 직원들의 만족도 그래서 높았다.
하지만 뭐가 어찌 되었건 주류 사회에서 한참 빗나가 있는 것도
사실이지 않은가. 모두들 좋다, 좋다 해대고 있긴 하지만 어딘가
열패감이 들 수밖에 없었다. 해서 기강이 무척 해이한 편이었다.
지금도 직원들은 맥주를 나눠 마시면서, 심지어 정체 모를 약도
하면서 담소를 나누고 있었다.

"휴양지 좋은 것도 하루 이틀이지."

"지겹다, 지겨워……. 주말엔 콜롬보나 갔다 와야지."

"거기도 시골인데. 그리고 나는 아우……. 여기 길 한번 왔다
갔다 하면 어지러워서. 트럭 운전하는 애들은 어떻게 매일같이

다니나 몰라."

"그러니까 사고가 나지. 솔직히 그게 차냐? 어디서 구했나 몰라."

근무 시간도 거의 끝나갈 무렵인 데다 다니엘이나 다른 높은 이들이 없어 분위기는 무척 자유로웠다. 남들 앞이라면 절대 하지 못했을 말들이 마구 터져 나올 지경이었다.

"홍보 자료에 나오는 차는 대체 어딨는 거냐?"

"모르지. 뭐……. 그거 바꿀 돈, 이익으로 바꾸는 게 낫지. 보너스 팡팡 나오잖아."

"그렇지. 오지 와서 고생하는데 그 정도는 받아야지."

"오늘은 진짜 힘들었다."

"어, 징그럽지."

"그것보다도 냄새가……. 아우, 중간에 타는 냄새 나는데 토할 뻔했어."

스스로 생각하기에 오늘만큼은 진정 고생했다고 여겨서 더 그런 것 같기도 했다.

"누구는 맨날 그 냄새 맡아가면서 수술하는데."

자기들끼리만 떠들어대는 것이었다면 별 상관없을 터였다. 하지만 문제가 하나 있었다. 지금 그들의 대화는 고스란히 강혁에게 전달되고 있었다. 이것 또한 데니스 덕이었다.

"미행한 거 안 들켰겠지?"

"네? 어유……. 저 이거 쓰고 오토바이 저거 탔어요. 중간에 엔진 터지면 어쩌나 얼마나 조마조마했는데……. 절대 모르죠."

강혁의 물음에 데니스가 고개를 가로저었다. 아까 타고 왔던 오토바이를 가리키면서였다. 엔진 터질까봐 걱정했다는 게 과장이 아니게 들릴 만큼 후줄근한 오토바이였다. 강혁이 강탈한 농장에 있던 오토바이를 주워다가 사포질까지 해댄 탓이었다.

"하긴 알면 저렇게 떠들지 않겠지. 근데 감도 되게 좋다? 새로 나왔냐?"

"네? 아뇨, 이 기종은 더 안 만들어요. 창문에 진동만 주면 무용지물이라……."

"근데 왜 이렇게 잘 들리지?"

"아까 쏠 때 보니까 창이 얇은 것 같더라고요. 쟤네 숙소가 좋은 편이라고 해도 일반 사원들은 옛날에 지었던 거 재활용하는 느낌이잖아요."

"아, 하긴 그렇지."

사원들이라고 좋은 놈들은 결코 아니긴 했다. 대부분의 상황에서 방관자들을 비겁하다 비난하는 게 지나친 일일 수도 있겠지만, 여긴 그 정도가 심해도 너무 심한 곳이었다. 한데 묶어 개새끼들이라 비난해도 할 말이 없다는 얘기다. 하지만 다니엘 러셀을 비롯한 농장주들, 그러니까 이곳을 이렇게 만들고 또 유지하는 데 직접적인 책임이 있는 놈들에 비하면 양반이었다. 그들은 이 열악한 곳에 새로 지은 으리으리한 건물에 살았다. 그러면서 파티는 예전 총독이 살던 곳에서 열었으니, 그들이 속으로 이곳을 어떻게 여기고 있는지 알 만했다.

"백강혁? 그 사람도 진짜 이상한 사람이야. 솔직히 죽으나 마나……. 그게 자기랑 뭔 상관이라고 그렇게까지 하냐."

"혹시 모르지. 뒷구멍으로 뭐 하고 있을지."

"아……. 그렇겠지?"

"그래, 말이 되냐? 머릿속에 꽃밭만 가득 찼어? 순수하게 봉사하는 놈이 얼마나 있다고. 얼굴 보니까 반반한 게……. 딱 봐도 사기꾼이야."

그사이 직원들의 대화는 계속 이어졌다. 어째 백강혁 뒷담화 비슷한 방향으로 틀어졌기에 같이 듣고 있던 데니스는 저도 모르게 눈치를 보았다. 한달음에 저기로 달려가 깽판을 치면 어쩌나 하는 생각이 들어서였다.

"어……. 웃지 마요. 지금 진짜 개무섭……."

"껄껄."

"우, 웃지 말라고요. 총 있어요? 그래서 이러는 거야?"

"무슨 소리야. 웃겨서 웃는 건데."

"그, 그럴 리가 없잖아……."

하지만 의외로 강혁은 웃고 있었다. 웃는 얼굴도 무서울 수 있는 양반이다 보니 오히려 소름이 오소소 돋았지만. 하여간 달려나가는 대신 나지막한 미소만 흘려대고 있었다.

"진짜야. 저 새끼들이 더 날뛰면 좋겠다니까? 영상도 진짜 잘 만들었으면 좋겠어."

"아, 맞아."

"뭐가 맞아."

"제가 찍은 거랑 지금 감청하는 거……. 이건 대체 어떻게 써먹으려고 하는 거예요? 그냥 유출? 아주 파장을 일으키긴 어려울 것 같은데."

"이 아까운 걸 왜 그냥 뿌려."

"그럼 어떻게 하려고요."

"너 직업이 공작하는 요원 아니냐? 감 안 와?"

"누구 덕에 화이트 요원 된 지 오래라……. 음모 같은 거 잘 안 꾸미는데요."

"좋은 사람 됐구나. 잘됐네. 고맙습니다 해봐."

"이런 미친?"

데니스는 강혁에게 속절없이 맞을 줄 알고 손을 올렸다가, 멋쩍은 얼굴로 슬그머니 내렸다. 의외로 '미쳤나?'에 대한 강혁의 반응은 점잖기 짝이 없었다. 아니, 아예 관심이 없다고 봐도 무방할 지경이었다. 강혁은 그의 예민한 귀를 오로지 도청 장치에 바짝 대고 있었다. 여전히 욕설 비슷한 것들이 들려오고 있었는데, 그럴수록 강혁은 의미심장한 미소를 지었다.

'진짜 미쳤나.'

데니스로서는 이런 생각이 들 수밖에 없는 상황이었다. 그가 아는 강혁은 무섭긴 해도 음흉하지는 않은 사람이었다. 속없이 웃는 경우도 거의 보지 못했더랬다.

'뭘 짓을 하려고 저래?'

아까 강혁에게 들었던 것처럼 공작을 전문적으로 했던 사람이고, 또 지금도 얼마든지 공작을 펼칠 수 있는 사람임에도 불구하고 도무지 감이 잡히질 않았다. 데니스가 이러니 다른 이들은 말할 것도 없었다.

"뭔 짓을 하려고 저러시는 걸까요?"

"나야 모르지……. 내가 어떻게 알아."

"CIA잖아요?"

"훈련받은 적도 없는데……. 난 군인이야."

"그럼 군인으로서라도 머리를 굴려봐요."

"명령만 잘 들으라고 했던 것 같은데."

"중령인데?"

"아, 몰라."

리처드가 제아무리 CIA라고 해봐야 정말이지 이름만 CIA이지 않은가. 관련 훈련이라고는 온라인을 통해 몇 가지 주의 사항 정도 주워들은 게 다였다. 개뿔도 모른다고 보면 되었다. 단지 리처드가 겸손해서 이러는 게 아니라, 진짜 그랬다. 체계상으로는 리처드가 데니스보다 위임에도 불구하고 정보 접근 권한은 데니스가 더 위에 있다는 것만 봐도 누구나 그렇게 판단하고 있다는 걸 알 수 있었다.

"아우, 무서워."

둘이 그렇게 떠들고 있으려니 한유림이 안으로 들어섰다. 묘한 말을 하면서였는데, 뭐가 되었건 간에 둘은 CIA니 뭐니 하는 단어를 꿀꺽 삼켰다. 어차피 다 아는 것 같긴 하지만 그래도 조심하는 게 좋겠다는 본부의 의견이 있어서였다. 특히 데니스는 이제 화이트 요원 됐다고 너무 막 나가는 것 같다는 말도 들은 바 있었다.

'아무리 화이트 요원이라고 해도, 상대 정보국 정도나 파악하고 있는 건데……. 너무 드러내지는 않는 게 좋아. 정식 외교부 직원은 아니잖아? 정신 나간 건 아니지?'

다행히 지금은 아주 자연스레 화제를 돌릴 수 있었다.

"뭐가 무서워요?"

한유림이 한 말 덕분이었다.

"백 교수 말야. 아까부터 자꾸 웃던데……. 나 저렇게 웃는 거 몇 번 본 적이 있거든. 그때마다 누가 크게 다치더라고."

"누, 누가요."

"누구긴, 탈레반이나 정보부 요원……. 뭐 이런 쪽이었지, 주로."

"으음."

데니스는 역시나 강혁에게 뭔가 꿍꿍이속이 있다는 걸 확신했다.

'뭐……. 나한테 해가 될 건 아니니까 신경 꺼도 되겠지'

＊

이틀 뒤였다.

"어어, 잠깐. 이것 좀 봐. 리프에서 영상 올렸어."

영상 속 누와라엘리야는 파라다이스 그 자체였다. 천혜의 자연환경만 그런 것이 아니었다. 영상 속 노동자들은 모두 웃고 있었다.

"리프에서 일하게 되어 다행이에요. 우리 애들이 이번에 학교까지 가게 됐어요."

연기자인가 싶을 정도로 자연스럽게 대사까지 치고 있었다. 이런 대사뿐만이 아니었다.

"이번에 저희 아버지가 수술을 받았어요. 수술비는 전액 리프에서 대줬어요."

본격적인 거짓말도 있었다. 수술비나 숙소 관련 내용이 그랬다.

"어금니 후 삼각 암인데……. 걱정이 컸습니다. 수도인 콜롬보에서도 감당이 안 될 정도였거든요. 여차하면 영국으로 이송해서 수술을 받게 해야 하나, 뭐 그런 생각도 했습니다."

심지어 직원들도 동원되었다.

"저 새끼 의사였어요?"

"아니, 그럴 리가 있냐. 그냥 가운 입고 쇼하는 거지."

"와……. 이렇게?"

의사 가운을 입고 마치 진료라도 본 것처럼 떠들었다. 그러곤 누와라엘리야 병원이 나왔다.

"다행히 근처에 있는 병원과 연결이 되었습니다. 이 근방에서 가장 시설도 좋고, 의료진들의 수준도 높은 병원이죠. 병원비요? 그야 물론 저희가 전액 부담했죠."

하나 마음에 드는 건 누와라엘리야 병원이 꽤 그럴싸하게 잡혔다는 점이었다. 다른 건 다 싫었다. 일단 거짓말이라는 게 모두를 화나게 했다.

"이 미친놈이 돈을 우리가 언제 받았다고?"

"와……. 환자 앞에 무릎 꿇고 있는 거 봐요."

"댓글 봐, 댓글……. 음해했다는 얘기까지 나오잖아."

"와……. 아니, 드론으로 찍은 게 있는데?"

"이게 너무 따뜻하게 나와서 그래."

"화…….''

장미는 휴대폰을 부술 것 같은 기세였다. 실제로 그럴 수 있는 사람이기도 했기에 강혁은 우선 휴대폰을 뺏었다. 그러곤 다급히 말을 이었다.

"워워. 그러지 마. 이럴 거 몰랐어?"

"이렇게까지 할 줄은 몰랐죠! 내가 그 새끼들 수술방에서 했던 말을 다 기억하는데. 이거 그냥 둘 거예요?"

"당연히 아니지."

"어떻게 할 건데요?"

"하나하나 반박하는 영상 만들어야지."

"말로만? 그걸로는 안 될 것 같은데……. 벌써 댓글 보세요."

"말로 하긴 할 건데. 쟤들 말로 할 거야. 효과 엄청날걸."

"쟤들 말……?"

강혁은 어리둥절한 표정이 된 장미를 보며 유에스비 하나를 건네주었다.

"어떻게 했냐고는 묻지 말고. 이거랑 저 영상이랑 잘 조합해서 작품 만들어봐."

"이게 뭔데요?"

"틀어봐."

"좀 어때?"

"아주 좋습니다. 영상이 아주 잘 나왔어요."

"감독 이름이 뭐라고?"

"명…… 명재하? 한국 이름이라 헷갈리네요."

"한국인? 어떻게 알고 썼지?"

"대학을 여기서 나왔어요. 꽤 유명인입니다. 다큐로 한 번 상도 탔을걸요. 무명 의사 셋 스타 만들어줬죠, 그걸로."

더 원의 리프 사장 에우리드 러셀은 고개를 갸웃거리다 이내 아무래도 좋다는 표정을 지었다. 백강혁이 한국인인 데다가, 더 원이 유독 한국 시장에서는 힘을 쓰고 있지 못해 썩 마음에 들지 않기는 했다. 전자도 그렇지만 후자도 그랬다. 로컬 대기업들의 공세가 어찌나 강력한지, 전 세계 어디에서도 지적하지 않았던 환경 문제로 고소까지 당했다.

"그래, 영상이 중요하지."

하지만 에우리드 러셀 정도쯤 되는 위치에 올라가면 공과 사를 구분 지을 줄 알게 되는 법이었다. 한국이 미운 것과 한국인 감독을 써서 성과를 낸 것은 조금 다른 얘기지 않은가.

"네."

비서는 혹 에우리드가 러셀가 특유의 짜증을 낼까봐 걱정했었는데, 다행이었다. 확실히 지금 스리랑카로 가 있는 다니엘 러셀보단 여러모로 나은 인간이었다.

"이거 수술 장면이 좋던데. 그거 찍은 직원들 포상 줘."

"네."

"그것도 슬쩍 SNS에 올리고. 알지?"

"알죠. 자연스럽게…… 휴양 온 친구가 올리는 걸로 가겠습니다."

"좋아. 스토리는 알아서 짜도록 하고…… 크리스토퍼 그 인간은 반응 어때?"

"일단 아무 코멘트 없습니다."

"자료 어디까지 들고 있는지는…… 파악 안 되고?"

"대강은 파악했습니다. 문제가 됐던 숙소동은 이미 교체했습니다."

"너무 예산 막 쓰지는 말고. 알지? 거기가 우리 회사 캐시 카우야."

생각해보면 어처구니가 없는 일이었다. 이만한 사이즈의 회사에서 고작 그만한 차밭들이 캐시 카우 대우를 받고 있다니. 하지만 내막을 아는 사람들이라면 그럴 만하다 여길 터였다. 거의 공짜로 세계 최고의 차를 생산하고 있지 않은가. 거기서 나오는 막대한 영업 이익이 있었기에 지금의 세계 최대 생활건강제품 기업인 더 원이 탄생했다고 봐도 무방했다.

"물론입니다. 고정 비용은 늘지 않게끔 했습니다."

"잘했어. 내가 이래서 자네를 좋아해."

"감사합니다."

"아, 근데…… 거기, 그 이름이 뭐더라."

"병원 측 의사 말입니까?"

"그래. 거기 병원비 냈다고 한 부분은 괜찮아? 뭐라도 내야 하는 거 아닌가?"

더 원 입장에서 진짜 적은 백강혁이지만, 아직 실체를 모르고 있기에 할 수 있는 말이었다. 아마 강혁이 어떤 사람인지 알았다면 이렇게 띄엄띄엄 대처하지 않았을 텐데. 에우리드에게는 한없는 불행이라고 보면 되었다.

"뭐……. 한 1000불 정도 기부할까요? 근데 금액이 적어서요. 회사 이름 달고 하기엔……."

"거참. 칭찬했는데 바로 쓴소리하게 만드는구만."

"앗. 네. 듣겠습니다."

에우리드는 앞날은 꿈에도 모른 채 지금까지 살면서 체득한 지론을 떠들어댔다. 귀담아들을 필요는 없는 얘기들이었다. 온갖 협잡의 집합일 뿐이었다. 하지만 에우리드는 그렇게 생각하지 않았고, 비서 또한 마찬가지였다. 그는 진심으로 에우리드 같은 사람이 되기를 원했다.

"그래, 자네 말대로 회사 이름 달고 하기엔 적잖아."

"네."

"그럼 어떻게 하면 되겠어?"

"아……. 개인 이름으로?"

"개인 이름……. 그래, 누구로 할 텐가? 이미지 개선이 필요한 시점이야."

"음……."

비서는 고민했다. 누구를 말해야 저 노괴가 만족할까. 빙글빙 글 웃고 있는 모습이 조금은 공포스럽기까지 했다. 이상한 일은 아니었다. 더 원이 여기까지 오는 데 돈만 쓰면서 온 건 아니니 까. 지금이야 직접 손에 피 묻히는 일이 없겠지만 예전에는 어땠 을까.

"해당 농장주…… 가 좋을까요?"

"나쁘지 않겠지만 영상 분위기랑은 따로 놀잖아. 여기 보면 직 원들이 얼마나 걱정해?"

"아."

"직원들이 모은 성금으로 해. 그럼 1000불이라도 함부로 적다 는 소리 못하지."

"역시……."

"놀라고만 있지 말고 진행해."

"네, 그렇게 하겠습니다."

비서는 역시 에우리드란 생각과 함께 고개를 끄덕였다. 그렇 게 둘이 음모를 꾸미고 있을 때쯤, 장미와 강혁도 바빴다. 아니, 이쪽은 저쪽과 비할 수 없을 만큼 바빴다.

"아우……. 오늘은 좀 쉬면 안 돼요?"

"안 돼. 이런 건 빨리 쳐줘야 해. 지금 쟤네 광고 돌리는 거 맞 지?"

"그렇죠. 교수님 상단에도 떴네."

"알아서 트래픽 모아주는데 이거 역으로 이용해야지."

"트래픽이라는 단어는 또 어디서 배웠어요?"

"나 원래 빨리 배우잖아. 편집도 하는 거 보면 모르냐."

"음."

장미는 강혁 쪽 컴퓨터를 바라보았다. 불과 한 달 전까지만 해도 아무것도 할 줄 몰라 입으로만 떠들어대더니, 지금은 나름 자막에 효과까지 입히고 있었다. 심지어 맞춤법도 완벽해서 장미가 틀리게 적은 게 있으면 죄다 수정도 해주었다.

"후."

"왜 한숨이야."

"오늘 너무 힘들었잖아요."

"그렇긴 했지."

장미는 잠시 영상을 보다가 한숨을 쉬었다. 누와라엘리야에서의 일상은 왔다 갔다 하는 편이었다. 병원이 생긴 지 얼마 안 된 것도 있지만, 환자들이 병원에 다니기 시작한 것도 얼마 안 돼서 그랬다. 그렇다보니 어떤 날은 환자가 많은데 어떤 날은 없었다. 심지어 어떤 날은 아예 수술할 케이스가 없다가, 다음 날은 갑자기 수술할 환자만 열 명도 넘게 오기도 했다. 오늘이 그랬다.

"저 수술 어시만 다섯 개 했어요. 작은 수술도 아니고……."

"그래도 빨리빨리 끝냈잖아."

"그걸 말이라고 하나, 이 양반이 진짜."

"미안. 그건 내려놓고 말해줄래?"

"내가 뭐 들고 있더라."

"망치. 아니, 왜 컴퓨터 방에 망치가 있어?"

"그러게요. 뭐야 이게. 난 몰라요."

"자연스레 망치 들고 시치미 떼지 마…….."

강혁의 말에 장미는 망치를 내려놓았다. 이걸 왜 갖다놨더라 고민하면서였는데, 그러다보니 망치를 다시 쥘 수밖에 없었다.

"사이코 드라마야? 왜 그래?"

장미는 질겁하는 강혁을 보며, 정확히 말하자면 여차하면 제압하거나 도망갈 준비를 하고 있는 강혁을 보며 말을 이었다.

"아, 리처드 새끼 때문이네."

"응? 여기서 걔가 왜 나와."

"자꾸 이상한 유에스비 두길래……. 한 번만 더 걸리면 부순다고 했어요."

"아, 여기서도 그래? 아니, 지 방 놔두고 왜 지랄이야."

"거긴 인터넷이 느리대요."

"미친. 망치 줘봐."

"안 돼요."

"너는 되고, 나는 안 돼?"

"나는 유에스비 칠 건데 교수님은 리처드 칠 거잖아요."

"그건…….."

반박하기 어려운 의견이었다. 지금도 머릿속으로는 리처드의 머리를 깨부수고 있었으니까.

"눈이 살벌하다고, 지금."

"좋아."

"좋기는 뭐가 좋아요."

"이 분노를 리프에 쏟자. 데니스한테 연락해."

"데니스는 또 왜."

"커피 타 오라고 하게. 걔가 커피 진짜 잘 타."

"그 사람 월급은 주는 거죠?"

"나라에서 주겠지."

"하."

장미는 잠시 데니스의 순박한 얼굴을 떠올렸다. 밤낮 그 생각만 하는 것 같은 리처드와 같은 미국인이라는 게 안 믿길 지경이었다. 하긴 데니스는 한국계라고 했으니 얼굴이 안 닮는 게 당연한 일이긴 했지만, 그냥 성격도 너무 달랐다.

'왠지 안쓰러워진단 말이지.'

괜히 잘해주고 싶달까. 장미는 그런 생각을 하면서도 일단 데니스를 불렀다.

"아, 왜요."

이제 막 자려고 했었는지 머리가 붕 떠 있었다.

'미쳤나, 내가.'

장미는 그런 데니스를 보며 귀엽단 생각을 하다가 이내 고개를 털었다.

"백 교수님이 커피 좀 타달라고 해서요."

"아니, 지는 손이 없나 발이 없나."

데니스는 화를 내기 전에 방 안에 강혁이 있나 없나를 확인한 후, 작은 목소리로 투덜거렸다. 잠깐 화장실이라도 간 모양인데 그럼에도 방심은 금물이었다. 누와라엘리야에는 밤말도 낮말도 강혁이 듣는단 말이 있었다.

"그러니까요. 백 교수님 너무하시네."

"상관만 아니었으면 진짜……."

"근데……."

"근데 뭐요."

"기왕 타는 거 저도 좀."

"하……. 알겠어요. 고생합시다."

"네. 파이팅."

"네."

데니스와 장미는 공동의 적 강혁에 맞서기로 결의한 후 헤어졌다. 고개를 돌리니 어느새 강혁이 돌아와 있었다.

"음."

의미심장한 미소를 지으면서였다.

"뭐요, 뭐."

괜히 찔린 장미는 턱을 치켜들었고, 강혁은 그저 웃었다.

"좋을 때네."

"뭐가 좋아요. 밤새게 생겼구만."

"밤새도 좋을 때가 있는 법이지."

"잉. 교수님도 그럴 때가 있어요?"

"수술할 때."

"아, 네."

장미는 역시 미친 사람이라고 고개를 젓다가 이내 편집에 집중했다. 영상이 완성된 것은 그로부터 대략 5시간이 더 지나서였다. 영상의 질을 생각해보면 정말이지 짧게 끝난 셈이었다. 분

노와 데니스의 커피와 풍부한 자료에 힘입은 덕이었다.

"와."

"왜, 너무 잘 만든 것 같아서?"

"아뇨, 힘들어서요."

"아, 힘들구나."

"나 자꾸 망치 들고 싶게 만들지 마세요."

"알았어, 알았어. 아무튼, 올리자."

"지금? 새벽 3시에?"

"어, 여기가 새벽인 거지 한국이나 영국도 새벽인 건 아니잖아."

"아, 그렇지. 시차."

"너무 의료만 파지 말고, 다른 것도…… 어어, 내려놔."

"힘들어서 그런 거지 내가 설마 시차도 모를까."

"그러니까 내려놓으라고……."

올리는 과정에 조금 우여곡절이 있긴 했지만, 영상은 멀쩡히 올라갔다. 영어를 베이스로 해서 한국어 자막이 달린 채였다.

"병원비는 다 리프에서 대줬어요"라고 기존 영상의 내용이 나가면, 바로 강혁이 데니스를 통해 따로 녹화하고 도청한 내용이 이어지는 영상이었다.

"네? 당연히 공짜 아닌가요?"

"네, 저희가 부담합니다."

다시 말해 본인들의 영상을 본인들이 부정한다는 뜻이었다. 한두 개가 그런 게 아니라 그냥 거의 전체가 그랬다. 결정적인 건 데니스가 감청으로 입수한 것들이었지만, 나머지는 드론으로 찍어놨던 영상으로도 가능했다. 그들이 말했던, 파라다이스 같은 누와라엘리야는 어디에도 없었다. 맨얼굴의 누와라엘리야는 이름과는 달리 어두운 도시일 뿐이니까. 강혁과 장미가 한 일은 그저 치장된 것을 벗겨낸 것일 따름이었다. 물론 파장은 그렇게 간단치가 않았다.

— 미친 새끼들 아냐?

— 이거 다 거짓말이었음?

— 아무리 봐도 조작 같지는 않은데⋯⋯. 이건 진짜 수술장이잖아.

— 와⋯⋯. 말도 안 돼⋯⋯. 방금 차 버리고 옴.

— 여기서 이럴 게 아니라 본진으로 가야 되는 거 아님?

— 그렇네, 맞네.

사람들은 강혁이 올린 영상에 대해서만 그런 게 아니라, 리프에서 올리고 광고까지 태우고 있는 영상으로 몰려가기 시작했다. 그러자 광고 때문에 들어와 있던 사람들도 댓글로 현실을 깨달아 갔다. 에우리드가 회심의 일격이라고 생각했던 한 수가 역으로 돌아가게 되었다.

강혁과 장미가 밤을 새워가며 만든 영상은 곧 여기저기로 번져 나갔다. 한국 채널이라 확장성에 한계가 있지 않을까 걱정했던 것을 기우로 만들어버리는, 정말이지 엄청난 기세였다.

"와⋯⋯. 미쳤다."

"졸리다며, 좀 자."

"그러는 교수님은요?"

"잠이 안 와."

"저도 그래요."

크리스토퍼를 비롯한 서구권 저명인사들이 링크를 공유했던 것이 신호탄이 되었다. 그야말로 들불처럼 번진다는 게 무슨 뜻인지 체험하는 기분이었다.

"조회 수 지금 몇이냐?"

"600만이요. 미쳤어요. 지금 올라온 지…… 얼마 됐지? 5시간? 우리 구독자가 100만 명 조금 안 되는데……."

"이 기세면 어디까지 갈 수 있을까?"

"어디까지긴요. 1억 뷰 가는 거 아니에요?"

"10억 뷰도 가려나?"

"그럴 수도?"

그렇지 않아도 잠이 부족해 정신이 멍한 둘 아닌가. 눈앞에서 쭉쭉 오르는 조회 수와 쌓이는 댓글 그리고 좋아요 수를 보고 있자니 기분이 한도 끝도 없이 좋아졌다.

'와, 약을 하면 이럴까?'

강혁은 얼굴이 붉게 상기되는 것을 느꼈다. 아마 안 겪어본 사람은 모를, 그런 쾌감인 듯했다. 옆을 돌아보니 딱히 강혁 혼자만의 기분은 아닌 듯했다. 장미 또한 환희에 젖어 있었다.

"전 세계 사람 다 알게 되겠네요."

"그러니까. 새끼들 무릎 꿇고 기어 오는 거 아니냐?"

한 사람이라도 제정신이면 어느 정도 정리를 해줄 텐데. 아쉽게도 둘 다 정신이 나간 지 오래였다. 나머지 인원들은 빠진 둘을 메우기 위해 모조리 진료에 동원된 터라 한동안 이 이상한 사고 회로는 계속 강화되기만 했다.

"비행기까지 타지 말라는 건 좀 그렇고. 콜롬보에서 걸어오라고 하자."

"삼보일배 시켜요. 그래야 사죄가 되지."

"그러다 뒈지면?"

"여기서 죽은 사람이 한둘이에요?"

"그것도 그렇네."

"껄껄."

호탕한 장미의 웃음소리가 바깥 복도로 울려 퍼졌다.

'그냥 다시 돌아가야겠다.'

누와라엘리야의 기후는 대한민국의 가을 날씨 정도 된다고 보면 되었다. 그러면서 동시에 일교차가 커서 익숙지 않은 사람은 감기에 걸리기 딱 좋았다. 해서 혹 자리에서 뻗어 있으면 이불이라도 덮어줄까 하고 왔던 한유림은 고개를 저으며 뒷걸음질 쳤다. 강혁도 이상한 인간인데, 장미도 이상한 인간이라는 걸 비로소 깨달은 덕이었다. 백강혁이 좀 그래서 그런가, 어째 주변에다 이런 인간들만 꼬이는 느낌이었다.

"왜 다시 와요? 식사라도 하라고 하지."

묘한 얼굴로 돌아온 한유림을 향해 재원이 고개를 갸웃거렸다. 그뿐만 아니라 누와라엘리야 팀 거의 전원이 부엌에 모여 있었다. 오전 10시 반쯤밖에 안 되었다는 것을 고려하면 퍽 놀라

운 일이었다. 강혁이 없다고 땡땡이 치고 있는 건 아니었다. 그
럴 만한 사람들은 아니지 않은가. 날마다 환자 수가 오락가락하
는 곳이라서 그랬다. 오늘은 거의 없다고 해야 할까, 하여간 벌
써 오전 진료가 끝나 있었다.

"둘이 미친 듯이 웃고 있어서. 들어가면 못 나올 것 같아. 안
자네."

"아, 그래요? 그럼 뭐."

의아해하던 재원은 한유림의 말에 순순히 납득했다는 얼굴을
하고선 자리에 앉았다. 백강혁이나 장미나 둘 중 하나만 있어도
존재감이 뚜렷한 사람들 아닌가. 둘이 함께 있다면 무슨 일이 벌
어져도 이상할 것이 없었다.

"와, 근데 영상이 미친 듯이 뜨긴 한다."

"그러니까요. 대조시켜서 보니까…… 정말 재수 없긴 하다. 미
친놈들이 이렇게까지 조작을 하나."

"조회 수천만……. 와……."

"그것뿐만이 아니에요. 지금 리프랑 더 원 홈페이지는 다운됐
어요. 트래픽 몰려서."

"난리 났겠네."

"그러니까, 백 교수님을 띄엄띄엄 봤지. 납작 엎드렸으면 이렇
게까지는 안 됐잖아요."

재원은 진심으로 이해가 안 된다는 얼굴로 밖을 내다보았다.
병원과 마찬가지로 숙소동도 조금 높은 곳에 위치한 데다가, 주
변에 이만한 건물도 없어서 꽤 멀리까지 보였다. 죄다 차밭이었

다. 강혁이 강탈한 부분, 그러니까 정말 일부를 제외하면 리프가 소유한 차밭이 대부분이었다. 강혁이 저걸 다 사버려야지 했을 땐 이 양반이 드디어 미쳤구나 했는데, 이젠 아니었다.

'진짜 다 뺏게 생겼다…….'

거기까지 생각이 미치자 몸이 조금씩 떨려왔다. 그야말로 말한 건 죄다 지키는 사람이지 않은가.

"그러니까. 지 무덤 지가 판 거지 뭐. 말이 되냐 이게."

"아휴……. 이거 뭐 보복하러 오진 않겠죠?"

"보복? 무슨 보복?"

"여기 나름 총도 있고 하던데……. 물리적으로 해코지하면 어째요?"

"아."

한유림은 그제야 재원을 따라 고개를 돌려 창밖을 보았다. 언젠가 강혁과 리처드와 함께 갔던 가버너 하우스, 즉 이전 영국이 통치하던 시절 총독 관저를 떠올리면서였다. 분명 총이 여러 개 놓여 있었다. 아마 예전의 한유림이었다면 이런 상상을 하는 것만으로도 간담이 서늘해졌겠지만 한구에서 이미 탈레반이니, 자경단이니 하는 것들과 대거리를 하지 않았던가. 심지어 파키스탄 정보부 여럿을 강혁이 순식간에 때려눕히는 것마저 본 적이 있었다.

"별로 걱정은 안 되는데. 오늘 오지만 않으면 괜찮을걸."

"왜요? 군인들이라도 온대요? 아, 리처드가 있어서 괜찮나?"

"리처드? 걔 뭐 요새 총이라도 쏘겠냐."

"그래도 운동은 열심히 하던데…… 근데 그 사람이 아니면 누굴 믿는 거예요?"

"당연히 백 교수지."

"백 교수님……? 총 잘 쏘긴 하던데……"

"그 정도가 아냐. 저 인간은 그냥 괴물이야. 한구에서 뭔 일 있었는지 자세히 말 못 해주는 게 아쉽다."

한유림이 걱정하는 재원을 안심시키고 있을 무렵, 더 원 본사는 발칵 뒤집힌 지 오래였다. 회심의 일격이라 생각하고 날렸던 영상이 오히려 독이 되어 돌아왔으니 당연한 얘기였다. 아니, 이런 건 독이라고 하기도 어려웠다. 아예 리프만의 일로 꼬리 자르는 것도 불가능해진 까닭이었다. 더 원 전체가 공격받고 있었다.

"정신 나간 새끼들이 왜 수술장에서 이런 말을 한 거야?"

"제 불찰입니다. 거기 직원이 아니라……. 여기서 보냈어야 했는데."

"보냈잖아?"

"대부분 현지인 인터뷰나…… 농장 정경을 찍었습니다. 수술 장면은 사실…… 엑스트라였어서."

"하."

에우리드는 주먹을 불끈 쥐고 부들거렸다. 그사이에도 영상의 조회 수는 폭발적으로 늘고 있었다. 처음에는 대한민국 그리고 영국 일부로만 이루어져 있던 시청자 분포가 지금은 세계 각지로 번지게 되었다. 그렇지 않아도 영국과는 앙숙인 나라가 많지 않은가. 건수만 잡혀라 하고 있던 이들이 마구 달려들면서 화력을 더해가고 있었다.

"저거…… 저거부터 어떻게 해봐."

"구글에 압력 넣어볼까요?"

"될 것 같으면 해."

"음."

비서는 에우리드의 사나운 눈빛을 받으며 생각에 잠겼다. 구글이 비록 광고주 눈치에서 아주 자유롭지는 않은 기업이지만, 그래서 정책을 몇 바꾸기도 했지만, 그렇다고 무릎 꿇는 그림은 보여준 적이 없지 않던가. 심지어 광고 시장이 점차 TV와 같은 전통 방식에서 모바일로 넘어가고 있는 실정이었다. 지금이야 과점 기업이라지만 언제까지 유지할 수 있겠는가. 지속적인 노출이 필요한 시점이었다.

"곤란해?"

"이게…… 저희도 광고를 하기는 해야 하는 입장입니다. 후발 주자들…… 기세가 만만치는 않아서요."

"작은 기업들이 문제라고 했나."

"네. 요새는 SNS 마케팅으로 코어 층이 분산됩니다."

"그럼…… 아예 방법이 없어? 저거 저대로 두었다가는 난리나."

사실 지금 갑자기 내리게 한다 해도 난리가 나는 건 마찬가지일 터였다. 누구라도 뭔가 이상하다는 느낌을 받지 않겠는가. 하지만 에우리드나 비서 모두 그간의 경험을 통해 배운 것이 많았다. 아무리 욕을 해대더라도, 일단 그 근거만 살짝 가리면 결국

에는 수그러들기 마련이었다. 시대가 변해서 타격이 더 커지긴
했지만, 원칙이 어디 가는 건 아니지 않겠는가.

"그럼 일단 신고를…… 해보겠습니다. 허위 사실 유포 쪽으
로."

"신고? 그걸로 되겠어?"

"구글이 수동으로 영상 점검하는 게 아니라……. 신고가 어느
수준 이상 쌓이면 무조건 검토에 들어갑니다. 일단 시간 벌고 구
글이랑 협상을 해보거나 대응을 해보는 게 좋겠습니다."

"그래, 일단 직원들 딴 거 신경 쓰지 말고…… 이거부터 해결
하라고 해. 가용한 인력 총동원해."

"네, 그렇게 하겠습니다."

*

에우리드 측은 그나마 이성적인 대응을 하기로 했다. 하지만
다니엘 쪽은 그렇지가 못했다.

"지사장님! 그건 안 됩니다! 가뜩이나 여론이 안 좋은데……."

"여기 누가 있다고? 호텔 단지 쪽에는 들리지도 않아."

"그게…… 그런 문제가 아닙니다. 영상 검토했는데, 이거 고성
능 몰래카메라예요. 저쪽에 이쪽 방면으로 능통한 사람이 있다
는 얘기예요. 괜히 또 영상이 올라가기라도 하면……."

"지랄 마. 의사 주제에 무슨? 그냥 수술방 안에 숨겨놨겠지.
거기 익숙하지 않은 곳이잖아. 그러니까 저 병신들이……. 그런

짓을 했겠지."

에우리드는 글로벌 사회라는 거대한 집단에 속한 사람이지만, 다니엘은 누와라엘리야의 왕으로 군림한 지 너무 오래되었기 때문이었다. 본사 직원들은 마치 19세기 사람과 대면하고 있는 것 같은 느낌을 받을 지경이었다. 정확히 말하자면 진짜 무서웠다. 방금 다니엘이 병신들이라고 지칭했던, 영상에 나왔던 직원들 모두 곤죽이 되어 바닥을 기고 있었다. 다니엘이 부리는 이들, 그중에서도 특히 현지인 또는 근방에서 불러모은 이들에게는 자비라는 게 없었다.

"그, 그래서 지금 병원을 습격이라도 하시겠다는 겁니까? 그건…… 그건 진짜 범죄입니다."

"안 걸리면 범죄가 아냐. 여기 경찰이고 뭐고 다 내 손아귀에 있는데 뭐가 걱정이지?"

"영상으로 올리면 어떡합니까?"

"전기 끊어버리면 되지. 전화 한 통이면 돼."

"거기 자가 발전소 있다는데……."

"그건 부수면 돼."

"그……."

그나마 용기를 내어 외치던 직원이 말문이 막히는지 혀를 찼다. 그러곤 나조차 패려나 하는 얼굴로 다니엘을 바라보았다. 다니엘은 그런 직원을 보며 잔인한 미소를 지었다. 총을 쥔 채, 조금씩 다가가면서였다.

"왜, 왜 이러는 겁니까? 저는…… 저는 에우리드 사장님 직속의······."

"무섭지? 거봐, 샌님들이 이렇다니까? 저기라고 다를 것 같아? 아마 봉사고 뭐고 다 버리고 도망갈걸? 내가 그런 거 한두 번 보는 줄 알아?"

"네······?"

"여기라고 봉기가 없었겠어? 관리인들이 쓸데없이 입을 놀려대거나 관광객들이 그러거나······. 선교사들이 오거나 하여간 바람을 넣는 경우가 있다고. 그런데 아예 모르지? 본사 직원인데도 말야."

"아니······."

"다 진압한 거야. 여기엔 여기에 맞는 방식이 있어. 토 달지 마."

다니엘 러셀은 공포 분위기에 벌벌 떨기 시작한 본사 직원들을 방 안에 억류시키곤 다시 밖으로 나왔다. 농장주들과 관리인들이 무장한 채 그를 기다리고 있었다. 과잉 충성파들로만 이루어진 모임임에도 불구하고 수십을 헤아릴 지경이었다.

"새끼들이 선을 넘었어."

다니엘이 총을 옆으로 늘어뜨린 채 입을 열었다. 사냥용 엽총이니 자동 화기에 비할 바는 아니지만, 어찌 되었건 살상의 위험이 있는 총이었다. 다니엘은 그 총의 방아쇠를 당기는 데 주저함이 없는 듯 보였다.

"어떻게 할까요? 몇 명 정도 정리합니까?"

다른 이들이라고 해서 예외는 아니었다. 특히 다니엘 밑에서 농장 몇 개를 부리는 농장주들은 강경했다. 그들 또한 중세시대

영주나 다름없을 정도의 권력을 휘둘렀기에 그랬다. 사고 회로
가 어딘가 망가져 있었다.

"아니, 거기 미국인들이 많아서……. 그건 위험해."

하지만 다니엘에게 최소한의 이성은 있었다. 아니, 보다 강한
이를 감별해내는 본능이 강했다. 뭐가 되었건 미국인들을 잊지
않았다. 그들을 괜히 잘못 건드렸다간 정말 심각한 국제 문제로
비화될 가능성이 있었다. 아주 오지라면야 상관없을 수도 있겠지
만, 공교롭게도 최근 이 근방에 미군 기지가 생기지 않았는가. 아
무리 사냥으로 단련된 몸이라 해도 미군과 싸우고 싶진 않았다.

"그럼……?"

"거기 콜롬보 대학생들이 드나들던데. 숙소가 따로 있지?"

"아……. 그렇습니다."

"어딘지 알아?"

"사람 풀면 파악하는 데 시간이 걸릴 것 같진 않습니다. 내일
이면 충분합니다."

"그럼 내일 밤 개들 몇 정리해. 메시지도 좀 남기고."

"알겠습니다. 겁을 잔뜩 먹게 만들어보겠습니다."

그래서 가장 약한 상대를 골랐다. 딱히 건드린다고 해도 누구
도 나서지 않을 것 같은 이들. 어찌 보면 자신이 착취하고 있는
노동자들과 가장 가까운 이들로. 비겁하다는 생각이 들진 않았
다. 그저 당연할 뿐이었다. 태생이 약육강식을 통해 부를 누려온
집안 출신이기에 그랬다.

"그러고도 못 알아들으면 어떻게 하죠?"

"그땐 어쩔 수 없지. 직접 건드려야지. 거기 팀에 여자 하나 있는 것 같던데, 아냐?"

"아……. 있습니다."

"겁주면 돌아갈걸."

"알겠습니다."

해서 계속 비겁한 명령만 내렸다. 한 가지 안타까운 점이 있다면, 이 모든 대화가 죄 강혁에게 전달되고 있다는 것이었다. 전달자는 당연하게도 데니스였다.

"애들 건드리겠다는데요?"

"미친놈들이네?"

"그러니까요. 이 새끼들이 진짜……."

"다음은 뭐야. 여자…… 설마 장미?"

"네. 그분이요."

데니스는 장미가 입에 오르내리자 진짜 화가 난 듯 씩씩거렸다. 강혁은 그런 데니스를 아주 잠시 묘한 얼굴로 바라보다가 이내 말을 이었다. 뭔가 주제를 바꾸기엔 너무 심각한 상황이었다. 아예 예상을 못 했던 건 아니었으나, 대상 선정은 강혁으로서도 의외였다.

"거기까지 오지 않게 해야지. 학생을 건드린다 이거지? 아무것도 안 받고 오는 애들을?"

"그…… 네."

데니스는 '안 받게 된 건 네 탓이잖아요'라고 하려다 애써 참았다. 분위기가 심상치 않았다. 지금 토를 달았다가는 강혁에게 맞아 죽을 것 같았다. 방금 그 어렵다는 원격 도청을 하고 온 사람임에도 그랬다. 백강혁은 일반적인 상식을 아득히 뛰어넘는 무언가가 있는 인간이었다.

"이런 개새끼들……."

"어떻게 하죠?"

"어떻게 하긴 막아야지. 그리고 다 찍어야지."

"찍는 거야 가능한데……. 어떻게 막아요? 여기서 무장 가능한 인원이 저랑 리처드……. 교수님도 가셔요?"

"나? 나도 가야지. 내가 총 제일 잘 쏘는데."

"그래봐야 셋이잖아요. 저쪽은……. 저긴 이거 멀어서 잘 안 보이는데 목소리 감별 프로그램 돌렸더니 적어도 서른은 넘어요."

10대 1이라는 얘기였다. 영화라면야 가능할 수도 있겠지만, 사실 요새는 영화도 그렇게 만들면 개연성 없다고 평가절하당할 가능성이 컸다. 물론 이쪽은 자동화기로 무장할 수 있으니 얼추 싸워 볼 수는 있겠지만 그랬다간 너무 많이 죽어나갈 터였다. 사람을 죽이기 위해 만들어진 무기는, 당연한 얘기지만 정말로 사람을 잘 죽였다.

"왜 셋이야."

"잉. 설마 양재원이나 한유림 뭐 이런 사람들도 총 들게 하려고요?"

"에이, 아니지. 군대야 갔다 왔겠지만, 군의관 갔다 와서 뭐 얼마나 싸울 수 있겠냐."

"그래도 대위 전역이라고 하던데. 대위면 미군에서는 장난 아닌데."

"우리는 아냐. 양재원 저놈은 권총 쏘는 데 아예 파지도 못하
더라."

"그럼 뭐가 더 있어요."

"기지 있잖아. 걔들 파티 열어주자. 애들 숙소로 쓰는 곳에서."

"허……?"

민간인이 군인에게 파티를 열어준다니 이게 무슨 개소린가 싶
기도 하겠지만, 대민지원 나오는 군인들에게는 못 해줄 것도 없
었다. 사실 대가 없이 도와주는 걸 당연히 여기는 게 이상한 일
아닌가. 실제로 누와라엘리야 병원과 미군 기지의 관계는 끈끈
하기 그지없었다. 애초에 유착 관계로 출발한 데다 건설도 도와
준 탓이었다. 반대로 병원에서도 미군 측 부상자나 아픈 사람을
무상으로 치료해주고 있었다.

"불러. 총 들고 오라고 해."

"아니……. 파티하는데 총을요?"

"진짜 파티는 아니잖아. 아니지, 진짜 파티긴 하지. 고기 굽
자."

"고기가 있어요? 또 닭고기?"

"뭔 소리야. 소랑 돼지 다 있지."

"소가 있어? 아니……."

스리랑카의 종교 분포는 인도와는 조금 달랐다. 멀리서 보면
'다 비슷한 나라 아닌가, 카레 먹고……' 뭐 이런 생각이 들 수도
있겠지만, 불교의 종주국인 인도에 오히려 힌두와 이슬람이 주

로 분포해 있다면 스리랑카는 불교가 주요 종교를 차지하고 있었다. 대부분의 커다란 국가 행사가 불교와 연관이 있을 지경이었다.

'그러면 나는 고기 많이 먹을 수 있을 줄 알았지.'

미국에 있다가 파키스탄에 갔던 데니스는 종교 때문에 음식이 제한될 수 있다는 걸 배운 탓에 스리랑카에 오기 전에 종교부터 들여다봤다. 인도에 간 친구들이 힌두교 때문에 고기 먹기가 어렵다 했기에 그게 주요 종교가 아니라 다행이라 여기기도 했고. 하지만 고기를 피하는 건 불교도 비슷했다. 도통 고기 먹기가 힘든 나라다, 이 말이었다.

"있지, 왜 없어. 나 대한민국 외교관 신분도 있잖아. 요새 밑에 가면 개발 한창인데 외국인 대상으로 하는 가게는 고기 없으면 망해."

"그럼 지금도 있다고요?"

"있지."

"근데 왜 나 어제 카레 먹었어요?"

"달라고 했으면 줬지."

"이 새끼가?"

"응?"

"아뇨. 실언했습니다."

근데 그 고기가 있다니. 그것도 여기에. 데니스는 배신감에 치를 떨다가 이내 내일은 먹을 수 있다는 생각에 저도 모르게 미소가 나왔다. 강혁은 이런 놈에게 장미가 호감이 있는 것 같아 꺽

정스러웠다.

'리처드보다 나을 뿐이지……. 절대 훌륭한 놈이 아닌데.'

그렇다고 가서 설레발을 떨어댈 생각은 없었다. 남의 연애사에까지 신경을 쓰는 건 별로 좋은 일도 아니거니와 그럴 시간도 없었다.

"운 좋은 줄 알아라. 바빠서 그냥 넘어가."

"네, 네."

"감사합니다, 해야지."

"아, 네. 감사합니다."

해서 강혁은 감사 인사만 받고 리처드를 불렀다. 할 줄 아는 게 없다는 이유로 작전에서 배제되어 있던 참인지라 부르자마자 부리나케 달려왔다.

'역시 데니스보다는 내가 더 도움이 되지. 그놈이 수술을 해, 뭘 해.'

사실 수술 말고는 죄 데니스가 잘하지만, 그건 애써 무시하기로 했다.

"왔어?"

"네."

"일단 이거 들어봐."

"네."

리처드는 데니스가 도청해온 자료를 들었다.

"이런 시발놈들이?"

그러곤 당연하다는 듯 욕으로 끝을 맺었다. 누구도 그가 욕을 했다는 것에 대해 비난하지 않았다. 다들 그런 심정이었기에 그랬다.

"얘들 엿을 먹여야겠냐, 안 먹여야겠냐?"

"엿 먹여야죠."

"그렇지? 어떻게 하면 빅엿을 줄 수 있을 것 같아?"

"선제공격?"

"역시 넌……."

강혁은 여기서 선제공격이 나올 줄은 정말로 몰랐기에 조금은 감탄한 얼굴로 리처드를 바라보았다. 리처드는 그게 칭찬인 줄 알고 구체적인 안을 제시했다.

"우리는 자동화기가 있는 데다가…… 저격도 가능하니까 셋이서 몰살 가능하죠."

"다 죽이자고?"

"네."

강혁은 헛웃음을 터뜨렸다. 죽이고 싶은 거야 강혁도 마찬가지였다. 하지만 그렇다고 정말 죽여서야 되겠는가. 여긴 전쟁터가 아니라 누와라엘리야였다. 누군가의 터전이 될 곳이었다. 원한을 남길 수는 있겠지만, 원한에 피까지 묻히는 건 바람직하지 못했다. 아까 다니엘 러셀이 했던 말만 떠올려도 이놈들이 누굴 건드릴지는 명백하지 않은가. 피해는 결국, 이곳에 있던 이들이 보게 될 터였다.

"또라이 새끼. 우리가 치면, 인마. 여론 바뀔 수도 있어. 일단 치게 둬야 쐐기를 박지."

"집 안에서 맞이하자고요? 그게 오히려 더 위험할 텐데. 방어 시설이 있는 것도 아니고……. 학생들도 그렇고요."

"우리끼리 있으면 그렇지. 아예 공격을 중단시키면 돼."

"뭐로요? 아!"

"오, 이제야 알겠어?"

"지뢰? 크레모아(KM-18A1, 클레이모어: 대인용 지향성 산탄 지뢰)?"

"미친놈. 왜 자꾸 몰살 엔딩이야."

지뢰는 몰라도 크레모아라니. 아무리 무장했다 해도 민간인들이지 않은가. 대응을 할 수 있을 리 없고, 그렇게 되면 전멸이었다. 자동화기를 넘어 이런 무장까지 쓰게 되면 몰살은 아주 쉬운 일일 터였다.

"아녜요? 그럼 어떻게 하려고. 설마 칼 들고 뛰려는 건 아니죠?"

"미군 파티 시켜주려고. 무장 가지고…… 병원으로 왔다가, 우리 버스 타고 학생들이랑 같이 가라고 해. 옷은 현지 옷 입고."

"미군을 공격하게 하려고요?"

"그렇지. 어떻게 될 것 같냐?"

"뭐……."

리처드는 선제공격을 당했을 경우 미군이 보여줬던 모습을 떠올렸다.

'가차 없지.'

상대가 누구건 박살 낼 수 있을 터였다. 기업이라면 더 좋았다. 미친놈들이 군을 무력으로 건드린 셈이 될 테니.

'와……. 그렇게 되면 여기 진짜 싹 넘어올 수도 있겠는데?'

리처드가 아무리 강혁이 보기에 모자라 보인다고 해도, 그건 기준이 너무 높아서였다. 말을 딱 듣자마자 머리가 돌아가는데 그 속도가 가히 귀신 같았다.

'벌써 영상 때문에 분위기가 이런데, 심지어 공격받는 영상을 올린다? 그 안에 미군이 스리랑카 학생들을 보호하는 제스처를 취하고 있다. 그림 나온다……. 이미지 좋아지면서 동시에 저쪽은 개박살이야. 아예 악마로 만들 수 있겠어.'

점점 이미지 구축이 중요한 시대가 오고 있지 않은가. 특히 어느 조직을 조지기 위해서라면 무조건 그놈들을 나쁜 놈으로 만드는 게 중요했다. 오죽하면 유능한 나쁜 놈보다 조금 모자라지만 착한 놈이 장기적으로 볼 때는 소비자들의 선택을 더 받을 가능성이 있다는 리포트가 나올까.

"이거 좋네요."

"알아들은 거야? 지금까지 워낙 이상한 얘기를 하니까……."

"아뇨, 알아들었어요. 액션캠도 가지고 오라고 할게요."

"음."

"걱정 마요. 저도 머리 잘 돌아요."

"믿을 수가 있나, 이 자식 이거."

불행인지 다행인지

리처드의 지시에 따라 라인 상사를 비롯한 미군 일부가 병원 마당에 모였다. 딱히 불만을 표하는 사람은 없었다. 어차피 병원 진료가 필요한 사람들도 꽤 있었으니까.

"감사합니다."

"이제 더 안 와도 되겠어."

"네, 모두 교수님 덕분입니다."

아니, 오히려 만족하고 있는 사람이 더 많았다. 원래 미군 의료진들의 수준이 낮지 않은데, 이쪽은 그 정도가 아니라 아예 세계 최고 수준이지 않은가. 세계 어딜 가도 이만한 진료를 받는 건 어려운 일이었다. 게다가 오늘은 바비큐까지 대접받은 마당 아닌가. 흡족한 미소가 천지 사방에 가득했다.

"근데…… 이 옷을 입고 버스 타라고요?"

"응. 절반은 그냥 부대로 돌아가고."

강혁이나 한유림, 재원 등의 의료진들이 진료를 보고 담소도 나누는 사이, 리처드가 라인 상사를 불렀다. 조금 이상한 일이지만 라인 상사는 진심으로 리처드를 존경하고 있었다. 스미스가 리처드에 대한 소문을 조금 와전시킨 덕이었다.

'파키스탄에 우리 군 영향력이 커진 게…… 다 이 사람 덕이라

고 들었는데.'

어떻게 한 것인지는 모르겠지만 하여간 한구라는 곳에서 병원을 운영하면서 동시에 공작을 진행했다고 들었다. 그 덕에 파키스탄뿐 아니라 국경선 근처 아프가니스탄 지역의 탈레반들의 영향력도 줄었다. 그 말은 곧 미군 전반적인 작전 수행 능력이 크게 올라갔다는 뜻이었다.

'여기서도 뭔가 해주겠지.'

라인 상사는 다소 뜬금없어 보이는 지역에 레이더 기지가 지어진 것도 다 이유가 있을 거라 믿었다. 중국뿐 아니라 뭔가 더 큰 그림이 있을 거라 굳게 믿었다.

"네, 그렇게 하겠습니다. 저는 그럼 복귀합니까? 아니면……."

"상사는 같이 가는 게 좋겠는데. 어쩌면 위험해질 수도 있으니."

"설마 미군이 있는 걸 알면서도 쏠까요? 저들은 탈레반이 아닙니다."

"그야 그렇지만……."

리처드는 몇 번인가 본 적이 있는 다니엘 러셀을 떠올렸다. 문명과 야만 사이 그 어딘가에 걸쳐져 있는 듯한 사람이었다. 아마 무능함을 이유로 여기까지 좌천된 데에 대한 보상 심리도 있는 것 같았다. 그래야 그의 이유 없는 잔인함과 무도함이 설명되었다.

"혹시 모르는 일이지. 미친놈들은 어디에나 있으니까."

"알겠습니다. 저도 그게 마음이 편하겠습니다."

"좋아."

"그럼 지시하신 대로 조치하겠습니다."

"고맙네, 상사."

"아닙니다, 리처드 중령."

라인 상사는 곧 리처드가 명한 대로 부대를 절반으로 쪼개 타고 온 차량에 탑승시켰다. 그러곤 나머지 절반은 강혁이 미리 준비해둔 허름한 옷으로 갈아 입혔다. 긴 팔에 모자까지 완비되어 있었는데 날씨가 선선해서 그런가 불편하진 않았다. 다만 모양새가 재활용품 센터에서 주워온 듯해서 멋이 안 날 뿐이었다.

'진짜 기부받은 물품이긴 하지.'

강혁은 군인들이 옷을 입으며 떠들어대는 것을 들으며 장규선을 떠올렸다. 강혁이 떠난 후에도 그는 여전히 주기적으로 한구 병원을 찾아 봉사를 이어나가고 있었다. 그뿐만 아니라 아예 지역 의사회를 조직해 빈틈없이 내시경실이 돌아갈 수 있도록 돕고 있었다. 거기에 더해 이번엔 몇몇 옷가지와 소모성 물품을 보내왔다.

'좋은 사람이야.'

개업의도 일종의 사업가 아닌가. 지역 사회에 봉사한다는 마음으로 진료하는 사람도 많았지만, 정말이지 돈 버는 것에만 매몰된 사람도 정말 많았다. 그렇다고 해서 비난할 수 있는 일도 아니었다. 뭐가 되었건 최선을 다해 일하고 있는 거니까. 물론 거기에 그치지 않고 장규선처럼 봉사까지 한다면 칭찬받아 마땅했다. 적어도 강혁은 그렇게 생각했다. 누구나 일생을 다 바쳐

남을 위해 살 수는 없지 않은가. 오히려 절대다수의 선행은 작은 조각들이 모여 이루어지는 경우가 많았다.

"준비됐습니다."

"좋아. 이렇게 하니까 그냥 덩치 큰 대학생 같네."

"저기…… 그건 좀. 어떻게 봐도 현지 깡패 같은데요."

"아무튼, 현지인 같잖아."

"그…… 음."

군인들을 둘러보며 강혁이 중얼거린 말에 리처드가 고개를 갸웃거렸다. 입히라고 해서 입히긴 했는데, 워낙에 체격이 커서 영어색해 보여서였다. 일단 사이즈가 잘 맞지 않았다. 애초에 일본에서 기부받은 물품으로 이루어진 옷들이라 그랬다. 미국인 중에서도 체격이 커다란 군인들에게는 너무 작았다.

"대강해. 어차피 뭐 깜깜하잖아."

"하긴 그건 그래요."

"게다가 우리 상대가 뭐……. 프로도 아닌데, 그렇게 긴장할 거 없어."

"보고 있는 거 아니에요?"

"관측 포인트도 못 잡았더라. 데니스가 알아서 조치하고 있으니까 별로 걱정할 거 없어."

"교수님 말씀이 그러면 그런 거겠죠."

리처드는 강혁이 한구에서부터 보여주었던 모습을 떠올렸다. 도저히 믿기지 않는 일들을 줄기차게 해오지 않았나. 탈레반을 부리고, 자경단을 품고, 정보 요원을 노예로 삼고. 일단 리처드부터도 미군 소속인데 강혁의 수하가 된 참이었다. 어쩌나 강하게 세뇌가 되었는지 리처드는 지금 이 순간에도 그런 생각조차 하지 못할 정도였다.

"그럼 출발할까. 학생들 회식 시켜주는 느낌으로 가자고."

"네."

해서 리처드는 강혁의 출발 신호에 따라 군말 없이 버스에 올랐다. 안에는 이미 학생들이 꽤 많이 타 있었다. 몇몇은 잔뜩 긴장한 얼굴이었다. 강혁이 미리 귀띔해준 탓이었다.

"정말 괜찮겠죠?"

그중 대표를 맡고 있는, 이제 하도 여러 번 와서 누와라엘리야가 익숙해진 셀바라사가 말을 걸어왔다. 그나마 이 녀석은 나름 어린 시절 게릴라 활동을 하던 이들과 함께해서 그런가, 겁에 질린 것 같지는 않았다. 이보다 훨씬 더 열악하고 위험한 상황도 여러 번 겪어본 덕이었다.

"응? 괜찮지, 그럼. 여차하면 반격할 거야. 이미 함정도 있고……. 오히려 저쪽이 걱정이지."

"함정이요?"

"응, 네가 생각하는 그런 원시적인 함정이 아니라……. 현대전에서 쓰이는 거야."

"말씀은 안 해주시겠네요?"

"당연하지."

"그렇군요. 음."

강혁은 너무 위험한 일에 대해서는 말을 아끼는 경향이 있었다. 뭔가 알게 되면 그 순간 책임도 지게 된다는 걸 여러 경험을 통해 체득한 덕이었다. 제아무리 숭고한 뜻이 있다고 해도 그 과정에서 선한 사람을 희생시키고 싶진 않았다. 셸바라사도 이제는 그러한 강혁을 조금은 이해하게 된 후였다.

'말은 싸가지 없게 하지만…….'

정말 싸가지 없는 사람이었다면 지금 이렇게 주변에 사람이 많을 수 있을까? 실력으로 먹살 잡고 끌고 가는 것도 한계가 있는 법이었다.

'그 자식도 곧 알게 되겠지?'

셸바라사는 여전히 의심을 품고 있는 현지 아이 바루간을 떠올렸다. 대개의 경우, 뛰어난 지성은 축복이었지만, 환경이 너무 열악한 경우엔 오히려 저주였다. 관리인들을 비롯해 윗사람들에게는 경계를 품게 했고 동료들에게도 별나다는 평가만 들어온 아이였다. 그래서 그런지 쉬이 마음을 열지 못했다. 그나마 같은 족속인 대학생들에게는 조금 나은 모습을 보였지만, 어느 순간부터는 다시 입을 다물었다.

'내가 봤을 때……. 이 사람만큼은 믿어도 좋을 것 같은데.'

셸바라사가 바루간과 강혁을 번갈아 떠올리는 사이 버스는 학생들이 묵고 있는 숙소에 도착했다.

원래 영국인들이 마구간으로 쓰던 곳을 개조한 아주 저렴한 숙소였는데, 급한 대로 통으로 임대해 쓰고 있었다. 말이 마구간이지, 그렇게 쓰인 지가 벌써 수십 년이 지나서 그렇게 열악해 보이진 않았다. 도리어 고풍스러운 맛도 있었다.

"마구간이라고 해서 되게 걱정했는데……. 나름 괜찮네요?"

"응? 이거 에어비앤비로 영업도 하는 곳이야. 거의 안 오는 것 같긴 한데……. 그래도 대학생들은 쓰는 모양이더라."

"이건 벽을 새로 세웠구나."

"응. 나무인데다가 얼기설기 세워놔서 벽난로 안 떼면 너무 춥긴 한데……. 그래도 뭐 괜찮지. 침대도 넉넉하게 있고. 물도 잘 나오고. 내가 설마 대학생들 오라고 하면서 개판으로 하겠냐?"

"그……."

'돈을 안 주는 거부터가 개판 아닌가요'라는 말이 혀끝에 걸렸다 넘어갔다. 뭐가 되었건 간에 대학생들은 별로 불만이 없어 보이지 않은가. 진심으로 같은 족속들에 대한 봉사라고 생각하고 있는 듯했다. 실제로 그렇긴 했다. 확실히 강혁이 여기 온 후 이곳 사람들의 운명이 바뀌고 있었다. 희망이라곤 품을 수조차 없었는데, 이제는 더 나은 미래를 생각할 수 있게 되었으니까.

그때 강혁이 들고 있던 수신기에 노이즈가 잡혔다. 누군가 신호를 보내고자 한다는 뜻이었다. 발신기는 데니스만 들고 있는 상황이지 않은가. 강혁과 리처드 그리고 라인 상사 등은 반사적으로 귀를 기울였다.

"지금 호텔 단지 쪽에서 엽총으로 무장한 24명이 차량 두 대로 이동 중입니다."

24명이라. 소규모 전쟁도 가능한 인원이었다. 그만한 인원을 총까지 쥐여준 채 자원봉사 온 학생들에게 보내다니. 강혁은 개새끼들이라고 중얼거린 후, 리처드와 라인을 동시에 바라보았다.

"일단 학생들 안으로 들여보내고, 몸 숙이고 있으라고 해. 장비 싹 갖추고. 이건…… 이건 리처드가 해. 너 전투 지휘는 서툴잖아."

"네. 알겠습니다."

"라인 상사는 나머지 부대 조직해서 산개하고. 설마 미친놈들이 그럴 리는 없겠지만……. 쏴댈 수도 있어. 방비 단단히 해."

"네. 혹시 몰라 크레모아도 설치해두긴 했습니다."

"음."

라인은 모르겠지만 강혁의 눈에는 크레모아가 보였다. 캄캄한 어둠 속, 적들의 경로를 고려해 설치해둔 두 개의 크레모아. 저게 터지면 아마 적의 절반 이상이 단번에 죽어나갈 터였다.

'살릴 수 있나?'

강혁은 저도 모르게 시리아에서 보았던 전투 손상을 떠올렸다. 그저 보는 것만으로 실의에 빠지게 만드는 부상들이었다. 한 명이라면 모를까. 12명이 비슷한 손상으로 온다면 죄 죽고 말 터였다. 나쁜 놈들이지만, 강혁은 의사이기에 죽어 마땅한 사람은 없다고 생각했다.

'그럴 일은 없길 바라야겠군.'

강혁은 고개를 가로젓고는, 리처드에게 받았던 소총을 감아쥐었다. 그러곤 밖을 응시했다. 그야말로 칠흑같이 어두운 밤이었지만 강혁의 눈은 작은 빛마저 놓치지 않았다.

'이상한 짓 하면 손을 쏴버려야지.'

강혁은 다짐을 거듭했다. 잠시 후 요란한 차 소리가 들려왔다.

별로 경계도 안 하는 모양이었다. 우리 왔다, 외치는 수준이었다. 그럴 만도 했다. 저들에게 대학생들은 그저 무력한 존재들일 뿐일 테니까. 단지 지금 저항할 수 없는 사람들이란 뜻이 아니었다. 아마 죽어서도 별 힘을 발휘하지 못할 터였다. 세상엔 아무 주목도 받지 못하는 죽음도 있다는 걸 저들은 너무도 잘 알았다.

"그냥 쏴요?"

"일단 쏴."

"네, 그렇게 하겠습니다."

그래서인지 정말이지 아무 망설임 없이 차에서 내리곤 마당 안에 들어섰다. 성급한 몇몇은 이미 건물로 총질을 해대기도 했는데 누구도 제지하지 않았다. 그렇게 거의 열 발 정도의 총성이 울렸을 무렵 농장주 하나가 확성기에 대고 소리쳤다.

"니들이 왜 이런 일을 겪는지 잘 기억해둬라!"

어차피 상대가 어떻게 나오든 간에 몇 명 정도는 죽일 생각이었다. 그들의 피로 적셔진 대지를 보고 강혁을 비롯한 병원 사람들이 두려움에 떨길 기대했다.

그때 기대를 산산이 깨는 외침이 되돌아왔다.

"소속을 밝혀라. 그대들은 지금 미 육군에 사격하고 있다!"

"?"

총을 쏴대던 농장주의 얼굴에 물음표가 떴다. 방금 대체 뭔 소리를 들은 거지?

"사격 중지, 중지!"

반면 미군이라는 단어를 정확히 들은 다른 이는 손을 휘저었다. 아무리 그들이 정신이 나갔다 하더라도, 미군에게 감히 총을 쏴댈 만큼은 아니었다. 애초에 민간인에게 총구를 들이댔다는 것부터가 사실 말도 안 되는 일이긴 하지만……. 하여간 군인인 줄 알면서도 총을 쏜다는 건 전쟁하자는 소리와 진배없었다.

"뭐라고 한 거야, 방금?"

"미군에게 사격하고 있다고……."

"맞아? 말이 돼? 미군은…… 돌아갔잖아?"

"그렇죠. 그런데…… 하여간 그렇게 말을 했습니다."

"뭐야."

누와라엘리야 병원으로 가끔 미군들이 치료받으러 온다는 것 정도는 이제 이 근방에 사는 이들이라면 다 알게 된 사실이었다. 그렇다고 둘 사이에 무슨 끈끈한 유착 관계가 있을 거란 생각은 못 하고 있긴 했다. 미군 장교들이 와서 봉사하고 있다는 것까지는 몰라서였다. 애초에 거의 와 보질 않기도 했거니와 미군 장교들이 딱히 군복을 입지도 않아서였다. 하지만 주의는 했다. 확실히 미군들이 진료를 받고, 맛있는 것도 먹고 떠나는 것까지 확인을 했다는 얘기였다.

"아까 분명히 본 거 맞지?"

농장주는 불안해진 얼굴로 정찰 나갔던 이를 불러 물었다. 정찰이라고 하기엔 너무 대놓고 갔다 오기는 했지만, 하여간에 눈을 감고 있지는 않았다.

"네. 미군은 정원에서 바비큐를 먹고…… 돌아갔습니다."

"흐음."

이것만 해도 찜찜하기는 해서 다니엘 러셀에게 보고했었다. 아무리 봐도 저 둘 사이가 단순히 진료나 봐주고 마는 사이는 아닌 것 같다는 생각이 들어서였다. 하지만 돌아오는 답을 듣고 보니 또 그럴싸했다.

'멍청아. 지금 분위기 심상치 않으니까 부랴부랴 연 만들려는 거 아냐. 어차피 병원 직접 공격할 생각 없다는 건 모를 테니까……. 재들도 학생들은 안중에 없을걸. 상식적으로 생각해봐. 저치들도 다 공명심으로 하는 건데 아무것도 아닌 애들을 왜 걱정해.'

그렇지 않은가. 아마 이곳에서의 봉사 활동을 경력 삼아 본토에 돌아갔을 때 어디든 써먹으려는 생각을 하고 있을 터였다. 순수한 의도로 사람이 다른 사람을 돕는다는 건 있을 수 없는 일이라는 생각만 들었다. 자라온 환경과 지금 있는 환경이 모두 선의를 부정했다.

"거짓말 치는 거 아닌가?"

그렇다보니 농장주는 이런 결론에 이르렀다. 분명 두 눈으로 미군들이 돌아가는 걸 확인했다지 않는가. 게다가 곰곰이 생각해보니 작전 중인 것도 아닌데, 지금 이 시간에 미군이 나와 있는 것도 이상한 일이었다. 아니, 나와 있을 수는 있었다. 어디 호텔 단지라면 충분히 그럴 수 있었다. 실제로 주말엔 몇몇 미군들이 휴양지에 놀러 가거나 골프 치는 광경이 목격되기도 하니까. 하지만 여긴 관광지와는 거리가 멀었다.

"생각해봐. 미군이 왜 마구간 개조해서 쓰는…… 저 싸구려 숙소에 와? 주변에 뭐가 있는 것도 아닌데."

"어……. 그렇네요?"

"이 새끼들이 머리 쓰네?"

"이 개새끼들이……."

농장주의 말에 확신이 선 용병 하나가 총을 집어 들었다. 벌레 같은 놈들이 머리를 써서 잠시라도 곤란하게 만들었다는 사실에 분기탱천한 탓이었다. 농장주 또한 비슷한 심정이었기에 딱히 말리진 않았다. 아니, 오히려 부추겼다.

"일단 쏴봐. 진짜 미군이라면 대응 사격이 있겠지."

"네."

해서 다니엘 러셀이 보낸 농장주 및 관리인으로 이루어진, 일종의 용병들은 일제 사격을 시작했다. 아까 분명히 미군에게 쏘고 있다는 얘기를 들었음에도 그랬다. 그나마 다행인 것은 이들의 무장 상태가 별로란 점이었다. 수가 많기는 하지만 자동화기가 아닌 엽총으로, 그것도 딱히 조준점도 없이 쏴대는 총알은 그리 위협적이지 못했다.

"어어."

"으……."

물론 미군이 아닌 민간인들, 그러니까 학생들에게는 공포심을 불러일으키기에 충분했다. 나름 미군으로서 실제 작전 수행에도 멀찌감치 따라나선 바 있던 리처드가 그런 학생들을 다독거렸다. 액션캠을 이마에 단 채였다.

"괜찮아, 괜찮아. 쟤들 총 여기 벽도 못 뚫어. 소리만 요란해."

"어……."

"잘 봐. 후두둑거리기만 하잖아."

"그, 그럴까요?"

"어, 고개를 들지는 말고. 혹시 몰라."

리처드는 자신의 위로 용기를 얻은 누군가가 고개를 쳐들려는 것을 급히 말렸다. 말이야 100퍼센트 안전한 것처럼 했지만, 총알에는 눈알이 없지 않은가. 제아무리 훈련이 잘 된 부대라도 사방에서 날아오는 유탄 앞에서는 장사 없었다. 리처드는 그렇게 다쳐서 실려 온 이를 벌써 수없이 많이 보아온 바 있었다.

'뭐 하는 거야……. 백 교수님……. 빨랑 쏘라고.'

이 시간이 지속되면 지속될수록 위험할 터였다. 심지어 저놈들은 조금씩 가까이 다가오고 있었다. 들려오는 소리가 점점 커지고 있지 않은가. 빨리 제압에 나서지 않으면 정말로 위험해질 수도 있었다.

"어쩌죠?"

그 시각 라인 상사는 강혁 옆에 붙은 채 질문을 던졌다. 나름 엄폐가 될 만한 소파 등을 눕히고 뒤에 숨었기에 지금 당장은 위험할 일이 없었다. 하지만 뭐라도 하기는 해야 했다. 점점 가까이 다가오고 있다는 사실은 리처드보다 이쪽에서 훨씬 더 명확하게 느낄 수 있어서였다.

"미친놈들이 이렇게 나올 줄은 몰랐는데. 언덕이랑은 교신 돼요?"

"되죠."

"뭐래요?"

"이제 곧 크레모아 매설지 부근으로 온답니다."

"허."

강혁이나 라인 상사나 정신 나간 이들은 아니었기에 저격수를 인근 언덕에 숨겨둔 바 있었다. 아무리 미군의 전투력이나 무장이 뛰어나다 해도 독 안에 든 쥐 신세로 있다 보면 혹 크게 다치는 이가 나올 수 있지 않겠는가. 적의 사정거리 밖에서 엄호할 수 있는 인력을 미리 확보하는 건 전투의 기본이었다.

"그럼…… 이미 마당 안에 온 건가?"

"네."

"미친놈들이."

"이제 결단을 내려야 합니다. 일단 저격수 이용해서 한두 명 쓰러뜨릴까요?"

"위치가 노출될 가능성은 없나?"

"만약 그렇게 되면 크레모아도 터뜨려야죠. 이쪽에서도 사격에 나서고요. 하지만……."

"뭐 저놈들이 그럴 만한 능력이 있진 않겠지."

밖은 캄캄해진 지 오래였다. 원래 산의 해는 빨리 지니까. 이런 상황에서 저격수를 발견해? 훈련받은 이들에게도 쉽지 않은 일이었다. 일제 사격하는 것마저도 어설픈 놈들에게 그런 능력이 있을 것 같지는 않았다.

"좋아, 그럼…… 일단 손이나 치명적이지 않은 부위를 우선적으로 쏴보라고 하죠."

"어두워서 잘 될지는 모르겠는데, 하여간 명령은 그렇게 내리겠습니다."

"네."

강혁은 고개를 끄덕이면서 바깥 상황을 머릿속으로 그려보았다. 그저 어디쯤 서 있을까 상상하는 정도에 그치는 건 아니었다. 그의 귀는 예민하기 그지없고, 머리는 그렇게 들어온 정보를 취합해 재구성하는 데 무척 뛰어나지 않은가.

'이 정도 소리가 크레모아 앞이라고 하면, 마당 안에 들어온 놈들이 대략 10명. 바깥에 있는 놈들이 또 10명 이상. 그중 가장 가까운 놈은 어디냐.'

혹 저격수에게 총을 맞았는데도 대응한다면, 그때는 여기서도 나서줘야 하지 않겠는가. 크레모아를 터뜨리게 되면야 제압에는 아무 문제가 없긴 할 터였다. 제압 정도가 아니라 마당 안에 들어와 있는 놈들은 전멸하고도 남을 테니까. 하지만 그렇게 되면 너무 많은 이들이 죽어나가지 않겠는가.

'죽어 마땅한 놈들이라도, 진짜 죽이는 건 또 다른 얘기지.'

강혁은 총소리와 함께 그가 있었던 전장을 떠올렸다. 시리아. 처음 블랙 워터스에 지원했을 때까지만 해도 무조건 이쪽이 선이라고 생각했다. 일종의 해방군이라고 생각했을 정도였으니. 하지만 전쟁이 길어지고 눈앞에 보이는 것이 많아질수록 선악은 모호해져갔다. 오히려 총을 든 모든 이가 피해자가 아닌가 싶기도 했다. 정말 악은 말로 떠드는 것과는 다른 의도로, 새파랗게 젊은이들에게 총을 쥐여보내는 이들이 아닌가 싶기도 했다. 그때 지금까지 들려오던 총소리와는 조금 다른 소리가 들려왔다. 거리감이 느껴지는 소리, 그러면서도 동시에 묵직한 소리.

"억."

"으악!"

용병 둘이 비명과 함께 쓰러졌다.

"뭐, 뭐야!"

"어디냐!"

"어떤…… 어떤 놈들이야!"

동시에 총소리가 멎었다. 대신 황급해진 발걸음 소리와 신음만 들려오기 시작했다.

"으…….'

"나, 나 좀…….'

"일단 고개 숙여!"

"피해, 피해!"

처음엔 발걸음 소리가 하도 급하게 들리길래 총에 맞은 이들을 구하러 가는 건가 했는데, 그게 아니라 그냥 다 도망가고 있는 모양이었다. 하긴 애초에 공동의 이익을 위해 모인 이들 아닌가. 의리가 있을 만한 계기도 없었을 터였다.

"으…….'

"으아…….'

일단 총소리가 멎었다는 건 좋은 일이었다. 정신 못 차리고 대응 사격한답시고 근처 야산에 난사했다면 크레모아도 터지지 않았겠는가. 라인도 그렇겠지만 강혁이나 리처드도 적의 생명을 위한답시고 우리 쪽을 위험하게 만들 생각은 전혀 없었다. 선악이 모호하다는 것도 일단 안전할 때의 얘기였다.

'일단 많이 다친 것 같지는 않네. 손 정도는 아니겠지만…….
팔에 맞았어, 둘 다.'

쓰러진 건 통증에 의한 충격 때문이었다. 제대로 된 훈련을 받지 못한 이들은 이만한 고통을 절대 감내할 수 없다는 걸 강혁은 잘 알았다. 해서 강혁은 일종의 안도의 한숨을 내쉰 채 라인을 바라보았다.

"다행히 크레모아까지는 필요 없겠는데요?"

"네. 다시 확성기로 대화 시도해보겠습니다."

"네."

라인은 그것을 신호로 해서 재차 입을 열었다.

"다시 한번 경고한다! 그대들은 미군임을 인지하고도 공격했다. 더 저격당하고 싶지 않다면 총을 버리고 무릎 꿇어라!"

아무리 저격 후 놀라 도망했다고 해도, 아까보다는 확성기와 거리가 더 가까운 상황이었다. 당연히 라인 상사의 말은 똑똑히 전달되었다. 아까는 긴가민가했던, 전형적인 미국 서부 발음까지도 들을 수 있었다.

"어…….."

"어쩌죠?"

"학생이…… 단 두 발로 이렇게 만들 수 있겠어?"

"그럼……."

"일단 살아야지, 별수 없어."

농장주는 총알이 산 어딘가에서 날아왔다는 것만 파악할 수 있을 따름이었다. 그는 잠시 두려움에 가득 찬 얼굴로 사방을 둘러보고는 무릎 꿇었다. 그것을 시작으로 다른 이들 또한 무릎을 꿇었다.

"음, 다 총 버리고 무릎 꿇었답니다."

"좋아. 그럼 나가볼까요?"

"교수님이 직접요?"

"다친 놈이 있으니까요."

"아……. 그것도 치료해줍니까?"

"다친 이상 환자는 환자니까요."

친절할 필요는 없겠지만, 하여간 치료는 해줘야 하지 않겠는가. 강혁은 그런 생각을 하면서 천천히 밖으로 나섰다. 혹시 모르기에 총을 쥔 채였다.

"이익."

그 총을 본 어떤 이가 전투의 두려움에 휩싸인 나머지 아까 떨어뜨렸던 총을 집어 들었다. 강혁은 그런 용병을 보며 두려움 대신 안타까움을 느꼈다.

"저 병신."

그러곤 별 망설임 없이 손에 총을 쐈다.

"억."

이제 수술받아야 할 환자가 둘에서 셋이 되겠단 생각과 함께였다.

강혁은 반항하던 놈 하나를 제압하고는 천천히 걸었다. 인원

중 하나만 미치리라는 법은 없기에 총을 들고 예민하게 살피면서였다.

"허."

그런 강혁을 뒤따라 나왔던 라인 및 다른 병사들은 방금 본, 보고서도 잘 믿기지 않는 광경에 혀를 내둘렀다.

'그 상황에 손을 썼다고?'

모든 전투 교범에서 제1원칙은 아군 및 자기 자신의 안위를 우선시할 것이었다. 안전이 보장된 상황에서야 당연히 적에 대한 배려도 가능할 수 있겠으나, 그렇지 못한 상황에서는 절대 그러면 안 되었다. 방금도 그랬다.

'흠…… 괴물이라더니……. 진짜 그런가.'

손을 썼다는 건 정말 자신이 넘친단 얘기였다. 어둡고 공격당할 수 있는 상황에서 손이라니.

"음, 둘 다 위팔이네. 뭐 이 정도면…… 그리 어렵진 않겠어."

그사이 강혁은 아무렇지 않다는 얼굴로 다친 둘을 살폈다. 어차피 뒤에 우르르 미군 병사들이 뛰어나온 이상 위험은 없다고 판단했기에 가능한 일이었다.

'둘 다 깔끔하게 관통했어. 이러면 뭐…… 쉽지. 생각보다 여기에 실력 있는 애들이 왔네.'

상처는 깔끔하다 못해 대단할 지경이었다. 혈관과 뼈 그리고 신경을 기가 막히게 피해갔다. 아무리 장비가 갖추어져 있는 상황이라지만 이 어두운 곳에서 이렇게까지 할 수 있다니. 일반병 중에서 저격병 과를 맡은 놈은 아닐 터였다. 강혁은 그런 생각을 하면서 둘 중 하나가 몸을 숨기고 있는 곳을 똑바로 바라보았다.

'뭐야. 어떻게 알지? 미리 말을 해줬나?'

저격수는 순간 강혁과 눈이 마주친 듯한 착각과 함께 고개를 갸웃거렸다. 이만한 거리에서 직접 피격당한 것도 아니고, 안에 있다가 나온 사람이 위치를 파악한다고? 아무리 이 근방 지리에 익숙한 사람이라고 해도 불가능한 일이었다.

'우연이겠지.'

아무리 머리를 굴려봐도 그런 일이 가능한 인간은 없었다. 자신은 물론이거니와 자신을 교육시켰던 교관도 그랬다.

"일단 아까 제가 했던 말을 좀 해주세요. 저는 처치하고 있을 테니까."

"아, 바로 병원으로 가보지 않아도 됩니까?"

"이 정도는 뭐…… 워낙 잘 쏴놔서. 오히려 저 손 맞은 놈이 어려울걸요."

"아하. 네, 알겠습니다."

라인 상사는 고개를 끄덕이고는 딱 봐도 제일 높아 보이는 놈 앞으로 갔다. 농장주 앞으로 갔다, 이 말이었다.

"당신."

"음."

라인 상사의 목소리는 종소리처럼 크고 굵었다. 체격도 그래서 이렇게 보니 누가 봐도 군인 같았다. 농장주는 방금 전까지도 미심쩍은 마음을 품고 있었으나, 그 풍채를 보자마자 확신했다.

'아, 우리가 진짜…… 진짜 미군한테 총을 쐈구나.'

그걸 인지한 것만으로도 손발이 벌벌 떨렸다. 그나마 다행인 것은 그나마 군인들 중 다친 사람이 없다는 점이었다. 만약 그랬다면 지금 눈앞의 이 사람도 주먹부터 날렸을 가능성이 높았다.

"대체 누구지? 왜 우리한테 총을 쐈지?"

라인 상사는 그런 농장주를 내려다보며 질문을 던졌다. 소속을 뻔히 알고 있으면서 하는 말이었다. 물론 상대인 농장주는 그러한 속내를 전혀 알지 못했다. 그래서 머리를 굴렸다.

'우리가 누구라고 해야 하지? 왜 쐈다고…… 아, 그래.'

그나마 리처드 중령이라는 사람하고 다니엘하고는 나름 친분이 있지 않은가. 무조건적인 선의는 아닌 듯하지만, 그래도 한 번 신세를 주고받은 적도 있었다. 해서 농장주는 어렵게 어렵게 입을 열었다.

"저는 리프 소속이고…… 저기 노란 언덕 농장의 주인입니다."

"차밭을 말하는 건가?"

"네."

"차밭 농장주가 왜 미군에게 총을 쐈지?"

라인은 조금 웃고 있었다. 벌벌 떠는 꼴이 우습기도 하거니와, 필사적으로 머리 굴리고 있는 게 느껴지기도 해서였다. 물론 농장주는 그런 라인 상사를 쳐다보지도 못하고 있었다. 고개를 숙인 채 말을 이어나갔다.

"미군인 줄 몰랐습니다……."

"그렇다고 해도 이상하잖아. 이 야밤에 농장주가 왜 이렇게 많은 인원을 이끌고 온단 말인가?"

"그……."

농장주는 고민에 고민을 거듭한 결과 떠올려낸 답을 입에 올렸다.

"제보가 있었습니다."

"제보? 무슨 제보?"

"사실 저희 농장 중 하나에서 노동자 몇몇이…… 관리인을 죽이고 총기류를 탈취해서 잠적했습니다. 그놈들이 여기 있다는 제보가 있었습니다."

"음."

라인 상사는 속으로 감탄했다. 이 짧은 시간 동안 이만한 변명을 생각해냈다는 것, 그리고 21세기에 이런 이상한 변명을 댄다는 것이 놀라웠다.

'영화 속에서 나왔나.'

말하자면 이런 얘기 아닌가. '노예가 관리인을 죽이고 도망가서 사적 제재를 하기 위해 왔다.' 법이고 나발이고 다 없는 모양이었다.

"이상한 핑계로군."

"네, 네?"

"내가 당신 말을 믿어야 할 이유라도 있나?"

"그건…… 전화, 전화 한 통이면 됩니다. 제 신원을 보증해줄 수……."

"그렇다고 해도, 노동자 몇을 잡자고 이렇게 몰려오는 게 말이 되나? 여긴 경찰 없어?"

"경찰은……."

농장주는 저도 모르게 경찰이라는 단어를 되뇌면서 조금 놀랐다. 이렇게 낯설게 느껴지는 단어였나 싶어서였다. 여기에 온 이래 단 한 번도 어떤 일을 하면서 경찰을 떠올려본 적이 없었다. 피해를 본 적이 없으니 당연한 거 아닌가 싶을 수도 있겠지만, 이들은 범죄를 저지르면서도 그랬다. 경찰은 그저 때 되면 돈 좀 쥐여주고, 서장 자식 정도만 영국 유학 보내주면 오히려 그들을 돕는 일종의 개로만 취급되었다.

"본인이 생각해도 이상한 모양이네. 죄다 압송해."

"네!"

농장주가 그렇게 명하니 있는 동안 라인 상사의 명이 떨어졌다. 병사들은 일사불란하게 움직여 무릎 꿇고 있는 농장주와 관리인들을 묶었다. 반항하는 이는 단 하나도 없었다. 일단 미군에게 총질을 했었다는 것부터가 충격이지 않은가. 게다가 아까 강혁의 사격 솜씨까지 본 참이었다.

"차량 부르겠습니다."

"응. 그렇게 해."

라인 상사는 그렇게 정리되어가는 걸 지켜보다가 고개를 끄덕였다. 부대에서 여기까지는 거리가 좀 있으니, 시간이 걸릴 터였다. 뭐 할까 싶었는데 그제야 강혁이 다시 눈에 들어왔다. 그는 이미 위팔 쪽에 총을 맞은 채 쓰러져 있던 환자 둘을 정리하고, 자기가 쏜 사람에게로 다가가고 있었다. 대강 소독만 했나 했는데, 그게 아니었다.

'붕대 사이로 피가 하나도 안 나오네…….'

혹시 해서 옆에 물어봤더니만 아까 봉합까지 다 했다고 했다.

'미친 인간인가? 이게 가능하다고?'

질문하는 게 재밌어서 좀 오래 끌기는 했다지만, 그래 봐야 20분을 채 넘기지 않았다. 근데 벌써 치료를 끝내? 나쁜 놈들이라 대강 했나 하는 생각부터 들었다. 해서 이번에 어찌하나 보자는 생각으로 강혁을 지켜보았다.

"많이 아프냐?"

강혁은 뚫린 손을 잡아 올리며 물었다. 일부러 아플 만한 곳을 집었는지 총에 맞았던 이는 비명을 질렀다.

"으아아아아아악!"

"그래, 아프겠지. 소리도 잔뜩 지르고……. 건강하네?"

"으아아아아아!"

"그래도 이제 조용히 하는 게 좋겠는데. 너무 시끄러워."

옆에서 보고 있자니 저게 과연 치료인지 아니면 고문인지 헷갈릴 지경이었다. 아까 그 둘도 저렇게 해서 빨랐나 싶었으나, 곰곰이 생각해보니 그건 아닌 것 같았다.

'이상하네? 아까는 그렇게 시끄럽지 않았던 것 같은데?'

라인이 혼란스러워하는 동안 강혁은 환자를 내려다보며 그 이유에 대해 떠올렸다.

'넌 새꺄, 나쁜 놈 중에서도 개새끼지.'

감히 나한테 총을 쏘려 하지 않았던가. 강혁을 아는 사람이라면 누구나 알 텐데, 강혁은 그리 너그러운 인간이 아니었다. 아니, 오히려 이런 경우엔 속이 좁은 사람에 더 가까웠다.

"으어어어."

그래서 그런가 강혁은 소독약을 냅다 뻥 뚫린 손바닥에 부었다. 그와 동시에 상처를 혹 하고 벌렸다. 원래 이 정도 하려면 어느 정도 국소마취는 해줘야 하는데, 지금은 고통을 조금이라도 줄일 수 있는 처치는 죄다 건너뛰고 있었다. 보다 못한 리처드가 뛰어왔을 정도였다.

"교수님, 사람 죽여요?"

"아니, 치료하는데."

"죽일 때나 나는 소리가 나는데……."

"아냐, 진짜 치료해. 소독하잖아."

"그냥 이렇게 냅다 부었다고요?"

"그럼 어떡해?"

"어."

그러나 너무도 당당한 얼굴로, 내가 뭘 잘못했냐는 표정까지 짓고 있는 강혁을 보고 있자니 말문이 턱 하고 막혔다.

'이건 일부러 이러는 거구나.'

간혹 몰라서 이럴 때도 있었다. 강혁은 공감 능력이 많이 떨어지는 인간 아닌가. 봉사하러 갔던 한구 병원에서조차 오해를 샀을 지경이었다. 하지만 이번엔 고의가 느껴졌다.

'일부러 멕이는 거야. 이런 거 방해했다가는……'

괜히 표적이 될 이유는 없지 않은가. 게다가 이 자식은 뭔 짓을 당해도 싼 놈이기도 했다. 해서 리처드는 방금 방해하려 했던 것을 만회하기 위해 보다 적극적으로 강혁을 도왔다.

"그렇구나. 그럼 여길 이렇게 당겨요?"

"으아아아아!"

"오, 그래."

그런 리처드를 보며 강혁은 흡족해하며 하던 짓을 계속해나갔다. 소독과 상처 부위 확인 및 봉합을 했다는 것이다. 이렇게 나열하고 보면 지극히 정상적인 치료같이 보이겠지만, 문제가 하나 있다면 마취나 진통제 둘 다 생략했다는 점이었다.

"으어어어."

그 덕에 환자는 잠시나마 아까 차라리 죽었으면 어땠을까 하는 생각마저 해야만 했다.

"됐다. 아쉽네."

"그러게요. 기가 막히게 쏘셨네. 손을 쏘면서 어떻게 뼈는 피하셨대?"

"어지간한 저격수보다도 내가 나을걸."

"이거 보니까 도저히 부정하기가 어렵네."

하여간 치료는 완벽하기 그지없었다. 세계 최고 수준의 의사 둘이 달라붙었으니 그럴 수밖에 없었다. 그야말로 순식간에 치료는 끝이 났다.

"대단하시군요."

라인 상사는 치료 수준과 치료 과정에 모두 칭찬을 바쳤다. 강혁은 당연하다는 얼굴로 어깨를 으쓱해 보였다.

"얘들도 그냥 다 데려가면 됩니다."

"가서 어떻게 할까요?"

"일단 신문하시고…… 또다시 다니엘 러셀을 불러야겠죠."

차이가 있다면 이번엔 농장 하나로 끝나진 않을 거란 점이었다. 강혁은 이제 수확할 준비가 되었다.

*

미군 부대는 삽시간에 소란스러워졌다. 가뜩이나 그렇게 큰 부대도 아닌데 20명이 넘는 죄수들이 끌려왔으니 당연한 일이었다. 한석준을 가둬두는 용도로 지어놨던 시설을 최대한 활용했음에도 자리가 모자랄 지경이었다.

"어쩌죠?"

병사 하나가 순박한 얼굴로 물었다. 과밀 수용소가 되어버린 건물을 돌아보면서였다.

"어쩌긴, 그냥 둬."

반면 라인 상사는 단호한 어투로 고개를 저었다. 저놈들 따위 어떻게 되든 말든 상관할 바 아니란 투였다.

"네? 저렇게 두면 아플 수도 있을 텐데요?"

"아파도 싸, 저 새끼들은. 얘기 못 들었어?"

"자세한 인계는 못 받았습니다. 여기 현지인들하고 일부 영국인들이라고……."

"저 새끼들 우리한테 총 쐈어."

"네? 아니, 이 미친놈들이?"

"그러니까 그냥 둬."

"아, 알겠습니다."

병사는 총 쐈다는 말을 듣자마자 아까 짓던 표정에서 180도 변한 얼굴로 건물 쪽으로 돌아갔다. 거의 무슨 괴물이라도 된 듯한 모습이었다. 군인들에게 전우애란 그런 것이었다.

"다니엘이 어떻게 나올까요?"

병사들 통솔은 라인에게 맡긴 채 뒤로 빠져 있던 리처드가 물었다. 대상은 당연하게도 강혁이었다. 군부대라 관계자 외 출입 금지 지역이지만 강혁은 너무도 자연스럽게 안으로 들어와 있었다.

"어떻게 나올 것 같아?"

"저 같으면 이제 납작 엎드려야죠. 이게 어디 보통 일입니까? 민간인이 타국 군부대에 총질을 했는데……. 게다가 학생들 위협도 하고요. 액션캠 확인했는데, 진짜 잘 잡혔어요."

"그놈이 제정신이면 그렇게 나오겠지. 근데 그랬으면 오늘 이런 짓을 했을까?"

"음. 그것도 그렇긴 하네요."

정상인이었다면 오늘 과연 학생들을 죽이겠다고 나섰을까? 절대 그럴 리가 없었다. 게다가 이 녀석들은 미군이라는 말을 들었음에도 대응 사격이 있기 전까지는 마구 총질을 해댄 놈들이었다. 상식이 통하지 않는 놈들이라는 뜻이었고, 동시에 앞으로 무슨 짓을 할지 모른단 얘기가 되었다.

"잠만 있어봐. 내가 감이 딱 왔거든."

"감이요? 여기서 더 무슨······."

리처드는 질렸다는 얼굴로 강혁을 바라보았다. 오늘 밤 벌어진 일은 거의 강혁의 작품이라고 보면 되었다. 어지간한 공작꾼이라 자처하던 데니스조차 혀를 내두를 지경이었다. CIA에 들어갔다지만, 여전히 뼛속까지 군인이고 동시에 의사인 리처드가 보기엔 더더욱 놀라웠다. 근데 이게 끝이 아니라니.

그때 강혁의 휴대폰이 울렸다. 새벽 3시가 막 넘어가는 시간이었는데, 강혁은 당황하는 기색 하나 없이 전화를 받았다. 전화가 올 줄 알았다는 기색이 역력해서 리처드 또한 자신도 모르게 전화에 귀를 기울였다.

"어, 어떻게 됐어?"

"말씀대로 여기로 왔어요."

"직접?"

"네. 지금 누굴 기다리고 있는데······."

"아마 서장급이겠지."

"네. 어떻게 할까요?"

"어떻게 하고 싶은데."

"글쎄요. 원하시면 서장이 못 가게 할 수는 있죠."

데니스는 간만에 이런 일을 하게 되어 조금은 신이 나는 모양이었다. 강혁의 명에 의해 하루 종일 움직인 데다, 지금도 밖에 나가 있으면서 의욕이 넘쳤다.

'원한다면 서장이 못 가게 한다라.'

강혁은 데니스가 무슨 수를 쓸 수 있을지 생각했다. 서장이 있는 곳은 호텔 단지 가까이에 위치한, 누와라엘리야에 몇 없는 고급 주택 단지 아닌가. 그쪽에서 경찰서로 가려면 필연적으로 지나쳐야 하는 도로가 있는데 사정이 당연하게도 별로였다. 기사가 꽤 운전을 잘하는 편이겠지만 거기서 돌발 변수가 뜬다면 대응은 불가능할 터였다.

'영원히 못 가게 하려고 하는 것 같은데.'

물론 서장이 나쁜놈이기는 했다. 뒷돈만 받아 챙긴 게 아니라 자식 놈을 영국으로 유학도 보내지 않았나. 대가로 이 지역의 노동자들의 안위를 전부 팔아넘긴 놈이었다. 단 한 번, 그야말로 단 한 번도 제대로 된 수사가 없었다.

"아니, 그냥 뭐. 어차피 뭐…… 걔들이 여기 와서 뭘 할 수 있겠어?"

"그건 그런데……. 그래도 현지 경찰이랑 엮이면 일이 좀 짜증 나게 될 텐데요."

그래도 죽이는 건 아니었다. 강혁은 죽이는 것보다도 더 사람을 괴롭게 할 수 있는 방법이 많다는 걸 아주 잘 알고 있었다. 그리고 서장도 그 신세로 떨어뜨릴 자신 또한 있었다. 데니스는 못내 불안한지 급히 말을 이었다.

"폄하하는 것 같아서 좀 그렇지만……. 한구도 그렇고 여기도 그렇고, 개발도상국 경찰들은 대한민국 경찰하고는 많이 다를 겁니다."

"다르겠지. 그래도 미군 부대 가서 뭘 할 수 있겠어."

"그건 그런데……. 우리라고 계속 안에만 있는 건 아니잖아요.

게다가 병원은 보호가 안 될 수도 있어요."

"걱정 마. 나도 연줄 있어."

"연줄……?"

"하여간 경찰이 올 거라 이 말이지?"

"네. 아마 범죄자 인도를 요구할 겁니다."

"알았어. 알아서 할게. 변수 있으면 그때그때 알려줘."

"네. 알겠습니다. 정말 처리할 필요는 없다는 거죠?"

"어, 처리는 무슨 처리야. 그냥 둬."

강혁은 걸핏하면 사람 죽이겠다는 소리를 해대는 데니스를 만류한 후 전화를 끊었다. 그러곤 여태 숨죽인 채 귀를 기울이고 있던 리처드를 돌아보았다.

"들었지?"

"네? 아, 네. 경찰 온다고. 근데 진짜 어쩌죠? 수색 영장 같은 거 들고 오면……. 안 내줄 수가 없는데."

"수색 영장? 그게 나올 것 같냐?"

"나…… 나올 수도 있죠. 이 근처에 뭐 경찰들만 돈 먹었겠어요? 판사고 나발이고 다 먹었을 텐데."

"상관없어. 누가 먹었건 잔챙이로는 안 돼."

"뭐……."

"일단 조용히 좀 해. 나 전화 더 써야 해."

"아, 네."

강혁은 불안한 얼굴로 이리저리 살피기 시작한 리처드를 두고 어디론가 전화를 걸었다. 새벽 3시라 그런가 신호음이 꽤 울린 후에야 상대가 전화기를 들었다.

"누, 누구……."

새벽에 전화 오는 게 익숙지는 않은지 잔뜩 잠긴 목소리로, 뭔가 억울한 듯한 투로 물어왔다. 강혁은 특유의 공감 못 하는 능력을 발휘해 대수롭지 않다는 투로 답했다.

"누구긴 백강혁이지."

"아……? 교수님?"

"어, 석준아."

"하."

한석준은 일단 한숨을 쉬었다. 그러곤 시간을 확인했다.

'내가 진짜…… 이 새끼만 아니었으면 욕이라도 박는데.'

상대가 강혁이라 어쩔 수 없었다. 별로 무서운 거 없이 살아왔는데 강혁은 무서웠다. 일단 피지컬부터가 사람이 아닌데, 그보다도 성격이…….

"하?"

"아뇨. 아뇨. 졸려서 그랬습니다. 시정하겠습니다."

"그래. 너네 그 뭐야, 대사관에 전화해서 대사님 좀 깨워라."

"네? 이 시간에요?"

"응. 급한 일이야. 아주 급한 일."

"급한 일……?"

한석준은 급한 일을 되뇌다가 아까 강혁이 미군들과 함께 어디론가 나갔었다는 걸 떠올렸다. 그냥 나간 게 아니라 총기류를 갖추고 있었다. 나름 카투사에서 근무했던지라 미군 병기류는 어지간히 파악이 가능했다.

"무슨…… 아, 설마…… 오늘 뭐 사고 치셨구나! 사람 죽였죠!"

"뭔 미친 소리야, 이 새끼가."

"근데 왜 이 시간에 대사를 깨워요."

"사람 안 죽이고 싶어서 깨우는 거야."

"어……."

마지막 말이 어쩐지 스산하게 들렸다. 강혁이 아니라 다른 놈이었다면 농담이겠거니 할 텐데. 절대 허투루 넘겨서는 안 될 것 같았다.

"아, 알겠어요. 죽이지 마요."

"그래. 최대한 빨리 깨우고, 통하는 번호 나 줘. 그리고 그거 하고 나면 바로 이쪽으로도 전화해."

"이쪽은 어딘데요?"

"자세한 건 알 필요 없고……. 그냥 스리랑카 법무부 통제해달라고만 해."

"네?"

"아, 그냥 그렇게만 해."

"어……. 알겠어요."

한석준은 전화를 끊은 후 잠시 머리를 긁적였다. 분명 한국어로 이루어진 대화였는데, 알아먹기가 어려웠다. 대사를 깨우라는 것도 이상하지만 법무부를 통제해달라는 말은 정도를 넘어선 느낌 아닌가.

'내가 고민할 만한 일은 아니지.'

하지만 여기 와서 지켜본 강혁을 떠올려보면 무슨 일을 해도 다 납득할 수 있었다. 그 인간은 정말이지 미친 인간이지 않은가. 시키는 대로 하는 게 신상에 좋기도 했다. 괜히 그의 분노를 샀다간 좋은 일이 정말이지 단 하나도 없을 테니까.

"누구……."

해서 대사관을 통해 대사 번호를 알아낸 후, 즉시 전화를 걸었다. 대사는 아까의 한석준처럼 반쯤 잠긴 목소리로 누군지부터 물었다.

"안녕하십니까, 외교부 서기관 한석준입니다. 누와라엘리야 담당하고 있습니다. 백강혁 교수님 요청으로 전화를 걸었습니다."

"아, 배, 백강혁?"

그리고 한석준과 마찬가지로 강혁이라는 말에 눈을 떴다. 얼마 전 대통령이 방문해서 강혁을 콕 집어 만나고 돌아가지 않았나. 그때 대사관에도 들러서 강혁이 하는 일이 바로 대한민국을 위한 일이니, 도움을 요청하면 적극적으로 도우라고 했더랬다. 대사는 여기서 더 출세하고 싶은 사람인지라 그 분부를 잊지 않고 있었다.

"네."

"어떤 요청이지?"

"깨어나시면 직접 전화 걸겠다고 했습니다. 지금 하라고 전달할까요?"

"어, 어, 그래. 일단 가면서 받아야겠군."

"네. 감사합니다."

한석준은 대사관 내에서 대사의 지위를 떠올려보았다. 비록 주중대사나 주미대사에 비할 바는 아니었으나, 그래도 한 나라의 대사라고 하면 엄청난 사람임이 틀림없었다. 그런데 그런 대사가 강혁 이름 하나에 쩔쩔맬 줄이야.

'유림 아저씨 말처럼……. 이 사람 끈 잘 잡고 있으면 출세하는 건가.'

하긴 한유림도 그저 그런 의대 교수였다가 보건복지부 장관까지 하지 않았던가. 보통 보건복지부 장관은 관심사에서 많이 벗어나 있어 누가 했는지도 모르는데, 그때는 중증외상센터 정상화를 주요 공약으로 내건 참이어서 주목도 많이 받았더랬다. 아마 역대 장관 중에 팬클럽이 있는 사람은 한유림뿐일 터였다.

"네."

그런 생각을 하며 아까 강혁이 건네준 번호로 전화를 걸었다. 대사와는 사뭇 다른 반응이었다. 이 시간에 네, 라니. 잠을 안 자나?

'국제전화인가? 아씨, 요금 나오는데. 아닌데? 이 번호는 국내인데……?'

어리둥절해하고 있으려니, 상대가 재차 물었다.

"한석준 씨, 맞습니까?"

"어잇, 그건 어떻게……."

동시에 공포감이 엄습했다. 원래 나는 모르는 사람이 나를 알아본다는 건 두려운 일인 법이었다. 상대는 이런 일이 많은 듯, 여상한 말투로 말을 이었다.

"백 교수님이 전화하라고 하셨죠? 뭐라고 하셨습니까?"

"아······. 그. 맞아요. 스리랑카 법무부 통제해달라고······."

"이 시간에요?"

"네."

"음, 알겠습니다. 일단은 걱정 말라고 전해주세요."

"어, 네."

"진행 상황은 이쪽으로 전달하면 됩니까?"

"어······. 그건 잘 모르······."

"괜히 번호 알려준 건 아닐 겁니다. 이쪽으로 하죠. 그럼."

*

강혁이 계책을 짜고 있을 때, 다니엘은 경찰서 내에서 성질을 부리고 있었다.

"언제 와!"

"바, 바로 연락드렸고 바로 오신다고 했습니다!"

"정신 차려. 돈 주는 놈이 을인 것 같지? 아냐. 적당히 줬을 땐 몰라도 이만큼 쥐여줬으면 내가 갑이야."

"지, 지당하신 말씀입니다."

자신을 상대로는 싫은 소리 한번 할 수 없는 경찰서 직원들을 향해서였다. 여러모로 모자란 인간이지만 간혹 옳은 소리를 할 때도 있는데, 지금이 그랬다. 보통 을이 갑에게 돈을 주지만, 다니엘처럼 너무 많은 돈을 쥐여준 경우엔 반대였다. 게다가 다니엘이 준 돈은 여기서 끝이 아니라 수도까지 번져 있었다. 결국, 노동자들에게 가야 했을 돈이 아무것도 하지 않는 공무원들에게 가고 있는 셈이었다. 부끄러워해야 마땅한 상황이었으나, 주는 쪽도 받는 쪽도 노동자들 생각은 눈곱만큼도 하지 않았다.

"그러니까 더 빨리 오라고 해."

"네, 연락 다시 한번 해보겠습니다."

경찰 중 하나가 쩔쩔매며 전화기를 부여잡았다.

"저."

"왜."

그때 농장주 하나가 다니엘을 불렀다. 총부터 쏴재낄 생각이 나 했던, 그러니까 지금 미군 부대에 갇혀 있던 녀석과는 달리 조금 주의해야 한다고 말했던 이 중 하나이기도 했다. 결국, 그의 말대로 일이 끌려가고 있는 상황이기에 다니엘은 별로 기분이 좋지 않았다. 이 사람 말을 들을 걸 하는 생각 따위는 추호도 없었다. 오히려 눈치는 이쪽이 봐야만 했다.

"서장을 부려서 뭘 어쩌시려고 이러시는 겁니까?"

"뭐?"

"기분 나빠하지 마시고 들어주십쇼. 엄밀히 말하면…… 저는 리프 소속도 아니지 않습니까? 수수방관하려면 얼마든지 그렇게 할 수 있습니다만……. 어찌 되었건 농장주 대표로 당신을 세워 놨기에 드리는 말씀입니다."

"흠……."

다니엘은 무엇보다 이 농장주가 리프 소속이 아니란 사실을 떠올렸다. 그래봐야 리프의 인프라가 없이는 아무것도 할 수 없는 녀석들이긴 하지만, 그래도 소속이 다르니 남들처럼 찍어 누르긴 어려웠다.

"그래, 말해봐."

어차피 서장이 오려면 시간이 더 걸릴 것 같은 상황 아닌가. 할 일도 없겠다, 다니엘은 일단 들어나보자는 마음으로 고개를 끄덕였다. 마침내 허락을 구한 농장주, 찰리는 잠시 목을 가다듬고는 입을 열었다. 사상 초유의 사태에 모조리 끌려 나온 다른 농장주들은 그런 찰리에게 귀를 기울였다.

"서장이 오면 판사 통해서 수색 영장을 받아서…… 지금 억류 중인 농장주와 관리인들을 풀어 올 생각이신 거죠?"

"그렇지. 어차피 여긴 미국이 아냐. 법에 맡겨야 한다면 스리랑카 법정에 맡겨야지."

"하지만…… 그러다가 정말로 저 미군 부대하고 틀어지면 어떻게 합니까? 이미 한 번 사고가 있지 않았습니까?"

"그건 그것대로 잘 수습했어. 그리고…… 저기 담당자하고는 잘 알아. 아직 보고가 안 들어갔다면 봉합할 수 있어."

"어떻게 말입니까?"

"돈이지. 세상에 돈 싫어하는 사람이 어딨어?"

"부대 전체를 매수라도 하겠다는 겁니까? 그건…… 그건 말이 안 됩니다."

미군은 군인 대우가 꽤 좋은 편이었다. 그럼에도 한두 사람쯤 썩은 사람 찾는 건 그리 어려운 일이 아니었다. 어떤 대우를 받더라도 목숨값이라고 하면 하찮아지기 마련이기도 하고, 또 복무를 하다 보면 애국심이 옅어지는 경우도 있기에 그랬다. 하지만 부대 전체는 얘기가 아예 달랐다. 원래 비밀은 아는 사람이 적으면 적을수록 잘 지켜지는 법인데, 이건 말이 안 되는 일이었다.

"그래도 합의를 볼 수 있을 거야. 일단 다친 사람은 없다며? 우리 쪽은 다쳤고."

"그렇게 보고를 받기는 했지만……. 일단 사격을 우리 쪽이 한 게 맞지 않습니까?"

"결과적으로 보면 그래도 다친 건 우리야. 감정에 호소하기도 좋지."

"그래도 좀 더 주의하는 게……."

"시끄러워. 여기선 여기에서만 통하는 법이 있다. 이건 당신도 동의하는 바 아냐? 지금껏 이렇게 일을 해결해올 때는 입 꾹 다물고 있다가 일 좀 틀어질 것 같으니까 불안해가지고 이러는 거……. 상당히 별로야."

"으음."

다니엘은 못마땅하다는 얼굴로 고개를 가로젓다가 몸을 일으켰다. 가까이서 자동차 소리가 들려왔기 때문이었다. 아니나 다를까 얼마 지나지 않아 서장이 뛰어 들어왔다. 지금까지 서둘렀는지 어쨌는지는 모르겠지만, 하여간 앞에서만큼은 어느 정도 어필을 한 셈이었다. 다니엘은 기분이 조금 좋아져 그에게 다가갔다.

"늦었군."

"아유, 서둘러 온다고 왔는데……. 이거 참 죄송합니다."

서장은 전형적인 영국식 영어를 구사하는 사람이었다. 제아무리 스리랑카가 영국의 식민지였고 여전히 공식 언어로 영어를 쓰고 있다고 해도 억양만큼은 남아 있는데, 이 사람에게서는 그런 게 전혀 느껴지지 않았다. 리프 덕에 영국에서 유학을 하고 온 덕이었다. 대대로 서장을, 그리고 그 외부와 권력을 이어나가기 위해 같은 나라 사람을 팔아온 보람이 있다고 해야 할까. 하여간 그리 자랑스럽지만은 못한 영어 실력이었다.

"대충 들어서 알겠지만 지금 우리가 좀 곤란해졌어."

"아, 네 알고 있습니다."

서장은 눈살을 찌푸린 채 미군 부대가 있는 쪽을 바라보았다. 누와라엘리야에서만큼은 무소불위의 권력을 누리고 있었는데, 저치들이 오면서 조금 흔들린 기분이 들었다. 애초에 타국의 군부대는 치외 법권이지 않은가. 중앙 정부에서 그 대가로 이것저것을 받아 챙긴 모양인 데다가, 사실 누와라엘리야가 무슨 군사적 요지는 아니었기에 오히려 유리한 협정이었다고 판단하는 것 같았다. 그건 거시적인 입장이고, 서장에게는 굴러온 돌이 박힌 돌을 위협하는 상황 그 이상도 이하도 아니었다.

"어떻게, 방법이 있겠나?"

"사장님 덕분에 연이 닿는 판사들이 여럿 있습니다. 일단 오면서 리스트 정리해봤는데……. 이 중에서 제일 편한 사람을 골라주시면 제가 연락하겠습니다."

때문에 필사적이었다. 만약 리프의, 아니, 다니엘의 눈 밖에 나면 일단 서장 자리는 끝이지 않은가. 게다가 영국에서 유학 중인, 돌아오면 탄탄대로행이 정해져 있는 자식들도 다 끝이었다. 다니엘은 서장이 건네준 리스트를 보다가 도통 모르겠는지 옆에 있던 비서에게 들려주었다. 비서는 꼼꼼히 리스트를 살피다가 두 명을 짚었다.

"이 둘은 직접 돈을 건네받고 있고, 자식들도 유학 중이니 말이 잘 통하겠군요."

"알겠습니다. 제가 얘기하겠습니다."

"그래, 그 외에는?"

"일단 지금 운신 가능한 경찰 병력을 전부 불러 모으는 중입니다. 숫자로도 압박을 해보면 도움이 되겠죠."

"또?"

"또……."

서장은 여기서 뭘 더 바라는 건가 하는 생각이 들었지만, 겉으로는 절대 티를 내지 않았다. 거스르기에는 너무 많은 것을 받았고, 또 받을 예정이지 않은가. 이제 와 하찮은 이유로 그 모든 것을 잃어버리고 싶진 않았다.

"판사가 수색 영장을 발급하지 않을 가능성도 있지 않나? 상대가 미군이니."

다니엘이 뭐라 해야 할지 몰라 망설이고 있는 서장에게 물었다. 사실 방금 전까지만 해도 전혀 생각지 못했던 건데, 아까 찰리에게 듣고는 조금 불안해진 까닭이었다. 상대가 현지인이나 관광객 수준이 아니다보니 생각해야 할 것이 좀 많았다.

"네? 아니……. 그렇더라도 여긴 스리랑카인데……."

"만약이라는 말이 괜히 있나?"

"그럼…… 그렇다면…… 음……."

여전히 그럴 리가 없다고 하고 싶었지만, 다니엘의 표정을 보아하니 여기서 아니라고 했다간 무슨 일이 벌어질지 딱 예상이 갔다. 해서 고민을 좀 더 해봤는데 다행히 답은 금방 나왔다. 서장 또한 다니엘 덕에 이런저런 나쁜 짓들을 열심히 해온 까닭이었다. 애초에 나쁜 놈이 아니고서는 이곳의 노동자들을 이렇게까지 착취하는 걸 두고 볼 수 없기도 했다.

"거기 잡혀가 있는 사람들 중 정말 중요한 사람들이 있습니까?"

"응? 뭐…… 적당한 사이지."

다니엘의 답에 비서가 이럴 수가라는 표정을 지어 보였다. 다른 사람들은 몰라도 잡혀간 농장주는 그의 심복 중의 심복이었기 때문이었다. 하지만 다니엘은 그가 잡혀간 시점에 이미 마음속으로 버린 마당이었다.

"그건 다행이군요. 일단 꼬리를 잘라야 합니다. 이건 수색 영장이 나오건 말건 하는 게 좋겠습니다."

"그건……."

"그 사람들 기록을 다 지우십시오. 이상한 무장단체로 만들면 되겠죠."

"아하. 그렇군. 이건 아주 좋은 생각이야. 하지만…… 그놈들이 가만히 있을까? 기록을 지운다 해도……."

"일단 그렇게 시간을 벌고, 가능하면 죽이거나 해야겠죠. 이렇게 가면 우리만 불리해집니다. 뻔뻔하게 나가는 게 좋겠습니다."

"흐음. 죽인다……. 어떻게?"

"미군 부대, 거기 미군들로만 굴러가는 게 아니지 않습니까? 현지 직원들을 점점 늘려가는 것으로 알고 있습니다."

전투 부대라면 얘기가 다르겠지만, 이곳의 미군 부대는 전쟁터에 있는 건 아니었다. 그러면서 동시에 오지 부대에 해당하는 곳이기도 했다. 해서 청소부, 식당 서빙 등 일부 직종에 한해서는 현지인들을 쓰고 있었다. 미군 측이야 씨알도 안 먹혀들겠지만, 이쪽은 어떨까? 얼마든지 여지가 있을 터였다. 특히 누와라엘리야에 터전을 잡고 살아가는 이들이라면 더더욱 그럴 터였다.

"아……. 그럼 직원들을 이용해서?"

"네. 다 죽일 필요도 없죠. 관리인들은 어차피 현지인들이니……. 가족들 생각해서라도 함부로 못 나설 겁니다."

"그렇군. 농장주 정도만 정리하면 되겠어."

"네."

사람 죽인다는 말이 술술 흘러나왔다.

'휴……. 뭔가 심상치 않아서 방으로 들어온 게 다행이네…….'

비서는 다른 농장주들을 물리길 잘했다는 생각이 들었다. 이걸 남들이 들었다면 대체 어떻게 되겠는가. 정말이지 난리가 나고도 남았을 터였다. 실제로도 그랬다.

'미친놈들이네. 무슨…… 탈레반이야?'

경찰서 근처에 숨어서 도청하고 있던 데니스는 저도 모르게 욕설이 튀어나오려는 걸 겨우 참았다. 이런저런 작당을 꾸밀 거라는 것 정도는 예상하고 있었다. 경찰서장까지 불렀으니 압력을 좀 넣겠지. 판사도 동원할 수 있을 테고. 하지만 잡힌 사람을 죽여? 생각했던 것보다도 더 미친놈들이었다.

"오, 잘됐네."

"네?"

그리고 그 대화를 전달받은 강혁도 미친놈이었다. 의사가 되어가지고 눈앞에서 사람 죽이자는 합의가 오고 가는데 잘됐다니. 데니스는 순간 내가 잘못된 파일을 줬나 하는 생각마저 들었다. 하지만 강혁은 제대로 들은 게 맞고, 진심이기도 했다.

"일단 뒤봐."

"네? 죽이게 돼요?"

"아니, 일을 하게 돼봐."

"판사가 수색 영상 내주면 이럴 일은 없을 텐데요? 일단 이 파일을 이거…… 어디 뿌리든지……."

"아니, 아니. 이런 건 뿌리는 것보다 뿌리기 전에 협상할 만한 카드야."

원래 제일 무서운 칼은 아직 뽑혀 나오지 않은 칼이란 말도 있지 않은가. 특히 극단적인 수단일수록 그랬다. 오히려 뽑고 나면 무뎌지는 경우도 많았으니.

"음……. 근데 수색 영장은요?"

"아, 그거. 안 나와. 절대."

"그래요? 돈 한두 푼 찔러준 게 아닌 모양인데."

"돈이 문제가 아니거든."

*

누와라엘리야 경찰 서장의 전화를 받은 판사는 새벽에 걸려온 전화인데도 친절했다.

"아, 네. 서장님. 그런 문제가 있다는 거죠?"

"네, 네. 그렇습니다. 이거 이대로 둬서야 되겠습니까?"

"안 되죠. 어디 미국놈들이 우리 땅에서……. 조금만 기다려 보십쇼. 출근해서 바로 영장 발부해드리겠습니다."

"네, 감사합니다."

"그건 그렇고……. 이번에 파티 얘기 들으셨어요?"

"아, 네. 스리랑카계 영국 유학생 전체 다 모인다고 하던데. 혹시 따님도 오십니까?"

"당연하죠."

"그럼 또 애들 통해서 소식 전해 듣겠군요."

서장하고는 하루 이틀 알고 지내는 사이가 아니었기에 그랬다. 그저 지인 수준에 그쳤다면 아무리 그래도 이 새벽에 전화하는 건 예의가 아니니 화를 냈을 수도 있겠지만, 나쁜 짓일수록 같이 하는 이들 사이엔 묘한 동지애가 싹트는 법이었다. 자국민을 팔아넘긴 대가로 각종 특혜와 향응을 제공받는 이들 또한 기이한 우정을 공유하고 있었다.

'거참……. 미친놈들인가? 여기서 감히 리프를…… 아니지, 리프도 너무했지. 어떻게 미군 상대로 총질을 해?'

판사는 그 후에도 한참 서장과 담소를 나누다 전화를 끊고는 자초지종을 떠올려보았다. 뭐가 되었건 간에 잘못한 것은 이번에도 역시 리프 측이었다. 무법자로 군림해온 것이 하루 이틀이 아닌 만큼 선이 사라진 탓일 터였다. 아무리 그래도 그렇지 미군한테 총질이라니.

'이번에 이거 해결되면 또 콩고물 좀 떨어지겠군.'

해결하지 못할 거란 걱정은 들지 않았다. 리프도 리프지만 그 위엔 더 원도 있지 않은가. 세계적인 생활건강제품 기업인 더 원 또한 이런저런 더러운 돈 뿌리는 데에 인색하지 않았다. 특히 주요 캐시 카우가 되는 지역에서는 더더욱 그랬다. 동료 판사들 중에도 아마 돈 한번 안 받아본 사람은 없을 게 분명했다.

'하여간 이제 가볼까.'

판사는 어차피 다시 누워봐야 잠이 오진 않을 것 같아 소파에서 뭉개다 조금 이른 시간에 샤워를 마치고 집을 나섰다.

"어이."

그리고 누군가를 마주쳤다. 근처에서 이 시간이면 흔히 볼 수 있는 조깅복을 입은 동양인이었다.

"네, 네. 반갑습니다."

이마에 적당히 땀도 흐르고 있어 조깅 중인 이웃 주민인 줄로만 여겨졌다. 실제로 콜롬보 고급 주택 단지에 최근 들어 동양인들이, 특히 한국인과 중국인들이 늘었기 때문이었다. 대대적인 개발 때문인데 덕분에 이런 광경도 익숙해진 지 오래였다.

"웨다리치, 맞지?"

하지만 시야에서 완전히 벗어난 곳에서 이름까지 불러오는 경우는 처음이었다. 황급히 고개를 돌려보니 역시나 비슷한 복색의 동양인이 하나 더 서 있었다. 차이가 있다면 이쪽은 눈빛이 심상치 않다는 점이었다.

"뭐, 뭐야."

"여기서 얘기 나누기는 좀 그렇고……. 타지."

동양인 사내는 능숙한 미국식 영어와 함께 턱으로 방금 집 앞에 멈춰 선 차를 가리켰다. 차를 보고 나서야 웨다리치 판사는 이 사람들이 어느 나라 사람인지 알았다. 제네시스란 고급 차량은 주로 한국인들이 타고 다니지 않던가.

"뭐야, 당신들. 이거…… 이거…….'"

그래봐야 달라지는 건 없었다. 어디선가 더 나타난 한국인들은 억센 손으로 웨다리치를 붙잡고는 차 안에 태웠다. 집 앞에 나서고 불과 1분도 채 흐르기 전에 벌어진 일이었다. 차량은 금세 주택가를 빠져나왔다. 애초에 막히는 곳도 아닌 데다가 시간이 시간인지라 차도 거의 없었다. 그사이 웨다리치는 끊임없이 소리쳤다.

"내가, 내가 누군지 알아? 당신들 대체 누구야!"

강도는 아닌 듯하지 않은가. 만약 그랬다면 아까 칼이나 총을 들이밀며 금품을 요구했을 텐데, 이놈들은 지금까지 자기 이름말고는 단 한마디도 더하지 않고 있었다. 그저 말없이 양팔을 붙

잡은 채 어디론가 달리고만 있을 뿐이었다. 차가 멈춘 곳은 주택 단지 외곽에 위치한, 새로운 개발이 예정된 곳이었다. 달리 말하면 아무것도 없는 곳이란 얘기였다. 공터라고 해도 좋고, 폐허라고 해도 좋은 곳에 웨다리치는 천천히 내렸다.

"웨다리치."

그 앞에 아까 그의 이름을 불렀던 이가 섰다. 가까이서 보니 체격이 아주 단단해 보이는 것이 아무래도 특수한 훈련을 받은 사람 같았다. 무엇보다 눈, 눈이 너무 무서웠다.

"네, 네."

위세 높은 판사가 저도 모르게 공손해질 지경이었다. 정말이지 무슨 짓을 당해도 이상하지 않을 것 같았다.

"오늘 새벽에 전화 한 통 받았을 거야."

"아……."

"아니라는 말은 하지 않았으면 해. 나도 대화로 푸는 게 좋거든?"

사내는 품 안을 더듬거리며 말을 이었다. 안에 어떤 흉악한 물건이 들어 있을까. 모르는 것이 좋을 터였다. 웨다리치는 황급히 고개를 끄덕였다. 사내는 그 모습을 보면서도 웃지 않았다. 그저 당연하다는 듯한 얼굴로 말을 이어나갈 뿐이었다.

"그래. 그거 하면 안 돼."

"네? 하지만……."

"너무 받아먹은 게 많아서?"

"어……."

"언제 누구한테 얼마나 받았는지……. 까볼까? 아무리 암묵적인 합의가 있다고 해도 언론에 흘리면 너 계속 판사 못 할걸. 위에서 움직일 수밖에 없도록 만들어놓을 수 있어."

"그……."

블러핑 같지는 않았다. 사내가 말하면서 보여준 한 장의 사진이 많은 것을 말해준 탓이었다.

'이건…….'

매달 정기적으로 제2의 월급 느낌으로 돈을 받는데, 바로 그 장면이 찍혀 있었다. 심지어 웨다리치의 얼굴만큼은 아주 선명히 찍혀 있어 절대 발뺌할 수도 없을 것 같았다.

'정보…… 정보 요원들인가? 한국이면…… 국정원?'

아니, 국정원이 왜 여기서 나한테 지랄일까? 의문이 스치는 순간 사내가 웨다리치의 멱살을 잡아 올렸다. 한두 번 잡아본 솜씨가 아닌지, 바로 숨이 턱 하고 막혀왔다.

"우리가 누군지 고민할 때가 아냐."

"아……."

"네가 이번에 살아날 수 있을지만 생각하라고."

"그……."

"핑계가 필요할 거야. 그렇지?"

"아, 네. 네네."

명줄을 쥐고 있는 건 국정원뿐만 아니라 리프 쪽도 마찬가지 아니던가. 얼마를 어디서 줬는지는 사실 국정원보단 리프 쪽이 빠끔이일 터였다. 원래 뇌물이란 건 주기 전까지는 받을 사람이 갑이지만, 한번 받고 나면 준 놈이 갑이 되기 마련이다. 거기에 쐐기를 박기 위해선 장부가 필요하다.

"공문 하나가 내려갈 거야. 으레 있을 만한 그런 공문이지."

사내는 웨다리치 눈앞에 종이 하나를 흔들어 보였다. 어디서 어떻게 구한 건지는 몰라도, 스리랑카 정부의 공식 문서로 보였다. 다만 아직 직인이 찍혀 있지는 않았다. 그걸 보면서 안도감이 들지는 않았다. 눈앞의 이 인간은 심지어 직인도 찍히기 전의 문서를 구할 수 있는 놈이란 얘기가 되니까.

'대체 거기서 무슨 일이 벌어지고 있는 거야?'

어디 군사 요지도 아닌데 왜 이런 놈이 날뛸까. 웨다리치는 혹시 거기서 석유라도 나나, 뭐 이런 생각이 들었다. 배후에 백강혁이라는 미친 의사가 있을 거란 예상은 전혀 할 수 없었다.

"비리 척결에 관한 건데, 이거 핑계로 지금 당장은 어렵다고 해. 어차피 하루 이틀만 미루면 될 일이니까……. 그건 할 수 있겠지?"

"아, 네. 물론입니다. 할 수 있습니다."

"그래. 그럼……."

사내는 고개를 끄덕이고 있는 웨다리치에게서 시선을 떼어낸 후 뒤를 돌아보았다. 어느새 웨다리치의 차량이 도착해 있었다. 차이가 있다면 원래 기사가 아닌 동양인 기사가 몰고 있다는 것 정도였다. 대체 내 기사는 어떻게 됐을까. 궁금증이 솟아올랐지만 애써 참았다. 말을 많이 해도 될 때가 있고 아닐 때가 있는데, 지금은 후자였다.

"법무부에도 눈이 있으니…… 딴생각 품을 생각은 마. 만약 다시 보게 되면 그땐 말 대신 다른 수단을 쓸 테니."

"네. 알겠습니다."

솔직히 얼굴만 봐도 말을 아주 잘 들을 것 같단 확신이 들기는 했다. 하지만 실패해서는 안 되는 작전 아닌가. 이유는 모르겠지만 하여간 위에서 신신당부하는 일이었다. 해서 마지막까지 긴장을 늦추지 않고 협박까지 해댔다. 누가 봐도 민간인인 사람에게 이렇게까지 해야 되나 싶었지만, 요원이 되고 제일 먼저 배우는 것이 바로 질문을 지우는 것이었다. 덕분에 사내는 맡은 바 임무를 끝까지 잘 해낼 수 있었고, 한석준은 밝은 목소리의 전화를 받을 수 있었다.

"영장은 안 나갈 거라고 전해주십쇼."

"아……. 무슨 영장이요?"

"알고 싶나요?"

"아뇨, 아닙니다."

반면 한석준으로서는 이게 대체 뭔 소린가 싶을 수밖에 없었다. 그가 아는 것이라고는 백강혁이 어젯밤 무장한 군인들과 어디로 갔다는 것, 그리고 아직까지 돌아오지 않고 있다는 것 정도였다. 꿈결에 총소리 같은 것을 들은 것도 같았는데 그건 애써 무시하고 있었다. 여기서 총질까지 더해졌다간 너무 무서울 것 같았다.

"저, 교수님."

하지만 마냥 있을 수는 없었다. 강혁이 시킨 일이 있어서였다.

"어. 어떻게 됐대?"

"영장은 묵살될 거라고 했습니다."

"그래? 잘됐네."

"저, 근데……."

"왜. 알고 싶어? 궁금해?"

"아, 아뇨. 끊을게요."

"그래, 지금은 그게 신상에 좋아."

한석준이 이번에도 궁금증을 해결하지 못해 괴로워하고 있을 때쯤, 강혁은 본격적인 회의에 돌입했다. 리처드와 데니스 그리고 라인 상사를 배석하고서였다.

"영장은 안 나온대."

"와……. 어떻게 한 거예요?"

"뭐 좀 움직일 수 있는 사람들이 있지."

"허."

리처드도 놀랐지만, 정말 놀란 건 역시 데니스였다. CIA가 원칙적으로는 준법정신 철저한 조직임을 천명하고 있지만, 사실은 그렇지 않다는 것 정도는 누구나 알고 있지 않던가. 특히 미국 외에서는 이래도 되나 싶을 정도의 공작도 심심치 않게 실행하곤 했다. 그래서 법무부를 움직이는 게 얼마나 어려운 일인지 아주 잘 알고 있었다. 만약 이게 쉬웠다면 CIA가 지금보다도 더 활개 칠 수 있었을 터였다.

'역시 이 인간은 괴물…….'

어떻게 의사가, 그것도 세계 최고 수준의 수술 실력을 쌓은 의사가 외적으로도 이만한 힘을 발휘할 수 있는 걸까.

"라인 상사님. 현지인 직원 명단 정리됐습니까?"

데니스가 기함하고 있는 사이, 강혁은 라인을 보고 말을 이었다. 법무부 정도 움직인 건 여상한 일이라고 여기는 듯했다.

"네. 교수님. 총 12명이 있습니다."

"생각보다 많네요?"

"뭐……. 지금은 부대 인원이 그리 많지 않지만, 차차 늘려나갈 생각이니까요."

"아, 그렇지. 부대 자체는 크지."

점차 스리랑카 전역뿐 아니라 인근 해역 전반에 걸친 감시가 가능해질 터였다. 그렇게 되면 중국이나 인도에 대한 견제도 가능하리라. 강혁은 즉시 거기까지 생각이 미쳤으나, 우선 접어두었다. 딱히 그에게 중요한 문제는 아니어서였다.

"그럼 각자 감시를 붙일 수 있겠습니까?"

"부대원들이 나서면 가능은 한데……. 저희는 그쪽으로 훈련받은 게 아니라서요."

"데니스, 너는 얼마나 돼?"

"네? 저…… 제가 해도 한 번에 두 명 정도죠. 그것도 동선이 겹쳐야 해요."

"음. 나도 두 명은 될 것 같은데."

"네? 훈련받았어요?"

"뭐 대강 눈으로 하는 건 다 잘해."

"음."

데니스는 좀 기분이 나빴지만, 딱히 뭐라 대꾸해야 할지 모르겠단 생각도 들었다. 확실히 강혁은 평범한 인간은 아니지 않은가. 그사이 강혁은 라인을 보며 다시금 말을 이었다.

"그럼 이제부터 한 1주일간만 하루 출입 인원을 네 명으로 줄일 수 있을까요?"

"아, 어려운 일은 아닙니다. 그렇게 하도록 하죠."

"좋군요."

*

다니엘은 수색 영장이 무기한 연장되었다는 소식에 분노했다. 말은 혹시 모른단 식으로 했지만, 속으론 당연히 바로 진행될 거라 기대하고 있었기에 더더욱 불같이 화를 냈다. 덕분에 곤란해진 것은 서장이었다.

"저……."

"어째 말 듣는 건 당신 하나뿐인 것 같은데?"

"죄송합니다. 이게 참…… 전화할 때는 무조건 할 것처럼 하더니……."

"위에서 지침 내려왔다는데 이건 확실한 거야?"

"그……."

서장은 방금 다니엘이 화내면서 밀쳐내는 바람에 떨어진 연필 다발을 주우면서 고개를 끄덕였다. 그렇지 않아도 시기가 너무 공교롭다는 생각이 들었더랬다. 이상한 일 아닌가? 이런 부탁이 많은 것도 아닌데 하필 부탁했을 때 공문이 내려왔다니? 해서 알아봤더니 정말로 법무부 장관 지시로 바로 오늘 자 공문이 내려왔다.

"네, 맞습니다. 오늘 내려왔어요."

"아니…… . 음."

서장은 재수 옴 붙었다는 생각만 하고 있었지만, 다니엘은 조금 쌔한 기분이 들었다. 세상에 우연은 없다고 믿었기에 그랬다. 실제로 뒤에서 이런저런 일들을 건드리고 다니다보니 더더욱 그렇게 됐다.

'설마…… 저쪽에서?'

하지만 누와라엘리야 병원에서 뭘 어떻게 했다고 생각하기엔 좀 이상한 일이었다. 물론 한국 대통령이 뜬금없이 방문하기는 했지만 그건 국위선양 및 홍보차 온 것 아니겠는가. 실제로 그 후로 뭐 따로 이루어진 일도 없었던 것 같고.

'우연인가.'

다니엘은 쯧 하고 혀를 차고는 서장을 바라보았다. 서장은 애초부터 대화가 어떻게 이어질 것인지 예상하고 있던 참이라 당황하는 대신, 리스트를 슥 하고 들이밀었다. 아까 비서에게 전달받았던 미군 부대에 드나드는 현지인 명단이었다. 그중 말이 통할 수밖에 없는 이들의 이름에 빨간펜으로 동그라미를 쳐두었다.

"이거야?"

"네."

"어떤 애들이지?"

다니엘은 대부분의 사람에게, 특히 스리랑카 현지인들에게 함부로 말하는 경향이 있었다. 서장은 그게 마음에 걸렸지만 어쩔 수 없는 일이라 생각하게 된 지 오래였다. 여기에 동조하는 것만으로 너무 많은 것을 얻고 있지 않은가. 그래봐야 다니엘이 이 지역에서 착취해가는 것의 부스러기만 받아내고 있을 뿐이지만. 그것만으로도 서장 개인이나 그가 속한 가문은 떵떵거릴 수 있었다.

"네. 얼마 전 시민권 복권 운동 있을 때 운 좋게 신청해서 얻어걸린 사람들입니다. 근데 뭐 그때 그게 잘 안 되지 않았습니까?"

"그렇지."

스리랑카 정부라고 해서 아예 타밀족 사람들을 내깔겨 놓고 있는 건 아니었다. 게다가 타밀은 전 세계적으로 꽤 드넓게 분포하고 있는 민족이기도 해서 돈과 힘 있는 이들도 제법 많았다. 그들의 관심이라는 게 대부분 타밀 타이거 측에 쏠려 있었다는 게 문제긴 하지만. 하여간 일부 이곳에 있는 인도계 타밀에도 도움의 손길이 닿기는 했다. 하지만 뜻대로 되지는 않았다. 리프를 비롯한 농장주들의 의도적인 방해가 있었고, 그들의 돈을 받아먹은 공무원들 또한 적극적으로 나서지 않아서였다.

"시민권 받아봐야 타밀인데…… 뭐 하러 그 난리를 피운 거야."

"그렇죠. 웃긴 일이죠. 하여간……."

싱할라족인 서장은 비웃음을 담은 채 고개를 가로저었다. 실제로 시민권을 획득한 이들 중에 이 시궁창 같은 곳을 떠난 이들은 거의 없었다. 떠났다 해도 콜롬보와 같은 대도시의 빈민층으로 전락했을 게 뻔했다. 내전이 종식되었고, 타밀족에 대한 차별도 점차 줄어들고 있다고 하지만 여전히 타밀에 대한 사람들의 시선은 냉담했으니까. 게다가 이들은 스리랑카계 타밀도 아니라 이도 저도 아닌 존재로 치부되기 일쑤였다. 원래 뿌리를 두고 있던 곳에서 뽑혀 와 강제 노역에 시달린 이들의 운명은 이토록 가혹했다.

"그래도 시민은 시민이라 그게 없는 사람들보다는 좀 낫죠. 어찌 되었건 저희한테 찾아올 수도 있고요."

"들어주기는 하나?"

"잘 안 되지만……. 그래서 일 시키가 좋습니다. 적어도 제가 앞으로 뒤를 좀 봐주겠다고 하면 어떻게 되겠습니까?"

"음."

고작해야 경찰 서장 하나가 뒤를 봐주겠다고 한다고 사람을 죽인다라. 날 때부터 분수에 맞지 않는 힘과 부를 갖고 태어난 다니엘로서는 쉬이 이해가 가지 않았다. 그래서 조금 불안해졌다.

'이거…… 에우리드가 알게 되면…….'

사고를 치긴 하지 않았나. 아랫것들 앞에서야 침착함을 연기하고 있었지만 아무리 다니엘이라고 해도 초조해질 수밖에 없는 상황이었다. 만약 미군을 습격한 이들이 리프와 직간접적으로 연관이 있고, 더 나아가 다니엘의 명령에 따른 것이라 밝혀지게 된다면 그때는 방법이 없었다. 다니엘은 지금껏 누리던 모든 것을 빼앗긴 채 왕좌에서 내려와야 할 것이었다. 평소엔 세계의 중심을 떠나 오지의 왕 노릇이나 하는 것이 한심하고 또 원통했지만, 빼앗길 상황이 오자 그것이라도 간절하기 짝이 없었다.

"아냐, 나를 좀 보자고 해."

"네? 사장님을요?"

"그래. 서장이 뒤를 봐준다고 해도 좋겠지만, 내가 뒤를 봐준다고 하면 더 좋겠지."

"그렇지만…… 이놈들은……."

다니엘이 무시할 때는 같은 스리랑카 사람인데 너무한다는 생각이 들기도 했지만, 결국, 서장도 똑같은 놈이었다. 한때 영국인들에 의해 사회의 주류에서 밀려났던 탓에 싱할라족의 서장은 그 자리를 남의 힘으로 차지했던 타밀에 대한 적개심이 있었다. 지금 여기 와 있는 타밀은 그 타밀이 아니란 것을 잘 알지만, 그럼에도 그랬다.

"여러 소리 하지 마. 상황이 그리 좋지가 않아. 이번엔 절대 실패하면 안 돼."

"네. 알겠습니다."

하지만 서장은 어찌 되었건 강자에게 약하고 약자에게 강한 사람이었다. 다니엘의 말에는 더 거역할 수 없었다. 해서 곧 그가 리스트업했던 이들이 모두 경찰서로 모이게 되었다. 서장은 다니엘 앞에서나 약자일 뿐, 현지인들에게는 또 다른 왕 그 자체였기에 가능한 일이었다.

"음."

마른침 삼키는 소리가 울렸다. 다니엘이야 이 사람들의 얼굴도 이름도 모르지만, 불려 온 이들은 다니엘을 알았기에 그랬다. 물론 이쪽도 얼굴 모르는 거야 마찬가지였으나, 리프의 사장이라는 말을 전해 듣자마자 그때부터 심계항진이 발생했을 지경이었다. 이 지역에서 리프의 위상은 식민 통치 당시 총독부와 다름없었다.

"너희들 중에 누구 하나라도 성공하게 되면 전원 수도에서 제대로 된 직업 갖고 살게 해주겠어."

그 다니엘의 입에서 나온 말은 달콤한 꿀이었다. 동시에 모든 이를 하나로 묶는 족쇄이기도 했다. 한 명만 성공해도 모두에게 상을 주겠단 얘기는 곧, 모두가 합심해서 일을 성공시키란 뜻과 다름없지 않은가. 강제적인 협력을 이끌어내는 방안이라고 보면 되었다.

'와…….'

서장은 확실히 이 인간이 이런 일에 있어서만큼은 난 놈이라는 생각을 했다. 하긴 그럴 수밖에 없었다. 여기 와서 한 짓이라곤 이런 짓밖에 없지 않은가. 뭐든지 하면 는다고 하는데 나쁜 짓도 마찬가지였다.

"그러니까 다들 잘해보라고. 자세한 방법은 여기…… 서장한테 듣도록 해."

다니엘은 거기에 그치지 않고, 실제 칼춤은 서장이 추게끔 했다. 아마 일이 들통나게 되면 한발 빠지려는 속셈일 터였다. 서장은 세상에 이토록 괘씸한 인간이 있나 싶었으나, 이미 자신은 수렁에 빠진 지 오래였다. 받을 땐 몰랐던 자식의 유학이나 아버지의 병원 입원 등이 지금은 족쇄였다. 자신이 여기서 그만두면 가족들이 받았던 것 전부를 토해내야 할 터였다.

"그래, 이쪽으로 와."

해서 서장은 일단 맡은 바 임무에 충실하기로 했다.

"새끼들, 열심이네."

그 시각 강혁은 데니스를 통해 모든 것을 전해 듣고 있었다. 원래 같았으면 따로따로 일을 내렸을 테고, 누가 다니엘의 명을 따르는지 몰라서 일이 어려웠을 텐데, 초조한 마음에 전부를 경찰서로 부르는 바람에 명단이 노출된 마당이었다.

"이거 뭐, 나랑 데니스가 따로 볼 필요도 없겠는데?"

"네. 이름을 알고 있으니……. 아니, 전원이 용의자가 됐군요."

웃는 강혁과는 달리 라인 상사는 조금 씁쓸한 얼굴이었다. 그가 중동에 있을 때 민간인이 적에게 협조했던 사건이 트라우마로 남은 탓이다. 아무 잘못도 없어야 할 민간인의 밀고로 동료를 잃었을 땐, 과연 이 마을 사람들을 적으로 간주해야 하는지 아니면 여전히 민간인으로 대해야 할지 헷갈리기만 했다. 그때 못 참고 발포한 이들은 모두 귀국해서 정신과 치료를 받아야만 했다.

"무슨 생각하는지 아는데, 이 사람들은 잘못 없어."

라인 상사가 전쟁의 참혹함에 허우적댈 때, 강혁이 그의 손을 잡고 입을 열었다. 강혁 또한 시리아에 있지 않았던가. 그도 참상을 같이 겪었고, 그래서 라인 상사가 어떤 상처를 들여다보고 있는지도 알았다.

"네?"

"잘못을 저지르기 전에 우리가 잡으면 돼. 미수야, 미수."

"아……."

"그리고 지금 들어서 알잖아. 이건 강압에 의한 협조야. 이 사람들에게 선택권이 있었어?"

"아뇨, 없었습니다."

"그래, 그렇게 생각하라고."

"네……."

"물론 우리에게 위해를 끼치는 순간부터는 적이지만, 그렇게 되지 않게 해보자고."

"네, 감사합니다."

라인 상사가 조금은 후련해진 표정을 지었다. 강혁은 계속해서 말을 이었다.

"그럼 군이 네 명으로 줄일 필요도 없겠어. 그렇지?"

"네. 모두가 용의자입니다."

"좋아. 내일 보자고."

"네."

강혁은 함정을 깊고 넓게, 그러면서도 교묘하게 파놓고는 다음 날이 오기를 기다렸다. 12명의 현지 노동자들은 호랑이 굴에 들어가는지도 모르고, 조금은 상기된 얼굴로 미군 부대 내로 들어왔다. 각기 맡은 임무가 있었다. 비전투 지역의 부대이기에 그리 삼엄하지는 않았지만, 기본적으로 군부대 아닌가. 당연히 한두 명이 어떻게 한다고 해서 안에 있는 이들을 죽일 수는 없었다. 하지만 12명이 다 합심한다면 가능한 일이었다. 그들은 그렇게 믿었다.

"좋아. 이야……. 나름 연습 많이 했네. 눈 가리고, 독 탔고……. 이동한다."

"잡을까요?"

"아니, 배식하는 척만 해. 한꺼번에 잡아야지."

"네."

하지만 모두가 그들을 감시하고 있다면 얘기가 달랐다. 덕분에 현지인들은 뜻하던 바를 단 하나도 이루지 못한 채, 모두 현장에서 잡히고 말았다.

"아."

누군가의 입에서 두려움이 잔뜩 담긴 탄식이 흘러나왔다. 아직 시민권을 획득하지 못했던 시절, 그러니까 차밭에서 일하던 시절 주인을 거스른 이들의 말로가 떠오른 탓이었다. 여전히 이곳의 노동자들에게 죽음은 언제고 타의에 의해 찾아올 수 있는 것이었다. 리처드는 그런 이들을 향해 웃으며 다가왔다.

"걱정 마세요. 다니엘의 협박에 의해 이런 일을 했다는 거……다 알고 있습니다."

"?"

리처드는 의문에 찬 노동자들을 보며 말을 이었다.

"다니엘이 내놓았던 조건, 저희도 내걸죠. 여러분이 해야 할 일은 단 하나……. 이런 일을 시킨 사람이 다니엘이라는 증언입니다. 딱 한 명만 진술하셔도 모두 혜택을 받게 될 겁니다."

고민은 길지 않았다. 어차피 다니엘과 인간적인 유대 관계가 있는 것도 아니었으니. 아니, 오히려 인간적인 눈으로만 본다면 개새끼도 그런 개새끼가 없었다. 이들이 궁금해하게 된 것은 정말로 약속을 지켜줄 것인가, 그것뿐이었다.

"그, 그런데……."

"정말 우리를 지켜줄 건가요? 수도로 가건 어쩌건……. 저희는."

정도의 차이는 있을지언정, 모두가 두려움에 휩싸여 있었다. 무리는 아니었다. 이 지역 사람이 다니엘의 말을 거역하는 게 어떤 것을 의미했던가. 어쩌면 죽음보다 더한 형벌을 받게 될 수도 있었다. 그때 강혁이 나섰다.

"네, 지켜줄 겁니다. 걱정 마세요. 어차피 다니엘이라는 사람, 누와라엘리야 밖에서는 아무 힘도 없어요. 그저 돈 좀 있는 사람일 뿐이죠."

평소처럼 공감 능력 제로의 얼굴이 아니었다. 리처드는 물론이고 그를 잘 모르는 라인 상사조차 흠칫 놀랄 만큼 자애로운 미소를 짓고 있었다.

'연기…… 연기한다.'

데니스는 그런 강혁을 보며 고개를 가로저었다. 이런 걸 볼 때마다 아까웠다. 만약 냉전 시대에 태어나 CIA에 투신했다면 전설적인 정보 요원이 되었을 텐데. 그야말로 정보 요원으로서의 자질이란 자질은 다 타고 난 위인이었다.

"이곳 주민들이신 데다가 미군 부대에 취직되신 분들이시니 잘 알고 있을 겁니다. 미군이 매입한 농장의 노동자들의 처우가 어떻게 바뀌었는지를요. 그들 중 일부는 심지어 이미 여러분처럼 시민권을 획득했습니다."

"아……."

"맞아, 그랬지."

"숙소도…… 완전히 바뀌고 있던데."

강혁의 말에 현지 노동자들의 표정이 눈에 띄게 밝아졌다. 내용도 내용이었지만, 강혁이 구사하는 언어도 효과적이었다. 피부색이 다른 사람으로서는 처음으로 타밀어를 하고 있었다. 그것도 꽤 유창했다.

"우리는 진짜 여러분들을 돕기 위해 온 거예요. 다른 뜻은 없어요. 그 일에 다니엘이 방해되기에…… 처리하고자 합니다. 증언만 해주시면 됩니다. 누가 했는지는 철저히 익명에 부치겠습니다. 안다 해도 문제없을 겁니다. 여러분과 여러분 가족은 오늘로 이곳 누와라엘리야를 떠나 대한민국 대사관으로 갑니다."

거기에 더해 대한민국이라는 말까지 듣자, 더더욱 반응이 있었다. 대한민국 내에서는 체감이 잘 안 될 수도 있지만, 실제 한류는 세계 이곳저곳에서 대단한 영향력을 발휘하고 있었다. 특히 개발도상국에서는 가히 파괴적이라 할 만한 위력이 있었다. 더욱이 스리랑카는 코리안 드림이 보편적으로 퍼져 있는 국가 중 하나였다. 늘 정책에서 뒤로 밀리다 못해 안중에도 없는 존재인 인도계 타밀에게는 남의 일일 뿐이었으나, 한국에서 몇 년 일하고 돌아와 부자가 된 이들이 제법 많았다.

"오……. 한국 사람이었구나."

"그럼……."

"음."

아마 그저 차밭에만 매여 있던 사람들이었다면 그나마 이런 소식도 몰랐을 테지만, 이들에게는 최소한의 자유가 보장되어 있었기에 한국에 대한 기본적인 정보는 있었다.

"데니스와 서장이 한패입니다."

"서장은…… 거의 데니스의 부하예요. 지금까지 농장 내 살인이나 강간 등의 범죄가 얼마나 많이 묻혔는지 몰라요."

"도망이요? 도망을 어떻게 갑니까. 일단 농장 안의 경비가 삼엄한 데다가……. 여기 길이 외길인데 벗어나면 정글이에요. 아직도 사나운 야생 짐승들이 도처에 있어요……."

"게다가 경찰들이 우리를 잡아가요. 운 좋게 관광객의 도움을 받은 사람들이 있다고는 하는데……. 끝이 어떻게 됐는지는 몰라요."

그때부터였다. 취조실이 일종의 성토장이 된 것은.

"다니엘이 시킨 거죠? 이 안에 있는 사람들 다 죽이라고."

"네. 그랬습니다. 다는 못 죽이더라도 이 사람. 이 사람은 반드시 죽이라고 했습니다."

강혁이 다니엘의 심복임을 자처하며 그 어떤 질문에도 묵묵부답이었던 농장주의 사진을 들이밀자, 모두가 알아보았다. 그러곤 한마음 한뜻이 되어 다니엘이 이 사람만큼은 반드시 죽이라고 했다고 말했다.

"봤어요?"

"허……."

그 시각 데니스는 농장주 및 용병들이 갇혀 있는 곳에 있었다. 실시간으로 취조실 현황을 보여주면서였다. 모두 충격을 받았지만, 그중에서도 가장 큰 충격을 받은 것은 단연 농장주였다.

"이미 다니엘은 당신 버렸어요. 근데 이렇게 입 다물고 있으면 뭐가 됩니까."

"나는……. 나는……."

그러면서도 도무지 믿을 수 없다는 표정을 짓고 있었다. 바보 같은 일이란 생각이 들 수도 있겠지만, 사실 이해 못 할 반응은 아니었다. 데니스는 신문을 하면서 각양각색의 사람을 본 바 있기에 쉬이 이해할 수 있었다.

'원래 대충 두 부류로 나뉘는 법이지.'

바깥과 차단이 되자마자 혼란에 휩싸인 채 이 말 저 말 다 하는 놈. 그리고 오히려 입을 다무는 놈. 농장주는 후자였다. 전자에 비하면 까다롭다 할 수 있겠지만, 어차피 이자는 민간인이었다. 숙련된 기술자의 신문은 도저히 견뎌낼 재간이 없었다.

"이것도 들어보시죠."

데니스는 수감자들의 하루를 이틀로 쪼개놨다. 창이 없어 햇빛을 볼 수 없는 경우, 강제로 재우고 깨우는 것만으로도 가능한 일이었다. 때문에 농장주를 비롯한 수감자들은 실제 그들이 갇혀 있던 시간보다 무려 두 배가 흘렀다고 인식하고 있었다.

'이놈은 무조건 죽어야 해. 너무 많은 것을 알고 있어.'

그만큼 정신적으로 지쳐 있다는 뜻이었다. 바로 그때 들려온 다니엘의 목소리는 심장을 후벼 파기 딱 좋았다.

"어떻게 이럴 수가……."

"이제 알겠습니까? 저쪽은 이미 당신네들 고용 관계부터 기록까지 다 지우고 있어요. 죽여서 입막음까지 하려고 한다고."

"하……."

"어때요? 이제 말할 마음이 듭니까?"

농장주는 잠시 데니스를 올려다보다가 이내 고개를 끄덕였다.

"그렇게 하겠습니다."

데니스는 그런 농장주를 보며 이번에도 강혁을 떠올렸다. 아니, 강혁이 했던 말을 상기했다.

'노동자들? 개들만 설득해서 뭔 소용이 있어. 아는 게 뭐가 있다고. 그 사람들 이용해서 잡혀 온 놈들 입을 열어야지? 충성? 삼국지냐? 다 얄팍한 놈들이야. 위험이나 이득 앞에서 흔들리지 않을 만한 놈은 없어.'

대체 이 사람은 뭘 보길래 이렇게 단정적으로 말할 수 있나 했는데, 과연 말한 대로 일이 돌아가고 있었다.

'죽으나 사나 백강혁 옆에 붙어 있긴 해야겠다.'

데니스는 더러워도 어쩔 수 없다는 생각을 하며 농장주의 진술을 빠짐없이 녹음하고 또 기입했다. 수족들이 잘려나가는 것을 넘어 배신하고 있는 동안에도 다니엘은 오히려 기대감을 감추지 못했다. 아는 게 아무것도 없으니 그럴 수밖에 없었다.

"어떻게 되고 있을라나?"

"열둘이 다 들어갔습니다. 그중 세 명 정도만 성공해도 몰살이

에요. 농장주는 두 명 정도만 성공해도 죽고요. 해가 되는 일은
없을 겁니다."

"녀석들 발각되면?"

"그거야…… 뭐. 아시면서."

"그건 그렇지. 건방진 새끼들……."

다니엘은 쯧 하고 혀를 찼다. 평화롭던 일상에 이상한 놈 하나
가 나타나는가 싶더니만 이렇게 물을 흐릴 줄이야. 지난 100년
간 유지되어 오던 단단한 역사가 흔들리고 있지 않은가.

'백강혁…….'

내막을 잘 모르긴 했지만, 아무리 생각해봐도 변수는 그놈뿐
이었다. 해서 다니엘은 이번 일만 잘 넘기고 나면 직접 나서서라
도 백강혁이라는 놈을 좀 손봐야겠다고 다짐했다. 물론 헛되고
헛된 다짐일 뿐이었다.

"저, 다니엘? 전화가 왔습니다."

"전화? 무슨 전화. 중요한 거 아니면 이따 받는다고 해. 눈치
없어?"

생각보다 더 늦어지는 바람에 성이 난 상황이었다. 딱히 차량
을 준비해주진 않았으니 걸어와야 하기야 하겠으나, 그렇다 해
도 퇴근 시간이 지난 지가 언젠데 단 한 명도 코빼기도 비추질
않는단 말인가. 어이가 없는 단계는 이미 한참 전에 지났고, 화
가 잔뜩 올라왔다.

"그게……."

"뭐, 인마."

한데 비서가 평소와는 달리 물러설 생각이 없어 보였다. 아주 곤란하다는 표정을 짓고 있기도 했다.

"뭐야."

그제야 뭔가 쌔한 기분이 든 다니엘이 재차 물었다. 비서는 가타부타 부연설명을 더 하는 대신 그저 전화기를 공손히 내밀었다.

"에우리드 사장님입니다."

다니엘이 두려워하는 몇 안 되는 존재 중 한 사람의 이름을 말하면서였다.

"어?"

그렇지 않아도 뒤가 켕기는 상황이지 않은가. 타이밍이 안 좋았다. 자신이 꾸민 일의 결과도 모르는 상황에서 공교롭게 걸려 온 상급자의 전화였다.

"어서 받으셔야 합니다. 분위기가 좀……."

"알았어. 음."

그렇다고 피할 수 있는 종류의 전화도 아니었다. 에우리드는 다니엘처럼 본가에서 버림받은 사람이 아니라, 가장 강력한 힘을 가지고 있는 사람 중 하나였으니까. 에우리드쯤 되면 다니엘 정도는 말 한마디로 치울 수 있었다.

"어쩐 일이십니까?"

다니엘은 경찰서 구석, 그러니까 조용한 곳으로 가서 전화를 받았다. 최대한 태연한 목소리를 내면서였다.

"어쩐 일?"

반면 에우리드는 불편한 심기를 전혀 숨기지 않았다. 수화기 너머로부터 더운 입김이 전해져오는 느낌이 들 지경이었다.

"네, 어쩐 일이십니까? 이 변방에 전화를 다 주시고."

"몰라서 묻는 건 아닐 텐데……. 너…… 이렇게까지 멍청한 놈이었어?"

"네? 무슨……."

"모르는 척은 이제 그만…… 그만해. 방금 누와라엘리야 미군 부대 리처드 중령에게 전화랑 메일을 받았어."

"아……. 그렇습니까?"

다니엘은 리처드란 이름을 듣자마자 당황했다. 전화와 메일이라? 대체 무슨 내용일까? 에우리드는 다니엘의 떨리는 목소리를 비웃으며 말을 이었다.

"미친 새끼. 미군한테 총질하고……. 잡힌 놈들을 죽이려 하고도 무사할 줄 알았어? 너는…… 너는……."

러셀 가문 사람만 아니었어도 지금쯤 재판에 회부 되고도 남았단 말은 간신히 참았다. 가문 얘기를 하면 이 멍청한 놈과 한데 묶이지 않는가. 지금 이 순간만큼은 그조차 불쾌했다.

"아."

다니엘은 이제 가장할 기운도 다 잃고 말았다. 모든 것이 밝혀진 상황 아닌가. 짧은 탄식을 끝으로 아무 말도 할 수 없었다. 에우리드가 하는 말을 듣는 것만으로도 힘겨웠다.

"다행인지 불행인지 거래를 제안해왔어. 이제부터 리프는 이쪽 차밭에서 손을 떼라고 하더군……."

에우리드 또한 말을 잇는 것이 벅찬지 잠시 한숨을 푹 하고 쉬었다. 가뜩이나 시끄러운 쪽에서 대형 사고가 또 한 번 터진 셈 아닌가. 여기서 괜히 법적 공방으로 가자고 했다간 여론의 뭇매를 맞게 될 터였다. 게다가 잘못은 명백히 이쪽에 있기에 법적으로도 불리했다. 뒷배도 차이가 났고.

"이제 우리가 소유한 차밭은…… 모두 미군에게 양도할 거야. 운영 자격도 잃었어. 모두…… 모두 네놈 탓이야, 다니엘."

협상의 귀재

리처드는 실로 오랜만에 양복을 입었다. 양복 자체가 서양인 체형에 맞는 의복인 데다가, 체격도 꽤 좋은 편이라 썩 어울렸다.

"와씨……."

"모델이야?"

"왜 이렇게 멋있어?"

물론 칭찬 세례를 받고 있는 건 리처드가 아닌 강혁이었다. 썩 어울리는 정도가 아니라, 그냥 양복을 위해 태어난 듯한 모양새였다. 이대로 런웨이를 걸어도 전혀 어색함이 없겠다 싶을 정도랄까. 리처드는 그런 강혁을 보며 툴툴거렸다.

"아니, 계약은 제가 하는데 왜 멋은 교수님이 내세요?"

"뭔 소리야, 인마."

"지금 거울 좀 봐봐요. 어? 양복에 넥타이에 어? 명품이죠, 그 거 다?"

"명품은 개뿔. 나 그런 거 안 입는 거 알잖아."

"어……."

생각해보니 그랬다. 오히려 리처드의 양복이 몇 배는 더 비쌌다. 이건 나름 휴고 보스였으니까. 그에 비해 강혁이 입은 건 그냥 한국에 있는 장인에게 맞춘 양복이었다. 가격을 물어보니 위아래 다해서 60만 원 정도. 객관적으로 싼 축은 아니었으나, 강혁의 지위를 생각해보면 결코 비싸지는 않았다.

"어…… 어? 근데 왜 이래."

"양복에 넥타이. 정장 차림이 다 이렇지 뭘."

"근데 왜…….'

"왜는 무슨, 원래 옷은 옷걸이가 좋아야 하는 법이야."

"나도 운동 열심히 하는데?"

"난 그냥 원래 이랬어. 운동하기 전에도."

"후."

어쩜 말을 이렇게 재수 없게 할까. 리처드는 저도 모르게 한숨과 함께 나지막이 욕설을 내뱉었다. 다행한 일은 강혁이 마침 다른 데 신경을 돌린 덕에 그 말을 전혀 못 들었다는 점이었다.

"저, 근데 교수님."

"응."

리처드와 강혁이 잠시 병원을 비우는 동안 전반적인 일을 맡게 된 재원이 강혁을 불러 세웠다. 원래대로라면 재원이 부르건 한유림이 부르건 간에 씹고자 하면 얼마든지 씹을 수 인간이 바로 강혁이지만, 오늘은 달랐다. 그 또한 이런 과도기에 며칠이나 병원을 비운다는 게 얼마나 큰일인지 아주 잘 알고 있었다.

"일단 당직 표는 이렇게 짰어요."

"퐁당퐁당이네?"

"그렇죠, 뭐. 둘 빼면 저랑 한유림 교수님 둘이니까요."

"정규는 보지 말라니까 왜 오전에 넣어놨어."

"농장주들 중에 눈치 빠른 사람들이 환자들 보내겠다고 의사를 밝혀왔어요. 그중엔 상태 별로인 환자들도 있는 모양이에요."

"그래봐야 안 봐줄 건데."

"혹시 모른단 소문이 있나봐요. 어찌 됐건 우리가 의사니까 좀 만만하지 않겠나 하는 것도 있고……."

재원은 말하면서도 참 어이가 없는 소문이란 생각이 들었다. 애초에 만만한 사람들이었으면 일이 여기까지 왔겠는가? 철옹성 같던 리프가 무너져 내리고 있는 와중에도 저딴 말이 돌다니. 정말이지 현실 감각 떨어지는 놈들이었다.

"아무튼, 환자가 온다 이거지? 그럼 보긴 해야겠네. 뭐…… 오늘 미군 군의관 온다니까, 잘 부려봐."

"아……. 네."

"영어 잘 모르겠으면 한유림 교수님이나 저기 누구냐 장미한테 부탁하고."

"저, 저도 이제 꽤 잘하거든요?"

"꽤 잘하긴. 더듬거리는 거 보면 내가 다 속이 터지겠던데."

"하여간……. 온다 이거죠? 알았어요."

"그래. 그럼 슬슬 가본다."

"네."

강혁은 재원에게 병원 일을 맡기고, 숙소 밖으로 나섰다. 이미 차량이 도착해 있었다. 커다란 지프 차량이었다.

"오?"

"대사관에 부탁해서 보내달라고 했습니다."

어리둥절해하고 있으려니 한석준이 나서서 입을 열었다. 나 잘했죠, 라는 표정을 지으면서였다.

"잘했다."

말해주는 것 정도야 어려운 일도 아니지 않은가. 만약 돈 드는 일이라면 안 했을 터였다. 앞으로 돈 들어갈 일이 정말이지 수두룩 빽빽이니까. 재원이나 장미 등은 리프에서 차밭을 양도받았으니 이제 끝이라고도 생각하는 모양인데, 강혁이 보기엔 이제 시작이었다. 과거부터 100년도 넘게 이어져 내려온 문제를 단기간에 해결하는 건 아주 어려운 일이었다. 무엇보다 돈이 많이 들어갈 것이었다.

"네, 교수님."

"리처드는 어디 갔어?"

"화장실 다녀온다고 합니다."

"얘는 꼭 가기 전에 이러더라."

"비행기에서도 자주 싼다면서요."

"응. 군용 수송기는 그냥 밖으로 싸는 건데……. 그걸 거의 매일 한다고 보면 되지."

"수술은 대체 어떻게 하는지……."

"나도 그게 신기해."

자리에 앉아 한석준과 리처드에 대한 이런저런 얘기, 주로는 뒷담화에 가까운 얘기를 하다보니 리처드가 다가왔다. 손에 물기는 없었다.

"손 닦고 와 인마!"

"아, 닦았어요."

"웃기지 마. 방금 닦은 손이 어떻게 그렇게 말라 있어!"

"거참. 알았습니다."

"어후, 의사라는 놈이."

강혁은 그저 물기만이 아니라 다른 무엇도 보이는 사람 아닌가. 남몰래 헛구역질까지 참아야만 했다.

"자, 그럼 갑니다."

"계약 잘하고 오세요!"

"어, 다 뜯어낼게."

"어……. 네."

계약은 내일이었다. 오늘 하루는 온전히 이동에 할애하면 된다는 얘기였다.

'얼마나 뜯어낼 수 있을까.'

강혁은 마음 편한 얼굴로 차창에 얼굴을 기대었다. 길이 험해서 그리 빨리 달리지 못하는 차량 덕에, 창밖의 풍경만큼은 더 선명히 바라볼 수 있었다.

"음."

별로 좋지 못한 생각을 하고 있었음에도 불구하고 절로 미소가 지어지는 풍경이었다. 어떻게 된 게 이만큼 있었으면 이제 익숙해질 법도 한데, 볼 때마다 영 새롭기도 했다. 깎아지른 듯한 절벽과 폭포, 그 위에 자리한 둥근 차밭들. 그리고 밑으론 여전히 건재한 정글과 그 옆을 아슬아슬 달리는 차량들. 도무지 어울릴 것 같지 않은 요소들이 모여 장관을 이루었다.

"교수님."

그때 리처드가 강혁을 불렀다. 양복은 거추장스러웠는지 벗어
둔 채였다. 이왕 갈아입을 거면 좀 제대로 된 걸 입든가……. 지
나치다 싶을 정도로 짧은 반바지를 입고 있었다. 강혁은 잠시 누
렇고 굵은 다리를 내려다보다가 간신히 입을 열었다.

"어, 왜."

"계약 말입니다."

강혁과 달리 지금 리처드의 머릿속은 심히 복잡했다. 일이 착
착 계획대로 잘 진행되고 있는 건 맞지만, 이게 리처드의 계획은
아니지 않은가. 일부 관여하긴 했어도 여전히 전체적인 모양새
는 모르고 있었다. 그런데도 직함이 직함인지라 전면에 나서는
건 오히려 강혁이 아니라 리처드였다. 부담이었다.

"아, 계약. 그래."

"일단…… 거기랑 얘기된 게 미군 측이 리프 소유의 차밭 전
부를 보안상의 이유로 매입하는 건데……."

"응, 그러면 돼."

보안상의 이유를 더욱 상세히 말하자면 다음과 같았다. 중
국 스파이의 드론 정찰 및 마약 재배 사건이 있지 않았던가. 물
론 한석준을 이용한 조작이었지만, 하여간 기록은 그랬다. 거기
에 더해 다니엘 러셀이 리프와는 별개로 중국 스파이 노릇을 하
면서 미군에 위해를 끼치기까지 했다. 그 와중에 민간인, 그것도
대학생들의 생명을 위험하게 만들었다. 이러한 자료를 들이밀자,
리프도 그 위의 더 윗도 아무런 말을 하지 못했다.

'요구하신 대로 처리하게 되면……. 이 일은 덮어지는 거 맞습니까?'

오히려 제발 입만 다물어달라고 사정했을 지경이었다. 이게 밝혀지면 기업에 타격이 있는 정도가 아니라 괴멸이 일어날 게 뻔해서였다. 만약 강혁이 기업 사냥꾼이었다면 그런 쪽으로도 생각을 해봤겠지만, 목적이 아예 다르지 않은가. 그는 그저 이 지역을 되살리는 데에만 관심을 두고 있었다.

"가격 측정은 뭐…… 알아서 잘했을 텐데, 이렇게 해도 되는 거예요? 너무 싸잖아요?"

"전에는 더 싸게 샀잖아."

"그건…… 일단 규모가 작으니까요. 또 스파이 건이 컸지."

"총 쏴댄 게 더 크지."

"그건…… 그렇긴 한데. 음. 완전 황금알을 낳는 거위 느낌이던데, 이 땅들."

리처드는 뒤로 아련히 보이는 누와라엘리야를 돌아보며 말했다. 멀리서 보는 누와라엘리야는 뿌연 안개에 가려진 채 찬란한 빛을 반사시켜 더욱 빛나고 있었다. 그야말로 빛의 도시다운 자태라 할 수 있었다.

"그게 생산 원가가 안 들었으니까 그런 거지……. 제대로 하면 그게 아냐. 데니스한테 들었으면 알잖아. 커피 장사가 그렇게 잘됐다던데, 돈 뭐 얼마나 번다디."

"많이 벌던데요?"

"아, 이 새끼."

강혁은 말이 안 통한다는 얼굴로 고개를 저었다. 뭐 생각해보면 이해되는 일이긴 했다. 리처드야 군인이지 않은가. 대우가 좋은 편이라고 해봐야 버는 돈은 한계가 있기 마련이었다. 사업가나 투자자, 그리고 강혁에게 훨씬 못 미쳤다.

"기업이 인마, 개인이랑 같냐."

"아무튼, 이게 임금 정상화하면 그렇게 큰돈이 안 될 거라는 거죠?"

"그렇지. 당분간은 적자나 안 보면 다행일걸?"

"왜요?"

"의도한 건 아닌데……. 홍차 자체에 대한 이미지가 좀 나빠졌어. 뉴스 안 봤냐?"

"볼 시간이 어딨어요. 노예처럼 일하는데."

"노예는 새꺄, 차밭에 있는 사람들이 그렇게 일하는 거고."

"말이 그렇다는 거죠. 아무튼, 장사가 안 될 거다?"

강혁은 리처드의 말에 고개를 끄덕였다. 물론 단기적인 악재일 터였다. 데니스가 한구에서의 노하우와 영업 판로를 십분 활용해서 공정 무역을 해낼 테니까. 사실 진짜 큰 문제는 홍차에 대한 이미지에 있는 게 아니었다.

마침 차가 튀었다. 차가 후져서가 아니라 도로가 너무 후져서였다. 아무리 좋은 차도 여길 달리다 보면 이렇게 흔들거릴 수밖에 없었다.

"그것도 있고, 돈 버는 족족 여기 인프라 깔아야지."

"아……."

"이틀 전만 해도 사고 나서 수술했잖아. 이걸 언제까지 두겠어. 최고의 치료는 예방이라는 말 알지?"

"아, 그건 그렇죠. 여기는 특히 사고 나면······."

누와라엘리야를 가려면 절벽을 따라 빙빙 도는 도로를 달려야만 했다. 포장이라도 되어 있으면 좀 나을 텐데, 거의 비포장도로였다. 군데군데 포장이 되어 있는 곳도 있으나 차라리 안 되어 있는 게 낫지 않나 싶을 만큼 관리가 엉망이었다. 그 때문에 미끄러져 떨어지는 사고가 잦았다. 문제는 그곳이 절벽이라는 데 있었다. 아주 큰 사고로 이어지기 일쑤였다. 이틀 전 사고에서도 승객 둘이 즉사했다.

"그리고 학교도 지어야 되고······ 집도 지어야 되고······. 야, 할 일 엄청 많아."

"아니, 그걸 왜."

"뭐, 인마."

"아뇨. 아닙니다."

엄밀히 말하면 나라가 해야 할 일 아닌가. 하지만 리처드는 굳이 그 말을 꺼내진 않았다. 한구에서의 경험 덕이었다. 나라가 나라 역할을 하지 못하는 곳이 어디 여기 하나뿐일까. 무작정 탓할 일만도 아니었다. 슬프게도 대다수 개발도상국들은 과거 여러 열강에 의해 조각나고 착취당했던 곳들이니까.

"하여간 너는 그냥 정해진 가격으로 매입해. 난 따로 또 계약해야 하니까."

"아, 맞아. 그건 뭐예요? 왜 교수님이 스리랑카 측을 봐요?"

"뭐……. 백이 좋은 거지. 스리랑카도 좋을 거고."

차량은 부리나케 달려 콜롬보 시내의 플래티넘 원 스위트 호텔에 도달했다. 5성급 호텔답게 시설도 퍽 훌륭했으나, 무엇보다 위치가 정말 좋았다. 도심 한복판이라 어딜 가려 해도 편했다.

"오토바이 하나 렌트 했는데."

강혁은 방으로 올라가는 대신 프런트에 미리 준비해달라고 했던 오토바이에 관해 물었다. 이미 꽤 먼 거리를 달려온 터라 쉴 생각만 가득했던 리처드가 오만상을 썼다.

"뭔 오토바이예요."

"어? 넌 들어가. 난 따로 움직일 거야."

"아, 그래요?"

근데 또 넌 안 데려갈 거라고 하니까 묘하게 서운한 생각이 들었다. 언제는 최고의 제자라고 해놓고서는 재원이 오고 나니까 재원을 더 우대하지 않던가. 그나마 맡은 일이 있어 따로 움직이는 시간이 잦아 위안이 되었는데, 오자마자 혼자 움직인다고?

'나도 내가 왜 이러는지 모르겠다, 시발.'

원래 같으면 좋은 일이었다. 딱히 강혁이 아니더라도, 상급자와 함께하는 일정에서 상급자가 알아서 빠져주면 신나기 마련이지 않은가. 할 일 없이 호텔 방에서 뒹굴거려도 좋을 게 뻔했다. 한데 왜 섭섭할까. 리처드는 내가 미쳤나 하면서도 강혁을 노려봤다. 강혁은 당연히 황당하다는 표정을 지어 보였다.

"인마, 애야? 카드도 있잖아. 룸서비스 시켜 먹고 좀 놀아."

"어디 가는데요?"

"니가 따라올 만한 곳이 아냐."

"혼자 어디 좋은 데 가려고?"

따라올 만한 곳이 아니란 말만큼 섭섭하게 만드는 말도 없을 터였다. 강혁은 전혀 의도한 게 아니었으나, 리처드는 진심으로 따라 나가고 싶어졌다.

"미친놈이. 일하러 왔는데 뭔 좋은 데를 가. 한국 사람들 만나러 가는 거야, 인마."

"아. 난 또. 알았어요. 그래요, 너무 늦지 마시고요."

하지만 한국 사람들이라는 말에 훅 하고 누그러졌다. 따라가 봐야 한국어로 떠들어대지 않겠는가. 하도 한국인들 사이에 끼어 있어서 그런가 어느 정도 알아듣기는 하겠지만, 작정하고 떠들어대는 말까지 다 알아들을 정도는 아니었다. 해서 쿨하게 보내주기로 했다.

"바가지 긁지 마. 기분 나빠."

"오토바이 조심히 타고요. 외상 외과 하는 양반이 웬 오토바이야. 언제는 다 부수고 싶다더니."

"아, 이 새끼."

"어어. 때리지 말고."

강혁은 이 자식이 왜 이렇게 질척거리나 하면서 밖으로 나왔다. 프런트에서 들었던 대로, 로비 바로 앞에 날렵하게 생긴 오토바이가 한 대 서 있었다. BMW R9T. 나름 바이크에 일가견이 있는 한석준이 추천해준 모델인데, 거친 도로에서도 잘 달린다는 장점이 있었다. 무엇보다 「미션 임파서블」에서 톰 크루즈 형이 타고 나온 모델로 유명했다.

"흠."

강혁은 누가 볼세라 헬멧을 쓰고는 로비 쪽을 돌아보았다. 리처드는 징그럽게 굴던 게 언젠가 싶게 이미 엘리베이터 쪽으로 가고 없었다. 그 외에 다른 시선도 느껴지진 않았다.

'좋아. 그럼 가볼까.'

강혁은 안심한 얼굴로 오토바이에 시동을 걸었다. 원래 리처드 말대로 외상 외과 의사들은 오토바이라 하면 질색 팔색을 하기 마련이었다. 강혁도 얼마간 오토바이만 보면 때려 부수고 싶다는 충동을 이겨내야만 했다. 원체 오토바이 사고는 중상자가 많아서였다. 특히 젊은 환자들이 많이 죽거나 다쳤다. 하지만 도로 사정이 안 좋은, 특히 콜롬보처럼 출퇴근 시간엔 지옥처럼 막히는 곳에서만큼은 오토바이의 효용을 인정하는 수밖에 없었다.

'간만에 달리니까 좋긴 하네.'

자동차 운전이야 장미가 더 낫다고 하지만, 그것도 사실 옆에 누가 있을 때의 얘기였다. 강혁은 초인적인 균형 감각을 겸비했기에 레이싱에는 도리어 능했다. 오토바이 운전 또한 예외는 아니었다.

강혁은 곧 콜롬보 시내를 벗어나, 신도시 지구로 접어들었다. 대한민국 정부와 스리랑카 정부의 경제 협력을 통해 칠성 건설이 수주를 받아 건설 중인 곳이었다. 이미 국내에 여러 신도시를 지어 본 경험이 있는 정부의 노하우에 두바이를 비롯한 여러 도시의 랜드마크를 지어낸 칠성 건설의 경험이 만나, 제법 그럴싸한 도시가 만들어지고 있었다. 일단 도로가 쭉쭉 뻗어 있었다.

'좋구만.'

강혁은 오토바이를 몰고 약속 장소로 향했다.

"잠깐, 이상한 소리 들리는데."

"오토바이?"

"여기 더 오기로 한 사람이…… 백 교수님 아냐?"

"교수님이 오토바이를 탄다고요?"

"이상하잖아. 일단 조용히 해봐. 우연히 지나가는 사람일 수도 있어."

"여기 개발지구인데……."

미리 나와 있던 사람들은 당황했다.

"이쪽으로 오는데요?"

"뭐야, 백 교수님이야?"

"그 사람…… 헬기도 모니까……."

"혹시 모르니까 숨어."

"네, 네."

개발지구에서는 그리 눈에 띄지 않을 만한 옷, 그러니까 작업복을 입고 있던 이들이었지만 일단 몸을 숨겼다. 그사이 강혁은 약속 장소에 도착해 오토바이에서 내렸다.

'좋은데, 이거? 누와라엘리야 돌아가면 하나 사야지.'

오토바이라면 극혐하는, 특히 한유림이 들으면 기겁할 만한 생각을 하면서였다. 그러면서 헬멧도 벗어젖혔기에 숨어 있던 이들도 강혁을 알아볼 수 있었다.

"아니, 교수님 맞으시네요?"

"오토바이도 타시는구나."

"멋지시네요."

호텔 도착 전, 청바지와 티셔츠로 갈아입은 강혁은 이것만으로도 맵시가 장난이 아니었다. 원체 몸도 좋은 데다가, 얼굴도 잘생긴 사람 아니던가. 여기 모인 이들도 체격으로는 어디 가도 밀리지 않을 사람들이었으나 아쉽게도 얼굴에서 너무 밀렸다. 강혁은 그들의 감탄을 당연하다는 얼굴로 들으며 고개를 끄덕였다.

"원래 그렇죠."

누군가는 재수 없다는 생각을 했지만, 입에 담지는 않았다. 하여간 강혁의 뒷배는 대통령이지 않은가. 게다가 성과도 대단했다. 사실 스리랑카 정부 입장에서도 누와라엘리야 차밭 문제는 예민한데, 그걸 영국 기업에서 빼내왔다는 것만 해도 이득이었다. 임금까지 제대로 준다고 하지, 인프라 까는데 돈도 댄다고 하지. 거절할 이유가 단 하나도 없었다.

"하여간 어떻게 되어갑니까?"

"아……. 리프 쪽 돈 받은 사람이 생각보다 많습니다. 여기……."

"와, 장난 아니네요? 이건 뭐 거의 다……."

"네. 절반 정도는 돈을 먹었어요. 이걸 가지고 뭐라고 할 일은 아니긴 합니다."

개발도상국에서 공무원들의 부패는 그리 드문 일이 아니었다. 애초에 하는 일이나 권한에 비해 돈을 너무 안 주기 때문이었다. 그럼에도 나쁜 짓을 저지르지 않는 게 당연한 일이긴 하나, 개인의 선택에 의존하는 시스템은 언제나 허물어지기 마련이었다.

"이 중에서 회유 가능한 사람들은요?"

"뭐……. 꽤 많습니다. 일단 리프의 영향력이 크게 축소할 거란 건 자명하니까요. 거기에 비해 데니스 사장…… 이번에 이름이 장덕수입니까?"

"네, 그렇죠."

"네. 장덕수 사장은 엄청나죠. 미군 측과도 연이 있다고 알려져 있고, 한국계인데 백강혁 교수 및 한유림 전 장관 그리고 저희 쪽 하고도 연이 있다고 소문을 냈습니다."

"그래서요?"

"호텔 단지 쪽 투자는 100퍼센트 따낼 수 있을 겁니다. 대신 조건은……."

"수수를 태화건설에 준다?"

"네. 교수님을 믿지만 그래도 이득이 개인에게 집중될 수 있는 일은 피하고 싶다고 하셨습니다."

주어는 없었지만 누가 말했는지는 바로 알 수 있었다.

'박성민…… 그 사람답네.'

박성민은 그 누구보다도 자기 자신의 이득을 철저히 배제하는 사람이었다. 어찌나 심하게 해왔는지 매년 신고되는 재산이 줄고만 있을 지경이었다. 당연한 일이었다. 기부를 있는 돈 없는 돈 다 끌어다 하고 있지 않은가. 강혁은 잠시 그리운 사람을 떠올리다가, 이내 고개를 끄덕였다.

"당연하죠. 그럴 만한 능력도 없어요. 다만……."

"아, 운영에 있어서 현지 친화적으로 할 것은 보증합니다. 태화 측 계약서에 명시했습니다."

"그건 좋군요."

"거기에 더해 태화 이유원 회장이 이 지역에 대해 관심을 갖게 된 모양입니다. 아무래도 이따금 태화의료원 측 봉사팀이 올 수도 있겠습니다."

"아, 그래요?"

태화라면 한국대학교 병원처럼 역사가 깊은 곳은 아니더라도, 썩 괜찮은 병원이었다. 태화라는 거대한 기업이 본격적으로 달라붙어 후원하고 있기에 그랬다.

'알아서 노예 보내준다는데 거절할 이유는 없지?'

그 덕에 태화에서는 꽤 흥미로운 논문들도 쏟아져 나오고 있었다. 그중에서도 이현종이라는 사람이 낸 논문은 가히 충격이라 할 만했다. 세상에 관상동맥 중 앞전 동맥이 막힌 걸 그냥 중재술로 뚫어내다니. 이제는 나온 지 꽤 된 논문임에도 불구하고, 심지어 강혁의 전공이 아닌데도 기억에 선명히 남아 있었다.

"좋은 일이죠. 기다리겠다고 전해주시죠."

"네, 그쪽에서도 좋아할 겁니다. 이유원 회장님이 교수님 팬이라고 하던데요?"

"그럼 기부도 좀 하시지."

"아……. 아마 하지 않았을까요? 익명으로라도."

"그런가? 아무튼, 잘됐네요. 그럼 내일 계약은 문제없을까요?"

"아마도요."

"아마도?"

지금껏 내내 희망적인 얘기를 쏟아내놓고선 갑자기 아마도? 강혁의 눈썹이 휘어져 올라간 것은 당연한 일이었다. 마주하고 있던 국정원 직원은 저도 모르게 한걸음 뒤로 물러서며 손을 휘이휘이 저었다.

"아, 한 사람이 고집을 부리고 있어서요. 근데 뭐…… 걱정은 마십시오. 오늘 안에 설득 가능할 겁니다."

"설득이 안 되면요?"

"음……. 뭐, 그때는 그때 가서 쓸 만한 방법도 있죠. 조금 그렇긴 하지만……."

"협박이라도 해야지. 이게 얼마나 중요한 건인데."

"그렇죠. 그렇게라도 할 생각입니다. 너무 걱정은 마십시오. 그저 제가 확실한 것만 말하는 습관이 있어서 그렇습니다."

"그래요, 뭐……."

강혁은 잠시 이 사람들이 이때껏 해온 일들을 떠올렸다. 솔직히 전에는 국정원이라면 대북 관련한 일 아니면 아무것도 없지 않나 했는데, 이번에 보니 그게 아니었다. 유능한 사람들이었다. 명석만 깔아주면 뭐든지 가능하다는 말도 들음 직했다.

"알겠습니다. 그럼 믿죠. 근데…… 이런 얘기 할 거면 굳이 여기서 볼 이유가 있었나요?"

"네? 아, 저희 숙소가 이 근처라서요. 다른 이유는 없습니다."

"아, 그러시구나."

"먼 길 달리게 해서 죄송합니다."

"아뇨, 뭐……. 오랜만에 밟으니까 좋긴 하더라고요."

강혁은 홀가분한 마음이 되어 다시 오토바이에 올랐다. 아까부터 보채고 있는 리처드의 전화를 씹으면서였다.

'이 새끼는 왜 이렇게 전화를 하는 거야. 혼자 있어서 무섭나? 누와라엘리야에서는 어? 혼자만의 시간을 그렇게 즐기더니.'

강혁이 이렇게 투덜거리는 동안, 리처드 또한 불만 어린 얼굴로 침대에 누워 있었다.

'할까, 말까.'

나름 중대한 고민에 빠져 있었다. 강혁이 언제 올 거라는 걸 알면 마음 놓고 하거나 아예 단념할 텐데, 그걸 모르니 고민이 되었다.

'나는 대체 왜 이럴까.'

잠시 이런 고민도 들었지만 금세 잊혔다. 스스로 자제가 되는 사람이면 애초에 한구에서 그런 별명도 얻지 않았을 터였다.

'하자. 보니까 오늘 안 올 것 같아.'

결국 리처드는 본능에 굴복했고, 천천히 바지를 내렸다. 그리고 강혁이 안으로 들어왔다.

"이 미친놈이."

동시에 주먹을 불끈 쥐면서였다.

*

"아……."

리처드는 계약이 예정된, 플래티넘 원 스위트 호텔 가까이에 위치한 힐튼 호텔 식당으로 향하면서 연신 턱을 매만졌다. 어제 그의 흉악한 행위를 목도한 강혁에 의해 턱이 좀 돌아갔던 탓이었다. 주먹으로 친 것도 아니고 그냥 손바닥으로 민 느낌이었는데도 그랬다.

"새꺄, 아프냐?"

가해자인 강혁은 전혀 미안해 보이지 않았다. 사실 피해자라 할 수 있는 리처드도 진짜 아파서 만지는 거지, 강혁에게 어필하려는 마음 따위는 전혀 없었다. 어제 일을 생각해보면 이 정도로 끝난 게 다행이었기 때문이었다. 아마 계약 건이 없었으면 주먹으로 쳤을 텐데, 그랬다면 지금쯤 호텔이 아니라 병원에 있을 터였다.

"아파요."

"말하는 데는 지장 없지?"

"네? 아, 네."

"어차피 뭐 네가 할 일이 있지는 않을 텐데, 그래도 계약은 똑바로 해야지. 그러라고 살려둔 거야."

"네, 네."

농담처럼 들리지가 않았다. 어제 강혁의 눈빛을 떠올려보면 정말 죽이고도 남겠다 싶었다. 하긴 리처드도 강혁의 입장이 된다면 도저히 참을 수 없을 것 같았다. 그런 의미에서 강혁은, 어찌 보면 대단한 인격자일 수도 있었다.

"넌 저쪽이지?"

"아, 네."

"잘해라⋯⋯. 어차피 나한테 전달되니까 이상한 짓 하지 말고."

"네, 네."

강혁은 리처드에게 인사를 하고는 저만치 앞서 나갔다.

"어서 오십시오. 일행 있으신가요?"

"음. 마힌다로 예약되어 있을 겁니다."

"아!"

콜롬보 유일의 고급 이탈리아 음식점으로서 해외 기업 또는 귀빈들과의 미팅 장소 역할도 겸하고 있는 일 폰테의 종업원은 마힌다라는 이름이 나오자마자 눈을 치켜떴다.

'오늘 VIP들 많이 오니까 주의하라더니⋯⋯. 확실히 있어 보인다, 이 사람은.'

마힌다는 대한민국으로 치면 문화관광부 장관이지 않은가. 중요한 미팅이라고 들었다. 종업원은 원래도 친절했으나, 더 주의하면서 강혁을 안내했다. 강혁은 그런 종업원의 뒤를 따라 걸었다.

"아, 안녕하십니까."

"아, 네. 먼저 오셨네요?"

안내받은 방 안에 들어가자, 미리 와 있던 대한민국 외교부 차관이 손을 내밀었다. 전에 사고당했던 그 사람은 아니었다. 박성민의 강권으로 6개월간 병가를 얻었다지 않던가. 다행히 잘 회복되고 있다는 말을 들었기에, 강혁은 다른 차관이 내민 손을 잡아 흔들면서도 딱히 부담감을 느끼지 않았다.

"일전에 일은 정말 감사드립니다. 외교부가 신세를 졌습니다."

도리어 감사 인사까지 들었다. 누가 봐도 죽을 사람이었는데, 그걸 살려낸 덕이었다. 강혁은 원래 환자 고치는 게 자기 일이라 여기는 사람이기도 하거니와, 이미 한석준을 외교부에서 빌려다 쓰고 있기도 해서 생색낼 일이 아니라고 여겼다.

"아뇨, 해야 할 일을 했을 뿐입니다."

"거기에…… 이번에는 또 이런 자리까지 만들어주시고요. 아, 소개가 늦었습니다. 이쪽은 태화물산의 장승기 사장입니다. 말씀해주신 것처럼 예전부터 그쪽을 개발하려고 애를 썼더라고요. 혹시 몰라 견적서도 여러 업체에서 받아봤는데 가격, 노하우, 실적 등 이만한 곳이 없습니다."

"아, 네."

아직 개발 건을 따낸 것도 아닌데 벌써 견적을 받았다니. 아무리 강혁이 태회를 집어서 말했다고 하지만 일의 진행 속도가 빨라도 지나치다 싶을 정도로 빨랐다.

'하여간 박 대통령 백이 좋긴 좋다니까.'

강혁은 놀란 마음과 고마운 마음을 애써 감추곤 장승기 사장과 악수를 했다. 굳건한 손에서 책상물림이 아니라 현장에서 뛰던 사람이란 느낌을 받을 수 있었다.

"안녕하십니까, 장승기입니다. 말씀 많이 들었습니다. 믿어주신 만큼 최선을 다하겠습니다."

"네. 워낙 이쪽에 관심이 많으셨다고요?"

"아……. 네. 동남아 쪽 호텔 산업이 유망하다고 보고 있습니다. 그중에서도 스리랑카는 아직 생소한 지역이라 오히려 더 경쟁력이 있다고 생각하고요. 실제로 누와라엘리야에 가보면 매력적이지 않습니까? 시기리야도 가깝고요."

"그렇죠."

강혁은 그렇게 들었던 것을 떠올렸다. 생각해보니 세계적인 유적지가 지척에 있는데 아직 단 한 번도 가보지 못했다.

'언제 가보지?'

아쉽긴 한데, 앞으로도 언제 갈 수 있을지 요원했다. 리프를 무너뜨린 지금부터는 진짜 바쁘게 움직여야 하기에 그랬다. 기껏 리프 대신 차밭을 경영하게 되어놓고 나 몰라라 할 수는 없지 않겠는가. 하여 강혁은 아쉬운 마음을 뒤로한 채, 입을 열었다.

"개발이 시작되면 아마…… 도로부터 좀 손봐야 할 겁니다. 거기 괜히 목조 호텔만 있는 게 아니에요."

"아……. 그렇죠. 저도 벌써 몇 번 가봤습니다. 길이 엉망이더군요. 다 닦으면서 할 수는 없겠지만……. 오늘 그런 얘기를 하러 오신 거죠?"

"네, 그렇습니다. 잘해보도록 하죠."

"네, 네."

몇 마디 더 나누고 있으려니 마힌다를 비롯한 스리랑카 측 인원이 안으로 들어왔다. 다들 양복을 빼입고 있었는데 누가 봐도 명품으로 보였다. 오랜 식민지와 내전 그리고 쓰나미까지 겪어 나라 경제가 비참하다 할 지경임에도 불구하고 일부 위정자는 호의호식하고 있었다. 다른 사람은 몰라도, 강혁은 생리적인 역겨움을 가까스로 참아내야만 했다.

"반갑습니다."

"안녕하십니까, 마힌다입니다."

"안녕하십니까, 정승규입니다. 이쪽은 백강혁 교수님입니다. 저희 측 고문이십니다."

"네, 반갑습니다. 백강혁입니다."

다행히 강혁은 어떤 목표가 있을 땐, 놀라울 정도의 연기력을 발휘하는 사람이었다. 지금은 평정을 연기하고 있었는데 그 누구도 그의 심경 변화를 눈치채지 못했다. 덕분에 협상은 물 흐르듯 흘러갔다.

"네, 그럼 여기서부터 여기까지의 도로 정비는 우리 정부가 맡아서 1년 내에 완공하도록 하겠습니다."

"그 이상은 어떻게 하죠?"

"예산이 좀……. 빠듯합니다. 저희 측에서 다 부담하려면 10년도 더 걸립니다."

"10년은 너무 긴데……. 이렇게 하면 어떨까요? 시공사가 결정되면 그쪽도 사용할 것이고……. 농장 운영주들과 협의해서 각기 나눠서 예산을 분담하는 겁니다."

"그건 좋군요. 그렇게 한다면 충분히 예산위 설득도 가능하겠습니다."

아니, 그 정도가 아니라 아주 협조적이었다. 강혁은 그 연유가 짐작됐다. 호텔을 나서기 전에 보고받았던 내용 덕이었다.

'다들 잘해주기로 약조했습니다. 받아먹은 돈이 원래도 많은 데다가……. 이런저런 나쁜 일 해놓은 걸 얘기해주니 마음을 바

꾸더군요. 이 과정에서는 뇌물을 더 요구하진 못할 겁니다.'

현 스리랑카 대통령과 총리는 모두 같은 가문 출신이었다. 이원 집권 체제를 하는 이유가 무색할 정도로 독재가 가능해졌다는 얘긴데, 다행히 이 둘은 적당히 부패했을지언정 나라의 미래를 아예 내팽개쳐 두는 이들은 아니었다. 덕분에 경제 협력을 추진 중인 대한민국 정부에 호의적이었다.

별로 성과를 보여주지 못한 나라라면 얘기가 달랐겠지만, 현재 대한민국의 위상은, 특히 아시아에서 대단했다. 가장 최근의 성과만 보더라도 그랬다. 인구 2억이 넘는 파키스탄에 돌아가기 시작한 대한민국 공장만도 벌써 여럿이었다.

"이 이상은 못 주겠는데요."

화기애애할 정도로 잘 돌아가고 있는 강혁의 방과는 달리 리처드가 간 쪽은 냉랭하기 그지없었다. 스리랑카 정부 측이야 뭐가 되었건 간에 이번 일로 손해 볼 일이 전혀 없지 않은가. 아니, 덕분에 도로 정비도 하게 되었고 농장은 물론, 휴양지에서도 제대로 세금 내고 현지인을 직원으로 쓸 호텔이 들어가게 되었으니 무조건 이득이었다. 하지만 리프는 어떠한가. 지니고 있던 모든 것을 빼앗기고 쫓겨나게 된 판이었다.

"아니……. 이게 말이 됩니까? 우리가 보여준 회계 장부는 보신 거예요?"

리프의 사장 에우리드는 거의 울부짖듯 호소했다. 리처드가 농장에 대한 대금이랍시고 제시한 가격이 처음 후려쳤던 것보다도 더 낮은 까닭이었다. 전에 그 가격도 미쳤다 할 수준이었는데, 이건 차라리 강도가 낫겠다 싶었다.

"보고 하는 말이죠, 당연히."

그에 비해 리처드는 침착하기 그지없었다. 이런 그를 처음 보는 사람이라면 아마 아, 역시 괜히 미군 중령 달고 있는 게 아니구나, 괜히 미군을 대표해서 이런 협상 자리에 나온 게 아니구나 싶을 지경이었다. 하지만 벌써 제법 오랜 기간 그를 보아온, 동시에 CIA 소속 화이트 요원으로 활동 중인 데니스는 전혀 다른 생각을 하고 있었다.

'이 사람 이거…… 백 교수님 흉내 내고 있네.'

비난하고 싶지는 않았다. 확실히 이런 상황에서는 백강혁 같은 사람이 최고니까. 아닌 게 아니라, 협상도 유리하게 끌고 나가고 있었다.

"보, 보셨는데 어찌 이런……."

"이것 보십쇼, 사장님. 여기 회계 자료를 보면…… 인건비 지출 내역이 한 사람당 1년에 고작해야 300불이 채 안 되지 않습니까? 스리랑카 평균 임금의 30분의 1도 안 되는 거예요, 이거."

"그건…… 실질 지불 임금이 그런 것이고 저희는 집과 음식도 모두 제공하기 때문에……."

"이봐, 에우리드."

"아?"

리처드는 강혁 역할에 심취한 상태였다. 흉내만 내는 것인데도 신이 났다.

'진짜 백강혁으로 사는 사람은 얼마나 좋을까.'

압도적인 분위기와 그와 정비례하는 더러운 성격까지. 어느 것 하나 끌리지 않는 게 없었다. 리처드는 강혁을 생각하며 입을 열었다. 최대한 강혁을 흉내 냈기에, 나오는 말은 흉포하기 그지 없었다.

"당신 우리가 이 계약하는 조건으로……. 외부에 지금 농장 상태 발설하지 않기로 했지? 총질한 것도 포함해서."

"아……. 네, 그렇습니다. 그 조건으로 가격을 싸게 책정했는데 거기서 더……."

"왜 그런지 알아?"

"네?"

"보니까 상태가 더 개판이잖아. 이게 말이 돼? 노예 제도가 폐지된 게 언젠데……. 당신 농장만 팔 게 아니라 감방 가고 싶어? 아니지, 이건 그냥 당신 하나로 끝날 문제가 아냐. 더 윈이 해체될 수도 있어. 알아?"

"아……."

"그러니까 사인해. 이 가격에. 내가 더 깎기 전에."

*

모든 일정을 마치고 누와라엘리야로 돌아오는 차 안 분위기는 밝디밝았다. 강혁이 무려 리처드 칭찬을 끊임없이 해대고 있으니, 그럴 수밖에 없었다.

"야, 거기서 더 깎았어? 그대로만 해도 이거 도둑놈인데 사실."

"아이……. 보니까 이게 말입니다. 이 새끼들이 임금을 이상하게 책정해놨잖아요. 그래서 회계가 좋은 건데 이걸……. 어? 그 돈 주고 사면 안 되죠."

"그렇다고 아예 돈을 안 줘?"

"에이, 그건 아니죠. 땅값은 준 거죠."

"어 그렇지. 몇백 년 전 값으로 줬지. 진짜 잘했다. 잘했어."

말이 산 거지, 사실상 강탈이라 할 수 있었다. 몇백 년 전 값이라는 것도 정상적인 거래가 아니었기에 그랬다. 말하자면 리프는 그들의 조상이 스리랑카 왕국에서 누와라엘리야를 뜯어낸 방식 그대로 당한 셈이었다. 누구에게 가서 하소연할 수도 없었다. 지금껏 그걸 유지해왔다는 게 더 이상한 일이니까. 게다가 미군은, 그러니까 리처드와 강혁은 그들의 악행에 대한 증거물을 모조리 다 갖고 있었다.

"저도 놀랐습니다. 아우, 잘하시던데요? 협박인지 설득인지 모를 줄타기가……."

데니스 또한 감동한 얼굴로 옆에서 거들었다. 사실 이번 작전에서는 그가 키였다고 보면 되었다. 모든 증거 수집 그리고 뒷공작에서 결정적인 역할을 해주지 않았던가. 콜롬보에서도 그랬다. 어디서 언제 협상을 진행할지까지 그가 정하고 조정했다. 덕분에 에우리드는 연착된 비행기를 타고 별 준비할 시간도 갖지 못한 채 협상 장소로 왔었다. 리처드의 약간은 어설픈 협박이 먹히게 된 데에는 그런 이유도 있었다.

"네가 보기에도 그랬어? 우리 데니스 요원이 보기에도 그랬으면 뭐……. 어? 리처드 진짜 이제 어디 가서 CIA라고 해도 되겠다."

"하하. 하하하."

정말이지 웃음이 끊이지 않는 차 안이었다. 운전대를 잡은, 대체 왜 갑자기 끌려와서 잡게 된 것인지 모르겠다는 표정을 짓고 있는 한석준만 빼고 다들 그랬다. 아니, 사실 이유가 있기는 했다. 차관이 불렀다.

'어, 한 서기관. 이번에 큰일 했던데……. 가기 전에 한번 볼 수 있을까? 외교부로서도 큰 성과라 축하연을 열려고 하는데. 너무 멀면 오지 말고.'

마지막 문장은 들려도 안 들렸다고 봐야 했다. 해서 갔더니만 확실히 좋은 자리긴 했다. 누구도 한석준의 공을 몰라주지 않았다. 나중에 들어보니, 강혁이 이번에 한석준이 고생 좀 했다며 잘해주라는 말을 남겼다고 했다. 그때까지만 해도 백강혁을 생명의 은인으로 여겼는데…….

'운전을 시키네? 오토바이 운전 좋아한다고 이런 길 운전하는 것도 좋아하겠냐?'

갑자기 운전을 떠맡게 되었다. 어차피 돌아가는 길인데 뭐 하러 대사관 사람을 쓰냐는 것이었다. 일견 타당하기에 잡기는 잡았는데 뒤에선 계속 웃고, 자기는 액셀을 밟으면서 계속 전방 주시만 해야 되다 보니 화가 났다.

'내가 옹졸한 건가? 출세하게 해준 사람한테 이러는 건 좀 아

닌가? 아니지? 나 감옥도 갔는데? 미군한테 맞기도 했는데?'

은인한테 할 생각인가 싶기도 했다. 하지만 곰곰이 지난날을 떠올려보면 정말이지 죽어라 고생했더랬다. 팔자에 없는 미군 감옥에 가질 않나, 리얼리티 살린답시고 태클에 당하질 않나, 애초에 원래 업무도 아닌 병원 일을 하고 있질 않나.

"야, 인상 펴. 분위기 파악 못 하냐? 나 웃고 있는 거 안 보이냐?"

생각이 꼬리에 꼬리를 물고 뒤따라오다 보니, 표정이 점차 어두워졌다. 당연하게도 강혁에게 걸렸다. 이 사람은 딴짓하는 것 같다가도 알고 보면 다 살피고 있지 않던가. 평소에 그런 모습을 보이지 않는 건 정말 관심이 없어서지, 능력이 없어서는 아니었다.

"네? 아, 네. 제가 눈이 안 보여서 찡그리고 있는 겁니다."

"뭐야, 백내장 있어? 아닌데…… 아닌데?"

"그……."

"구라 치다 걸리면 뒤지는데."

"죄송합니다. 그냥 좀. 운전이 힘들어서."

"아, 그럼 말을 하지! 힘들어?"

"네? 아, 네."

한석준은 일말의 기대를 품고 뒤를 돌아봤다. 왠지 바꿔줄 것 같아서였다. 이럴 줄 알았으면 속으로 툴툴대는 대신 미리 말을 할 걸 싶었다. 그러나 강혁은 본디 남의 기대를 깨는 데 재능이 있는 사람이었다.

"일단 리처드…… 얘는 근데 어제 협상을 진짜 잘했거든. 너도 인정하지? 어디 가서 이만한 땅을 이런 가격에 사냐. 그치?"

"아, 네. 그건…… 그건 인정합니다."

한석준은 조금 떨떠름한 얼굴로 고개를 끄덕였다. 아무튼, 안 바꿔주겠다는 거 아닌가. 하지만 고개를 안 끄덕이기엔 리처드의 활약이 대단하긴 했다. 확실히 이만한 규모의 땅을, 그것도 아무것도 없는 땅도 아니고 당장 이득이 나는 땅을 헐값에 뺏은 건 엄청난 일이었다.

"그리고 데니스……. 아, 얘도 사실 만만치 않지? 너도 알잖아, 그치? 얘 아니었으면 뭐 일이 이렇게 됐겠냐? 막판에는 심지어 비행기 스케줄까지 조정했다니까. 그것도 되는 줄은 몰랐네."

"하하. 뭐……. 힘 좀 써봤습니다."

"근데 운전을? 아, 그건 선 넘었다."

"음."

한석준은 아까보다 더 떨떠름한 얼굴로 고개를 끄덕였다. 리처드에 이어 데니스도 패스란 얘긴데, 뭐라 할 말이 없어서였다. 확실히 이번 일에 한해서는 데니스의 활약을 인정할 수밖에 없었다.

"그럼 내가 남는데……. 하……. 솔직히 이거 다 내가 계획한 거지. 니들은 장기말이야, 장기말. 내가 제갈공명이면 데니스는 음……. 그래, 거 뭐냐, 미축."

"네? 미축이요? 아니 제갈공명이 나왔는데 미축을?"

"그럼 뭘 줘. 유비는 아니고, 장비라고 하기엔 힘을 안 썼고.

관우는 미염공인데 얘 수염 없잖아."

"그럼 왜 교수님은 제갈공명인데요?"

"하긴 그래."

"그렇죠?"

"내가 제갈공명보다 무력도 높겠지."

"이런 미친."

한석준은 하마터면 절벽으로 핸들을 돌릴 뻔했다는 사실을 깨닫고 식은땀을 흘렸다. 물론 그가 그런 짓을 하려고 하면 얼마든지 제지가 가능한 강혁은 뻔뻔하게 말을 이었다.

"리처드는……. 그래, 간옹."

"간옹? 그럼 나는요."

"너? 너는 뭐…… 휴고 할래?"

"휴고가 촉나라 사람이에요?"

"아니, 몰라."

"이 사람이 진짜."

"하여간 그러니까 네가 해. 아무래도 미축이나 간옹이 휴고보다는 낫지."

"하."

한석준은 그제야 괜히 입을 열었단 생각과 함께 한유림이 해 주었던 말을 떠올렸다.

'말 섞을 기회가 주어져도 입을 다물어, 그냥. 하여간 다물어. 괜히 말 섞었다가 너만 기분 나빠진다니까? 어? 네가 이길 수도 있지 않냐고? 원래 아나운서 지망생이었다고? 얘가 이렇게

세상을 몰라. 현직 기자고 나발이고 다 털어먹는데 지망생이 무슨……'

역시 어른 말은 들어야 제맛이었다. 한석준이 뒤늦은 후회와 함께 차를 몰고 가는 동안에도 뒤에서는 칭찬파티가 계속됐다. 그러다 모두 조용해졌는데, 딱 누와라엘리야에 접어든 다음이었다. 분명 며칠 전 떠나오기 전과 같은 풍경이었으나 뭔가 다른 느낌이었다. 그때까지만 해도 이 지역은 리프의 손아귀에 있었으나 이제는 그들의 책임하에 들어온 탓이었다. 무언가 어깨를 짓누르는 느낌이었다.

'얘들도 사람은 사람이구나.'

별반 다른 걸 못 느끼고 있는 사람은 오직 하나 강혁뿐이었다. 사람이 아니어서는 아니었다. 그는 이 지역에 오겠다 생각했을 때부터 이미 책임감을 느끼고 있었다. 이 일도 언젠가 벌어질 일이 지금 벌어졌을 뿐이었다.

"음."

"흐음."

"으으음."

나머지 셋은 누가 먼저랄 것도 없이 신음을 내뱉었다. 리프라는 나쁜 놈들이 있을 땐 사실 비참한 현실에 대해 욕만 해주면 그만이었다. 돕고 싶은 마음이 있기야 했으나 실제로 도울 방도가 없지 않았던가. 하지만 이제 리프는 더 이상 이 구역의 지배자가 아니었다.

"으음……."

"음."

"응?"

신음에 의문이 붙은 것은 병원이 가까워져 온 다음이었다. 누군가 병원 앞에서 난동을 부리고 있었다. 엽총을 들고서였는데, 들고 있는 폼이 제대로 쏠 수 있을 것 같진 않았다.

"뭐야."

"저 새끼 뭐야?"

"아……. 다니엘 러셀이네."

아직은 제법 먼 거리였지만 강혁만은 알아보았다. 보아하니 술을 많이 마신 듯했다. 비틀거리고 있었다.

"어쩌죠? 저거…… 옆에다 가만히 세우고 잡을까요?"

데니스가 물었다. 표정이 자못 심각했다. 들고 있는 게 칼이 아니라 총이어서 그랬다. 취객이 든 칼도 물론 위험하겠지만 총은 그에 비할 바가 아니었다. 칼은 비틀거리며 찌르면 위력이 반감되지만, 총은 비틀거리며 방아쇠를 당겨도 위력은 그대로였다. 사람을 죽거나 다치게 할 수 있었다.

"아니."

"그대로 둬요? 저러다 쏘기라도 하면……. 아직 진료 시간이라 병원 안에 사람 많은데요."

"그냥 쳐버려."

"네?"

데니스는 내가 잘못 들었나 하고 돌아보았다. 실제로 운전대를 잡고 있는 한석준은 내가 제발 잘못 들었으면 하는 얼굴이었다. 그냥 치라니? 문맥상 아무리 봐도 저 사람을 치라는 것 같지 않은가. 그건 안 될 일이었다.

"뭐, 뭔 소리예요. 사람을 치라니."

"그게 안전해."

"우리야 안전하지!"

"아니, 쟤한테도 그래. 너 생각해봐라. 총 든 놈이 있어. 근데 나도 총 있어. 그럼 어떻게 해?"

"어……. 총이 있네요?"

한석준은 강혁과 데니스 그리고 리처드가 보여준 권총을 보며 기겁했다. 그냥 봐도 좀 험상궂은 멤버인데 총까지 있으니 무장 강도가 따로 없었다.

"쏘겠지? 그럼 위험하겠지."

"아……."

"근데 처버리면? 대충 타박상만 입을 거야. 뭐 좀 크게 다치면 내가 치료해주면 되고."

"어……."

그 모습으로 총을 쏘니 어쩌니 하다 보니 설득이 절로 되었다. 해서 한석준은 반쯤 돌아간 눈으로 액셀을 밟았다.

"야, 좀 빠른데? 이렇게 치면 사람 죽지."

"아, 그래요?"

"응, 좀만 줄여. 어어. 지금 딱 좋다. 그래, 들이받아."

잠시 후 한석준이 몰고 있던 육중한 SUV 차량이 병원 마당 안으로 들어섰다. 그렇지 않아도 여기저기서 비명이 들려오던 참이었다. 술 취한 놈이 총 들고 찾아왔으니 당연한 일이었다. 거기에 더해 미친 차량 하나가 합세하자 비명은 더더욱 커져만 갔다.

쾅. 그리고 그 차가 다니엘을 치자 누군가 탄식을 터뜨렸다.

"저, 저거 백강혁이지?"

한유림이었다. 양재원과 더불어 강혁의 공백기 동안 병원을 맡았던 그는, 원내 비치된 권총을 들고 우왕좌왕하고 있었다. 그러던 중 차가 사람을 쳤으니 기가 찰 수밖에 없었다. 그에 비해 차에서 내린 백강혁은 침착하기 이를 데 없는 얼굴이었다. 그는 천천히 다니엘에게 다가가 맥을 짚더니, 고개를 가로저었다. 한석준을 돌아보면서였다.

"어, 죽었네?"

"네?"

"뻥이야. 신환이요!"

한석준은 차에서 내리면서 연신 가슴을 쓸어내렸다.

"시발, 식겁했네."

강혁이 사람 죽었다고 한 탓이었다. 저 양반이 다른 것도 다 대단하지만, 의학에 있어서만큼은 엄청난 사람 아니던가. 게다가 의학에 대해서는 거짓말도 안 한단 믿음이 있었다. 비록 이번에 진짜 사기꾼 및 협잡꾼의 면모를 보여주긴 했지만……. 그래도 제대로 된 의사 아닌가 하는 믿음이 있었던 탓이었다.

"살았, 살았죠?"

뻥이란 말을 들었음에도 불구하고 불안해서 또 한 번 물었다. 이미 다니엘의 맥박을 짚고 있던 강혁이 고개를 끄덕였다. 별거 아니라는 듯 어깨를 으쓱해 보이면서였다.

"어. 살았지, 그럼. 시속 20으로 쳤잖아."

"마지막에 핸들은 왜 잡은 거예요?"

"아……. 그대로 박으면 죽을 수도 있어서. 20에도 죽기는 하
거든."

"허……. 시발……. 살인자 될 뻔했네."

한석준은 어이가 없는지 혀를 찼다. 그러곤 벌써 끊은 지 오래
됐다던 담배를 품속에서 찾는 시늉을 했다. 어차피 없겠지만 그
렇게라도 해야 마음이 좀 풀릴 것 같아서였다. 그사이 강혁은 다
니엘 러셀의 상태에 대해 파악을 끝냈다.

'키가 커서 허리 바로 위로 맞았고……. 신장이나 비장은 괜찮
아. 갈비뼈가 살짝 금이 갔는데, 이거야 뭐 그냥 둬도 나을 거고.'

아프긴 할 터였다. 뼈가 부러지는 고통이라는 게 만만치는 않
으니까. 하지만 강혁은 원래부터 환자의 고통보다는 생사와 예
후에만 집중하는 편이지 않던가. 심지어 이 인간에 대해서는 악
감정도 있었다. 해서 아픈 것까지 신경 쓸 생각은 전혀 없었다.

'넘어지면서 가벼운 뇌진탕. 하지만 의식 상태가 나쁜 건 이거
때문이 아냐.'

멀리서 봤을 때 정말 술 취한 게 맞나 싶었는데 가까이서 보니
역시나 술 때문만은 아니었다. 다니엘은 약에 취해 있었다. 멍청
한 인간의 말로를 보는 듯한 기분이었다. 하긴 그럴 만한 인간이
기는 했다.

'그래도 병원에 왔으니 일단 치료는 해줘야겠지.'

마약이라는 게 오래 써야만 나쁜 게 아니었다. 급성 중독이 될 경우엔 갑자기 죽어버리는 수도 있었다.

"경원이 있지?"

"아, 네. 수술해야 할까요?"

강혁은 병원 안에 숨어 있다가 다니엘이 차에 치이자마자 밖으로 튀어나온 재원을 향해 물었다. 재원은 고개를 갸웃거리면서도 곧잘 대답했다.

'수술까지 할 정도는 아닌 것 같은데?'

그 또한 외상 외과 짬밥이 이제 수년 되지 않았나. 딱 보면 견적이 나왔다.

"아니, 수술이 문제가 아냐."

"그럼……?"

"급성 마약 중독이야. 눈동자 보니까 코카인이네. 이 새끼, 이거……. 원래 약쟁이가 아닌 것 같은데 갑자기 해서 더 안 좋아."

"아……. 네, 네. 안에 있죠. 어……. 저는……."

"이런 거 할 때는 외과가 별 필요가 없지."

"네."

재원은 경원에게로 달려갔고, 강혁은 데니스, 리처드 등의 도움을 받아 환자를 들것에 싣고 병원 안으로 따라 들어갔다. 목적지는 처치실이었다.

"왔어요?"

"어. 비피 날뛴다. 이 미친놈이 주제도 모르고 약을 해가지고……. 아주 위험할 것 같진 않은데."

"네, 좀 볼게요."

"응."

강혁은 처치실에서 바로 경원에게 다니엘을 인계했다. 방금 전까지 녀석이 총 들고 날뛰던 것을 본 이들은 '이 사람이 과연 살 가치가 있는 걸까' 하고 생각했다. 아니, 마음속으로는 살 가치가 없다고 단정 지었다. 다니엘은 회생의 가능성이 없는 쓰레기였으니까.

"라인, 라인 잡아! 교수님!"

"어, 여기는 내가 센트럴 잡을게!"

그러나 강혁은 경원의 지시에 따라 빠르게 중심정맥관을 삽입했다. 그게 누구건 간에 환자로 눈앞에 눕게 된 이상, 일단 치료하고 보는 것이 본능이 된 탓이었다.

"네, 그리고……. 벤조! 벤조다이아제핀 가져와!"

"어, 어딨죠?"

"약제실에 있어! 내가 약제 담당이잖아, 봤어!"

"네, 알겠습니다!"

샘 또한 두두두 발을 울리며 약제실로 달렸다. 자주 쓰는 약들이야 처치실에 다 구비되어 있지만, 벤조는 사실 마취과가 아니고서는 쓸 일이 거의 없는 약이었다. 해서 일일이 가져와야만 했다. 이럴 땐 병원이 작은 게 오히려 잘된 일로 여겨졌다.

"장미!"

"갖고 왔죠!"

눈치 빠른 장미는 벌써 물통을 들고 뛰어온 마당이었다. 코카인 급성 중독에서 벤조다이아제핀만큼이나 중요한 것이 바로 냉각이었기 때문이었다. 냉각이라고 하면 얼음 같은 걸 냅다 붓는 것을 생각하기 쉬운데, 이런 경우엔 그저 미지근한 물을 뿌리거나 분무하는 것이 최선이었다. 여긴 분무기가 없으니 장미는 몇몇 미군 간호장교들의 도움을 받아 환자의 온몸에 물을 뿌려야만 했다.

"아우, 이 새끼. 이거."

"짜증 나겠지만, 그래도 뿌려줘."

"알겠어요. 하여간 미운 짓만 골라서 하네. 하필 술도 아니고 약을 먹고 총 들고 와?"

"차로 안 쳤으면 진짜 누구라도 쐈을 거야."

장미는 툴툴대면서도 물을 열심히 뿌렸다. 강혁의 응원 아닌 응원이 있어서이기도 했지만, 무엇보다 코카인에 의한 중독 시 유의해야 할 점을 아주 잘 알고 있어서였다.

'심부 온도 자체가 오르고 있겠지.'

다니엘은 수액과 약이 들어가고 있는데도 몸이 벌벌 떨릴 정도로 격렬히 경련했다. 곧 중증도 이상의 중독이라는 것을 의미했는데, 이렇게 되면 코카인의 고유 작용 때문에 고열이 동반될 터였다. 실제로 손이 몸에 닿을 때마다 기이한 열감이 있었다.

"혈당 50입니다!"

"수액 뭐 들어가고 있죠?"

"당연히 5DW죠!"

"그래도 그래? 이 새끼 이거 얼마나 맞은 거야?"

그때 누군가 혈당에 관한 리포트를 했다. 그 말을 들은 경원은, 마침 기도를 확보하느라 손이 없는 와중에도 침착하게 처방을 내렸다.

"그럼 일단 당 때려요! 아까 중심정맥관 잡았잖아."

"네!"

강혁은 숨은 혈관을 찾아 또 하나의 라인을 잡아주었다.

"오."

그걸 본 간호장교 중 하나가 감탄을 흘렸다.

'뭘 보고 찔렀는데 혈관으로 들어간 거지?'

아무리 봐도 분간이 안 되는 상황이었다. 심지어 환자는 여전히 경련 중이었기에 움직임도 있었다. 그럼에도 강혁은 재빨리 바늘을 찔러 넣어 혈관을 잡았다. 불가능을 가능케 하는 사람이 있다더니, 강혁이 딱 그 사람이었다.

"아, 벤조 왔다. 이거 쓰고…… 아까 니트로글리세린 들어갔죠?"

"네. 혈압 살짝 떨어집니다."

"그래. 이거 혈관이 어디까지 수축하는 거야."

그사이 경원은 환자의 전반적인 상태를 모두 챙기고 있었다. 보람은 있었다. 천천히, 그러나 확실하게 다니엘은 급성 중독에서 벗어나고 있었다. 애초에 다니엘의 몸 상태가 그리 나쁘지 않았던 것도 한몫했다. 하는 일도 별로 없이 매일 놀고먹었는데 나쁘면 좀 이상하지 않은가.

"으……."

한바탕 폭풍이라고 해도 좋을 만한 시간이 지나고 난 후, 다니엘이 입을 열었다. 의미 있는 말 대신 신음이 먼저 터져 나왔다. 여기저기 실핏줄이 터질 정도로 경련을 했던 탓에 통증이 몰려왔다.

"으……."

"이봐."

강혁은 통증보다는 다니엘이 정신을 차렸다는 것, 그리고 이렇게 만들어주기 위해 엄청난 자원이 들어갔다는 것에만 집중했다. 해서 강혁은 눈도 제대로 못 뜨는 다니엘의 뺨을 두드렸다. 말이 두드린 것이지, 아마 다니엘 본인은 심한 고통에 휩싸였을 터였다. 그래서인지 대번에 눈을 떴다.

"무, 무슨."

"이봐. 여기 어딘 줄 알겠어?"

강혁은 잔뜩 얼굴을 찌푸린 채, 간신히 눈을 뜨고 있는 다니엘을 향해 또다시 물었다. 배려는 없었다. 죽어도 싼 인간은 없다고 생각하지만, 함부로 대해도 좋을 만한 인간은 있다고 생각했다. "너……. 너……."

"어딘 줄 아냐고 했더니 너 너 거리네. 미친놈이."

강혁은 고개를 절레절레 흔들고는 휴대폰을 보여주었다. 다니엘이 마약에 찌든 채 총을 휘두르고 있는 영상이 재생되고 있었다. 배경은 병원이었는데, 내부에 환자들이 있는 게 명확히 보여서 정말이지 위험천만해 보였다.

"어……."

"기억나냐? 기억 못 할 정도는 아니던데."

"아니, 나는……."

"그냥 농장주에서 물러나서 조용히 살지 왜 성질 못 죽이고 여길 왔어. 아오, 이 새끼."

뭐 더 뜯어낼 게 있으면 좋은데, 그럴 것도 없었다. 에우리드가 명시한 대로 다니엘은 모든 재산과 권한을 압류당했기 때문이었다. 그나마 한동안은 '설마 이 제재가 영원할까' 생각하는 농장주들 덕에 어찌어찌 살겠지만, 시간이 갈수록 궁핍해질 것이 자명했다.

"너…… 너 때문에."

"정신 못 차리네. 감방 가고 싶냐? 이거 보여주면 리프에서 어떻게 나올 것 같아?"

"나는 러셀 가문의……."

"수치지. 거기선 차라리 죽일 수도 있어. 내가 러셀이면 진짜 이미 죽였지."

"그……."

"아무튼, 러셀 가문이기는 하지, 너한테 들어간 치료비는 거기에 청구할 거야. 돈 주면 다행이고 아니면……."

강혁은 말끝을 흐리며 시선을 창밖을 향해 던졌다. 이미 만들어진 지 100년 가까이 된 도로가 보였다. 이제부터 저걸 제대로 닦아낼 생각이었다.

"저기서 일해야지."

"뭐?"

"걱정 마. 임금은 제대로 쳐줄 테니까. 그리고 뭐 중간중간 다른 방법으로 갚을 방법도 있을 거야."

"무슨…… 말도 안 되는……."

"아무튼, 쉬어라. 빨리 나아야 일하지?"

강혁은 황당해하는 다니엘의 눈을 강제로 감겨주고는 방을 빠져나왔다. 소동 때문에 밀린 진료를 보기 위함이었다.

"자, 그럼 다른 환자들 보러 가자고. 아무것도 아닌 놈 때문에 진료 밀렸잖아. 미안하다고 방송 때려. 총 들고 온 미친놈 처리하느라 늦었습니다, 죄송합니다."

강혁의 말에 곧 병원에서 방송이 흘러나왔다.

―안내 말씀드립니다. 총 든 괴한 때문에 진료가 지연되었습니다. 괴한은 완전히 제압되었고, 병원은 안전합니다. 이제부터 다시 진료 개시합니다. 진료 의사 수가 늘어 대기 번호에 변화가 있으니 꼭 접수처에 다시 한번 확인 바랍니다.

한구에 있을 땐 이 또한 상상도 하지 못했던 일이었다. 세상에 병원 천장에 스피커가 달려 있다니? 설령 있다고 해도 그게 제대로 작동한다니? 한유림은 감개무량한 마음으로 콜롬보 대학교의 학생 셀바라사의 안내 방송을 들었다. 타밀어로 얘기하고 있었기에 뭐라고 하는지는 단 한 마디도 알아들을 수 없었다. 강혁은 어떻게 곧잘 배워서 하는 모양이지만, 벌써 환갑이 넘은 한유림에게 새로운 언어는 도저히 무리였다.

"어, 한씨. 3번 방 가면 돼."

"뭐?"

그렇게 여러 생각을 하며 진료실을 향해 걷고 있으려니, 복도에 서 있던 강혁이 말을 걸어왔다. 여느 때처럼 참 버릇없는 말투였다. 그러면서도 새로웠다.

"한씨라고?"

"한씨 아냐? 청주 한가. 맞잖아."

"아니, 그건 맞지."

"근데 뭐."

"갑자기 한씨가 뭐야. 호칭이 왜 바뀌어."

무작정 기분이 나빠서 이러는 게 아니었다. 그것보다는 불안감이 훨씬 더 컸다. 이 녀석의 호칭에는 늘 뜻이 있기 때문이었다. 노예 1호, 노예 대장과 같이 아주 노골적인 별명을 생각할 필요도 없었다. 한유림은 자기도 모르게 과장이었던 시절을 떠올렸다.

'그때…… 도망간 1년 차 잡아 오라고 했지?'

임준혁. 이름도 잘 잊히지 않았다. 강혁은 정말로 그 녀석을 '잡아' 왔다. 몸만 그런 게 아니라 마음도. 추노란 별명까지 지어줬는데, 지금 어떻게 되었는지 아는가? 한국대학교 병원에서 군 펠로우로 외상 외과 펠로우 과정을 밟고 있다. 진정한 추노가 완성된 셈이었다.

"아니, 뭐. 그냥 마음가짐을 새로 하려고 그러는 거지."

아니나 다를까, 강혁에게는 뭔가 꿍꿍이속이 있었다. 한유림은 병원 1층 창밖을 내다보는, 그야말로 그림 같은 강혁의 옆모습을 보면서 입을 열었다. 목소리가 떨렸다.

"뭐…… 뭘 새로 해?"

"이제 이 지역 차밭, 다 우리 소유로 들어온다고요. 알죠? 이면 계약인 건?"

"알긴 알지."

소유는 미군 소유가 되지만 무상으로 누와라엘리야 병원 법인 측에 임대하게끔 되어 있었다. 세금은 미국이 내고 돈은 누와라엘리야 병원이 벌게 되는, 말도 안 되는 계약이었다. 하지만 미국으로서는 스리랑카 최정상 지대에 땅을 소유하고 조정할 수 있게 된 것만으로도 만족스러웠기에, 이제 이 지역은 온전히 누와라엘리야 병원 팀의 책임하에 놓이게 되었다.

"그럼 제대로 해야지. 이 지랄을 해서 운영권을 갖고 왔는데 여전히 개판 치면 되겠어요?"

"개판을 우리가 칠까……? 돈 벌 생각도 없잖아."

"좋은 생각 하고 있다고 해서 반드시 좋은 결과를 낳는 건 아니니까."

지금껏 수많은 NGO 단체를 보아온 강혁 아닌가. 심지어 이름 있는 NGO조차 거하게 사고 친 전력들이 적어도 하나씩은 있었다. 의도는 좋았으나, 일이 너무 커져서 역량을 벗어날 때는 오히려 이전보다 못하게 되는 수도 있어서였다. 지금도 그랬다. 고작해야 이 인원으로 수십만에 달하는 타밀족 노동자들의 삶을 개선시킬 수 있을까? 제아무리 백강혁이라 해도 부담이 되는 건 사실이었다.

"어……. 백 교수답지 않은 말인데."

"이런 것도 뭐 한 교수님 앞이니까 하지. 다른 놈들한테는 비밀이에요."

"아, 아. 그래?"

"그렇지. 여기 뭐 다들 나한테 의지만 하지, 내가 의지할 수 있는 사람이 몇이나 되겠어."

"오……."

이어지는 강혁의 말에 한유림의 가슴속에서 무언가 가득 차오르기 시작했다. 원래 사람은 남에게 인정받고자 하는 욕구가 있지 않은가. 자기를 인정해주는 사람을 위해 죽는다는 말이 괜히 있을까? 심지어 그 남이라는 게 백강혁이면 효과는 더더욱 커질 수밖에 없었다. 강혁은 명실상부 세계 최고의 의사일뿐더러 그외의 면에서도 최고였으니.

'이러니저러니 해도……. 나한테 의지하는구나.'

강혁은 순식간에 얼굴이 붉어진 한유림의 어깨를 두드리고는 자리를 떴다.

"그럼 기대하고 있겠습니다, 한씨."

"어어. 맡겨두라고. 아유, 내가 또 한다면 하지. 나는 나라를 어? 나라를 움직여본 사람 아냐."

한유림은 그렇게 멀어져 가는 강혁을 보며 주먹을 불끈 쥐었다. 그리고 3번 방 안으로 들어가 최선을 다해 진료를 보기 시작했다.

"어, 1호."

"네, 네?"

그사이 강혁은 재원을 찾아갔다. 재원은 1번 방 앞에서 서성이고 있던 참이었다. 바로 들어가도 됐지만, 파견 나갔던 리처드와 강혁이 돌아오면서 대기 환자가 조정되어 시간이 떴다.

"잠깐만 이리로 와봐라."

"아, 네."

그러던 차에 강혁이 부르니 가지 않을 수가 없었다. 제아무리 재원이 좀 뺀질거리고 개기는 성품이라고 해도 그래야 했다. 그만큼 강혁의 얼굴이 진중했기 때문이다.

"왜, 왜요?"

"야, 이제……. 리프가 나가리 됐잖아?"

"그렇죠. 이제 뭐 불행 끝 행복 시작 아닐까요?"

"아니, 아니지. 인마. 우리 어깨가 더 무거워지는 거지. 이 사람들……. 이제 우리 책임이야. 우리가 이 사람들 생활을 개선시켜야 한다고. 진료도 진료인데…… 아휴."

"어……. 교수님, 눈이 약간……."

"어? 이거 부담돼서 그래."

재원은 강혁이 가리킨, 붉게 충혈된 눈을 바라보았다. 강혁이 설마하니 충혈마저 조절할 수 있는 인간이라는 건 몰랐기 때문에, 강혁이라고 하면 일단 좀 삐딱한 눈으로 바라보는 재원조차 속아 넘어가고야 말았다.

"아휴, 내가 이런 얘기를 누구한테 하겠어."

"그……. 음."

"네가 그래도 내 수제자 아니냐. 그렇지?"

"네, 네. 그렇죠. 수제자죠."

"한국대학교 병원 센터장도 뭐 아무한테나 맡겼겠어? 너니까 맡겼지."

"그…… 그렇죠."

듣다보니 확실히 그랬다.

'나는 백 교수님이 다른 곳도 아니고 센터를 맡긴 사람이지. 음……. 그래, 나한테는 의지를 하고 있는 거야.'

재원이 이런 생각을 할 때쯤, 강혁도 그걸 귀신같이 알아차렸다. 애초에 의도했던 바이니만큼 그럴 수밖에 없었다.

"이번에도 좀 도와주라. 나 혼자는 이거 안 돼. 너밖에 없어. 한유림 교수님은 늙었고, 리처드는 뭐 너도 알다시피 이상한 놈이잖아. 미국 놈이기도 하고. 경원이도 이번에 보니까 허당이야, 허당."

"알겠습니다. 교수님. 제가 진짜 최선을 다하겠습니다."

"그래. 또 이런 얘기 어디 가서 하진 말고. 애들 섭섭할 거야."

"아, 당연하죠. 제가 입 무거워요. 교수님 투자 얘기도 안 하잖아요."

"그래. 그럼."

강혁은 그렇게 재원의 어깨를 두드린 후, 리처드에게로 향했다. 리처드는 방금 콜롬보에서 돌아온 참이었기에 무척 지친 얼굴을 하고 있었다. 거리 자체가 길기도 했거니와, 길이 너무 험해서였다. 누구보다 그 길을 함께 왕복한 강혁이 제일 잘 알았다.

'이 새끼는 쉽지.'

물론 고생에 대한 걱정은 별로 없었다. 다만 연기가 있을 뿐이었다.

"힘들지?"

강혁은 속마음과는 전혀 다른 말투와 표정으로 리처드에게 다가갔다.

'뭐야.'

리처드로서는 경계심이 들 수밖에 없었다. 무작정 나를 걱정하는구나 하기엔 지금껏 당한 게 많아도 너무 많았다.

"내가 알지, 네가 얼마나 고생하는지."

하지만 강혁은 마성의 남자였다. 일단 생긴 것부터가 그랬고, 분위기는 더더욱 그랬다.

"근데 그거 아냐? 나도 힘들다."

찔러도 피 한 방울 나올 것 같지 않던 사람이 고뇌에 찬 얼굴로 다가오면 어떤 기분이 드는지 아는가?

'뭐지? 내 마음이 왜 이러지?'

한없이 안쓰러워지는 법이었다. 특히 리처드에게 강혁은 거의 신과 같은 존재였다. 굳이 분류하자면 악신에 가까웠지만, 하여간 신적인 존재로 추앙하고 있는 건 맞았다.

"리처드, 이번에 너 없었으면 이렇게 안 되었을 거야."

그런 사람이 이런 말을 속삭일 줄이야.

"어, 제가 그랬나요?"

"그렇지. 너 없었으면 리프가 물러났겠어? 여전히 굳건하지."

물론 리처드가 없었더라도, 시간은 좀 걸렸을지언정 물러나게 만들 자신이 있었다. 영국엔 기자까지 있지 않은가. 예기치 않게 다니엘이 또라이 짓을 해대는 바람에 일이 좀 앞당겨지긴 했지만, 그 사람을 활용했다면 일이 안 되진 않았을 터였다.

'크리스토퍼는 뭐 앞으로도 쓰임새가 많지.'

강혁은 악마의 속내를 감춘 채, 천사의 미소를 지었다.

"고맙다."

"아……."

"근데 미안한 부탁을 하나 해야 해."

"어, 어떤 거요?"

리처드는 간신히 뭐든 들어주겠다는 말을 꿀꺽 삼켰다. 이미 감동을 넘어 감화된 탓이었다.

"앞으로 더 힘들 거야. 그렇지 않겠어? 이 많은 사람들을 우리가 무슨 수로 돌보냐고."

"아……."

"너 말고는 리더십 발휘할 사람도 없어. 너는 중령이지만 다른 사람들은 그냥 의사, 간호사잖아."

"그, 그렇네요."

"부탁한다."

"아, 네네. 제가, 제가 정말 열심히 보필하겠습니다."

"고마워."

강혁은 이런 식으로 경원, 데니스, 한석준, 샘 등을 만나고 돌아다녔다. 마지막으로 찾아간 것은 사실상 한국대학교 병원 중증외상센터의 정신적 지주이자 버팀목이라 할 수 있는 장미였다. 그녀만큼은 뭔가 알고 있다는 얼굴로 강혁을 맞이했다.

"왜요, 갑자기?"

꿰뚫어 보는 듯한 눈. 강혁은 역시 얘는 그냥 정공법으로 뚫어야겠다는 생각을 하며 입을 열었다.

"뭐 지금도 잘하고 있는데, 도와달라고."

"그거 얘기하러 돌아다닌 거예요?"

"각자 다른 방식으로 했지."

"어쩐지……. 뭔가 뽕 맞은 듯한 얼굴로 돌아다니더라. 그거 알아요? 한유림 교수님은 저녁도 마다하고 환자 보고 있어요."

"그 양반이 순진하거든."

"나한테는 뭐 그런 말 안 해요?"

"너? 너는 뭐……. 잘하고 있잖아. 그냥 이대로만 해줘."

"앞으로 더 힘들어질 텐데요? 인력 더 안 뽑아요?"

"당분간은 그게 안 돼. 그래서 돌아다녔지."

"그렇구만……."

장미는 안쓰럽다는 눈으로 병원을 돌아보았다. 강혁의 설득인지, 아니면 악마의 유혹인지 모를 것에 휩쓸린 사람들이 이리저리 돌아다니고 있었다. 한유림은 밥도 안 먹은 채였고, 리처드는 그 먼 길을 다녀와놓고 수술실을 잡고 있었다. 샘과 경원의 얼굴에도 남다른 각오가 서려 있었다. 무엇보다 재원은 계속 '나는 달라야 해'를 중얼거리고 있었다.

"저렇게까지 해야 해요?"

"응? 저것도 모자랄 수도 있어. 당장 내일부터 어떻게 해야 할지 눈앞이 캄캄하다."

"나한테는 정말 도와달라고 하려고 왔구나."

"응. 스케줄 좀 짜줘. 병원 역량 파악은 네가 나보다 낫잖아."

"그렇긴 하죠. 알았어요, 줘봐요."

장미는 강혁에게 농장 목록을 받아 들었다. 리처드가 에우리드 러셀에게 전달받았던 내용과 정확히 같았다. 농장의 위치, 규모, 매년 소출액 등이 상세히 적혀 있었다. 그중에서 장미가 유심히 들여다본 것은 위치와 노동자들의 수였다. 소출액 같은 걸 보는 건 좋아하지도 않을뿐더러 그리 익숙하지도 않았다.

"갑자기 뭘 그렇게 적어?"

강혁은 한동안 서류를 들여다보다가 빈 종이에 무언가를 슥슥 적어나가는 장미에게 물었다. 정말이지 영문을 모르겠다는 얼굴이었다. 장미는 그런 강혁을 보면서 역시 이 사람은 변한 게 하나도 없다고 생각했다.

"일단 우리 병원 간호사, 의사 인력이에요."

"아……. 옆에 이 숫자는 뭐고?"

그러고 보니 이름들이 좀 익숙하긴 했다. 다만 그 옆에 적힌 숫자들, 그러니까 9.1이니 8.4니 하는 것들은 아예 처음 보는 것들이었다. 그럴 수밖에 없었다. 이건 장미가 임의로 정한 것들이니까.

"간호사에서는 저를 10, 의사 직군에서는 교수님이 10. 대강 역량 비교해서 쓰는 건데 참고만 하려고요. 정확하진 않지, 아무래도."

"아, 그래? 음."

뻔뻔하게 자기는 10이라고 적는단 말이지? 강혁은 잠시 그런 생각이 들었지만, 곧 장미만큼은 그래도 된다는 생각이 들었다. 이 녀석이 없었다면 대체 어떻게 중증외상센터를 꾸렸겠는가. 사실 누와라엘리야 병원도 마찬가지였다. 일 벌인 건 강혁이었지만, 그 일이 유지되게끔 하고 있는 건 장미였다.

"의사 직군은 왜 다 8점대야?"

"교수님이 괴물이니까요. 사실 7점대로 줘도 되는데 그러면 너무 마음 아파할까봐, 다들."

"음."

"듣기 좋은 말 하니까 웃는 거봐."

"내가? 내가 언제 웃었어."

"그…… 아닙니다. 아무튼, 이렇거든요? 제가 무리하면 하루에 한 100명 정도 외래 진료 보조가 가능해요."

"100명? 그게 되던?"

"네. 되던데? 원래 있던 데가 너무 빡세서 그런가."

진료 보조라는 게 그냥 환자 들어가세요, 나오세요 하는 게 아니지 않은가. 경우에 따라서는 수액도 달아야 했고, 주사를 놓는 경우도 많았다. 툭하면 수술이나 시술이 결정되기도 해서 중간에 시간이 훅 날아갈 때도 종종 있었다. 뿐만 아니라 누와라엘리야 병원에서는 담당 간호사들이 초진도 일정 부분 해줘야만 했다. 워낙 병원이란 곳을 처음 와보는 사람들이 많아서 어디가 어떻게 아픈지 미처 알지도 못하는 환자들이 대부분이라 그랬다.

'역시, 얘도 괴물이야.'

강혁이 장미를 보며 감탄을 이어나가는 사이, 장미가 말을 이었다.

"그럼 한 명 정도를 예비 인력으로 뺐을 때, 하루 한 300명 정도면 어떻게 처리가 돼요. 하지만 이건 단기로 볼 때 얘기고 꾸준히 계속 보려면 250명 미만으로 맞춰야죠."

"음, 250이라."

감기 환자만이 아니라 꽤 복잡한 환자들도 끼어 있다는 것을 감안하면, 적은 숫자는 아니었다. 객관적으로 볼 때 이 숫자도 어느 정도 무리하는 거라 볼 수 있었다. 하지만 문제는 이 지역에 제대로 된 병원이 여기뿐이라는 데 있었다. 장미도 그 사실을 정확히 파악하고 있었다. 장미는 아까 받았던 서류 다발에 시선을 주고선 입을 열었다.

"여기 노동자 수가 20만이죠?"

"응."

"그럼…… 주말 쉰다고 치고 3년을 봐야 한 번씩 얼굴이라도 보겠는데요?"

"그……. 다 환자는 아니니까."

"그렇더라도 역시 인력이 부족해요. 가뜩이나 근골격계 질환이나 만성질환이 많은데……. 최소로 잡아도 3분의 1은 환자예요. 그럼 우리가 풀로 돌아도 1년에 한 번 보는 거예요. 이런 말하면 좀 그렇지만……. 이전하고 그렇게 크게 달라질까 싶은데."

"윽."

강혁은 저도 모르게 인상을 썼다. 화가 나서가 아니라 가슴 언저리 어딘가가 아파서였다. 원래 팩트로 패는 게 제일 아프다더니, 지금이 딱 그랬다.

"계획 없어요? 지금으로서는 이게 최선이에요. 구체적인 진료는 제가 좀 더 들여다봐야겠는데……. 견적이 대강 나오네."

"뭐……. 이리저리 끌고 오긴 해야지. 현지 의사들도 좀 키우고. 아, 군의관. 군의관 있잖아!"

장미의 말에 횡설수설하던 강혁은 문득 군의관의 존재를 떠올렸다. 생각해보니 둘이나 더 오기로 하지 않았던가. 지금쯤이면 얼굴이 보였어야 했는데, 그러지 않는 것을 보면 아직 병원에 오지 못한 모양이었다.

"아. 맞아. 연락 왔었는데, 아까 미친놈이 총 들고 설쳐서 말을 못 했네."

"뭐라고 왔는데?"

"일정이 조금 밀렸나봐요. 아마 곧 오긴 할 거예요."

"아…….."

"어디 봐요, 갑자기?"

"지금 오는 것 같다. 비행기 소리 안 들려?"

"네?"

장미는 잠시 강혁을 바라보다가 팔뚝에 오소소 돋아난 소름을 쓸어내렸다. 하지만 시간이 좀 더 지나자, 정말로 미세한 엔진

소리가 들려왔다. 청력이란 본디 나이가 들면 들수록 떨어지기 마련일 텐데. 대체 이 인간은 원래 얼마나 예민했기에 아직도 이토록 작은 소리를 듣는 걸까. 청력만 그런 게 아니라 시력은 더더욱 그렇지 않은가. 강혁이 보는 세계는 자신이 보는 것과 아무래도 다르겠단 생각이 들었다. 어쩌면 그래서 더 흔들리지 않고 자신의 길을 걷는 게 아닐까 싶기도 했고.

"조폭."

"아, 갑자기 왜 또 그 별명을."

물론 강혁은 산통 깨는 데 선수였다. 잠시나마 진지해졌던 장미는 이내 짜증을 냈다. 강혁은 그런 장미를 보며 껄껄 웃었다.

"다시 조폭으로서의 면모를 보여줘야지. 그래야 내가 믿고 맡길 수 있지 않겠어?"

"아, 알았어요. 이거 내가 다 알아서 할 테니까, 걱정 말라고."

"그래."

그러고는 방을 빠져나왔다. 어느새 얼굴에 떠 있던 호방한 미소는 의미심장한 미소로 뒤바뀌어 있었다.

'얘가 난도가 좀 높기는 했어. 하지만 뭐…….'

장미가 다른 애들에 비해 눈치가 빠르긴 했다. 무려 강혁이 까다롭다고 느낄 정도였다. 하지만 결국, 승자는 강혁이었다. 어떻게든 최선을 다하겠다는 확답을 듣지 않았던가. 장미는 한 입으로 두말하는 사람이 아니니, 정말로 더 열심히 해줄 터였다. 강혁은 그런 생각을 하며 콜롬보에서 한눈에 반해 가지고 온 오토바이 위에 올라탔다. 비행장으로 가기 위함이었다. 비행장은 차밭이 있는 지역보다는 조금 아래 위치해 있었다. 누와라엘리야에서 해튼이나 나오누야 쪽 방면으로 가는 길에 있다고 보면 되었다. 아무리 비행장이 급하다 해도 차밭을 밀고 만들 수는 없었을 테니, 당연한 일이었다. 해서 오토바이를 타고도 대략 10분 이상을 달려야 했다.

"정지!"

가까이 다가가자, 미군 병사가 손을 들어 강혁을 제지시켰다. 강혁은 오토바이를 정차시킨 후, 헬멧을 벗었다. 그러자 병사가 길을 비켜주었다.

"아, 백 교수님. 실례했습니다."

강혁에게는 비행장 이용 권한이 있기 때문이었다. 강혁은 곧장 비행기 앞으로 내달렸다. 비행기는 활주로 거리를 최소화하기 위해, 거의 경비행기 크기로 만들어진 수송기였다.

"으……."

"후……."

그나마 에어 앰뷸런스는 엄청난 돈을 들여 만든 거라 흔들림이 덜하지만, 대체로 탈 것은 그 크기가 작으면 작을수록 많이 흔들리는 법이었다. 특히 비행기는 그 정도가 더했다.

"와……."

"어우……."

더욱이 군의관들이 이런 비행기를 탈 일은 거의 없었다. 아무리 특수 부대 소속이라 해도 공수는 훈련 때나 하지, 실제로는 안 했다. 오죽하면 군의관이 총질하는 상황이 오면 그 전쟁은 진

거라는 우스갯소리가 있겠는가. 수송기야 뻔질나게 타봤겠지만, 이건 보통 수송기의 절반도 채 안 되는 크기의 비행기였다.

"다들 잘 왔어."

강혁은 여전히 어지러워하고 있는 둘 앞에 가 섰다. 둘 다 백인이니만큼 그리 작은 체격은 아니었으나 강혁에 비하면 아무래도 처지기 마련이었다. 둘은 가뜩이나 어지러운 와중에 무언가 시야를 가리자, 일단 인상부터 썼다.

"뭐, 뭐야."

"누굽니까?"

하필 해를 등지고 서 있어서 얼굴도 안 보였다. 그냥 거대한 누군가가 군복도 입지 않은 채 서 있는 것만 확인할 수 있었다.

"누구긴, 백강혁이지."

"아."

"아, 배…… 백 교수님."

하지만 이름이 딱 들리자마자 둘은 자세를 바로 했다. 아무래도 한구 병원으로 군의관들이 파견 나오던 때랑은 다를 수밖에 없었다. 이미 리처드와 같이 굵직한 사람들이 탄생했을 뿐 아니라, 벌써 강혁이 아니었으면 죽었을 사람을 살린 게 한두 번이 아니었다. 물론 시리아에서도 살린 미군이 많았으나, 그때는 단체 뒤에 이름이 가려져 있었다면 지금은 아예 전면에 나서고 있었다. 군인으로서도 그렇고, 의사로서도 그렇고. 강혁은 이제 함부로 대하기 어려운 사람이 되어 있었다.

"먼 길 오느라 고생했어. 힘들겠지만, 일단 병원으로 가지."

강혁은 험비를 턱으로 가리키며 말을 이었다.

"가져온 짐은 그게 다야? 여기 그래도 한 달은 있을 텐데?"

"아……. 어차피 어디 갈 일도 없을 것 같아서요. 군복이랑 운동복만 챙겨 왔습니다."

"마음가짐 좋아. 아주 좋아."

누와라엘리야가 꽤 유명한 휴양지긴 하지만, 그건 유럽에서의 얘기였다. 아직 미국에서조차 그리 이름이 알려지지 않았다. 게다가 이들은 군인이지 않은가. 아마 중동 정도는 아니더라도 꽤 험악한 지역이라 생각하고 왔을 터였다.

"그럼 저기 타고, 바로 가자고."

"네!"

게다가 백강혁이라는 양반은 험비가 아니라 오토바이를 타고 앞장서고 있었다.

'만만치 않을 거라고 듣기는 했는데…….'

'근데 멋지긴 하다. 사람이 멋있네.'

'그러니까. 나이가 나랑 비슷하던데 얼굴은 10년은 더 아래로만 보여.'

둘이 누와라엘리야에 대해 왜곡된 이미지를 갖게 된 것도 결코 우연은 아니었다. 설상가상으로 딱 병원에 도착하자마자 샘이 달려왔다.

죽음과 함께 걸으며

"교수님!"

"어, 왜."

강혁은 일상인 듯 자연스럽게 오토바이에서 내리면서 물었다. 샘은 이마에 흐르는 땀을 닦으며 말을 이었다.

"오후에 출발한 농장 트럭 하나가 전복됐다고……. 하필 근처에 아이들이 있어서요!"

"아이?"

하지만 아이란 말이 들리자 강혁도 긴장했다. 아직 짐도 풀지 못한 채 차에 타고 있던 군의관 둘도 덩달아 긴장했다. 아무리 험한 군 생활에 익숙해진 이들이라 해도 아이들이 다쳤다는 말에는 그럴 수밖에 없었다.

"네, 그…… 있잖습니까. 이 근처에 꽃 파는 애들."

"아."

아주 가난한 지역이면서 동시에 관광지이지 않은가. 그렇다 보니 꼬불꼬불한 길을 따라 관광객들을 대상으로 꽃 팔러 다니는 아이들이 적지 않았다. 어느 정도로 열심인가 하면, 차가 길을 따라 올라가는 동안 계속 따라서 뛰어올 지경이었다. 그러다 보니 마음 약한 관광객들은 터무니없는 가격에도 곧잘 꽃을 사주곤 했다. 선행이지만, 근본적인 문제 해결에는 전혀 도움 안 되는 일이었다. 오히려 아이들이 다른 일 대신 여기에만 매몰되게끔 만드는 요인이기도 했다.

"그럼……?"

"네. 현장에서 바로 연락이 왔습니다. 일단 휩쓸린 것으로 보이는 아이는 둘입니다."

"가야지. 내가 갈게. 다들 외래 중이잖아."

"괜찮겠어요? 콜롬보에서 오늘 오셨는데?"

"다친 것도 아니고. 괜찮아. 도와줄 친구도 둘이나 왔고."

강혁은 아직 짐도 채 풀지 못하고 있던 군의관 둘을 돌아보았다. 아니, 짐은커녕 여전히 군복을 입고 있었다.

"거기, 둘."

강혁은 아직 차에 타고 있던 둘을 불렀다. 그렇지 않아도 아이가 다쳤단 말에 긴장하고 있던 터라 대답은 즉시 나왔다.

"네."

"네!"

"들었지?"

"네."

"바로 가자."

"네. 그렇게 하겠습니다."

"그럼 그 차 타고 뒤따라와."

강혁은 샘이 여태 가리키고 있던 앰뷸런스에 올라탔다.

"와……."

그 앰뷸런스를 확인한 군의관의 입이 쩍 하고 벌어졌다. 나름 미군 부대에 있으면서 여러 장비를 보아온 몸 아닌가. 하지만 이런 앰뷸런스는 그야말로 처음이었다. 앰뷸런스라고 하기엔 지나치게 거대했다.

'대체 안에 뭐가 있길래……'

움직이는 병원이라고 해도 좋을 지경이었다. 미니버스 정도의 크기라고 해야 할까? 저런 게 과연 잘 움직일까 하는 생각이 들려는 찰나, 시동이 걸렸다. 우르릉, 하는 시동 소리가 무슨 천둥소리 같았다. 엔진이 본격적으로 돌기 시작하자 낮게 우는 짐승 소리처럼 변했다. 아주 낯선 음색은 아니었다. 군의관은 언젠가 트랙에서 이런 소리를 들어본 적이 있었다.

'몇 기통이야, 이게?'

대체 몇 기통, 몇 cc길래 저런 소리가 날까.

"멍하니 있지 말고, 빨리 타! 운전할 생각은 하지 말고. 여기 초행인데 운전했다가는 바로 전복된다!"

"아, 네!"

멍하니 있으려니 앞 좌석에 타고 있던 강혁이 고개를 쑥 빼고는 외쳤다. 해서 군의관은 다시 차에 비척거리며 올라탔고, 운전석에 있던 병사가 후, 하고는 재차 시동을 걸었다. 이쪽도 사륜구동이고 3000cc에 가까운 차량이다보니 요란한 소리가 났지만, 아무래도 앰뷸런스보다는 처졌다. 군의관은 그 소리에 어이없음을 느끼다가 입을 열었다.

"아니, 저 차는 대체 뭐지?"

"아……. 저도 정확히는 모르는데 괴물 같은 차죠. 한번 몰아 보고 싶습니다."

"왜 저런 게 필요해?"

"원래 저게 아니었던 걸로 알고 있는데……. 여기가 워낙 산세가 험하잖습니까. 여기저기 다니려니까 저게 필요했던 것 같습니다."

"아, 원래는 저게 아니야?"

군의관의 말에 전방을 주시하고 있던 병사가 병원 한쪽 구석을 가리켰다. 앰뷸런스 하나가 더 서 있었다.

"네. 원래 것도……. 아, 저깄네. 저것도 괴물이에요. 육기통, 사륜에 3000cc니까. 근데 저 차는 저기 밑에 올라오는 길 달릴 때는 좀 처지나 보더라고요. 아무래도 차가 좀 무거울 테니까."

"아……. 그래서 바꿨구나."

군의관은 허, 하고 고개를 끄덕였다. 아무리 그래도 그렇지, 세상에 저런 앰뷸런스가 다 있단 말인가. 뒤에서 감탄인지 뭔지 모를 대화가 오가는 사이 강혁을 태운 앰뷸런스는 시원하게 산길을 헤치고 달렸다. 병원 근처는 포장이 되어 있지만, 그 외의 길은 여전히 비포장도로였다. 심지어 주변 나무들에서 떨어져 내린 가지나 돌 같은 것도 그냥 놓여 있었다. 미화원이 아주 없는 건 아니었지만, 주거지와 호텔 단지에 투입되기도 바빴다.

"와."

샘은 팔기통에 5000cc나 되는 차의 힘을 느끼며 고개를 절레절레 저었다. 요새는 환경 문제로 이런 차 나오지도 못한다던데.

대체 어떻게 이런 괴물을 만들어 온 걸까.

"뭐, 인마."

강혁은 잠시 샘의 시선을 느끼다 말고 입을 열었다.

"아니, 이거 너무 오버하는 거 아닌가 싶어서요."

"오버는 무슨. 이만한 차는 있어야 해."

"환자만 실어 나르면 되는데……."

"뭔 환자만 날러. 일단 가면 차부터 걸어서 당겨야지."

"차요? 뭔 차를……."

"차 넘어졌다며. 그거 그냥 둘 거야?"

"한둘인가, 버려진 차가."

샘은 대수롭지 않다는 식으로 답했다. 아닌 게 아니라, 누와라 엘리야로 오르는 길에는 정말이지 수없이 많은 차량이 버려져 있었다.

"이제부터는 아냐. 여기 싹 바꿀 건데. 이제 이런 거부터 정리해야지. 오, 저기네."

강혁은 멀리 보이는 비탈길을 가리켰다. 흔히 말하는 깎아 내지르는 듯한 길이 여기선 지천에 깔려 있었다.

"안 돼!"

"이거……."

"건드리지 마! 병원에서 올 때까지는 건드리지 마!"

"아……."

가까워지는 만큼 현장에서의 비명이 더더욱 잘 들려왔다. 이런 차 사고가 드문 것은 아니었으나, 아이들까지 휩쓸리는 경우는 상대적으로 적어서 그랬다. 아무리 아이들의 사망률이 선진국과는 비교도 안 될 만큼 높은 지역이라고 해도 안타까움마저 일상이 되지는 못했다.

"바짝 대. 저기 바로 앞으로."

"아, 네. 근데 이거 되려나?"

"되지. 충분히 돼. 애는 수직으로 올라올 수도 있어."

"알겠어요."

예전 같았으면 멀찍이 떨어진 차도에 차를 대고 뛰어 내려가야 했을 터였다. 가는 의료진도 고생이지만, 들것에 환자를 신고 오는 동안 아무래도 환자에게 손상이 갈 수밖에 없었다. 그나마 미친 완력과 균형 감각을 지닌 강혁이 있는 날이면 좀 나았으나, 그렇지 못한 날도 많았다. 이곳의 인구가 수십만인 데 반해 의료진은 고작해야 한 줌이기에 그랬다.

차량은 넘어진 차 바로 앞까지 다가갔다. 비탈이 아주 심했으나, 강혁이 말한 것처럼 앰뷸런스는 별문제 없이 가까이 접근할 수 있었다.

"일단 내리자."

"아, 네."

"이거 바퀴에 대어놓고. 괜히 이것도 미끄러지면 진짜……."

"아, 맞아. 맞네. 이것도 줬지."

강혁이 뛰어내리면서 남긴 말에 샘은 말뚝처럼 생긴 미끄럼 방지판을 바퀴마다 대어놓았다. 그사이 강혁은 일단 트럭으로 다가갔다. 옆으로 넘어진 채 방치되어 있었는데, 의외로 트럭 기사는 멀쩡한 모양이었다. 차 밖으로 나와 있었다.

"으……."

피 칠갑을 하긴 했으나, 뭐가 되었건 움직일 수는 있으니 다행스러운 일이었다.

'저러다 갑자기 어어 하고 픽 쓰러지고 하는 게 외상이지.'

하지만 강혁은 안심하는 대신 더욱 서둘러서 기사에게 갔다.

"어디 좀 봐봐."

"아……."

다행히 강혁은 영어뿐 아니라 타밀어, 싱할라어까지 어느 정도 구사할 수 있게 된 몸 아닌가. 상대가 누구건 간에 상관없이 간단한 문진 정도는 홀로 해낼 수 있었다.

"머리가 깨졌고……. 음."

강혁은 상대를 살피다 말고 얼굴을 찌푸렸다. 한쪽 동공이 미약하나마 확대되어 있었기 때문이다. 아직 반사가 없어지거나 한 정도는 아니었지만, 강혁은 감지할 수 있었다.

'이유는…… 뇌압상승……. 뇌출혈이 있어. 그나마 다행인건…….'

뇌출혈 부위는 아마도 우측 측두부. 경막하까지는 아니고, 경상외출혈(Epidural hemorrhage)로 짐작되었다. 아직 혈종이라고 부를 만큼 많은 출혈이 있는 건 아닐 터였다. 애초에 그만큼 뇌가 부었다면 증상도 있었을 것이 분명했다. 아마 환자는 운전석에서 나오지 못했으리라.

'이건 그냥 이 자리에서 빼주는 게 좋겠어. 애들 상태가 허락

하면……. 당연히 가서 빼겠는데…….'

강혁은 일단 환자에게 '아주 크게 다친 건 아니지만, 수술은 필요하다'는 말을 남긴 채 트럭 위쪽을 올려다보았다. 트럭이 미끄러져 내려오면서 같이 딸려 내려온 흙들과 바위 그리고 핏줄기가 보였다. 트럭 기사의 피는 아니었다. 주변으로 아이 둘이 널브러져 있었다. 그중 한 명에게서는 생명의 기운이 전혀 느껴지지 않았다.

"이런 시발."

강혁은 멀찍이 서서, 차마 이쪽으로 건너오지 못한 채 허물어져 있는 여자 하나를 발견했다. 다른 여자들에게 부축을 받고 있었는데 아마도 아이 엄마인 듯했다. 아이들이 관광객들에게 터무니없는 가격으로 파는 들꽃은 어려운 형편에 큰 도움이 되었을 터였다. 위험할 수 있다는 건 엄마도 모르진 않았을 것이다. 이 근방은 심심하면 차 사고가 나니까.

"샘! 천!"

"아, 네!"

죽은 아이는 꼭 강혁의 눈으로만 알아볼 수 있는 상태가 아니었다. 직접 깔린 것인지, 온몸이 바스러져 있었다. 한국이었다면 아직 학교도 안 들어갔을 나이 같아 보이는 아이의 피와 살점이 언덕 여기저기에 흩뿌려져 있었다.

"여기. 아이고……. 이거."

"일단 덮어. 수습은…… 수습은 이따 해."

"네."

"다른 애부터 보자."

"아, 네. 근데……."

다른 아이라고 해서 상태가 썩 좋아 보이진 않았다. 애초에 넘어진 차에 깔린 상황 아닌가. 멀쩡하면 그게 더 이상한 일이었다.

"일단 와. 군의관들도 오고 있어?"

"아, 네. 오고는 있습니다. 저기."

"왜 이렇게 굼떠?"

"여기 길이…… 이걸 어떻게 뛰어요……."

샘은 저 위에 차를 세워 둔 채 부리나케 걸어 내려오고 있는 둘을 가리켰다. 자칫 잘못하면 넘어지는 것만으로도 크게 다칠 것 같았다. 강혁은 그런 둘을 외면한 채 아이에게로 향했다.

"얘네들은 맨발로 뛰는 곳이야."

"아, 그건…… 그건 그렇네요."

샘에게도 꽃 들고 뛰는 아이들의 모습은 낯설지 않았다. 지금 누워 있는 아이 얼굴은 어디서 한번 본 듯도 했다. 샘도 이제 여기 온 지 꽤 오래되었으니까.

"배에 출혈…… 다행히 척추나 목은 괜찮고……. 문제는……."

"다리, 이거 어쩌죠?"

"어쩌긴, 최대한 걷게 해줘야지. 여기서 못 걷는 건……."

"거의 죽음이죠."

약자에 대한 배려도 먹고살 만할 때나 할 수 있는 법이었다. 이곳에서 신체장애가 있다는 건 곧 밥벌이가 어려워진다는 것을 의미했다.

'아니지……. 그 전에…… 내가 얠 살릴 수 있을까?'

물론 다리는 일단 배부터 처리하고 생각할 일이었다. 아이의 배는 지금도 부어오르고 있었다. 그 말은 곧 빠르게 죽어가고 있다는 뜻이기도 했다.

"헉, 헉……."

"아니, 무슨 길이…… 여기서 어떻게……."

뒤늦게 군의관들이 왔을 땐, 이미 강혁과 샘이 아이를 수습해서 들것에 실은 후였다. 동시에 라인까지 잡아 수액도 달아두었다. 강혁도 강혁이지만, 샘도 강혁과 장미에게 시달리면서 실력이 꽤 향상된 덕이었다. 게다가 샘은 아까 강혁이 친 사기 때문에 강혁이 자신에게 의지하고 있다고 철석같이 믿고 있었다. 여느 때보다도 더 열심을 내고 있었다.

"여기서 어떻게는 무슨 어떻게. 총탄 날아오는 상황도 아닌데. 일단 얘는 우리가 앰뷸로 데려갈 테니까, 너희 둘은 저기 보여?"

"아, 네."

강혁은 들것을 들고, 아이가 최대한 흔들리지 않게 주의하면서 턱으로 트럭 기사를 가리켰다. 조금 어지러운지, 아니면 통증이 있는지 머리를 짚고 있었다. 확실히 아까보다 나빠 보였다.

"우측 측두엽 경막외 출혈이 있을 거야. 이제 슬슬 혈종이 형성되었을 테니…… 증상도 있겠지. 뇌압 안 올라가게 주의해서 앰뷸런스로 데려가."

"네? 경막외…… 출혈이요?"

"그래. 경막외 출혈."

"그걸 어떻게……."

"내가 어떻게 안 게 중요해? 아니면 환자가 출혈이 있다는 게 중요해?"

"그…… 출혈이 있다는 게 중요하죠."

군의관은 '정말 출혈이 있다면 말입니다만'이라는 말을 하려다 말았다. 샘이 옆에서 필사적인 표정으로 말리고 있었기 때문이다. 게다가 군의관은 여기 오기 전에 들었던 말도 기억했다. 무슨 일이든 감히 강혁과 맞설 생각은 말라는 얘기였다. 그랬다간 별로 좋은 꼴을 보지 못할 거라는 말도 들었다.

"그럼 가. 가서 만니톨, 스테로이드 주고, 머리 밀어."

"아……. 네."

이번에 답한 건 다른 군의관이었다. 미심쩍어하던 녀석과는 달리 대답하는 얼굴에 확신이 차 있었다. 강혁이 살려낸 병사들의 후속 치료를 담당했던 적이 있어서였다. 액션캠에 담긴 부상당시의 영상, 그리고 초진 본 의사가 적어둔 부상 정도를 고려할 때, 그 병사의 상태는 정말이지 말이 안 되는 수준이었다. 그 자리에서 죽었거나 수술대 위에서 죽었다 해도 누구도 의사를 비난할 수 없을 정도였다. 하지만 환자는 살아 있었다. 심지어 별다른 합병증도 없었다. 원한다면 다시 전선으로 달려나갈 수 있을 수준이었다.

'이 사람한테 배울 수 있다는 거 자체가 복이지…….'

군의관은 옛 기억을 떠올리며 트럭 기사에게 달려갔다. 군의관들은 당연히 타밀어나 싱할라어를 할 줄 몰랐지만, 다행히 트럭 기사가 영어를 어느 정도 할 줄 알았다. 앰뷸런스로 가자는 말 정도는 문제없이 알아듣는다는 얘기였다. 게다가 최근 누와라엘리야 병원에 대한 이미지도 좋았고, 또 이곳 사람들은 의외로 서양인에 대한 감정도 나쁘지 않았다. 지식인 계층으로 가면 영국을 미친 듯이 싫어하는 사람도 꽤 있었으나, 교육 시스템이 무너진 이곳에서 역사를 기억하는 사람들은 드물었다.

"비틀거리긴 하는데. 정말 경막외 출혈일까?"

"우리 레벨에서 의심할 만한 사람은 아냐."

"이봐, 나 수련 앰디앤더슨에서 받았어."

"나는 하버드에서 펠로우십 했어. 그런 문제가 아니라고, 닥터 백은."

"무슨……."

"일단 시키는 대로 해. 내가 저 사람 수술해놓은 거 봤는데, 진짜 사람이 아냐."

"나도 잘하는 건 알지. 하지만 이건……."

"일단 하자니까? 그 외에 뭐 할 수 있는 거 있어?"

강혁의 수술을 보았던 군의관, 그러니까 잭의 말에 다른 군의관 노아가 고개를 가로저었다. 부대에 있을 땐 나름 능숙한 군의관이었다. 이미 복무한 지도 꽤 되었을뿐더러 전문의이니 그럴 수밖에 없었다. 하지만 이곳 누와라엘리야 현장에서는 뭐가 어딨는지도 모르는 사람들이었다. 일단은 현장 지휘관의 말에 따르는 것이 맞았다. 명령 체계도 그랬다.

'닥터 백의 지시는 리처드 중령의 지시와 같은 권위를 갖는다

고 보면 되네.'

　이곳에 오기 전 분명 브리핑을 그렇게 받은 바 있었다. 한 명
은 좀 투덜거리긴 했지만, 하여간 환자를 데리고 앰뷸런스로 향
했다. 그러고는 라인을 잡아 만니톨과 스테로이드를 주었다. 둘
다 뇌압 상승을 낮추기 위한 약이었는데, 그럼에도 불구하고 환
자는 더 심하게 두통을 호소하기 시작했다.

　"으, 으으."

　"아픈 모양인데……. 이거 진짜 경막외 출혈인가."

　"모르지. 일단 머리 밀자고."

　"아, 그래. 머리 밀 거예요. 머리."

　"으……. 네. 아무거나…… 안 아프게만 좀……."

　그럴수록 강혁의 말은 점점 더 신빙성을 얻었다. 점점 더 심해
지는, 특히 편측의 두통은 그쪽의 출혈을 의심할 수 있었기에 그
랬다. 해서 둘은 앰뷸런스 한쪽 구석에 놓인 작은 침대에 환자를
눕히고 머리를 밀기 시작했다. 뇌압이 올라가면 안 되기에 30도
가량 머리 부분을 올린 채였다. 쟉은 환자의 머리칼이 잔뜩 붙은
바리깡을 내려다보다 말고 말을 이었다.

　"어쩐지 뒤에서 볼 때도 크다 했는데……. 무슨 놈의 앰뷸런스
가 이렇게 커."

　"그러니까. 무리하면 둘도 수술하겠어."

　"그럴 필요가 있나? 여기서 20분이면 병원으로 가는데?"

　"글쎄. 근데 아까 그 애는……."

　"아, 걔는……."

"못 살릴 것 같지? 그건 말이 안 돼."

잭의 말에 앰뷸런스 내부를 보며 감탄하던 노아가 고개를 가로저었다. 현대 의학이 비약적인 발전을 한 건 맞았다. 여러 분야에서 그랬지만 외상 외과에서도 그랬다. 하지만 여전히 한계는 있었다. 죽을 사람을 살릴 수는 없었다.

"어, 거기다 놔. 그래도 애들이 눈치는 있네."

그때 강혁이 샘과 함께 들것을 들고 안으로 들어왔다. 아이의 배는 그사이 더 부풀어 있었다. 허벅지 쪽도 마찬가지였다. 딱 봐도 부러진 모양이었다. 그냥 부러진 것도 아니고, 어딘가 혈관을 건드렸을 터였다. 그렇지 않으면 저렇게까지 부풀어 오를 수 없었다.

"읍."

"자, 그래. 거기. 흔들리지 않게…… 잘 밀어."

"네."

강혁과 샘은 아이를 비어 있던 메인 베드에 눕혔다. 그와 동시에 강혁은 아이의 목에 삽관을 했고, 샘은 전화기를 들어 병원에 곧 환자가 두 명 갈 것임을 알렸다.

"뭐래?"

"대기하겠답니다. 문제는…… 2번 방에 지금 환자가 있다는데……."

"그래? 무슨 환자?"

"위궤양 터진 것 같다고 합니다."

"아, 씨."

하여간 아무 조치를 취하지 않았던 것이 문제였다. 조금만 미리 왔어도 그냥 약 먹고 조절 가능했을 환자들이 꼭 이렇게 응급 수술이 필요할 만큼 안 좋아져 있었다. 병원이 없었을 때 왜 그렇게 원인 미상의 사망이 많았는지 알 수 있었다.

"어쩌죠? 이쪽이 더 급하다고 할까요?"

"아니. 하나는…… 어차피 가면서 대강 끝날 거야."

"아, 네."

아마 이전의 샘이었다면 뭔 개소리냐고 한마디 정도는 했을 터였다. 뭔 놈의 수술이 가면서 끝난단 말인가. 하지만 이제는 믿었다. 강혁은 충분히 그럴 수 있는 인간이었다.

"그보다 사람 좀 불러서 여기 시신이나 수습해달라고 해. 곧 어두워질 텐데……. 들짐승이라도 나타나면 어쩌냐, 저거."

"아, 네."

"운전은 누가 하지? 넌 여기 있어야 되는데."

"제가 오면서 차 뒤따라오라고 했죠. 운전석 보세요."

"오. 센스 보소."

이것도 예전과 달라진 점이라면 달라진 점이었다. 강혁은 더 이상 모든 것을 생각하지 않았다. 다른 놈들이 알아서 움직이기 시작한 덕이었다. 이번에도 그렇지 않은가. 샘은 사려 깊게도 돌아갈 때 운전할 친구를 이미 섭외해놓은 참이었다. 얼굴을 보니 국경없는의사회로 치면 로지스티션에 해당하는 친구였다. 이런저런 물품을 수송하고 또 진료를 가능하게 하는, 어찌 보면 의료 진보다도 더 중요한 직군이었다.

"그럼 부탁합니다."

"네. 바로 출발할까요?"

"네. 환자 있으니까 조금 천천히."

"네."

제아무리 차가 육중하다고 해도 흔들림이 아주 없을 수는 없었다. 아무것도 하지 않을 거라면 그냥 쭉 달리는 게 이득이겠지만, 강혁은 결코 그럴 생각이 없었다.

"좋아, 그럼……."

강혁은 우선 삽관한 튜브에 마취 가스를 연결했다. 아이인 데다가 현재 출혈도 있어 혈압이 엉망이었다.

'경원이 데려올걸.'

어느 때보다 마취과가 필요한 상황이다, 이 말이었다. 하지만 아주 오랜 시간 버틸 것은 아니니 일단은 이대로 가기로 했다.

"거기, 둘. 머리 다 밀었지?"

"아, 네."

"마취해. 여기 벤틸레이터 두 개야."

"네? 어, 진짜네."

그냥 아이만 수술할 생각도 아니었다. 트럭 기사도 그냥 둘 생각이 없었다.

"근데……."

"아, 하라면 해. 다 내가 책임져."

"알겠습니다."

다행히 잭은 꽤 순종적이었다. 그는 강혁의 말에 따라 마취 주사를 찔러 넣었고, 정신을 잃은 환자의 목에 관을 꽂아 넣었다. 그나마 이쪽은 바이털이 안정적이어서 그리 부담이 되진 않았다.

"좋아, 머리 잘 밀었네. 내가 여기 표시만 해줄게."

강혁은 그렇게 정신을 잃은 환자 머리 한쪽에 마킹 펜으로 엑스 표시를 해주었다. 경막외라고는 해도 두개골 안쪽이라 꿀렁이는 느낌은 없었다. 하지만 강혁은 그것만으로도 알 수 있었다. 여기서 피가 나고 있다는 걸. 아주 미세한 감각의 차이도 강혁은 놓치지 않았다. 덕분에 강혁은 더더욱 확신에 찬 얼굴로 말을 이을 수 있었다.

"여기에 혈종이 있어. 제거하고 출혈 부위 틀어막아."

"어……. 네."

"지금 뭘 생각하고 있는지 아는데, 어차피 두개내압 올라가고 있어. 구멍 뚫는단 느낌으로 가."

"아, 네. 그렇게 하겠습니다."

군의관들은 아무래도 강혁만큼 확신을 갖진 못했으나, 이어지는 말을 듣자 조금 안도하는 얼굴이 되었다. 뭐가 되었건 환자에게 해가 되지는 않을 거란 생각이 들어서였다. 그래봐야 머리에 구멍 내는 행위 자체가 낯설게 느껴지긴 했다. 둘 다 신경외과는 아니기에 그랬다. 하지만 급할 땐 뭐든 해야 한다는 걸 아는 사람들이기도 해서 일단 칼을 들었다. 강혁은 둘이 꽤 제대로 된 절개를 넣는 것까지는 확인하고는 아이에게로 고개를 돌렸다.

"할 거죠?"

"응."

강혁은 긴장한 기색이 역력한 샘의 어깨를 두드려주고, 차량이 흔들리는 것을 느끼며 손을 부리나케 닦았다. 그사이 샘도 빠르게 움직였다. 달리는 차 안에서 이만한 수술을 한다는 게 참으로 꺼림칙한 일이긴 하지만, 뭐라 한다고 들을 인간이 아니지 않은가. 게다가 그냥 두면 아이는 죽을 게 뻔했다. 샘도 예전의 샘이 아니었다.

'살린다…….'

강혁에게 전염된 지 오래란 얘기였다.

"자, 할까?"

"네."

해서 강혁이 메스를 달라고 손을 내밀었을 땐, 이미 차분해져 있었다. 그렇게 달리는 차 안에서 아이의 수술이 시작되었다. 강혁은 메스를 쥐어 들고는 한숨을 흘렸다. 소위 어려운 수술을 마주했을 때, 그가 자주 취하곤 하는 일종의 의식이었다. 엄살은 아니었다. 아이의 배는 시시각각 부풀어 오르고 있었다. 그와 함께 혈압이 뚝뚝 떨어졌다.

"아이 B형이라……. 일단 수혈 시작합니다."

샘은 수축기 혈압이 70 미만으로 떨어지는 것을 확인하고는 부리나케 혈액을 달았다. 강혁이 아이를 보자마자 중심정맥관을 잡은 덕에 별 무리는 없었다. 아마 이제 와서 혈관을 잡으려고 했다면 늦었을뿐더러, 잡히지도 않았을 터였다. 어린아이의 경우 혈압이 이만큼이나 떨어지게 되면 혈관이 다 숨어버리기 때문이었다.

'그나마 다행인데…… 정말 다행이라고 할 수 있을까?'

샘은 뚝뚝 떨어져 내리는 핏줄기를 바라보다가 문득 아까 언덕에서 보았던 피를 떠올렸다. 이 아이 말고 다른 아이가 흘린 피였다. 그 아이는 차체에 깔린 채 바닥과 함께 쓸려 내렸는지, 몸이 아예 너덜너덜해져 있었다. 그렇게 되면 차라리 아이가 고통 없이 죽었길 바라게 된다. 단 1초라도 더 살았다면 그만큼의 시간 동안 아파하기만 했을 테니까. 무용한 고통만큼 이 세상에서 사라져야 할 것도 없다는 게 의료진 대부분의 생각이었다.

'얘도…… 사실…….'

이 아이는 배와 허벅지 정도만 쓸린 상황이기는 했다. 하지만 다 큰 성인도 아니고 아직 학교도 들어가지 않았을 나이의 아이에게 이만한 상처는 치명적이었다. 집도를 맡은 사람이 백강혁이 아니었다면 샘은 그냥 포기했을 터였다. 하지만 지금 메스를 쥔 것은 강혁이었다. 이 인간은 벌써 몇 번이나 죽을 사람을 살려내지 않았던가. 이번에도 그러기를 바랄 뿐이었다. 그때 강혁이 메스로 아이의 배를 그었다. 평소와는 달리 호쾌하기 이를 데 없는 절개였다. 최소한의 절개로 최대한의 결과를 내는 것이 아트라고 하더니만 지금은 이러다 몸이 반으로 갈라지는 거 아닌가 싶을 정도로 긴 절개를 그었다. 동시에 피가 왈칵 쏟아져 나왔다. 붉은 피와 조금 검붉어진 피가 섞여 있었다. 이미 흘러나온 피도 많거니와, 지금도 흘러나오는 피도 많다는 얘기였다.

"아우."

"저거."

피는 그저 환자의 배만 적시는 데 그치지 않았다. 수술대 밑으로 주르륵 흘러내리는데 그 소리가 마치 폭포 소리 같았다. 그렇다보니 옆에서 한창 머리 수술하고 있던 두 군의관, 잭과 노아의 시선이 돌아갔다. 동시에 탄식이 흘러나왔다.

"주, 죽……."

"그런 말은 하지 말고."

아무리 죽음을 많이 겪어본 경험 많은 외상 외과의라 해도, 아이가 눈앞에서 죽는 건 싫었다. 저도 모르게 눈을 감게 된다 이 말인데, 강혁은 눈을 감기는커녕 장갑 낀 손을 그대로 아이의 배 속에 집어넣었다. 그 순간 아이의 배에서 뿜어져 나오던 피가 대번에 줄어들었다. 강혁이 아이의 대동맥 그리고 그 분지에 난 상처를 손의 모든 부위를 적절히 이용해 틀어막은 덕이었다.

"실."

강혁은 그렇게 출혈을 막은 후, 다른 손을 내밀었다. 어느새 메스는 옆에 던져둔 지 오래였다.

"아, 네."

샘은 잠시 피에 젖은 메스와 강혁을 보다가 바로 실을 건네주었다. 강혁은 손으로 막고 있던 부위에 바늘을 찔러 넣었다. 바로 옆에 있는 샘조차 어디를 어떻게 하고 있는 것인지 전혀 알 수가 없었다.

'보이는 게 있나?'

아무리 흘러나오는 피의 양이 현저히 줄어들었다 해도 이미 흘러나온 피들이 엉켜 시야가 거의 없다고 해도 좋을 지경이었다. 물론 샘이 센스를 발휘해 어느 정도 석션을 하긴 했지만, 한계가 있었다. 보통 이만큼 피가 흘러나온 상황이라면 따뜻한 생리 식염수를 들이붓고 다시 빨아들이는 과정을 몇 번이나 반복해야 했다. 하지만 강혁은 그런 과정이 전혀 없었음에도, 망설임 없이 봉합을 해내고 있었다. 그것도 지속 봉합술을 이용해서였다. 봉합되어갈수록 강혁의 왼손이 점차 자유로워졌다.

"후."

정작 손을 떼는 건 강혁이었지만 뗄 때마다 놀라는 건 샘이었다. 손가락 마디가 떨어질 때마다 왠지 피가 분수처럼 쏟아질 것 같아서였다. 하지만 그런 일은 없었다.

"으."

복부 대동맥이 좀 불안한 모양으로 벌렁거리고 있긴 했지만, 바로 피가 터져 나오거나 하는 일은 없었다.

"좋아. 대충…… 응급 처치는 됐고."

그사이 강혁은 왼손을 완전히 떼어도 좋을 만큼 봉합을 완성했다. 물론 아무리 봉합을 했다 해도, 이건 거적때기 기우는 수준의 봉합일 뿐이었다. 이대로 두었다가는 곧 터져 나갈 것이 분명했다. 이따 제대로 인조 혈관을 덧대거나, 아예 대체해야 할 곳들이 꽤 많았다.

"거즈…… 적셔서 하나씩 줘봐."

"아, 네."

강혁은 손 대신 거즈로 눌러 놓기로 작정했다. 하나하나 적절한 힘과 방향으로 거즈를 집어넣었다. 예전의 샘이었다면 이런 강혁을 크게 의심했을 터였다. 거즈 좀 넣는다고 이게 될까? 뭐 이런 생각이야 당연히 했을 테고. 하지만 지금은 그런 생각일랑 하나도 품지 않았다. 당연한 얘기였다. 확실히 젖은 거즈가 들어갈 때마다 상처가 안정화되는 것이 보였다. 이대로라면 앞으로 적어도 1시간 정도는 버틸 수 있을 터였다.

"아……."

"진짜 딱 여기에……."

그때 잭과 노아도 호들갑을 떨기 시작했다. 아까 강혁이 마킹 해놓은 자리에서 핏덩이를 발견한 탓이었다. 노아는 석션으로 그 피를 제거하면서 동시에 고개를 절레절레 흔들어댔다.

"어떻게 이럴 수가."

보면서도 믿기지 않는 모양이었다. 그럴 만도 했다. 그 어떤 영상의학적 검사도 없이, 오로지 육안으로만 외상의 위치를 정확히 판별하지 않았나. 이런 건 상식에 맞지 않는 일이었다.

"그러니까, 역시 닥터 백 얘기는 듣는 게 좋다고 들었어."

"아니, 아무리 그래도……."

"일단 제거하고…… 어디서 피 나는지나 보자고. 이 환자 잘못되면 저쪽을 볼 면목이 없어."

"그, 그건 그렇지……."

다만 뭐가 되었건 지금은 의문을 품을 때가 아니었다. 눈앞의 환자에게만 집중해야 했다. 게다가 옆에서는 정말 딱 죽기 직전이었던 아이를 살려내고 있지 않은가. 저 환자에 비하면 이 환자는 아무것도 아니었다. 실수라도 한다면 큰일이었다.

'그래, 정신 차려라. 그 환자 내가 다 가이딩까지 했는데 잘못되면 니들은 뒤져.'

강혁은 잭과 노아를 힐끔 돌아보았다가, 이내 다시 메스를 받아 들었다. 배 쪽의 응급 처치는 어지간히 된 참이었다. 이젠 다리를 볼 차례였다.

"음."

"으음."

절개를 하자마자 샘의 입에서 신음이 흘러나왔다. 안쪽의 근육의 파열되어 섬유들이 이리저리 제멋대로 튀어나오는 장면을 두 눈으로 똑똑히 보게 된 탓이었다. 그뿐만이 아니라, 아마도 차체에 깔렸을 거라 짐작되는 허벅지 뼈도 부러져 있었다. 그냥 부러진 것도 아니고 몇 개의 조각으로 갈라져 있었다. 그나마 성장판이 있는 부위는 아니었으나, 그게 문제가 아니었다.

'제대로 붙을까? 아니, 그 전에 이거…… 신장은 괜찮나?'

근육이 심하게 파열되는 경우, 파열된 근육에서 흘러나오는 물질 때문에 신장 기능이 무너지는 수가 있었다. 횡문근융해증이라고, 흔히 군대 같은 곳에서 기합을 받다가 이것 때문에 급성 신부전에 빠졌다는 기사가 나오곤 했다. 운동만으로도 그렇게 되는데 이만한 파열에는 어떨까.

"수액 얼마나 들어가지?"

"일단 하나 풀 드립 하고 있습니다."

"소변은?"

"소변은…… 아직은 잘 나옵니다."

"그래, 일단 쭉 들이붓자."

"네."

샘이 본 것을 강혁도 놓치지 않았다. 해서 수액과 소변량을 체크하고는 다시 상처를 헤집기 시작했다. 집도의에게 헤집는다는 표현이 온당한가 싶지만, 지금은 그런 표현만이 가능한 상황이었다. 워낙에 상처가 엉망이어서 그랬다.

"다시 메스."

"네."

그중 제일 급한 것은 아무래도 구획증후군에 대한 예방이었다. 구획증후군이란 근막 안쪽에 있는 조직들이 부어오르면서 동시에 꽉 눌려서 발생하는 현상을 의미했다. 근막은 아주 단단하고 질겨서 어지간하면 찢기지 않는데, 그러다 보니 꽉 눌린 부위가 괴사하는 경우가 왕왕 있었다. 해서 강혁은 일단 근막을 째서 압력을 풀어주었다. 그러자 안에서 이리저리 뒤엉켜 있던 근육들이 후루룩 튀어나왔다. 그 바람에 보기에는 더 엉망진창처럼 되었으나, 강혁은 오히려 한시름 놓았다는 표정이 되었다.

"자, 봉합 기구 줘."

"네."

다음은 출혈이었다. 압력을 잡았으면, 이제 그 압력을 튀어 오르게 했던 원인을 잡아야 하지 않겠는가. 거기까지만 해도 어느 정도 다리에 대한 응급 처치는 다 했다고 볼 수 있었다.

"좋아, 일단 됐고. 얼마나 남았지?"

"이제…… 보입니다. 5분? 아무래도 달리기는 좀 그래서요. 여기가 워낙 길이 험해서."

"그래, 무리할 필요는 없어. 거기, 둘. 어떻게 돼가?"

덕분에 여유를 되찾은 강혁은 피에 젖은 장갑을 움직거리며 잭과 노아에게 다가갔다. 둘은 이제 막 핏덩이를 싹 제거하고 피 나는 곳을 찾고 있었다. 쉬운 일은 아니었다. 강혁이나 샘에게는 흔들리는 차 안에서 처치하는 것이 익숙했으나, 이 둘은 그렇지 못한 탓이었다.

"그…… 네, 피 나는 곳을 찾고 있습니다."

"아니, 머리 깐 지가 언젠데 아직도 찾아."

"원래 이런 형태의 출혈은……."

"변명하지 말고."

"변명……. 음."

아무리 잭이 강혁에게 협조적인 사람이라 해도 이건 좀 울컥할 만한 일이었다. 하지만 아직 수술대 위에 누워 있는 아이를 보니, 입이 다물어졌다.

"일단 비켜봐."

"아, 네."

그리고 도저히 강혁이 비키라는 말에 응하지 않을 수 없었다. 이 사람이 나서면 뭐가 돼도 될 것 같았다.

앰뷸런스는 곧 병원으로 들어섰다. 정문이 아닌 병원 후문으로 접근한 앰뷸런스는 바로 응급실 앞에 섰다.

"뒷문, 뒷문 열어!"

대기 중이던 의료진들이 우르르 달려왔다. 여기서 의료진들이란 경원과 장미 등이었다. 재원은 다른 쪽에서 수술 중이었고, 리처드나 한유림 등은 재원과 경원 그리고 강혁이 빠지면서 발생한 외래 진료 공백을 메우느라 정신이 없었다.

이제 누와라엘리야 병원 사람들은 응급 처치의 달인들이었다. 어지간한 대학 병원보다도 훨씬 더 우수한 모습을 보였다. 그럴 수밖에 없었다. 대학 병원에서는 시스템이 잘 갖추어져 있는 만큼 구성원이 매일 이런 일을 겪을 일이 거의 없지만, 여긴 이게 일상이었다.

"환자는 어때요?"

경원은 문을 열자마자 강혁을 향해 외쳤다. 강혁은 이제 막 트럭 기사의 출혈을 잡은 참이었다.

"이 환자는 그냥 처치실로 가서 마무리하면 돼. 이 둘이 알아서 할 거고…… 아이가 문제야."

"아, 그렇네요."

강혁의 시선을 따라 같이 고개를 돌린 경원의 얼굴이 어두워졌다. 아이의 배고 다리고 모두 열려 있어서였다. 특히 배 안에는 거즈가 가득 들어가 있었는데, 옅은 붉은 색으로 젖어 가고 있었다. 그 말은 안에서 여전히 출혈이 있다는 얘기였다.

'전해 듣기만 해도 끔찍한 사고긴 했어.'

따로 대기 중이던 앰뷸런스가 출발하지 않았나. 치료를 위해서가 아니라 유해 수습을 위해서라고 들었다. 그 대상이 성인이었더라도 슬펐을 텐데, 심지어 어린아이였다. 아마도 지금 누운 아이의 형일 터였다.

'이런 망할.'

강혁도 비슷한 심정일 것이었다. 아니, 오히려 더할 것이 분명했다. 강혁은 원래도 환자에게 최선을 다하는 편이지만 어찌 된 게 아이에게는 더더욱 진심을 다했다. 그래서 이 환자에게도 최선을 다했을 것이라 확신할 수 있었다. 그럼에도 불구하고 배가 저렇게 엉망으로 열려 있다니. 대체 얼마나 안 좋기에 이럴까.

"경원아, 오늘은 네가 좀 바쁘다. 잘할 수 있지?"

"아, 네. 물론이죠. 최선을 다하겠습니다."

상념에 빠진 경원을 깨운 것은 강혁이었다. 전에 없이 진중한 얼굴이었기에 경원도 비슷한 표정을 지으며 고개를 끄덕였다.

'그래, 이 자식이 허당이라도 마취는 잘하지.'

강혁은 그런 경원을 보며 다소 안심했다. 강혁에게 경원과 같은 마취과 의사는 그런 존재였다. 전신 상태에 대해 잠시 걱정을 접고 딱 상처만 볼 수 있게 해주는 동료. 말 그대로 수술방의 선장이라는 말이 딱 어울리는 인간이 바로 박경원이었다. 일상에서야 선장은커녕 갑판 위에 서게 하기도 불안할 만큼의 뚝딱이지만, 적어도 수술실에서는 그랬다.

"장미, 준비됐지?"

"아, 물론이죠. 싹 준비했습니다."

"그래. 그럼 바로 가자."

"네!"

강혁의 긴장을 풀어주는 이가 하나 더 있었다. 출동까지 함께하고 수술하는 내내 함께 있었던 샘에게는 좀 미안한 일이었으나, 그럼에도 장미는 아예 다른 느낌이었다. 이 녀석은 일상이고 병원 운영이고 간에 버팀목이 되어주는 사람이었다. 그럼 수술실에서는 어떨까?

'더할 나위 없지.'

강혁은 겨우 미소를 지은 채 아이가 누워 있는 침대를 끌어 내렸다. 그러곤 대기 중이던 침대에 옮겨 싣고는 즉시 내달렸다.

"야, 니네 둘은 그거 마무리 잘해!"

"아, 네! 맡겨주십쇼!"

강혁은 그렇게 침대를 밀고 달리면서 군의관 둘에게 마무리를 부탁했다. 이 둘도 사실 실력이 썩 괜찮은 편인 데다가 나름 경험 많은 군의관인데도 그랬다. 강혁의 눈에 찰 만한 실력이 아닌 것도 있지만, 환경이 바뀐 것을 우려하는 것이기도 했다. 멀쩡한 놈도 갑자기 헛짓거리하는 게 현장 아닌가. 이 점은 군의관들도 동의하는 바였다. 실제로 병원에서는 잘하던 놈이 야전에서 사고 치는 경우가 종종 있어서였다.

"제가 보조하겠습니다."

해서 그 둘은 피 묻은 손으로 다가온 샘을 거절하지 않았다. 오히려 기꺼워했다.

"네, 부탁합니다."

"처치실은 어디죠?"

"안내하죠. 따라오시면 됩니다."

"네."

애초에 배우러 온 참이기도 한 데다가 아까 앰블런스에서 본 것도 있어서 더더욱 그랬다. 그들이 보기에 샘은 수술실 간호사로서 톱클래스였다. 이런 사람이 보조를 해준다는데 싫다고 하는 건 미친 짓이었다. 그렇게 파견 나온 군의관들이 첫날부터 상대적으로 가벼운 환자를 이끌고 처치실로 향하는 동안 강혁은 빈 수술실로 들어섰다. 곁눈질로 1번 방을 확인하고서였다.

'잘하고 있겠지, 뭐.'

제아무리 유리창이 있다고 해도, 보이는 건 재원의 얼굴 정도뿐이었다. 그러니 강혁으로서는 환자 상태를 전혀 알 수 없다는 얘긴데, 그럼에도 일견 안심한 얼굴이 되었다. 수술실 분위기가 평안해서였다. 게다가 재원의 실력은 이제 어디 내놔도 절대 꿀리지 않게 된 지 오래 아닌가.

"환자 옮기겠습니다."

"응."

해서 강혁은 곧 1번 방에 대한 생각을 지우고, 환자를 수술대 위로 옮길 수 있었다. 워낙에 피가 많이 묻어 있어서 그런지, 침대와 떨어질 때 쩍 하는 소리가 났다. 분명 출혈을 틀어막아서 새로운 출혈이 없는 상태인데도 그랬다. 처음에 흘러나온 피가 워낙 많아서였다.

"마취 유지합니다. 바이털 움직이면 일단은 제가 알아서 볼게요."

"어, 그래. 그래줘야지."

"중심정맥관 라인이……. 아, 여기 있네. 네, 그럼 시작하시면 됩니다."

경원은 환아가 수술대 위로 옮겨지자마자 즉시 약과 수액 그리고 수혈 등을 조절했다. 순간 아이의 혈압을 비롯한 바이털 사인이 안정화되기 시작했다.

"좋아. 그럼 일단…… 배부터 다시 볼 거야. 조폭 준비됐지?"

"네."

"오케이."

강혁은 수술 준비가 다 된 것을 확인하자마자 배 안에 집어넣어 놨던 거즈들을 제거했다. 혈관들을 누르고 있던 거즈를 제거하자마자 대번에 혈압이 출렁였다. 아마 경원이 없었다면 대처에 시간이 걸렸거나 아예 안 되었을 수도 있었을 터였다. 하지만 지금은 박경원이 이 수술실을 책임지고 있었다.

"됐어. 일단 여기…… 이 구간은 자르고 대체할 거야."

"아, 네. 꺼내놨어요. 이거면 될까요?"

"음. 응. 아 근데 우리 이거 인조 혈관 얼마나 있지?"

"이번에 쓰고 나면 거의 안 남아요. 한번 받아야겠는데요?"

"약도 확확 나가지?"

"그렇죠. 오늘…… 완전 장난 아니에요. 이 추세면 2주도 못 갈걸요."

그 덕에 강혁은 장미와 짧은 대화도 나눌 수 있었다.

"자, 그럼 줘봐."

"네."

할 일은 하면서였다. 강혁은 어느새 장미가 건네준 인조 혈관을 아이의 복부 대동맥에 맞게 디자인하고 있었다. 제일 취약해

보이는 부위였는데, 일단 여기만이라도 처리하면 한동안은 안심할 수 있을 것 같았다.

"됐고……. 조폭 네가 좀 보조를 해야겠어."

"네."

"여기 이렇게 좀 잡아봐."

"네. 이렇게 잡으면 되죠."

"음, 그래. 잘 보인다."

강혁은 서둘러 대동맥 옆을 클램프로 잡고는 가위로 구멍을 낸 다음, 혈관을 슥 하고 이었다. 이렇게 보면 굉장히 수월하고 간단한 일처럼 보이지만, 대동맥을 만지는 일이었다. 그 어떤 수술실과 비교하더라도 최고난도의 수술이란 얘기였다. 하지만 강혁과 장미의 조합은 강력했다.

"오케이, 그렇게."

"네."

"좋아. 다시 클램프 위치 조정하고……."

"네."

강혁은 단단히 연결된 통로로만 피가 통하도록 클램프를 다시 설치하고, 원래 있던 대동맥을 잘랐다. 그러곤 예의 그 완벽한 봉합 실력으로 혈관 단면을 틀어막았다.

"음……. 나머지는 뭐…… 그렇게 어렵진 않아. 그냥 막고 바로 이으면 돼."

"네. 그래도 주의는 하세요. 장 괴사 되면 큰일이에요. 저기, 색이 좀."

"아, 그건 그렇지."

강혁은 대동맥을 잠시 내려다보다가, 혈류에 아무 이상이 없다는 확신이 들자마자 다른 혈관들을 건드리기 시작했다. 어떤 건 가망이 없어 묶기도 했으나 대부분은 혈류를 유지할 수 있게 조처를 했다. 심지어 아예 잘랐다가 다시 잇거나, 자른 뒤 짧아지는 경우엔 인조 혈관을 이어주기도 했다. 더럽게 어렵고 복잡한 수술의 연속이라 할 수 있었다. 사실 아까보다 더했다. 위험하기로만 따지면 당연히 대동맥이 위험하겠으나, 그건 굵지 않은가. 작은 혈관들은 가늘어서 잇기가 더 어려웠다.

"오……."

"왜."

"잘해서요."

"나 원래 잘하지."

"그건 그렇죠. 근데 다리는 어째요? 얘……. 이 다리 쓸 수 있을까요?"

장미는 그 어려움을 온전히 다 알고 있기에 강혁의 봉합을 순수한 의미에서 칭찬했다. 하지만 마냥 즐거워할 수는 없었다. 배가 정리되었고, 다리도 적절한 타이밍에 응급처치가 들어간 덕에 죽지는 않을 것 같았다. 하지만 치료라는 게 마냥 살리는 데서 끝나는 건 아니지 않은가. 장미는 아이의 다리가 너무 신경이 쓰였다.

"쓰게 만들어야지."

"교수님은 할 수 있죠?"

"못하면 죽일 것 같은 얼굴인데?"

"죽이진 않아도 때리긴 할 것 같아요."

"집도의를 이렇게 압박해? 진짜 조폭이냐?"

"뭐……. 못 될 것도 없죠."

강혁은 이제 다리를 내려다보고 있었다. 근섬유 다발은 여전히 엉망이었다. 다만 피도 멎었고, 근막도 열어놔서 그런가, 아까보다 색은 한결 좋아져 있었다.

'다행히 근육들이 죽지는 않겠어.'

구획증후근이 진행하게 되면 조직이 눌리고, 눌린 조직 틈새를 지나던 혈관들도 눌리면서 싹 괴사하는 게 보통이었다. 그 와중에 혐기성 세균들이 번지면 고약한 냄새를 동반하는 고름과 함께 다리를 온통 썩게 만들기도 했다. 경험 없는 외과의가 접하게 되면 그야말로 정신이 나갈 만큼 환자가 급격히 안 좋아지는 증후군이었다. 반대로 강혁처럼 빠르게 처치를 해주기만 하면 진행을 극적으로 막을 수도 있었다.

'그나마…… 애라서 다행이야.'

강혁은 아이의 얼굴을 돌아보았다. 이미 너무 많은 출혈이 있었고 그걸 어떻게든 보전해보려고 쏟아부은 수액 때문에 얼굴이 퉁퉁 부어 있었다. 원래 얼굴이 어땠는지 알아보기 어려울 지경이었다. 그때 밖에서 소란이 일었다. 굳이 무슨 일인지 물을 필요는 없었다. 아이 보호자가 왔을 터였다. 아무리 백강혁이 괴물이라고 해도 물리적으로 가는 시간을 붙잡아 둘 수는 없지 않은가. 병원에서 출동한 직원들이 다른 아이의 유해를 수습하고, 동시에 보호자도 데리고 왔을 시간이었다.

"어쩌죠?"

장미 또한 보호자의 도착을 눈치챘다.

"음……. 일단 설명은 해야지. 이미 아이 하나가 죽었잖아. 말도 없이 기다리라고 하는 건 부모에게 너무 가혹하지."

"오……."

"왜?"

"교수님이 그런 말도 할 수 있었나 싶어서요."

"야, 나도 많이 늘었어 이제."

"그래봐야 나가면 울릴 거잖아요."

"뭔 소리야, 얘가."

강혁은 장미의 힐난에 억울하다는 표정을 지어 보였다. 경원을 돌아보면서였는데, 아니라고 말하라는 뜻이 너무 노골적으로 느껴졌다. 하지만 경원도 차마 강혁의 뜻에 동의할 수는 없었다. 그러기엔 지금까지 보아온 보호자들의 눈물이 너무 많았다.

"뭐라고 할 건데요?"

"음……. 배가 차체에 갈려서 대동맥이 터졌다."

"거봐. 그렇게 말하면 어떡해요."

"이게 사실인데?"

"일단 고비는 넘겼다고 해야죠!"

"아."

"아? 하."

아니나 다를까, 강혁의 말을 듣고 보니 별로 달라진 것도 없었다. 장미가 한숨을 푹 쉬는 사이, 수술실 문이 드르륵 하고 열렸다. 누가 들어오나 했더니 의외로 한유림이었다. 벌써 외래가 끝난 모양이었다. 강혁은 어떨지 몰라도 장미로서는 구세주라도 만난 기분이었다.

"어때?"

한유림은 이미 침중한 얼굴이었다. 아이가 다쳐서 왔다는 소식을 들어서였다. 이미 손주 본 친구들도 있는 만큼, 어린아이라 하면 기분이 묘해질 나이이지 않은가. 툭 치면 울 것 같은 표정이 되어 있었다.

"차에 깔려서 복부 대동맥이 터졌어요."

"어? 아이고."

거기다 대고 강혁은 사실을 있는 그대로 고했다. 그러자 보호자도 아닌데도 불구하고 한유림의 눈에 눈물이 왈칵 고였다.

"일단 앰뷸런스 타고 오면서 그건 대충 기웠고요."

"그래서 지금은 어떤데?"

"인조 혈관으로 대체했지. 지금도 처리 안 했으면 애는 죽었지."

"아, 난 또. 아니, 그것부터 말을 해야지!"

"아, 그런가?"

"아, 그런가는 무슨 놈의 그런가야. 미친놈이. 네가 이러니까 너만 보면 보호자들이 우는 거야."

장미는 한바탕 혼쭐을 내는 한유림을 보면서 안도의 한숨을 쉬었다. 그러고는 한유림을 향해 입을 열었다. 보호자에겐 강혁

대신 이 사람이 가야 했다. 그게 시간도 절약되고, 보호자도 안심시킬 수 있을 터였다. 아까 강혁이 했던 말마따나 보호자들은 지금 이미 한 아이를 잃은 참이었다. 그것도 너무 끔찍한 형태로.

"교수님이 가세요."

"응? 내가?"

"네."

"나는 사실 이 환자에 대해 잘 모르…… 아니, 뭐 대강은 알겠다."

한유림은 그런 장미의 말에 발을 빼려다 말고 황급히 고개를 끄덕였다. 어지간하면, 그러니까 설명해야 할 집도의가 강혁이 아니라 재원이나 하다못해 리처드였다면 그냥 뒀을 터였다. 하지만 백강혁은 시한폭탄 같은 놈이었다. 설득이나 협상 또는 협박에는 무척 능한데, 위로에는 젬병을 넘어 거의 극악이지 않은가. 해서 한유림은 환자 상태를 한 번 더 눈에 담은 후, 수술실 밖으로 향했다.

"정말 이게 옳다고?"

강혁은 한유림의 뒷모습을 바라보다가, 장미에게 물었다. 단한순간도 손은 쉬지 않으면서였다. 아니, 단순히 그 정도가 아니라 이미 부러져 어긋나 있던 허벅지 뼈를 맞춰서 한 손에 쥐고 있었다. 아무리 어린아이라 해도 허벅지 근육의 힘은 어마어마한 법이라 성인 둘이 달라붙어야 하는 술기임에도 그랬다. 이미 어느 정도 허벅지 근육이 손상된 탓도 있겠지만 강혁의 엄청난 완력과 조절 능력 덕이라고 보면 되었다.

"네. 교수님은 그냥 수술이나 해요. 그걸 제일 잘하잖아."

"음."

어째 의사가 수술 잘한다는 말을 들은 직후임에도 불구하고 기분이 썩 좋지만은 못했다. 하지만 일단 수술을 하기는 해야 하는 순간이었다. 아이의 다리가 온전히 강혁의 손에 달려 있었다.

"으……."

"너무 걱정 마세요. 아이가 죽을 일은 이제 없어요."

그사이 한유림은 투박한 손으로 아이의 엄마와 아빠의 등을 두드려주었다. 비록 한유림은 영어로 말하고, 옆에 있던 대학생이 통역해줘야 하는 상황이었지만 그럼에도 불구하고 위로가 있었다. 다친 아이를 둔 부모에게 아이가 살아 올 거란 말만큼의 무게를 지닌 말은 없어서였다.

'소란이 멎었네.'

강혁의 귀는 예민하기 그지없었다. 대성통곡하는 소리는 물론이거니와, 소리 죽여 우는 소리도 놓치지 않을 지경이었다. 그게 굳게 닫힌 수술실 문 너머의 일이라 해도 마찬가지였다.

'뭐가 다른 거야?'

강혁은 대체 자신과 한유림의 차이가 뭘까 생각하면서 뼈에 구멍을 냈다. 이건 그냥 대강 맞춰놓고 캐스트 맞춘다고 될 일이 아니어서였다. 반드시 철판을 대줘야만 했다.

'그나마…… 성장판이 있는 곳은 아냐.'

아이의 골절은 생각보다 굉장히 잘 붙는다는 장점이 있었다. 하지만 치명적인 문제가 하나 있었는데, 자칫 잘못하면 성장에 문제가 생긴다는 점이었다. 특히 이 아이처럼 아직 사춘기가 오지 않은 아이의 경우엔 더더욱 그랬다. 한 번의 폭발적인 성장 곡선이 남은 상황에서 뼈의 부상은 당연히 좋지 않았다.

'그래도 철판은 최소한으로 대는 것이 좋겠지.'

위의 이유로 성장판이 다치지 않았다는 것은 무조건 좋은 소견이었다. 하지만 그럼에도 철판을 대어놓는 건 그리 현명한 일은 아니었다. 강혁도 복합 골절만 아니었다면 이런 짓은 안 했을 터였다. 하지만 지금은 조각이 나 있어 어쩔 수가 없었다.

"잉……. 하나만 대줘요? 이게 되나?"

"어. 나머지는 근섬유 봉합으로 어떻게 잡아둘 거야."

"근섬유……?"

"아, 일단 줘봐."

"알겠어요."

강혁은 플레이트를 딱 하나만 요구했다. 그러곤 그 플레이트를 이용해 부러진 뼛조각들을 하나의 조각으로 연결했다. 어떻게 보면 이것만으로 충분하지 않나 싶을 수도 있겠지만, 사실 모양만 만든 것일 뿐, 안정성이라고는 하나도 보장되지 않는 수준의 결합이라고 보면 되었다.

'이게 된다고?'

장미는 의문 가득한 얼굴로, 하지만 강혁이 하란 대로 절개 상처는 벌려준 채로 강혁의 수술을 관찰했다. 처음엔 다소 거칠게 느껴지는 봉합이 이어졌다. 근섬유보다는 다발을 이어나가는 느낌이랄까.

'오…….'

몇 번의 봉합이 있자마자 어쩐지 다리뼈가 좀 더 잘 버틸 것 같은 생각이 들었다. 장미의 착각은 아니었다. 거기다 근섬유를 세밀하게 봉합하기 시작하자 점점 더 단단해지는 느낌이 일었다. 그리고 봉합이 막바지에 이르자, 장미는 비로소 강혁이 무슨 말을 한 건지 알 수 있었다. 아이의 허벅지 근육은 허벅지 뼈를 완전히 보완하는 형태로 자리하게 되었다. 그 말은 곧 다치기 전과 꼭 같은 모양으로 돌아갔단 뜻이었다. 아마 안정성은 물론이고 운동 능력에도 별 차이가 없을 터였다.

'다행이다.'

앞으로 강혁과 함께 이 지역을 변화시키긴 하겠지만, 그것만으론 한계가 분명히 있을 터였다. 마음과 뜻만으로 세상을 변화시킬 수 있었다면 이미 존재하는 수많은 NGO들에 의해 세상의 여러 곳들이 구원받지 않았을까? 하지만 세상은 그리 녹록지 않았다. 이 아이가 두 발로 세상에 다시 설 수 있게 된 것은 대단한 의미가 있었다.

"음. 대강 됐어. 이제 감자. 캐스트(cast, 깁스) 해야지."

그걸 해낸 강혁은 실로 오랜만에 뿌듯한 얼굴을 하고 있었다. 본인이 생각해도 이 수술은 꽤 성공적인 모양이었다. 하긴 강혁 정도 되는 의사가 이마에 식은땀을 흘릴 정도로 어려운 수술이었으니 어찌 보면 당연한 일이었다.

"네."

"아, 바이털은 어때?"

강혁은 장미와 함께 아이의 다리에 캐스트를 감으면서 경원을 돌아보았다. 수술에 돌입하기 전에는 분명 수축기 혈압이 70에서 80 사이를 왔다 갔다 했는데 지금은 100을 기록하고 있었다. 아이의 상태를 감안하면 거의 정상이라고 해도 과언이 아니었다.

"괜찮습니다. 물이 좀 많이 들어갔는데……. 그건 천천히 빼면 될 거예요."

"좋아. 소변은?"

"잘 나오죠. 어려서 다행이에요."

"그래, 그럼…… 끝내자고."

"네."

강혁은 빠르게 드레싱을 마치고 아이를 대기 중이던 침대로 옮겼다. 목적지는 당연하게도 중환자실이었다. 제아무리 수술이 잘되었다고 해도 이만한 부상 후에 바로 일반 병실로 갈 수는 없었다. 엘리베이터로 갈 생각으로 수술실 문을 열자 한유림과 보호자 그리고 잭과 노아, 샘 등을 바로 마주할 수 있었다. 모두 아이의 안위가 궁금했던 모양이었다. 특히 같이 앰뷸런스를 타고 왔던 샘, 잭, 노아의 얼굴은 심상치가 않았다.

"어, 어떻게 됐습니까?"

하지만 가장 먼저 나선 것은 역시 아이의 부모였다. 다른 이들이 미처 못 나선 것이 아니라, 주제 넘는단 생각에 의식적으로 뒤로 물러선 덕이었다.

"수술은 정말 잘 됐습니다. 너무 걱정 마세요."

강혁이 막 복부 대동맥이 터졌단 말을 하기 전에 장미가 입을 열었다. 이제야 겨우 안정된 보호자를 울리고 싶지 않아서였다. 덕분에 조금 민망해진 강혁이 입맛을 다시는 사이, 잭과 노아가 조심스레 다가왔다.

"정말…… 사는 거예요?"

"응? 그렇지 뭐."

"다리는…… 다리는…… 붙어 있네."

"그럼 잘라?"

"저는 절단까지도 생각했거든요."

"아냐, 붙였어. 두 발로 걸을 수 있을 거야. 나중엔 뛰기도 할 걸."

"허……."

그러곤 강혁과의 대화가 이어질수록 감탄을 내뱉었다. 강혁은 그런 둘을 보며 생각에 잠겼다.

'괜찮은 애들이 왔어.'

모르는 사람이 들었다면 강혁이 한 말이 오롯이 칭찬인 줄로만 들었을 터였다. 하지만 재원이나 한유림, 리처드처럼 강혁에게 익숙한 사람이 들었다면 소름이 돋았을 게 뻔했다.

'마음껏 굴려도 되겠어. 그러다보면 뭐 배우는 게 있겠지.'

강혁에게 있어 괜찮은 애라는 건 실상 괜찮은 노예라는 단어와 같은 말이기에 그랬다.

13권에서 계속

중증외상센터 골든 아워 XII

초판 1쇄 인쇄 2022년 8월 17일
초판 1쇄 발행 2022년 8월 30일

지은이 한산이가(이낙준)
펴낸이 김선식

경영총괄 김은영
책임편집 한나래 **디자인** 박수연 **책임마케터** 배한진
콘텐츠사업6팀장 임경섭 **콘텐츠사업6팀** 박수연, 한나래, 정다움, 임고운
편집관리팀 조세현, 백설희 **저작권팀** 한승빈, 김재원, 이슬
마케팅본부장 권장규 **마케팅3팀** 권오권, 배한진
미디어홍보본부장 정명찬 **홍보팀** 안지혜, 김민정, 오수미, 송현석
뉴미디어팀 허지호, 박지수, 임유나, 송희진, 홍수경 **디자인파트** 김은지, 이소영
재무관리팀 하미선, 윤이경, 김재경, 안혜선, 이보람 **인사총무팀** 강미숙, 김혜진, 황호준
제작관리팀 박상민, 최완규, 이지우, 김소영, 김진경, 양지환
물류관리팀 김형기, 김선진, 한유현, 민주홍, 전태환, 전태연, 양문현, 최창우
웹 콘텐츠 작가컴퍼니

펴낸곳 다산북스 **출판등록** 2005년 12월 23일 제313-2005-00277호
주소 경기도 파주시 회동길 490
대표전화 02-704-1724 **팩스** 02-703-2219 **이메일** dasanbooks@dasanbooks.com
홈페이지 www.dasanbooks.com **블로그** blog.naver.com/dasan_books
종이 아이피피 **인쇄·제본** 갑우문화사 **코팅 및 후가공** 평창피앤지

ISBN 979-11-306-9290-6 (04810)
　　　　979-11-306-9288-3 (세트)